KB111630

여주인공의 오빠를 지키는 방법

킨 장편소설

초판 1쇄 찍은 날 | 2020년 9월 2일
초판 2쇄 펴낸 날 | 2021년 2월 26일

지은이 | 킨
발행인 | 이진수
펴낸이 | 황현수

펴낸곳 | 주식회사 카카오페이지
등록번호 | 제2015-000037호
등록일자 | 2010년 8월 16일
주소 | 경기도 성남시 분당구 판교역로 221 6(일부)층

제작·감수 | KW북스
E-mail | cl_production@kwbooks.co.kr

ISBN 979-11-6509-416-4 04810
     979-11-6509-412-6 (set)

여주인공의 오빠를 지키는 방법

·÷· IV ·÷·

킨 장편소설

Contents

외전 1

아그리체의 아이들

7월 16일.

오늘부터 일기를 쓰겠다.

내 나이 아이들 정서 발달에 그림일기가 좋다고 들었다면서 엄마가 시켰다.

하지만 사실 원인은 아실일 것이다.

아실은 내가 태어났을 때부터 어디선가 공수해 온 육아 서적들을 남몰래 공부하고 있다. 제 딴에는 잘 숨긴다고 숨기는 것 같은데 벌써 오래전부터 엄마도 알고 나도 알고 있는 사실이다.

아실은 이제 열한 살인 내 오빠다.

내 이름은 록사나 아그리체. 되게 오래 산 것 같은데 아직도 일곱 살밖에 안 됐다.

엄마는 시에라 콜로니스로 세계 제일의 미인이다.

아빠는 본 적이 별로 없어 존재감이 얄팍하므로 설명은 생략하도록 하겠다.

사실 이 일기는 엄마나 아실이 확인할 가능성이 있다.

물론 절대로 나 몰래 보지 않을 거라고 했지만 정말일까?

만약 엄마나 아실이 아니더라도 누군가 이 일기를 읽는다면 내가 모를 거라고 생각하지 마라. 다 지켜보고 있다.

7월 20일.

우리 집 요리사가 수상하다.

일마 신부터 치꾸 베기 이픈 게, 이무레도 싱힌 음식을 먹은 것 같다.

식중독이 의심되는데 원인은 혹시 간식인가? 어쩐지 오늘도 케이크 맛이 좀 이상했다.

내일도 또 그러면 엄마한테 말해 봐야지.

7월 21일.

데온 아그리체, 개똥구리 같은 자식!

데온이 또 아실이 준 사탕을 버렸다. 이번이 두 번째 목격이다.

지난번에는 그래도 실수로 떨어뜨렸을 가능성도 있다고 생각했는데 역시 아니었다.

좀 짜증이 나서 너 왜 자꾸 우리 오빠가 준 사탕을 버리냐고 따졌더니, 쓰레기를 버리는 데 이유가 필요하냐는 기상천외한 답변이 돌아왔다.

너무 황당해서 말문이 막힌 사이에 데온은 나를 무시하고 그냥 가 버렸다.

어린애를 상대로 진심으로 화를 내면 안 되지만 열 받아!

그때 데온한테 제대로 한마디 쏴 주지 못한 나한테도 성질이 난다. 걘 진짜 가정 교육을 다시 받아야 돼.

7월 22일.

아실은 정말 착한 호구다.

오늘 아침에 눈을 떴을 때 내 머리맡에는 꽃과 리본으로 장식된 큰 사탕 바구니가 놓여 있었다.

한여름에 웬 산타가 다녀갔나 했더니 범인은 아실이었다.

데온과의 일 때문에 기분이 상한 내가 어제 한 말 때문이었다.

앞으로는 데온한테 줄 사탕이 있으면 전부 다 나한테 가져오라고 성질을 좀 부렸었는데, 그걸 보고 내가 사탕을 먹고 싶어서 삐졌다고 생각한 모양이다.

허무니없는 오해에 나는 그만 맥이 풀려 버렸다.

결국은 그냥 아실과 사탕을 나눠 먹고 기분이 풀린 척했다.

7월 25일.

오늘은 마리아 아줌마를 만났다.

마리아 아줌마는 이 집의 여러 부인 중 하나로, 데온의 엄마다.

마리아 아줌마는 엄마랑 특히 사이가 좋은 부인인데, 엄마는 마리아 아줌마를 좀 어려워하는 것 같다. 원래 우리 엄마 성격이 내성적인 편이니 딱히 이상한 일은 아니다.

마리아 아줌마는 아이들에게도 상냥하고 친절한 아줌마다.

아실과 나를 볼 때마다 예쁘다고 얼마나 둥기둥기해 주는지 조금은 부담스러울 정도다.

혹시 그래서 데온도 너무 오냐오냐 키워 성격이 그런 건가?

요즘은 나한테 인형 놀이를 같이 하자고 해서 생각해 본다고 했다.

7월 29일.

아그리체 저택은 굉장히 넓다.

부인들과 아이들은 모두 동관에 모여 사는데, 동관 내에서도 구역이 나뉘어져 사실 웬만해서는 서로 마주칠 일이 거의 없다.

엄마와 아실과 내가 지내고 있는 곳은 동관의 3번 구역이다.

믿을 수 없게도 나는 일곱 살이 되도록 아직 이 저택 안을 전부 살펴보지 못했다.

가장 큰 이유는, 저택에 위험한 게 많다며 엄마가 절대 나를 혼자 다니지 못하게 하기 때문이다.

그래서 난 요즘 수업이 없는 시간에 몰래 저택 탐방을 하는 게 새로운 취미다.

아직 동관에도 가 보지 못한 구역이 있어서, 얼마 전에는 마리아 아줌마가 지내는 1빈 구역에 갔었비.

마리아 아줌마의 방문은 조금 열려 있었다. 그 안에서 약간 호들갑스러운 들뜬 목소리가 흘러나와 호기심에 가까이 가 봤다.

하지만 그러지 말았어야 했다.

그 열린 문틈으로 나는 못 볼 걸 보고야 말았다.

이것은 록사나의 어린 시절의 일.

아직 이곳이 소설 속 세계라는 사실을 몰랐을 때의 이야기다.

"이거 먹기 싫어."

나는 테이블 위에 있는 간식을 보고 얼굴을 찡그렸다.

동그란 접시에 담긴 케이크는 생긴 건 평범했지만 그 내용물은 그렇지 않았다. 언젠가부터 간식만 먹으면 배가 아파서 처음에는 상한 걸 준 줄 알았다. 하지만 그게 아니라 어린이들에게 좋은 약재가 안에 들어가서 그렇단다.

그럼 차라리 그냥 약을 따로 주지, 왜 하필 간식에 넣고 그런대? 먹을 걸 가지고 장난치는 사람들은 죄를 받을지어다!

"오늘은 그냥 간식 안 먹으면 안 돼요?"

"그래도 참고 먹어야 해, 사나야."

내가 간식을 거부하자 엄마의 얼굴에 난처함이 떠올랐다. 옆에 있던 아실도 나를 달랬다.

"어머니 말씀이 맞아, 사나야. 오늘 거르면 내일은 더 먹기 힘들 수도 있어."

"사나가 좋아하는 꿀이나 잼을 이 위에 더 얹어 볼까?"

아니, 맛이 없어서 안 먹겠다는 게 아니라고.

어떻게든 나한테 간식을 먹이려 하는 모습을 보고 오히려 더 뿔이 났다.

하지만 나는 지성이 있는 어른이다. 어린아이가 편식하는 것처럼 철없이 떼쓰는 모습을 보일 생각은 없었다.

"요즘 간식만 먹으면 속이 더부룩하고 배가 아프단 말이야. 어젯밤에도 그래서 잘 못 잤는데."

좀 약아빠진 방법이긴 했지만, 울상을 지으면서 불쌍한 척했다. 다년간의 경험상, 이럴 때는 심통을 부리는 것보다 차라리 동정심을 자극하는 게 효과가 좋았다. 역시 마음씨 약한 엄마와 아실은 덩달아 수심 어린 표정을 지으며 나를 쳐다보았다.

"어쩌지……. 배가 많이 아프니?"

"네!"

나는 고개를 마구 끄덕였다. 조금만 더 하면 될 것 같았는데, 의외로 엄마는 간식을 안 먹어도 된다는 소리는 끝끝내 하지 않았다.

"그럼 오늘만 엄마랑 반씩 먹을까?"

"어머니?"

엄마의 말에 아실이 흠칫했다. 그 반응이 약간 이상해서 의문을 가지려는 찰나, 엄마가 걱정 말라는 듯이 웃으면서 양옆에 앉아 있던 아실과 내 머리를 쓰다듬었다.

"하루 정도는 괜찮아, 자, 엄마가 반 가져갈게, 아실 것도."

"전 괜찮아요."

"아니야, 오늘 아침부터 너도 미열이 있잖니. 이리 주렴."

엄마는 내 것뿐만이 아니라 아실 몫의 케이크까지 절반 덜어 갔다. 어째서인지 아실은 그런 엄마를 보며 안절부절못했다. 엄마가 포크를 들어 아실에게서 덜어 간 케이크를 먼저 입에 넣기 시작했다. 불안한 눈으로 그 모습을 지켜보던 아실이 결국 참지 못하고 손을 움직였다.

"역시 괜찮아요. 제 건 그냥 제가 먹을게요."

"아실."

그는 엄마가 말리기도 전에 얼른 제 몫의 케이크를 다시 덜어 갔다. 그리고 엄마가 다시 가져갈세라 입가에 생크림을 묻히며 서둘러 먹어 치우기 시작했다.

"나도! 나도 엄마 거 먹을래."

나도 원래 눈치가 없는 편은 아니었다. 그래서 아실을 따라 엄마 앞에 있는 접시를 냉큼 집어다가 내 케이크를 거의 입에 쓸어 넣다시피 흡입했다.

엄마의 접시에 있던 것들이 몽땅 사라지자 아실은 그제야 안심한 것 같았다. 반면 엄마는 우리의 갑작스러운 행동에 당황한 눈치였다.

"오늘은 엄마가 먹어 준다니까."

"우음, 엄마랑 오빠가 먹는 거 보니까 맛있어 보여서."

"저도요! 제 케이크니까 제가 다 먹을 거예요."

아실과 나는 어린애다운 변덕의 이유를 대며 아직 우리 앞에 절반 남아 있던 거지 같은 케이크를 같이 냠냠냠 먹어 치웠다.

"사나야. 우리 간식 있잖아. 어머니가 드시게 하면 안 돼."

간식 시간이 끝난 뒤에 아실이 내 귀에 대고 속닥거렸다.

"간식에 들어 있는 건 아이들한테는 좋지만 어른들한테는 안 좋은 약이거든. 그러니까 오늘처럼 혹시 또 어머니가 드시겠다고 해도 그러면 안 돼."

나는 눈을 가느스름하게 뜨고 아실을 쳐다보았다.

"대신에…… 정말 많이 먹기 싫은 날은 오빠가 대신 먹어 줄게. 자주는 어렵지만 가끔이라면."

"가끔이 얼마큼인데?"

"으음, 한 달에 한두 번 정도? 하지만 다른 사람한테는 말하면 안 돼. 어머니한테도 비밀이야."

살면서 가끔 이런 기분이 들 때가 있었다. 분명 뭔가가 이상한데 그게 뭐 때문인지 모르겠어서 묘하게 속이 찝찝하고 근지러울 때.

"오빠는 간식에 든 약이 뭔지 알고 먹는 거야?"

내 물음에 아실이 뭐라고 대답해야 좋을지 고민하는 표정을 지었다.

"나도 알려 줘."

나는 그에게 졸랐다. 하지만 아실은 내 머리를 달래듯이 쓰다듬을 뿐, 대답해 주지 않았다.

"너도 조금 더 크면 알게 될 거야."

이씨, 쪼그만 게 또 어린애 취급한다.

나는 주먹을 불끈 쥐고 아실의 배를 퍽 때렸다.

"아야야, 아파! 오빠 아파, 사나야. 으윽⋯⋯."

일곱 살밖에 안 된 내 주먹은 작고 연약한 데다 힘까지 빼고 때려서 별다른 타격을 받지도 않았을 텐데, 아실은 괜히 몸을 배배 꼬면서 엄살을 부렸다. 그런데 배를 움켜쥐며 울상을 짓는 얼굴이 제법 진짜 같아서 순간 멈칫했다.

혹시 내가 힘 조절을 살짝 잘못했나?

어쩌면 아실은 약골이라 정말 아픈 걸 수도 있었다. 나는 주춤거리며 물었다.

"진짜로 아파?"

"응, 사나가 호 해 주면 나을 것 같아."

하지만 다음 순간 고개를 든 아실이 나를 보고 히힛 웃어서 장난인 걸 알았다. 나는 그에게 불주먹 맛을 한 번 더 보여 줬다.

"윽, 이번엔 진짜 아프⋯⋯."

"한 대 더 맞을래? 이번엔 진짜 아프게 때릴 거야."

"헤헤. 자, 오늘은 오빠랑 같이 복습하자!"

내가 으름장을 놓자 아실이 언제 또 아픈 척을 했냐는 듯이 방실 웃으며 나를 홀렁 들어 안았다.

"넘어지지 않게 조심해, 얘들아!"

"네, 어머니!"

뒤에서 엄마가 우리를 보고 작게 웃는 소리가 들렸다. 아실도 웃으면서 나를 안고 방까지 뛰어갔다.

어느새 내가 환생한 지도 7년째였다. 처음에는 엄마 소리가 죽어도 입에 안 붙었지만, 그래도 환생 후 몇 년이 지나니 이것도 나름대로 익숙해졌다.

참고로 말하자면, 내가 슬슬 말문이 트일 때가 돼서 처음으로 입 밖으로 내뱉은 말은 '엄마'가 아니라 '아실'이었다. 거의 내 보호자에 맞먹게 아실이 허구한 날 내 요람에 달라붙어 지냈으니 어찌 보면 당연하다고도 할 수 있는 일이었다.

"자, 여기 앉자! 오늘은 재미있는 거 보여 줄게!"

아실은 방에 도착해 서랍을 열어 무언가를 꺼냈다. 그런 다음 나와 함께 소파에 앉아 그가 한 일은…….

철컹!

내 손에 수갑을 채우는 것이었다.

……이게 뭐지요? 지금 하나밖에 없는 동생한테 수갑을 채워?

나는 아실을 황당하게 쳐다봤다.

"이게 뭐야?"

"오늘은 오전 교육 시간에 처음으로 칭찬을 들었거든! 구속구를 해제하는 수업이었는데 열 번 만에 완벽하게 배웠어!"

머리 위에서 울리는 밝은 목소리를 듣고 슬쩍 인상을 찌푸렸다. 이집에서 애들한테 가르치는 게 원래 좀 이상한 건 알고 있었지만 오늘은 구속구를 해제하는 수업이라니.

내가 환생한 이곳은 원래 살던 세계가 아니었고, 그래서 어느 정도는 그러려니 생각하며 넘기고 있었다. 원래 이런 성격인 탓에 새로운 환경에도 금방 적응할 수 있었던 건 사실 나름대로 다행스러운 일이었다. 하지만 역시 가끔은 별수 없는 거부감이 들었다.

"자, 오빠가 하는 거 봐 봐."

아실이 주물주물 손을 움직였다. 잠시 후 철그럭 소리를 내며 정말 수갑이 해제되었다.

"짜잔! 봤어? 구속구 푸는 거 봤어?"

"우와아……. 대단하다. 어떻게 한 거야? 나 한 번 더 보여 줘."

"헤헷, 그럼 다시 보여 줄게!"

애가 워낙 신나 하니까 나도 적당히 맞장구를 쳐 주긴 했는데, 손에 수갑이 채워지는 게 열다섯 번을 넘어갔을 때부터는 슬슬 인내심에 한계가 오기 시작했다.

"아실 도련님. 오후 교육 시간입니다."

그나마 잠시 후에 아실이 밖으로 나가야 하는 시간이 되어서 다행이었다.

"다녀와서 또 놀자, 사나야."

"잘 다녀와!"

아실은 한껏 아쉬운 얼굴로 방을 나갔다. 혹시 이따가 또 수갑 가지고 놀자 그러면 이번에는 아실 손목에 차라 그래야지.

아실과 나는 각각 교육받는 시간이 달랐기 때문에 아직 나한테는 자유 시간이 한 시간 정도 더 남아 있었다. 혼자 시간을 보내다가 문득 밖이 조금 시끄러운 느낌이 들어서 슬그머니 방문을 열어 보았다.

"어머. 사나야, 안녕?"

그러자마자 곧바로 시야에 들어온 사람에 나는 흠칫 놀랐다. 문을 여는 작은 소리를 들었는지, 복도에 엄마와 함께 서 있던 마리아 아줌마가 곧바로 내 쪽으로 고개를 돌렸다.

아, 바로 문을 닫았어야 했는데 늦었다.

나는 엉거주춤 그녀에게 마주 인사했다.

"아, 안녕하세요?"

"내가 오는 줄 알고 일부러 인사하러 나와 준 거니? 어쩜 예쁘기도 하지!"

얼마 전부터 그랬듯이, 오늘도 마리아 아줌마를 본 순간 본능적인 경계심이 밀려들었다.

"사나야, 방에 들어가 있어."

"왜? 그러지 말고 사나도 데려가자, 시에라."

엄마가 나를 다시 방으로 들여보내려 했으나 마리아 아줌마가 말렸다.

"사나야, 시에라랑 난 지금 같이 정원으로 산책을 가려고 하는데, 너도 갈래?"

나는 그녀가 방긋 웃으며 건넨 권유를 단칼에 거절했다.

"전 지금 수업 들으러 가야 돼요."

아직 시간이 남아 있었지만 입에 침도 안 바르고 거짓말을 했다.

"그래, 사나는 여기 있으렴."

하지만 진실을 알고 있을 엄마는 별말 없이 고개를 끄덕인 뒤 마리아 아줌마를 향해 말했다.

"정원에는 그냥 저랑 둘이 가요."

"으음, 그럴까?"

마리아 아줌마는 성격이 단순해서 엄마가 그렇게 말하자 또 흔쾌히 '그럼 그러지 뭐!' 하고 웃었다.

"좋아. 난 시에라랑 둘이 산책하는 것도 좋아하니까."

마리아 아줌마가 이제 그만 갈 것처럼 몸을 움직여서 그제야 나는 안심했다.

"사나야, 다음에는 꼭 같이 놀자! 언제든 내 방에 와. 맛있는 거 줄 테니까"

하지만 마지막으로 덧붙여진 그녀의 말을 듣고는 여지없이 뒷덜미에 으스스 소름이 돋는 것을 느껴야만 했다. 나는 그녀의 말을 못 들은 것처럼 얼른 문을 콩 닫았다.

그로부터 한 시간 뒤.

보람찬 산책을 끝마친 마리아는 콧노래를 흥얼거리며 방으로 향했다. 오늘의 날씨는 아주 화창했고, 시에라와 함께 보낸 시간도 무척 즐거웠다. 그래서 기분이 몹시 좋았지만, 단 하나, 아까 너무 짧게 끝나 버린 록사나와의 만남이 아쉬웠다.

오늘도 시에라의 딸은 양 뺨을 꼭 깨물어 주고 싶을 정도로 귀여웠다. 마시멜로 같은 말랑한 하얀 뺨과 또렷하게 뜨고 있는 동그란 빨간 눈, 그리고 불만스레 오므라든 조그만 입술을 볼 때면 심장이 아파 올 정도였다.

오늘도 방문 틈으로 슬쩍 보인 꼬물거리는 작은 발과 문을 꼭 움켜쥔 단풍잎 같은 손 모두가 정말 심각하게 앙증맞아서, 얼마나 만지고 싶어 손이 근질거렸는지 모른다.

하지만 안타깝게도 록사나는 마리아에게 좀처럼 틈을 내 주지 않았다. 결국 마리아는 바로 그녀의 방으로 돌아가지 않고 꿩 대신 닭으로 다른 아이를 찾아갔다.

벌컥!

"데온!"

목적지에 도착해 문을 벌컥 열어젖히자 방에서 책을 보고 있던 그녀의 아들이 무표정한 얼굴을 들어 올렸다. 어린아이답지 않게 서늘한 붉은 눈이 노크도 없이 방으로 들이닥친 마리아를 응시했다. 새초롬하게 위로 살짝 올라간 눈매를 포함해 오밀조밀한 이목구비가 들어찬 얼굴이 마리아의 마음을 충족시켰다.

이제 열 살인 데온은 속 내용물은 어떻든 간에 겉 거죽만큼은 굉장히 귀엽고 예쁘장한 생김새를 하고 있었다. 그 모습을 보며 마리아는 마음 한구석에 남아 있던 불만족스러움이 가시는 것을 느꼈다.

"데온, 엄마랑 같이 인형 놀이 하자!"

꼭 어린 아들과 놀아 주는 엄마 같은 말투였지만 실상은 반대였다. 인형을 가지고 노는 건 어디까지나 마리아였고, 그 놀이에서 인형 역할은 늘 데온이었다.

"지금은 독서 시간입니다, 어머니."

데온이 표정만큼이나 서늘한 음성으로 마리아의 계획에 동참할 생각이 없다는 것을 알렸다. 물론 마리아에게는 씨알도 먹히지 않았다.

"무슨 소리야! 책 같은 것보다 인형 놀이가 훨씬 재미있을 텐데!"

그녀는 소파에 앉아 있던 데온을 달랑 들어 올렸다. 체구는 작아도 힘은 장사였기 때문에, 열 살 먹은 어린아이 하나 드는 건 마리아에게 일도 아니었다.

"내 아들이지만 참 희한하다니까. 날 닮은 건 아니고, 란트를 닮은 것도 아닌 것 같은데 시간 날 때마다 방에서 곧잘 책을 읽는단 말이야. 독서하는 거 재미있니?"

마리아의 물음에 데온이 고개를 갸웃했다. 무언가를 재미있게 여기는 게 어떤 기분인지 알 수가 없었기 때문이다.

데온은 지금까지 살면서 흥미를 가졌던 일이 아무것도 없었다. 굳이 그런 걸 가지고 있지 않아도 그는 무엇이든 괄목할 만한 성과를 냈고, 이 아그리체에서는 그것만으로 충분했다.

"딱히."

잠깐 생각하던 데온이 마침내 짤막하게 대꾸했다. 삭막한 어투와 내용이었지만 어쨌거나 외양만큼은 몹시도 깜찍한 아이가 의문을 표하며 고개를 갸웃거리는 모습은 귀여움을 일곱 배 정도 더 증가시켰다. 마리아는 그 모습을 보고 더 애가 달아, 발에 날개를 단 듯이 걸음을 서둘렀다.

이내 그들이 도착한 곳은 마리아의 인형 놀이 방이었다.

"자, 오늘은 이걸 입어 볼까? 특별 제작한 레이스 멜빵바지란다. 여기에 달린 리본이 참 귀엽지?"

마리아가 잔뜩 신나서 데온에게 들이민 것은 아기자기한 유아용 의상들이었다.

"응? 이거 아직도 들고 있었니? 이리 줘, 치우게."

그때, 문득 마리아가 데온의 손에 들린 책을 발견했다. 여기까지 오는 동안 아직도 손에 든 책을 놓지 않고 있었다는 사실을 데온의 얼굴에 정신이 팔린 마리아도, 그리고 책을 가지고 있는 데온 스스로도 인식하지 못하고 있었다.

데온의 시선이 마리아가 소파에 아무렇게나 던진 책에 따라붙었다. 하지만 그것은 정말 짧은 순간이었다. 마리아는 데온에게 본격적으로 옷을 갈아입히기 시작했고, 그러는 동안 데온은 책에 잠깐 머물렀던 시선을 뗐다.

"어머나. 잘 어울린다, 데온! 이번에 아실한테 선물한 옷이랑 리본 색만 다른데 어쩜 예쁘기도 하지! 다음 교육 시간에는 꼭 이걸 입고 가렴! 돌아올 때 아실하고 사이좋게 손을 붙잡고 오면 더 좋고."

당연히 터무니없는 바람이었다. 데온은 그녀의 야무진 꿈을 이루어 줄 마음이 눈곱만큼도 없었으니까.

하지만 지금 그런 얘기를 해 봤자 마리아의 귀에는 닿지 않을 것이 뻔했기에, 데온은 그냥 아무 말도 하지 않았다.

"이것도 어떤지 한번 입어 보자! 사나한테 줄 선물인데 칼라에 달린 토끼 귀하고 등 쪽의 날개가 영 모양이 안 산단 말이지. 아무래도 내가 손을 좀 봐야겠어."

나중에는 급기야 나풀거리는 드레스까지 등장했다. 이건 데온이 아니라 아실의 여동생인 록사나를 위해 준비한 것이었다. 아직 가재봉 상태여서 크기를 얼마든지 줄일 수 있기에 먼저 가까이에 있는 또래 아이인 데온에게 시험 삼아 한번 입혀 보고 세부적인 부분을 꼼꼼히 수정해 고칠 생각이었다.

원래 마리아의 취미는 이런저런 예쁜 옷과 구두, 또 장신구들을 사서 시에라에게 선물하는 것이었다. 시에라는 정말이지 마리아의 미적 취향에 완벽하게 들어맞는 외양을 하고 있어서 꾸며 주는 보람이 있었다. 시에라를 닮은 아실과 록사나도 당연히 마리아의 욕구를 자극하는 훌륭한 피사체들이었다. 그러다 보니 어느새 마리아는 사용인들에게 시켜 그녀의 취향을 집약한 의상을 직접 제작하는 단계에까지 이르러 있었다.

그렇게 인형처럼 옷 갈아입히기를 당하는 동안 데온은 아무 저항도 하지 않았다. 마리아가 그에게 입히는 게 여자아이의 옷이라는 사실을 알았지만 별로 상관없었다. 기분이 나빠지도 않았고, 좋지도 않았다. 데온의 마음은 마리아가 뭘 하든, 티끌만큼의 변화도 없이 그저 여느 때처럼 무감각하기만 했다.

"시에라의 딸 말이야. 볼 때마다 어찌나 귀여운지. 난 정말, 태어나서 그렇게 깜찍하고 예쁜 애는 처음 봤잖니."

마리아가 혼자서 재잘거리는 소리가 여느 때처럼 조용한 방 안에 울렸다.

"휴우. 그런데 요즘 낯가림을 하는지 좀처럼 내 옆에 오려고 하지를 않아서 아쉬워. 아실은 안 그랬는데 말이야."

그녀의 말을 듣고 데온도 머릿속에 아실과 록사나를 떠올렸다. 이복형제들은 더 있었지만 마리아의 입으로 자주 듣는 것은 단연코 그두 사람이었다. 그들을 생각하면 햇빛에 반짝이며 흔들리는 물결 같은 금빛 머리칼이 제일 먼저 떠올랐다.

몇 년 전부터 마리아가 노리고 있는 록사나는 데온과 교육받는 내용이나 수준이 달라서 평소에 마주칠 일이 없었다. 사실 수준 차이가 나는 것은 아실도 마찬가지였다. 그래도 열 살 이상의 아이들끼리는 겹치는 수업이 많아서 그런지 비슷한 교육을 받고 있었다. 그래서 정말 한 달에 한 번꼴로 우연히 멀리서 지나가다 마주치는 록사나와 달리, 아실과는 일주일에 두세 번 정도 꼬박꼬박 얼굴을 보곤 했다.

그래 봤자 그들이 별다른 교류를 하는 건 아니었지만 말이다.

"내가 꼭 해 보고 싶은 게 있는데, 시에라하고 아실하고 사나한테 똑같은 옷을 입혀서 셋이 나란히 세워 두는 거야. 정말 예쁘고 귀엽겠지? 상상만 해도 너무 환상적일 것 같지 않아?"

마리아는 생각만 해도 흥분되는지, 뺨까지 상기시키며 콧김을 뿜었다.

"시에라하고 아실까지는 성공했으니 이제 사나만 있으면 되는데. 다음에는 사탕이라도 주면서 꼭 같이 인형 놀이를 하자고 꼬드겨 봐……."

데온은 마리아의 야심찬 꿈을 흘려들었다. 그러다 그녀의 입에서 나온 '사탕'이라는 말에, 문득 얼마 전 록사나를 만났을 때의 일이 생각났다.

"……너! 왜 자꾸 아실이 준 사탕 버려?"

뒤에서 누군가 부르는 소리에 뒤를 돌아보자 그곳에는 금발의 여자아이가 있었다. 조금 전 데온이 버렸던 사탕을 풀밭에서 주워 든 록사나가 얼굴을 찌푸리다가 이내 한숨을 폭 내쉬며 말했다.

"먹을 걸 함부로 버리면 나쁜 어린이야. 다른 사람이 준 선물을 막 버리는 건 더 나쁜 어린이고."

"……."

"으음, 우린 착한 어린이니까 그러면 안 되잖아?"

자기야말로 진짜 어린애면서 꼭 데온을 어르는 듯한 말투였다. 그래서 그가 뭐라고 답했더라. 기억력은 뛰어난 편이었지만 쓸데없는 일은 금방 머릿속에서 지워 버리는 편이어서 벌써 당시의 일이 가물가물했다. 그러다 이내 데온은 그때 자신이 한 말을 기억해 냈다.

"쓰레기를 버리는 데 특별한 이유가 필요하던가?"

그러자 설마 그런 말을 들을 줄을 몰랐다는 듯이, 어린 수녀의 붉은 눈동자가 동그랗게 떠졌다.

데온은 그 시선으로부터 무심히 뒤돌아섰다.

"그런 거 너나 가져. 난 필요 없으니까."

마리아 때문에 떠올리긴 했으나 역시 쓸데없는 기억이었다. 다만, 조금 특이하다는 생각이 들기는 했다.

데온이 버린 사탕이 자신의 것도 아닌데 그런 식으로 불쾌해하며 따지다니. 그 정도로 아실을 좋아하는 건가?

살면서 단 한 번도 그런 감각을 느껴 본 적 없는 데온으로서는 이해하지 못할 일이었다.

"아! 여기에 새로 만든 보닛 모자를 쓰면 더 귀여울 것 같은데. 하얀색으로 할까, 노란색으로 할까? 사나가 입으면 병아리같이 귀엽겠지? 자, 이리 와 봐, 데온."

데온은 그렇게 잠깐 지난 일을 상기하다가 마리아의 등쌀에 떠밀려 머릿속에 떠오른 얼굴을 지워 버렸다.

다음 날, 나는 혼자 방을 빠져나갔다. 어젯밤에는 또 배가 아팠다. 사용인에게 들어 보니 엄마도 밤새 고열에 시달리며 앓았다고 한다.

혹시 그 케이크 때문인가? 아무도 그런 얘기를 하지 않았지만 어제의 일을 떠올리니 괜히 찜찜했다.

하지만 엄마는 아실의 케이크를 아주 조금밖에 먹지 않았는데…….

아무래도 우리가 먹을 음식을 만드는 조리실을 한번 확인해 봐야 할 것 같았다.

엄마는 아직 아파서 누워 있었고, 마침 마리아 아줌마가 병문안을 온 참이었다.

그래도 엄마 옆에 붙어 돌봐 줄 사람이 있으니 마음이 좀 놓였다. 하지만 곧 얼마 전에 마리아 아줌마의 방에서 봤던 광경이 떠오르면서 몸이 부르르 떨렸다. 데온이 무표정한 얼굴로 공주 드레스를 입고 있는 모습은 내 등골을 오싹하게 만들기 충분했다.

더 소름 돋는 건…….

"이제 사나한테 맞게 기장만 줄이면 되겠다! 후후후, 그 애가 입으면 얼마나 깜찍할까. 자, 데온. 이제 벗어도 돼. 이번에는 네 걸 입어 보자. 사나는 고양이, 아실은 토끼, 넌 곰돌이 옷이란다. 조만간 시에라한테 잘 말해서 너희 셋이 이 옷을 입고 있는 모습을 초상화로 남기는 게 내 꿈……."

저 고양이 귀 케이프가 달린 휘황찬란한 공주 드레스가 실은 나를 위한 옷이라는 사실이었다! 그제야 마리아 아줌마가 나한테 같이 하자고 했던 인형 놀이가 뭘 의미하는지 알 수 있었다.

물론 겉보기에 내 나이는 일곱 살이지만, 정신은 멀쩡한 성인 여성이었다. 그런데 저런 옷을 나한테 입히려 하다니. 더군다나 초상화까지 남긴다고? 그거야말로 흑역사 박제가 아닌가! 상상만 해도 등골이 오싹거리는 일이 아닐 수 없었다.

한편으로는, 그동안 못됐다고만 생각했던 데온에게 좀 짠한 마음이 들었다. 얼마나 저런 짓을 많이 당했으면 애가 그렇게 영혼 없는 표정을 짓고 있었을까? 나도 저 아줌마한테 잡히면 같은 꼴이 될 게 분명해.

나는 마리아 아줌마를 앞으로도 열심히 피해 다녀야겠다고 생각하며 살금살금 복도를 걸어갔다.

잠시 후, 사용인들이 방마다 끌고 다니면서 빨랫감을 수거하는 바퀴 달린 카트가 눈에 들어왔다. 거기에는 빨래 수거통이 여러 개 있었다. 그동안 지켜보니 우리가 있는 동관의 3번 구역을 지나갈 때는 저 빨래통이 절반 정도만 차더라. 즉, 나머지 통 절반은 빈 것이라는 의미였다.

나는 사용인이 방으로 들어간 사이에 발소리를 죽이고 걸어가 빈 통 중 하나에 몰래 숨어 들어갔다. 뚜껑을 닫자 내 모습이 감쪽같이 가려졌다. 아직 어려서 그런지 몸을 바짝 웅크리지 않아도 꽤 넉넉하게 공간이 남았다.

도르륵.

조금 기다리자 바퀴가 굴러가는 느낌이 들었다. 혹시 들킬지도 모르니까 5번 구역쯤에서 내려야지. 동관을 6번 구역까지 다 돌고 나면 세탁실과 조리실이 있는 곳으로 간다고 들었다. 오늘은 기회를 살펴 그 안에 몰래 들어가 볼 생각이었다.

도르르륵.

움직임이 잠깐 멈춘 걸 보니 이제 4번 구역인 모양이다. 빨래통에 들어가 있는 동안 가슴이 조금 두근거렸다. 좀 철없는 생각이지만 꼭 미지의 세계를 여행하는 것 같은 기분이 살짝 들어 재미있다는 생각도 들었다.

잠시 후 4번 구역을 지나 5번 구역에 다다랐다. 나는 아까처럼 조용히 빨래통의 뚜껑을 열고 밖으로 나가 후다닥 몸을 숨겼다.

도르륵.

뒤에서 사용인이 멀어지는 소리가 들렸다. 내 최종 목적지는 여기가 아니었기 때문에 나도 몰래 복도를 지나 건물의 문으로 빠져나갔다.

여기가 5번 구역인가. 이렇게 직접 와 보는 건 처음인데. 왠지 공기조차 신선한 느낌이야.

바스락.

그때, 옆쪽에서 웬 인기척이 느껴져 얼른 덤불에 숨었다. 나뭇잎 사이로 빼꼼 확인하자, 하얀 잠옷 같은 걸 입고 있는 작은 뒷모습이 눈에 띄었다. 잠시 후 아이가 감기라도 걸렸는지 코를 훌쩍이면서 고개를 돌렸다. 그때야 얼굴을 확인할 수 있었다.

검은 머리카락과 파란 눈을 가진 어린 남자애.

제레미였다.

나보다 한 살 어린 내 이복 남동생인데, 나도 교육 시간에 길을 오가다가 아주 가끔만 본 적이 있는 아이였다.

내 이복동생이 한 명만 있는 건 아니지만, 그래도 제레미는 다른 애들보다 왠지 좀 신경이 쓰였다. 전에 사용인들이 멀리서 지나가며 저들끼리 몰래 수군거리던 말을 들어 보니, 제레미의 엄마는 좀…… 정신이 불안정한 상태라고 했다.

그런데 제레미가 사는 곳이 5번 구역이었구나.

제레미는 혼자 벌레를 해체하며 놀고 있었다. 나는 그 모습을 멀리서 보고 설핏 눈살을 찌푸렸다.

으, 벌레 징그러워.

나도 어릴 때는 아무렇지 않게 지렁이나 개미, 잠자리를 가지고 논 기억이 나기 하는데 지금은 그런 취미가 없었다. 하기 원래 나이가 들수록 혐오와 공포 같은 부정적인 감정이 더 늘어나는 것 같긴 하더라.

살랑.

그러다 제레미가 가까이 날아든 노란 나비를 발견했다. 그는 가지고 놀던 벌레를 팽개치고 나비를 쫓기 시작했다.

그러다가…….

철푸덕!

대차게 넘어진 제레미가 잠깐 가만히 있다가 이내 파르르 몸을 떨면서 울먹였다.

"후웅……."

위로 들린 고개를 보니 당장에라도 울음을 터뜨릴 것처럼 코와 눈매가 빨개져 있었다. 어떻게 된 게, 여섯 살짜리가 혼자 있는데 옆에 돌보는 사람이 아무도 없었다. 나는 손을 꼼지락거리면서 망설였다.

아, 진짜 신경 쓰이게…….

바스락!

결국, 덤불 뒤에 웅크리고 있던 몸을 벌떡 일으켜 세우고 말았다. 설마 이렇게 가까이에 다른 사람이 있을 줄 몰랐는지, 제레미가 흠칫했다. 나는 한 번 주위를 살핀 뒤 후다닥 뛰어가서 제레미를 일으켜 줬다.

"괜찮아, 울지 마. 피 안 났어."

흙이 묻은 무릎과 손바닥도 탈탈 털어 주고, 쓸려서 빨개진 곳을 호오 불어 주는 척했다.

"자, 아픈 거 다 날아가라! 이제 안 아프지?"

좀 속성인 것 같았지만, 지금은 바빠서 그만.

가까이에서 본 제레미는 멀리서 봤을 때보다 더 마르고 작아 보였다. 어째서인지 나를 되게 멍한 눈으로 쳐다보고 있어서 좀 바보 같아 보이기도 했다.

역시 제대로 된 보살핌을 못 받고 있는 거 아닌가?

아무래도 마음이 편치 못해 혹시 누가 오지 않는지 주위를 두리번거리면서 서둘러 주머니를 뒤져 사탕을 찾아냈다.

"이거 너 먹어."

자그마한 손에 얼른 사탕을 하나 쥐여 준 뒤에 이번에는 비상용으로 가지고 있던 손수건을 꺼냈다.

"흥 해."

제레미는 반사적으로 나를 따라서 손수건에 대고 흥! 콧바람을 불었다. 줄줄 흐르기 직전이던 콧물까지 닦아 주고 나니 이제야 좀 기분이 나아졌다.

"이제 안에 들어가서 까진 데 약 발라 달라고 해. 나랑 만난 건 비밀이야. 알았지?"

나는 제레미의 헝클어진 머리를 손으로 슥슥 빗어 준 뒤에 돌아섰다. 슬슬 누가 올지도 몰랐으니 얼른 자리를 떠야 했다.

졸졸졸.

그런데 잠깐 가만히 서 있나 싶던 아이가 내 뒤를 쫓아오기 시작했다.

"따라오지 마."

내가 뒤돌아보자 이어지던 걸음이 우뚝 멈추었다. 하지만 그건 별로 오래가지 않았다. 잠시 후에 또 나를 따라오는 기척이 느껴졌다.

"따라오지 말라니까? 저쪽으로 가."

제레미는 내 말을 못 알아들었는지 나를 빤히 쳐다보면서 멀뚱히

서 있기만 했다.

아이참

결국, 나는 뒤돌아서 뛰기 시작했다.

"……!"

그러자 깜짝 놀랐는지 숨을 훅 들이마신 아이가 나를 따라 덩달아 뛰었다.

하지만 달리기는 내가 훨씬 더 빨랐다.

"제레미 도련님, 교육 시간입니다."

그때 다른 사람이 나타났다. 제레미를 데리러 온 사용인이었다. 나는 황급히 나무 뒤에 숨었다. 다행히 거리가 충분히 벌어진 뒤라 나를 발견하지는 못한 것 같았다.

"시러! 안 가!"

제레미가 버둥거리면서 몸부림쳤다. 하지만 워낙 작은 아이라 그런지 사용인은 어렵지 않게 제레미를 안고 자리를 떠났다.

그들이 완전히 사라지고 난 뒤 나도 가슴을 쓸어내리면서 발길을 돌렸다.

휴, 하마터면 들킬 뻔했네.

그나저나, 내가 대충 흙을 털어 주긴 했지만 그래도 넘어진 티가 날 텐데 애 상태도 확인 안 하고 그냥 저렇게 데려가다니. 아무래도 5구역 사람들은 근무에 태만한 것 같았다.

나는 건물 쪽으로 가까이 가지 않고 풀숲으로 이동했다. 역시 건물 근처에는 일하는 사람들이 있어서 잘못하다가는 조금 전처럼 운 나쁘게 마주칠 위험이 있었다.

그러다 잠시 후, 나는 내가 길을 잃었다는 걸 깨달았다.

'어? 이상하네.'

분명 멀지 않은 곳에 보이는 저 건물이 세탁실과 조리실이 있는 건물일 텐데, 아무리 걸어도 이상하게 거리가 좁혀지지 않았다.

'나도 모르게 정원으로 들어온 것 같은데……. 출구가 어딘지 모르겠어.'

내가 평소에 엄마랑 아실과 함께 가끔 산책하러 오던 정원과는 어딘가 달랐다. 왠지 이곳은 꼭 미로 같은…….

철컹!

"……!"

그러다 무심코 어느 한 곳에 발을 디딘 순간, 정체를 알 수 없는 묵직한 소리가 고막을 울렸다. 뜻 모를 긴장감이 등줄기를 타고 올라왔다. 나는 잠깐 숨을 죽이고 가만히 서 있었다.

지금 그 소리 뭐지?

주의를 집중해 귀를 기울여 봤지만 다시 들리는 소리는 없었다. 살며시 자리에서 발을 떼 봤지만 마찬가지였다.

쏴아아.

어디선가 불어든 바람에 풀잎과 나뭇잎이 흔들리는 소리만이 귓가에서 웅성거렸다. 하지만 역시 느낌이 이상했다. 도대체 뭐가 이상한 건지는 명확한 말로 설명할 수 없었지만. 사위가 조용한 와중에 사박사박 들려오는 녹색 파도 소리조차 왠지 기묘하게 소름 끼쳤다.

'여기서 빨리 나가야겠어.'

나는 굳어 있던 몸을 다시 움직였다. 무의식중에 아까보다 한결 조심스러운 걸음으로 잔디를 밟아 자리를 이동했다. 한시라도 빨리 정원의 출입구를 찾고 싶었다.

근거 없는 이상한 불안감이 눈덩이처럼 점점 불어나 내 발뒤꿈치를 쫓아오는 것 같았다. 그래서 어느 순간부터는 나도 모르게 달리고 있었다.

일종의 본능이었다. 왠지 이곳은 지금 내가 막연히 예감한 것보다 훨씬 더 위험하고 불길한 것을 깊은 곳에 감추고 있는 것 같다는 느낌이 들었다.

쏴아아……!

등 뒤로 또 스산한 바람이 불어왔다. 거기에 떠밀려 나는 뒤 한 번 돌아보지 않고 숨이 턱까지 차오르도록 뛰었다.

푸드덕!

멀리서 새가 날아올랐다.

"……."

위로 들어 올려진 데온의 붉은 눈이 그 광경을 잠시간 담아냈다. 곧 그는 고개를 내려 주변을 한 차례 둘러보았다.

현재 데온이 있는 곳은 저택의 미로 정원이었다.

오늘의 교육 내용은 이 안에 있는 장애물을 피해 교육관이 지정한 어떤 물건을 찾아 가져가는 것이었다. 수업에 참여한 이복형제들의 순위를 매겨 1등에게는 상을, 꼴찌에게는 벌을 주겠다고 했다. 그래서 다른 형제들은 과제를 빨리 수행하기 위해 모두 열심이었다.

단 한 명, 데온을 제외하고는.

사실 데온은 성적 같은 데 관심이 없었다. 그저 교육관이 시키니까 하고, 공교롭게도 그 모든 것에 재능을 가지고 있어 그때마다 눈에 띄는 높은 성취를 보이는 것뿐이었다. 그중 데온이 직접 열의를 가지고 무언가를 시행한 적은 단 한 번도 없었다.

장남인 폰타인은 특히 질투심이 많아 그런 그에게 곧잘 시기하는 모습을 보이곤 했다. 하지만 데온에게는 아무래도 상관없는 일이었다. 이복형 중 하나인 아실이 자꾸만 다가와서 주변을 얼쩡거리는 것만큼이나 그에게는 아무런 의미도 없는 일이었으니까.

물론 그 둘이 각기 데온에게 가지고 있는 감정은 적의와 호의로 정반대였지만.

타앗!

데온은 지형을 살펴볼 겸 나무를 타고 올라갔다.

바스락.

그러다 문득 주머니에서 작게 들린 소리에 힐끗 시선을 내렸다. 개발바닥 모양의 주머니 안에 든 것은 한 무더기의 사탕이었다. 미로 안에 들어오기 전에 만난 아실이 그에게 준 것이었다.

"마리아 님이 선물해 주신 이 옷, 주머니가 커서 편한 것 같아! 봐, 사탕도 이렇게 많이 들어가."

아실은 여느 때처럼 생글거리며 먼저 데온에게 다가와 윗옷에 달린 주머니에 양손을 집어넣었다. 과연 잠시 후 밖으로 꺼내진 아실의 손에는 사탕이 한 뭉치씩 들려 있었다.

지금 아실과 데온이 입고 있는 옷은 모두 마리아의 작품으로, 목 부분의 레이스 칼라에 의미 불명의 강아지 귀가 달려 있었다. 주머니는 각기 분홍색과 검은색의 개 발바닥 모양이었는데, 그것 역시 데온에게 의미 불명이기 마찬가지였다.

그래도 아실의 말처럼 옷에 수납할 공간이 많은 것은 쓸모가 있을 듯했다. 하지만 그 안에 고작 사탕 따위나 집어넣다니. 저런 쓰레기를 챙길 바에는 차라리 오늘 같은 야외 교육 시간에 쓸 만한 물건을 골라 넣는 게 더 나았을 텐데.

그렇게 생각한 찰나에, 싱글거리던 아실이 양손에 쥐고 있던 그 쓰레기를 데온의 주머니 속에 쑤셔 넣었다.

"……."

"오늘은 미로에 들어간다고 했으니까 안에서 심심하면 하나씩 꺼내 먹어. 혹시 길을 잘못 찾으면 나오는 데 오래 걸릴지도 모르잖아."

도대체 누가 누구를 미로에서 길도 못 찾는 덜떨어진 부진아 취급하는 건지 알 수가 없었다. 만약 상대가 폰타인이었다면 사탕에 이상한 수작질을 부렸다고 생각했을 것이다. 하지만 아실은 그런 음흉한 꿍꿍이속을 가질 만한 사람이 아니었다.

데온은 쓸데없이 무거워진 주머니를 비우려다가 교육관의 출발 신호를 듣고 손을 멈추었다.

"아, 이제 들어가나 보다. 그럼 우리 열심히 하자. 이따 봐!"

아실이 또 해맑게 웃으며 태평한 인사를 건넸다. 그런 그를 뒤로한 채 데온은 미로 속에 먼저 발을 들였다.

그렇게 조금 전에 있었던 일을 상기하면서 나무에 오르던 데온의 고개가 일순간 갸웃 기울어졌다. 아실은 원래 아무 이복형제들에게 친한 척하며 달라붙곤 했지만 유독 데온을 친밀하게 여기는 것 같았다. 데온으로서는 그 심리를 이해하기 어려웠다.

혹시 어머니들끼리 친하기 때문인가? 아니면 이 웃기지도 않은 옷을 비슷하게 입고 있는 것 때문에 괜히 혼자서 쓸데없는 동질감을 느끼는 건지도 몰랐다. 어느 쪽이든, 데온의 입장에서는 가당찮기만 했다.

그는 별로 힘을 들이지 않고 날렵하게 가지를 딛고 올라가 나무의 꼭대기에 섰다. 미로 곳곳의 벽은 높고 단단한 돌과 덤불로 이루어져 있었다. 하지만 지금 데온이 밟고 올라간 나무는 꽤 키가 커서, 미로 안의 풍경을 일부나마 확인할 수 있었다.

그러다 문득 시선 끝에 닿은 작은 형체에 데온의 눈이 가느스름해졌다.

오늘 수업 시간에 개방된 미로 정원의 구역은 극히 일부였다. 비개방 구역은 아직 그들의 수준에 맞는 난이도가 아니라, 좀 더 나이가 든 후에 출입을 허가받을 수 있을 것이라고 했다.

그런데 지금 그곳에 데온보다 더 작은 어린애가 들어가 있는 모습이 언뜻 보였다. 녹색 벽 너머로 아이의 금빛 머리칼이 잠깐 반짝이며 흔들리다가 사라졌다. 저런 찬란한 금발을 가진 건 이 아그리체에 단 셋뿐이었고, 그중에서도 가장 작달막한 키를 가진 아이였으니…….

'왜 저 안에 혼자 들어갔는지는 모르겠지만 금방 죽겠군.'

어쨌거나 데온이 상관할 일은 아니었다. 데온은 무표정한 얼굴로 록사나가 사라진 곳을 보다가 곧 나무 위에서 뛰어내렸다.

'괜한 느낌인가? 뭔가가 쫓아오는 것 같아.'

나는 이상한 강박증에 휩싸여 부지런히 입구를 찾아 움직였다. 하지만 아무리 걸어도 다시 새로운 길이 나타날 뿐, 정원 밖으로 나가는 통로는 보이지 않았다. 쉴 없이 움직이느라 체력이 떨어져 어느새 숨까지 헐떡거리고 있었다.

아무래도 안 되겠다, 조금 쉬어야지.

결국, 나는 덤불의 그늘 밑에 들어가서 잠깐 휴식을 취하기로 했다. 그래도 시간이 지나니 아까 느꼈던 그 이상한 불길함과 찝찝함도 엷어져 쉴 생각을 할 수 있었다.

바스락.

당이 당기는 느낌이라 주머니를 뒤져 하나 남아 있던 사탕도 꺼내 까먹었다. 달콤함이 농축된 것을 입안에 굴리고 있으니 몸에 약간 활기가 도는 느낌이었다.

"에효."

그렇게 그늘에서 땀을 식히다가 작은 한숨을 폭 내쉬었다. 아니, 집이 넓은 것도 정도가 있지. 설마 이렇게 정원에서 길을 잃을 줄 누가 알았겠나. 집 안에서 미아 아닌 미아 신세가 된 감회는 참 새롭고 신선했다. 물론 이딴 새로움 필요 없었지만.

오도독, 오도독.

조금 더 시간이 흘러 별사탕 크기로 작아진 사탕을 깨물어 먹으면서 자리에서 일어났다. 한없이 게을러지고 싶은 기분이었지만 언제까지나 여기에 죽치고 있을 수도 없는 노릇이었으니까.

그런데 막상 움직이려니 솔직히 좀 막막했다. 혹시 정말 이러다가 해 질 때까지 여기서 못 나가는 건 아니겠지? 되도록 엄마가 눈치채기 전에 돌아가고 싶은데. 차라리 그냥 소리를 질러서 사람을 부를까? 운이 좋으면 정원사의 도움이라도 받을 수 있지 않을까?

그게 더 나을지도 모른다는 생각이 들었지만, 기묘하게도 그 방법에는 거부감이 들었다. 아직도 아까 정원을 헤매다가 느꼈던 이상한 기분이 나를 망설이게 했다. 왠지 지금 여기서 큰 소리를 내면 무서운 일이 벌어질 것만 같은 설명하기 어려운 느낌이 들었다.

나는 좀 고민하다가 일단은 나 혼자 좀 더 길을 찾아보기로 했다. 그런데 조금 더 걷자 양 갈래 길이 나왔다. 나는 그 앞에서 조금 떨어져 걸음을 멈추었다. 양쪽 길을 번갈아 살펴봤지만 역시 어느 쪽으로 가는 게 더 좋을지 쉽게 판단할 수가 없었다.

이럴 때는 역시 이건가. 나는 고민하다가 손을 들었다.

어느 쪽을 고를까요, 알아맞혀 보세요!

손가락이 가리킨 곳은 오른쪽이었다. 좋아, 너로 정했다! 그렇게 푸릇한 잔디 위를 걸어 양 갈래 길로 다가가던 어느 순간이었다.

휘익!

문득 발목에 걸린 가느다란 뭔가가 툭 끊어지는 느낌이 들면서, 옆쪽에서 뭔가가 날아오는 기척이 느껴졌다.

"……!"

본능적으로 머리를 감싸고 몸을 팍 수그렸다.

쨱쨱!

하지만 멀리서 울리는 새소리만 귓가에 들릴 뿐이었다. 천천히 고개를 돌렸지만 주위에는 아무것도 없었다. 무언가가 날아온 것 같은 흔적도 눈에 띄기 않았다.

뭐지……? 지금 이것도 그냥 내 괜한 기분 탓이었나? 하지만 그렇다기에는…….

나는 인상을 쓰고 잠깐 주변의 분위기를 살폈다. 또다시 뭔가가 이상한데 그게 뭔지 모르겠는, 그런 꺼림칙한 기분이 들었다.

툭!

그때, 돌연 앞쪽에서 뭔가가 떨어지는 작은 소리가 들렸다. 고개를 들자 왼쪽 길 앞에 떨어져 바닥을 나뒹굴고 있는 설익은 열매 하나가 눈에 들어왔다. 옆에 있는 나무에서 떨어졌나 보다.

'어? 저건 뭐지?'

그러다 그 뒤쪽으로 자그마한 무언가가 햇빛에 반짝이고 있는 게 보였다. 조금 전까지는 안 보이던 건데? 그런데 잠깐. 저거 내가 먹은 거랑 똑같은 사탕 아니야? 나는 목적지를 바꿔 왼쪽으로 뛰어갔다. 앗, 역시 내가 아는 사탕이 맞다. 설마 이거 아실 건가?

혹시 그가 이 길을 지나간 게 아닐지 의심과 반가움이 반쯤 섞인 마음이 생겨났다. 주위를 두리번거리며 살피자 저 멀리서 또 반짝이는 게 보였다. 왠지 내 의심이 점점 확신이 되고 있었다.

이런 걸 칠칠맞지 못 하게 흘릴 사람은 아실밖에 없지 않나? 게다가 오늘따라 양쪽 주머니에 사탕을 수북하게 넣어 갔으니까, 이렇게 한두 개 떨어뜨리는 건 티가 나지 않아 몰랐을 수도 있었다. 아니면 주머니에 작은 구멍이 뚫려서 흘렸다거나…….

어쨌든, 아실의 것으로 추정되는 사탕을 발견하고 나니 기운이 생겼다. 이걸 따라가다 보면 아실과 만날지도 몰랐다.

그때부터 나는 잔디밭에 떨어진 사탕의 흔적을 쫓기 시작했다.

'감이 좋은 편이군.'

데온은 손에 쥔 독화살 세 개를 소리 없이 부러뜨렸다. 날아든 위치와 강도를 보니 살상용으로 설치된 것은 아닌 듯했다. 성인 기준으로는 다리를 꿰일 정도의 높이였으니, 천천히 몸을 마비시키는 용도가 아닐까 싶었다.

하지만 록사나 정도의 어린아이라면 이야기는 조금 달랐다. 만약 지금 록사나가 이 화살을 그대로 맞았다면 가슴을 뚫려서 즉사했을 수도 있었다. 물론 데온이 바로 화살을 낚아챘으니 실제로 맞을 일은 없었겠지만.

그래도 장치가 발동되자마자 이변을 눈치채고 곧바로 방어 자세를 취하며 몸을 낮춘 걸 보면, 록사나는 육감뿐만 아니라 청각과 반사 신경도 상당히 좋은 편이었다. 데온은 그렇게 무미건조하게 평가하면서 부러뜨린 화살 중 하나를 앞쪽으로 던졌다.

사악!

록사나의 앞에 있는 양 갈래 길 중, 왼쪽 길목에 있는 나무 열매 하나가 화살촉에 잘려 추락했다. 동시에 던진 사탕도 근처에 떨어졌다. 껍질 속에 몸통을 숨긴 소라게처럼 몸을 웅크리고 있던 록사나가 소리를 듣고 슬쩍 고개를 드는 게 보였다.

그러다 마침내 눈에 익은 사탕을 발견했는지, 경계 어린 빛을 띠고 있던 얼굴이 확 밝아졌다.

데온은 남은 화살촉들도 버리지 않고 챙긴 뒤 소리 없이 자리를 박찼다.

어차피 이곳은 미로 정원에서도 중상 정도 난이도인 구역인 데다 외곽에 가까워 데온에게 크게 위험한 장치는 없겠지만 그래도 혹시 모를 일이었으니.

바스락. 데온이 떠난 나무가 아주 작게 흔들렸다.

록사나보다 조금 앞서간 데온은 달콤한 미끼를 뿌려 들짐승을 꾀는 사냥꾼이 된 기분으로 잔디밭에 사탕을 던졌다. 록사나가 사탕을 줍는 동안 데온은 그들이 있는 곳으로 소리 없이 접근하는 개에게 독이 발라진 화살촉을 던졌다.

푹!

끼잉!

애초에 짖는 소리를 내지 않고 조용히 사냥감을 물어뜯도록 성대를 수술당한 개인지, 비명은 그리 크지 않았다.

"응?"

하지만 록사나는 그 희미한 소리를 용케 귀에 담았는지 의아하게 고개를 돌렸다. 그래도 확실하게 들은 것은 아닌 듯, 그녀는 곧 고개를 갸웃하면서 다시 앞을 보고 걷기 시작했다.

독이 발라진 화살촉에 앞다리를 맞은 개는 점점 움직임이 느려지다가 이내 자리에 풀썩 주저앉았다. 가슴을 느리게 들썩이는 것으로 보아 죽은 것은 아니었다. 역시 저 독의 종류는 마비 쪽인 듯했다.

철컹!

이후 록사나가 갈 길에 설치된 함정들이 또 데온의 손으로 파괴되었다. 남은 화살촉을 모두 소진한 뒤에는 날카롭게 자른 나뭇가지를 던져 장치를 망가뜨렸다.

마침 새가 크게 울면서 지나가거나 강한 바람이 불 때라, 그리 멀지 않은 곳에 있던 록사나도 듣지 못할 정도로 아주 작은 소리만 미로 속에 울렸다. 록사나의 귀가 예민한 것을 안 데온이 일부러 시기를 맞춘 것이기도 했다.

그는 록사나에게 정원의 입구로 향하는 길을 알려 주고 있었다. 데온이 이런 일을 하는 데에는 별다른 이유가 없었다. 그저 다른 형제들과 함께 들어온 미로는 너무 시시했고, 오늘 교육 시간에 수행해야 할 과제의 내용도 지루했으니까.

그때 하필 옆쪽의 미로 정원 안으로 길을 잘못 든 록사나가 그의 눈에 띄었을 뿐이었다. 만약 데온이 도착했을 때 이미 죽어 있다면 그냥 무시하고 돌아갈 작정이었다. 그러나 운이 좋게도 록사나는 그가 처음 발견한 위치에서 더 깊은 곳으로 발을 들이지 않아 아직 멀쩡히 살아 있는 상태였다. 그러니 정말 단순한 변덕이었다.

데온은 아까보다 더 멀어진 곳을 슬쩍 뒤돌아보았다. 바람에 섞인 음산한 기운이 희미하게 피부를 찔렀다.

'마물이라도 있는 건가.'

아까 록사나를 맨 처음 발견했던 지점에서 흘러드는 기운이었다. 데온은 잠깐 그곳을 물끄러미 바라보다가, 다시 록사나 쪽으로 고개를 돌렸다.

아무것도 모르는 록사나는 도토리를 모으는 다람쥐처럼 뛰어가 데온이 던진 사탕을 줍고 있었다. 록사나의 옷에 달린 양쪽 주머니가 어느새 볼록했다. 조그마한 손이 바닥에 떨어져 있던 사탕을 집어 툭툭 털었다.

빠스락!

그러고 나서 록사나는 야무진 손길로 껍질을 벗겨서……

냠.

"……."

오늘 그녀가 입은 옷에는 수납공간이 별로 없어 벌써 주머니가 꽉 찬 것 같았다. 그래서인지 아까부터 걷는 동안 주머니 속에 있는 사탕을 몇 개 꺼내서 오물오물. 또 잔디밭에 떨어진 걸 주워 그대로 껍질을 까서 오물오물.

록사나는 땅에 떨어져 있던 사탕을 참 경계심 없이도 주워 먹었다. 만약 누군가가 나쁜 마음을 먹고 저기에 이상한 짓을 해 놨으면 어쩌려고 저렇게 아무런 확인도 없이 수상한 것을 입에 넣는 건지. 겉모양이 똑같을 뿐, 저게 정말 아실의 사탕이라는 증거도 없었는데 말이다. 실제로도 저건 데온의 손을 거친 것이었고.

하지만 생각해 보면 록사나의 저런 행동이 딱히 이상할 건 없었다.

'별로 안 닮았다고 생각했는데 저런 면은 과연 그 아실의 동생답군.'

데온은 마지막 사탕을 던지고 모습을 감추었다.

"어? 입구다!"

잠시 후 록사나가 밝게 외친 뒤 금빛 머리칼을 나부끼며 뛰어가는 모습이 멀리서 얼핏 보였다. 그것을 확인한 뒤 데온도 원래 그가 있어야 할 곳으로 돌아갔다.

오늘의 교육 과제에서 데온의 성적은 최하위였다. 그는 같은 수업을 받는 이복형제들 중 가장 마지막 순번으로 과제를 완수하고 나왔다. 누구도 예상하지 못한 결과였다. 그 이유는 더욱 놀라웠다.

'교육 과제가 시시해서 옆 구역에 다녀왔다.'

놀란 교육관은 사람을 보내 데온의 말이 사실인지 진위 여부를 확인하게 시켰다. 그러는 동안 다른 이복형제들이 호기심을 표하며 다가왔다.

"진짜 다른 구역에 다녀왔어?"

"거긴 좀 더 나이가 들어야 개방해 준다고 했잖아."

"보나 마나 거짓말이지! 꼴찌로 나온 게 창피해서 괜히 허세를 부리는 거야."

폰타인은 노골적인 불신의 눈초리로 데온을 쏘아봤다. 반면 아실은 데온의 말에 일말의 의심조차 하지 않는 듯이 그를 향해 눈을 빛냈다.

"대단하다, 데온. 난 오늘 우리가 들어간 미로도 무섭던데, 벌써 옆 구역까지 들어갔다 나오다니."

"흥. 데온이 아니었으면 자기가 꼴찌로 나왔을 테니까 괜히 아부하기는."

폰타인이 그런 아실에게 이죽거렸다. 아실은 약간 시무룩해진 눈치였지만 데온은 늘 그래 왔듯이 옆에서 시끄럽게 짖어 대는 폰타인을 완전히 무시했다.

"어? 그런데 내가 준 사탕 다 먹은 거야?"

그때, 아실의 시선이 우연히 어딘가에 닿았다. 그 직후 그의 얼굴이 환하게 밝아졌다. 아실은 처음 미로 정원에 들어갈 때와 달리 홀쭉해진 데온의 주머니를 발견하고 단숨에 기분이 나아진 모양이었다.

"오래 걸어서 그런지 나도 안에서 배고프던데. 그래도 사탕이라도 있는 게 나았지?"

여시 데온이 그거을 전부 버렸을지도 무르다는 생각은 추호도 하지
않는 것 같았다. 하기야, 그러니까 데온을 볼 때마다 자꾸만 이 쓰레
기를 그에게 떠넘기는 것이겠지만. 데온은 아실의 말을 무시하려다가
순간의 변덕에 의해 그냥 짤막하게 대꾸했다.

"그래."

미로 안에서 아실이 준 사탕이 의외로 나름의 쓸모가 있었던 건 사
실이니까. 데온의 말을 들은 아실이 또다시 멍청해 보일 정도로 활짝
웃었다.

금방 교육관이 돌아왔다. 옆 구역에 데온이 말한 것과 동일한 흔적
이 포착되었기 때문에 그의 말은 사실인 것으로 판명 났다. 그래도 과
제에서 최하위 성적을 기록한 것은 사실이었으므로 데온은 마물 사
육장에 먹이를 주는 벌을 받게 되었다.

"사나야! 너 오늘 수업 빠졌다면서?"

저녁 무렵, 록사나는 사색이 되어 부리나케 달려온 아실을 보고 양
쪽으로 늘어뜨린 머리카락을 슬며시 들어 옮겨 자신의 얼굴을 가렸다.

"2번 정원 근처에서 혼자 돌아다니다가 발견됐다던데 진짜야?"

질겁해 희게 질린 아실의 얼굴은 그들의 어머니인 시에라와 똑같이
닮아 있었다. 록사나는 이미 시에라에게 어디 다친 곳은 없느냐는 걱
정의 말과 두 번 다시는 이런 식으로 몰래 수업을 빼먹고 저택 안을 혼
자 돌아다니면 안 된다는 잔소리를 장장 한 시간이나 들은 참이었다.

그런 뒤 시에라는 다시 열이 올라 쓰러져 방으로 옮겨졌다. 당연히 록사나는 그런 시에라를 보고 굉장한 양심의 가책을 느꼈다. 그래서 지금도 혼자 반성하고 있던 중이었고 말이다. 그런데 아실까지 이렇게 놀라서 달려오니, 그녀의 마음이 편할 리가 없었다.

"아무 일도 없었어. 정말이야. 그냥 바깥이 어떤지 궁금해서 잠깐 나갔다가 길을 잃어서……."

록사나가 우물쭈물 변명했으나 아실은 심각한 얼굴로 그녀의 앞에 무릎을 굽혀 앉았다. 그런 뒤 록사나의 어깨를 붙잡고 진지하게 시선을 맞대 오는 아실의 모습이 또 묘하게 익숙했다. 록사나는 머리카락을 잡고 있던 손을 놓고 반사적으로 흠칫 몸을 떨었다.

'아앗……. 이거 엄마가 잔소리하기 직전이랑 똑같은 얼굴인데.'

그녀의 생각이 맞았다. 아실은 록사나를 향해 그녀가 아까 시에라에게 들은 것과 비슷한 말들을 쏟아 내기 시작했다.

"앞으로는 절대 그러면 안 돼, 사나야. 그렇게 수업도 안 가고 마음대로 돌아다니다가 들키면 벌을 받을지도 모른단 말이야. 어쩌면 아버지께 직접 불려 가서 혼날지도 몰라. 넌 아버지가 화나면 얼마나 무서운지 모르지? 그리고 이런 식으로 혼자 밖에 나가면 위험해. 저택에 무서운 게 얼마나 많은데. 너 혼자 그렇게 여기저기 다니다가 혹시 무슨 일이라도 생기면 어머니하고 내가 얼마나 마음이 아프겠어? 너도 다쳐서 아프긴 싫잖아. 오늘 네가 발견된 곳 근처에도 잘못하다가는 무서운 일을 겪을 수도 있는 위험한 것들이……."

아실의 잔소리는 시에라만큼이나 길었다. 록사나는 그의 근심 어린 말들을 듣는 동안 그렇지 않아도 피곤하던 몸과 정신이 분리되는 것 같은 기분을 느꼈다.

오늘의 외출은 그녀에게도 꽤 힘든 일이었다. 결국 애초에 목적했던 조리실에는 다녀오지도 못했다. 이상한 정원을 나오고 좀 더 걷다가 중간에 다른 사용인에게 발견되어 곧바로 이곳으로 돌아와야 했기 때문이다.

그때 시에라는 이미 록사나가 사라진 걸 알아차리고 그녀를 찾아 정신없이 헤매고 있었다.

시에라와 아실이 록사나에게 약한 만큼 록사나도 두 사람에게는 한없이 약해지는 면이 있었다. 그래서 이렇게 둘 모두를 걱정시키고 나니 마음이 무거워 죽을 맛이었다.

"알았어, 미안해. 이제 수업도 안 빼먹고, 혼자 위험하게 돌아다니지도 않을게. 내가 잘못했어."

물론 나중에는 생각이 또 바뀔 수도 있었지만, 일단 지금으로서는 진심이었다.

록사나가 한껏 풀이 죽어 반성하자 아실도 곧 자신이 어린 동생을 너무 몰아붙였나 싶어 멈칫했다. 그렇지 않아도 넓은 저택 내에서 혼자 길을 잃어 겁먹고 무서웠을 텐데.

아실은 더 이상 말하는 걸 그만두고 록사나를 꼭 안아 주었다.

"오빠도 미안해. 사나가 그렇게까지 저택 안을 궁금해하는 줄도 모르고, 위험한 게 많다고 계속 못 나가게만 했어. 다음에는 오빠랑 같이 가까운 데부터 구경하러 가자."

"어, 진짜?"

"응, 대신 어머니가 다 나으시면 허락받고. 자, 약속이야."

아실이 새끼손가락을 내밀자 록사나가 살짝 불만스러운 눈으로 그걸 내려다봤다. 이런 어린애 취급은 역시 좀 낯간지러웠기 때문이다.

하지만 지은 죄가 있었기 때문에 그녀는 이내 못 이긴 척 아실과 새끼손가락을 걸고 약속했다.

"오빠는 오늘 뭐 했어? 혹시 정원 같은 데 갔었어?"

"어? 어떻게 알았어?"

"그냥 아까 보니까 오빠 옷에 나뭇잎 붙어 있어서."

순진한 아실은 록사나가 아무렇게나 둘러댄 말을 믿었다.

"응, 오늘 수업 때는 처음으로 미로 정원에 들어갔었어. 사나가 발견된 데랑 가까운 데야."

그 얘기를 들은 록사나는 '역시.' 하고 생각하며 고개를 끄덕였다.

'어쩐지 정원의 구조가 미로 같더니, 이름도 미로 정원이었네.'

아실은 어린애답게 단순한 면이 있어, 언제 록사나에게 잔소리를 했냐는 듯이 아까의 일을 신이 나서 떠들어 댔다.

"데온은 진짜 대단하더라. 원래 우리가 들어가야 될 미로보다 훨씬 더 어려운 난이도인 구역에 다녀왔대."

"미로도 구역이 따로 나뉘어 있는 거야?"

"응. 지금 우리 나이에는 가장 쉬운 단계인 구역만 개방된다나 봐."

"그렇구나."

"오늘은 미로 안에서 각자 지정된 물건을 찾아 나와야 했는데, 좀 오래 걸어야 돼서 생각보다 힘들었어."

록사나는 아실이 눈을 빛내며 재잘거리는 소리를 귀담아들었다. 아까 그녀가 정원에서 주운 사탕이 정말 아실의 것이 맞는지 궁금했기 때문이다.

"오빠, 오늘 나가기 전에 사탕 엄청 많이 챙겨 갔잖아. 먹으면서 걸으면 그래도 덜 힘들었겠네?"

록사나는 은근히 중간중간 추임새를 넣어 아실에게서 원하는 대답을 유도했다.

"맞아! 양쪽 주머니 가득 챙겨 갔으니까. 처음에는 너무 많이 가져갔나 싶었는데 그러기를 잘한 것 같아."

하지만 이어서 귀에 흘러 들어온 이야기는 록사나의 생각과 좀 달랐다.

"그런데 안에 들어가기 전에 거의 다 데온한테 줘서 나한테는 몇 개밖에 남은 게 없었거든."

그 순간 아실의 말을 경청하던 록사나가 멈칫했다.

"으음. 이건 비밀인데, 그래서 솔직히 절반만 줄 걸 그랬다고 안에들어가서 좀 후회했어. 하지만 그런 생각 한 건 진짜 잠깐이야! 내가 그만큼 힘들었으니까 나보다 어린 데온은 더 힘들었을 거 아냐. 그래서인지 데온도 미로 안에서 내가 준 사탕을 잘 먹은 것 같더라고."

'그래서 기분이 좋았어!'라고 덧붙이며 아실은 정말 기쁜 듯이 미소지었다.

"데온한테 사탕을 거의 다 줬다고? 몇 개 남은 건 오빠가 다 먹고?"

"응? 응."

무슨 생각을 하는지, 잠깐 동그랗게 떠졌던 록사나의 눈이 서서히 가늘어졌다. 반듯하던 이마에도 하나둘씩 주름이 그려지기 시작했다. 곧 조막만 한 손이 아실의 주머니로 뻗어졌다.

록사나는 개 발바닥 모양의 주머니를 뒤집어 무언가를 확인했다. 하지만 원하던 것을 찾지 못했는지, 귀여운 얼굴이 한층 더 찌푸려졌다. 당연히 아실은 어리둥절해졌다.

사실 록사나가 확인하려 한 것은 주머니의 구멍 여부였다. 혹시 아실이 저도 모르게 사탕을 흘려 놓고 눈치채지 못한 게 아닌가 싶었기 때문이다. 하지만 아실은 지난번처럼 또 데온과 자신만 사탕을 먹어서 동생이 삐진 것으로 오해했다.

"그, 그게, 사나야. 당연히 너한테 줄 사탕도 따로 챙겨 놨지! 오빠 방에 사나한테 줄 사탕 엄청 많아! 지금 가서 같이 볼까?"

아실은 진땀을 빼며 록사나에게서 빈 주머니를 감추려 애를 썼다. 록사나는 갑자기 변명하기 시작한 그를 뒤로한 채로 방금 전에 들은 말을 혼자 골똘히 곱씹는 중이었다. 이어서 아까 정원에서의 일을 상기하는 앳된 얼굴에는 무언가를 알쏭달쏭하게 여기는 듯한 빛이 떠올라 있었다.

그때, 아실이 돌아왔다는 소식을 들은 시에라가 사용인을 보내 두 사람을 불렀다. 그래서 록사나는 더 이상 생각을 이어 가지 못했다.

다행히 낮에 교육을 받지 않고 이탈한 것에 대해서는 란트와 교육관에게 따로 혼이 나지 않았다. 한 번 정도 수업을 듣지 않은 것 정도로는 벌을 받지 않는 모양이다.

그래도 시에라와 아실에게 몇 번이나 당부의 말을 들은 록사나가 이후 또 그들 몰래 수업을 빠진 적은 없었다. 물론 쉬는 시간에 조용히 움직여 근처를 탐방하는 일까지 멈추지는 않았지만.

가끔은 5번 구역에 있는 제레미에게 찾아가서 아실처럼 사탕을 주거나 머리를 쓰다듬어 준 일도 있었다. 시간이 나면 남들의 시선을 피해 잠깐 같이 놀아 주기도 했다. 하지만 그건 시에라와 아실에게도 말하지 않은 록사나만의 비밀이었다.

바스락.

그날 저녁, 데온은 방으로 돌아가 옷을 갈아입다가 주머니에 하나 남아 있는 사탕을 발견했다. 미로 정원 안에서 전부 다 써 버렸다고 생각했는데 구석에 숨은 게 있던 모양이었다.

데온의 붉은 눈이 손바닥에 놓인 것을 물끄러미 내려다보았다. 그러다가 무슨 생각에서인지, 그는 천천히 사탕의 껍질을 벗기기 시작했다.

마침내 반짝이는 분홍색 종이 안에 싸인 동그란 알맹이가 밖으로 드러났다. 데온은 또 그걸 가만히 응시하다가 입에 집어넣었다.

어쩌면 그냥 아무 생각 없이 한 일일 수도 있었다. 오늘 낮에 미로에 있는 록사나에게 길을 안내해 주고, 아실의 물음에 처음으로 긍정적인 대답을 해 준 것만큼이나 충동적인 일이었으니까.

곧 그리 익숙하지 않은 단맛이 입안에 가득 퍼져 나갔다. 데온의 얼굴은 여전히 아이답지 않게 무표정했다.

아실과 록사나는 똑같이 해맑고 똑같이 무방비한 바보 같은 남매들이었다. 왠지 두 사람의 느낌이 이 사탕과 조금 닮은 것 같다는 생각이 들었다. 정확히 어떤 면이 닮은 건지는 설명하기 어려웠지만.

어쩌면…… 그래. 동그란 유리구슬처럼 깊은 곳까지 투영할 듯이 반질반질하니 맑고, 한 입 깨물면 무참히 부서질 정도로 약한 점이 닮은 것인지도 몰랐다. 그런 주제에 사람을 끌어당기는 단내를 솔솔 풍기는 것까지.

데온은 입안에 있는 사탕을 이로 물어 씹어 삼키려는 것처럼 몇 번인가 아슬아슬하게 혀로 굴리다가 그냥 천천히 녹여 먹었다. 그러고 나서 다 먹은 사탕의 껍질을 쓰레기통에 버리는 대신 옆에 있던 책 사이에 끼워 넣었다. 그리고 그것을 누구의 눈에도 띄지 않게 책장 속에 깊숙이 꽂아 두었다.

스스로도 이유는 알지 못한 채였다. 그날 이후부터 얼마간 데온은 우연히 마주친 아실이 건네주는 사탕을 버리지 않았다. 그 사실을 안 건지, 록사나도 더는 데온을 볼 때마다 도끼눈을 치켜뜨지 않았다.

록사나는 어째서인지 다소 미묘한 눈빛으로 데온을 쳐다보곤 했는데, 그 이유는 아실도 모르는 눈치였다.

록사나는 더 이상 데온에게 사탕을 주지 말라며 아실을 갈구지도 않았다. 여동생의 질투에 곤혹감을 느끼기는 해도, 그것을 내심 귀엽게 여겼던 아실은 은근히 서운한 것처럼 보이기도 했다.

하지만 이후로도 쭉 지속될 것처럼 보이던 그런 평온한 일상은 그리 오래 이어지지 않았다.

미로 정원에서의 일은 란트의 귀에도 들어가, 얼마 후부터 데온은 개별 교육을 추가로 받게 되었다.

데온이 성인 수준의 미로 정원을 다친 곳 하나 없이 들어갔다 나온 일은, 란트가 그를 제대로 눈여겨보게 된 계기가 되었다. 그때부터는 데온과 아실이 마주치는 일도 더 적어졌다.

데온이 받기 시작한 교육 내용은 차마 열 살의 아이에게 시키는 것이라고는 믿기지 않을 정도로 혹독하고 무자비하고, 또 잔인했다. 어쩌면 이전까지 그에게 아주 작게나마 분명 존재했을지도 모를 어린아이다운 순수함와 온기 어린 감정은 그것을 발견해 줄 이 없는 환경 속에서 점차 무뎌지고 빛바래 갔다.

스스로마저도 한낮의 신기루 같았던 그 언젠가의 희미하고도 낯선 감정의 파문을 잊을 정도로. 이후 두 번 다시 그의 손에 펼쳐지는 일 없이 책장 속에 고이 잠들게 된, 반짝이는 사탕 껍질을 끼워 놓은 책처럼.

그리하여 무의미한 시간만 흐르고 흘러, 마침내 데온이 열네 살이된 어느 날.

"데온, 너는 어떠냐? 저 반편이를 어떻게 생각하지?"

란트는 폐기 처분 선고를 직전에 둔 아실을 두고 데온에게 물었다. 데온은 조금 전 란트의 구둣발에 걷어차여 바닥을 나뒹굴고 있는 아실을 내려다보았다. 그의 눈에서 뚝뚝 떨어지고 있는 붉은 액체가 꼭 피눈물처럼 보였다.

아실은 이미 절망에 빠져 거의 넋이 나가 있었다. 처음이자 마지막으로 온 힘을 다해 토해 낸 살려 달라는 애원을 아버지인 란트에게 이토록 매정하게 짓밟혔으니, 무리도 아니었다.

란트는 아실의 피가 묻은 구두를 대충 바닥에 문질러 닦으며 데온을 지그시 응시했다. 사람의 온기라고는 티끌만큼도 존재하지 않는 것처럼 보이는 몰인정한 붉은 눈이 대답을 종용했다.

란트는 꼭 데온의 대답 여하에 따라 이미 마음속에 내린 결정을 바꿀 의향도 있는 것처럼 보였다. 물론 그마저도 착각일 수 있었고.

반대로, 어쩌면 지금 데온은 란트에게 안목을 시험당하고 있는 것인지도 몰랐다. 여기서 오답을 낸다 해서, 란트가 당장 데온을 죽이리란 생각은 들지 않았지만. 그러나 어느 쪽이 진실이든, 데온에게는 아무 의미도 없는 일이었다.

마침내 데온은 느릿하게 입술을 뗐다.

"아그리체에는 어울리지 않는 사람이라고 생각합니다."

현재 그가 처한 상황과 입장을 모두 떠나, 지금껏 데온이 아실을 볼때마다 늘 속으로 품고 있던 생각이었다. 그러니 아실을 죽여야 한다거나, 그를 더 이상 두고 볼 가치가 없다거나, 그런 의미는 아니었다.

물론 란트의 귀에는 그다지 다르게 들리지 않은 모양이었지만 말이다.

"그럼 아그리체에 걸맞은 인간으로 발전할 가능성은?"

"최하."

이번에도 그저 란트의 질문에 생각한 것을 말했다. 그러자 란트가 만족스럽게 웃었다.

"내 의견도 너와 동일하다. 아그리체다워질 가능성이 조금도 없는 놈은 역시 살려 둘 가치가 없지."

하지만 데온은 그 말에 불현듯 의문을 품었다.

아그리체답지 않은 사람은 살 가치가 없는 것인가? 그럼 이 아그리체 저택 안에서 일하고 있는 사용인들이나 동관에 머물고 있는 란트의 여러 부인들, 혹은 이 저택 밖에 있는 그 수많은 사람들도 모두 살 가치가 없는 인간들인가?

그러나 곧 란트가 명령을 내려 상념은 끊어졌다.

"그러고 보니 아직 네게 진짜 사람을 대상으로 한 살인 명령을 내린 적은 없었지. 최대한 흠은 내지 말고 죽여라."

그것으로 끝이었다. 데온은 새까만 절망에 집어삼켜진 눈으로 그를 올려다보는 소년을 향해 다가갔다. 지금보다 더 어릴 때 이후로 이렇게 아실과 가까이에서 눈을 마주하는 건 몇 년 만에 처음이었다.

하지만 그 오래전에 아실을 보고 느꼈던 희미한 감정은 그동안 더 견고해진 데온의 벽을 뚫고 감히 안으로 침투하지 못했다.

그렇게 아실은 폐기 처분 선고를 받았고, 데온은 란트의 명으로 그를 죽였다.

단지 그뿐인 이야기였다.

－✦ 🦋 ✦－

"너희, 아실 도련님의 폐기 처분 날에 있었던 얘기 들었어?"

"무슨 얘기?"

그로부터 얼마 후, 데온은 교육 시간이 되어 마물 사육장에 가기 위해 회랑을 걷다가 멀리서 지나가는 사용인들이 속닥거리는 이야기를 들었다.

"그때 심판의 방에서 시중을 들던 사용인이 해 준 얘기인데, 주인님이 데온 도련님을 좀 많이 아끼시잖아. 그래서 폐기 처분 선고를 내리기 전에 아실 도련님을 이대로 살려 둘지 말지, 의견을 물어봤나 봐."

"어머, 데온 도련님 판단에 따라서 아실 도련님을 살려 주기라도 하려고?"

"그런데 글쎄 데온 도련님이, 아실 도련님은 아그리체에 어울리지 않는 사람이니까 살려 둘 가치가 없다고 딱 잘라서……."

"세상에. 주인님 명령으로 아실 도련님을 직접 사형시킨 것도 데온 도련님이라던데."

그들의 이야기는 사실인 것도 있었지만 일부 와전된 부분도 있었다. 하지만 누가 뭐라고 떠들어 대든 아무 상관없는 일이었기에, 데온은 굳이 입 가벼운 사용인들을 불러 진실을 정정하지 않았다.

타탁!

그때, 회랑 너머로 누군가가 뛰어가는 것 같은 작은 발소리가 들렸다. 데온의 무감한 붉은 눈이 소리가 들린 방향으로 한순간 미끄러졌다.

어린아이의 발소리인 것을 보니 이복형제 중 한 사람인 게 분명했

다. 조금 전 사용인들이 한 이야기를 들었을 수도 있지만 그 역시도
데온으로서는 무방한 일이었다.

곧 데온은 다시 시선을 정면으로 옮기고 목적지로 걸음을 옮겼다.
그런 그의 얼굴은 여전히 빛 한 점 들지 않는 짙은 음지처럼 지독히도
차갑고 무미건조하기만 했다.

교육을 마치고 돌아가던 길, 함께 있던 사용인을 따돌린 록사나는
건물 뒤쪽의 덤불 사이에 몸을 숨기고 색색 거친 숨을 내쉬었다. 소
리를 내지 않으려고 손으로 입을 막고 있는 동안 저절로 몸이 부들부
들 떨렸다.

조금 전 다른 사용인들이 떠들던 이야기를 믿을 수가 없었다. 거친
손에 뒤통수를 세게 얻어맞은 것처럼 머릿속이 단숨에 새하얘졌다.

애초에 록사나는 그들의 아버지라는 인간, 란트 아그리체에게는 아
무것도 기대하고 있지 않았다.

하지만 데온 아그리체는 달랐다. 그와는 그래도 조금, 친해질 수 있
을지도 모른다고 생각했던 때가 있었다.

몇 년 전 미로 정원에서 혹시 그녀를 도와준 게 데온일지도 모른다
는 의심을 처음 한 순간부터. 어쩌면 생각했던 것만큼 나쁜 아이가 아
닐지도 모른다고, 어쩌면 그저 조금 서툰 것뿐 사실은 상냥한 아이일
지도 모른다고…….

그런 생각을 하며 아실과 함께 데온에게 다가가 일부러 말을 걸고,
아실이 그와 겹치는 교육 날마다 방으로 돌아와 웃으며 데온에 대해

이야기하는 것을 못 이긴 척 들어 주고…….

된 몇 번이긴 하지만 데온도 룩시니의 이실이 인사하면 무시하는 대신 작게 고개를 끄덕여 준 데 이어, 아실이 준 사탕을 더 이상 쓰레기 취급하며 버리지 않을 때가 분명 그들에게 있었다.

그런데…….

그런데 네가 아실을 죽였다고?

그에게 아그리체에 어울리지 않으니 살 가치가 없다는, 그런 말을 했다고?

너를 향했던 아실의 그 웃음, 그 손길, 그 다정함.

그런 게 너한테는 정말 아무 의미도 없었다는 거야?

아실은 죽기 전까지도 너를 좋아했는데. 너를 동생이라고 생각했는데.

그리고 나도 아주 조금쯤은…….

"으……."

투둑, 툭.

결국 삼키지 못한 눈물이 웅크리고 있던 무릎과 바닥으로 뚝뚝 떨어졌다.

아실이 죽고 나서 시에라는 한참을 앓아누웠다. 얼마나 극심한 충격을 받았던지, 이대로 그녀까지 죽는 게 아닐까 두려울 정도였다. 다행히 시에라는 다시 자리를 털고 일어났지만, 록사나는 지금도 아실 생각을 하며 자주 눈물 흘리는 그녀 앞에서 약한 모습을 보일 수가 없었다.

아실이 폐기 처분 선고를 받아 죽은 후부터는 어디에서나 꼭 감시당하는 것 같은 기분이 들어서 항상 살얼음판 위를 걷는 것처럼 긴장감이 들었다. 그래서 결국 어디에서도 혼자 마음 놓고 안심할 곳이 없

어서, 지금까지 단 한 번도 아실을 위해 울어 주지 못했다. 그의 죽음
이 차마 실감 나지 않았던 것도 이유였다.

그러니 록사나가 그를 생각하며 이렇게 숨조차 쉬기 어려울 정도로
우는 건 오늘이 처음이었다.

그리고 분명 오늘이 마지막일 것이다.

아무렇지 않게 제 아들을 죽이라는 명령을 내린 란트 아그리체를
용서할 수 없었다. 아직도 시에라의 옆을 기웃거리며 아이들의 일이
니 우리 사이는 문제 될 것 없지 않으냐는 무신경한 소리를 지껄여
대는 마리아도 꼴 보기 싫었다. 무슨 일이 있었냐는 듯이 평소와 같
은 무덤덤한 얼굴을 하고 있는 데온을 볼 때도 참을 수 없이 속이 뒤
틀렸다.

하지만 이것 역시 그들 모두에게 아무 의미도 없는 감정일 것이다.
그들에게 있어 그녀는 아실만큼이나 먼지 같은 인간일 테니까.

록사나는 눈물에 흥건히 젖은 얼굴을 손으로 벅벅 문질러 닦았다.
그러고 나서 이를 악물고 자리에서 일어났다.

결국은 혼자서 착각을 한 것이다. 데온 아그리체는 원래 그런 사람
이었는데, 혼자 멍청한 착각을 했다.

이제는 정말 이 아그리체에 있는 누구와도 가까워지지 말아야지.
그럼 최소한 지금처럼 웃기지도 않는 배신감을 느끼며 울게 되는 일
도 없을 테니까.

록사나는 그녀가 숨어 있던 곳을 한 번도 돌아보지 않고 달렸다.
거기에 남은 눈물 자국도 그녀의 것이 아닌 것처럼.

그 이후 록사나가 데온과 어릴 때처럼 눈을 맞대고 이야기하는 일
은 두 번 다시 없었다. 1년 후인 열두 살 때부터는 대만찬 자리에 함

께 참석하게 되었지만 그때마다 데온 아그리체라는 사람이 없는 존재인 것처럼 천저히 무시했다.

　물론 아주 가끔은 그를 향한 살의를 완전히 감출 수 없었다. 그러나 역시 데온과 아주 짧은 순간 시선을 마주하는 것조차 용납할 수가 없었다.

　하여 그녀를 보며 우는 아실의 환영과 마주쳤던 열다섯 살의 월례 평가 때까지……. 두 사람의 시간은 다시 교차되는 일 없이 평행선으로 서로를 스쳐 지나갔다.

　하지만 록사나 아그리체와 데온 아그리체의 인연은 지독할 정도로 질겼다.

　좀 더 시간이 흘러 맞이하게 된 미래의 어느 운명적인 날, 결국 두 사람은 가시투성이의 녹슨 검은 실로 서로의 목을 묶게 되었다.

　아실로 인해 시작된 그 피투성이의 속박이 다시 아실로 인해 끊어질 때까지.

　이것은 아그리체의 아이들이 아직 어른이 되지 못했던 오래된 과거의 이야기.

　그런 어느 빛바랜 시절의 초라한 단상이었다.

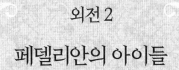

외전 2

페델리안의 아이들

카시스는 눈앞에 있는 새끼 짐승을 물끄러미 내려다보았다.

크르릉!

지저분한 회색 털을 가진 작은 동물이 짐마차의 바퀴 앞에 몸을 옹송그리고 있었다. 눈이 마주치자, 그것은 카시스에게 이를 드러내며 제법 사납게 하악질했다.

"응? 못 보던 고양이인데, 저희가 경계에 다녀온 동안 도련님과 아가씨가 키우시기로 한 겁니까?"

"아니, 나도 오늘 처음 봤어."

가까이에 있던 페델리안의 심복 중 하나가 카시스와 고양이를 발견하고 다가왔다. 오늘은 월초에 경계 순찰을 나갔던 리셸과 그의 심복들이 페델리안으로 돌아온 날이었다. 그래서 오랜만에 성채가 시끌벅적했다.

이제 여덟 살인 카시스는 아직 어려 외곽 경비에는 참여하지 않았기 때문에 성에 남아 있다가 돌아온 사람들을 맞이하러 나온 참이었다.

"이런, 그럼 어디로 들어온 거지? 성벽에 개구멍이라도 뚫려 있나?"

"뭘 그렇게 봐?"

"어? 고양이네."

근처에 있던 심복들도 고양이를 발견하고 어슬렁거리며 다가왔다. 그러자 어디에서 왔는지 정체를 알 수 없는 고양이가 위협을 담아 또 한 번 그르렁거렸다.

"저거 진흙이 아니라 피인가? 아무래도 다친 것 같은데?"

"어라. 털에 묻은 저 주황색 풀, 우리가 마지막에 지나온 고원에 있던 거랑 비슷해 보이지 않아?"

"아, 그럼 혹시 그때 쉬는 동안 우리 짐마차에 몰래 타고 들어온 거 아냐?"

옹기종기 모인 심복들이 고양이의 정체를 추측하며 떠들었다. 카시스는 그 소리를 듣다가 앞에 있는 고양이에게 조심스럽게 손을 내밀었다. 하지만 고양이는 카시스를 피해 옆으로 폴짝 몸을 날렸다.

"어이쿠."

마침 그쪽에 있던 심복 중 하나가 얼른 고양이를 붙들었다.

"이 피 좀 봐. 고양이가 생각보다 크게 다친 모양인데, 제가 데려가서 의사에게 보이겠습니다."

카시스는 조금 멀리 떨어진 곳에 서 있는 리셸을 힐끗 돌아보았다. 카시스와 함께 사람들을 맞이하러 나온 실비아가 조금 전부터 보이지 않더니, 어느새 아버지에게 매달려 장난을 치고 있었다. 리셸은 쟌느와 이야기를 나누다가 별수 없다는 듯이 웃으면서 그런 실비아를 안아 들었다.

카시스는 그 모습을 보며 조금 고민했다. 그사이 평소 카시스와 잘 놀아 주곤 하던 심복 하나가 그를 훌쩍 들어 올렸다.

"으쌰. 어디 보자, 우리 도련님 못 본 새 진짜 많이 크셨네요."

"고작 보름 만인데?"

"하하, 어린애들은 워낙 쑥쑥 크니까요."

그러다 문득 그를 지탱하고 있는 심복의 팔에 난 상처 자국이 카시스의 눈에 들어왔다. 작은 손이 그 위를 덮자 상처가 순식간에 아물었다.

"앗, 이러시면 안 됩니다."

심복이 곤혹스러운 듯이 카시스를 보았다. 그는 페넬리안에게 유전되는 능력을 아는 몇 안 되는 사람 중 하나였다.

"이 정도는 의무반에 가서 보이면 되는데요."

"내가 하는 게 쉽고 빠르잖아."

"가주님도 이러면 안 된다고 하셨잖습니까."

지금까지도 몇 번 이런 일로 리셸에게 꾸지람 들은 적 있는 카시스가 입을 다물었다. 심복은 무슨 말인가를 더 하려 했지만, 리셸과 쟌느가 실비아를 데리고 다가오는 모습을 보고는 그저 카시스를 내려놓은 뒤 그의 머리를 쓰다듬어 주었다.

"가주님께는 비밀로 하겠습니다. 하지만 이번 한 번뿐입니다."

"으응."

"그리고 치료해 주셔서 고맙습니다, 상냥하신 도련님."

투박한 손길에 무질서하게 헤집어진 머리카락 사이로 심복의 다정한 웃는 얼굴이 보였다. 카시스도 그를 따라 방긋 웃었다.

"카시스. 또 셀먼이 네 머리를 엉망으로 만들었구나."

"하하! 죄송합니다, 가주님."

실비아를 안고 온 리셸이 자상하게 웃으며 다른 한쪽 팔로 카시스를 안아 들었다. 쟌느도 미소 띤 낯으로 새집처럼 변한 카시스의 머리를 정리해 주었다.

"아버지, 다녀오셨어요."

"그래, 다녀왔다."

부자는 정답게 인사를 나누었다.

"아직 공기가 좀 쌀쌀하니 안으로 들어가자."

"아버지, 어머니. 아까 짐마차를 타고 고양이가 따라온 것 같던데 저희가 키워도 돼요?"

"고양이!"

카시스의 말을 들은 실비아가 눈을 반짝였다.

"고양이? 지금은 안 보이는데?"

"좀 다쳐서 치료받으러 갔어요."

"고양이 볼래!"

네 가족은 누가 봐도 화목하다고밖에 할 수 없는 모습으로 대화를 나누며 저택으로 걸어갔다. 고즈넉한 바람이 그 뒤를 부드럽게 스쳐 지나갔다.

"……."

카시스는 며칠 뒤 연무장 앞의 덤불 사이에 반쯤 몸을 파묻은 채 자고 있는 고양이를 발견했다. 첫날 이후 씻기고 치료시키긴 한 듯, 전보다 좀 하얘진 몸에 붕대가 감겨 있었다.

하지만 고양이는 꾸준히 관리받고 있다기에는 여전히 꼬질꼬질했다. 카시스는 그 이유를 알고 있었다. 치료시키려 데려간 고양이가 다음 날 감쪽같이 사라졌다며 페넬리안의 의원과 심복이 면목 없다는 듯 고해 왔기 때문이다.

고양이를 만날 것을 한껏 기대하고 있던 실비아는 크게 실망해 울먹이기까지 했다. 이후 그들은 고양이를 찾아내 잡으려고 몇 번이나 시도했지만 움직임이 워낙 날쌔서 번번이 놓치고 말았다.

그래서 오늘은 고양이가 주로 다니는 길에 먹이를 놓고 잠복할 예정이라고 했는데…….

지금 심복들이 한창 함정을 설치 중인 곳과 카시스가 고양이를 발견한 곳은 정반대의 위치였다.

소리 죽인 조심스러운 발걸음이 앞으로 내디뎌졌다. 카시스는 최대한 기척을 죽이고 움직여 잠들어 있는 고양이에게 손을 뻗쳤다.

캬악!

나름대로 조심한다고 했는데, 예민한 고양이는 카시스의 손이 닿자마자 깨어나 버둥거렸다. 반사적으로 손아귀에 힘을 주자 작은 짐승이 발버둥 치면서 있는 힘껏 카시스를 할퀴고 물어뜯었다. 얼마나 그 기세가 사나운지 손등의 살점까지 떨어져 나가 붉은 피가 울컥 흘러내릴 정도였다. 만만치 않은 통증에 저절로 얼굴이 찡그려졌다.

그래도 새끼 짐승을 포획한 손에 힘을 풀지는 않았다. 카시스도 고양이를 겁주고 싶지는 않았지만 눈에 띄는 상처가 여전히 중해 보여 한시라도 빨리 치료해야 할 것 같았다.

"쉬이. 괜찮아."

지금 고양이와 카시스 둘 다 부상이 작지 않았지만 괜찮았다. 어차피 금방 낫게 할 수 있으니까. 카시스는 먼저 고양이부터 치료했다. 그의 손을 타고 흘러 나간 기운에 꼭 안정제 효과라도 있는 것처럼 손안의 버둥거림이 점차 잦아들었다. 필사적으로 발버둥 치느라 상처가 벌어져 붕대 위를 흠뻑 적시고 있던 피도 멎었다.

카시스가 자신을 해치려는 게 아니라 도와주고 싶어 애쓰는 것을 느낀 것일까?

어느새 새끼 짐승은 카시스의 손에 얌전히 몸을 맡기고 동그란 눈으로 그를 빤히 쳐다보고 있었다. 카시스는 얌전해진 고양이를 안고 자리를 벗어났다.

"고양이!"

혼자 놀고 있던 실비아가 그들을 보고 벌떡 일어나 달려왔다.

"와! 오빠가 찾았어?"

그러다 거리가 좁혀졌을 때, 흥분으로 반짝이고 있던 눈이 크게 떠졌다.

"어어? 그런데 고양이 아야 해?"

"괜찮아. 지금은 고양이 안 아파."

카시스의 손이 고양이의 몸에 감겨 있는 피투성이 붕대를 풀었다. 카시스는 아주 어릴 때부터 그의 의지에 따라 다친 동물과 사람 모두를 낫게 할 수 있었다. 그럴 때마다 그는 꼭 무엇이든 할 수 있는 어른이 된 것 같았다.

"오빠가 고양이 안 아프게 해 줬어?"

카시스의 앞에 쭈그려 앉은 실비아가 아까처럼 반짝이는 눈으로 그를 보며 물었다. 카시스는 손가락을 들어 입술에 대고 쉿, 하는 소리를 냈다.

"다른 사람한테는 비밀이야."

그러자 실비아도 그를 따라 하며 고개를 마구 끄덕였다.

"응, 쉿! 비밀이야."

물론 제아무리 주도면밀하게 숨긴다 한들, 아이들의 비밀쯤은 어른들의 눈에 훤히 보이게 마련이었다. 그러나 바로 얼마 전에도 같은 일로 카시스를 혼낸 일이 있었고, 이와 관련해 아이를 어떻게 교육시키는 것이 옳은 방법인지 부부도 고민되는 바가 있었기에 일단 이번에는 아이들의 간절한 눈빛에 못 이겨 한 번 모른 척해 주었다.

새끼 짐승은 카시스를 잘 따랐다. 시간이 지날수록 몸집이 너무 불어나 뭔가 이상해 알아보았더니 그것은 고양이가 아니라 백호였다. 처음에는 원래 있던 곳으로 다시 데려다주려 했지만 이미 사람 손을 타서 야생에 풀어놓을 수 없었다.

페델리안에 들어온 지 몇 달 만에 백호의 몸은 카시스만 해졌다. 그래도 두 아이는 겁내지 않고 동물과 잘 어울려 놀았다.

"너희들, 또 이렇게 다쳤잖니. 좀 더 조심해서 놀지 못하고."

"괜찮아, 오빠가 호 해 주면 다 낫는데."

어린아이가 놀다가 다치는 건 흔히 있는 일이라 특별할 것도 없었지만 별생각 없이 해맑게 꺼낸 실비아의 말만큼은 좌시하기 어려웠다.

실비아는 또래 아이들 중에서도 유독 성격이 활달했다. 하지만 실비아가 가끔 무모함을 넘어 위험하기까지 한 행동을 하는 건 사실 카시스의 영향이 컸다. 어디를 어떻게 다쳐도 카시스의 손길 한 번이면 금방 나을 수 있다는 걸 알아서인지, 아이는 겁이 없어도 너무 없었다. 그건 카시스도 마찬가지라, 두 아이는 꽤 자주 어른들의 심장을 철렁 떨어지게 만들곤 했다.

게다가 아무리 타일러도 페델리안의 이념에 반하게 자꾸만 몰래 힘을 사용하는 건 그 자체로 문제였다.

페넬리아에서는 혹시라도 어린아이가 힘을 맹신한 나머지 날이 있는 인간과 동물을 언제든 고칠 수 있는 인형이나 물건처럼 여기는 일이 생길까 우려해 예전부터 각별히 주의해 교육시켜 왔다.

그런 만큼 카시스가 생명을 함부로 대하는 것은 아니었지만, 그 무게를 제대로 이해하는 것처럼 보이지도 않았다. 리셀과 쟌느는 그 점을 늘 염려했다.

"걱정이에요. 당신을 닮아서 그런지 은근히 고집이 있어서, 몇 번이나 타이르고 혼을 내 봐도 오래가지 않으니."

"좀 더 지켜봅시다. 아직은 어려서 정도를 모를 뿐, 차차 나아질 테니."

그렇게 하루하루 시간이 지나 아이들은 점점 성장해 갔다.

"오빠, 빨리 와!"

"실비아, 너무 멀리 가진 마."

어느 맑고 화창한 오후, 카시스와 실비아는 백호를 데리고 정원으로 향했다. 말을 마치기 무섭게 앞서 뛰어가던 실비아가 넘어졌다. 카시스는 서둘러 그녀에게 달려갔다.

"괜찮아?"

"히잉……. 아파."

무릎이 깨지고 손바닥도 벗겨진 실비아가 울먹이면서 카시스를 돌아보았다. 긁혀서 피가 나는 상처가 정말 꽤 아파 보여서 카시스는 실비아를 안아 들었다.

"일단 안으로 들어가자. 바로 씻고 의무반으로 가면 괜찮……."

"왜? 오빠가 지금 바로 고쳐 주면 되잖아."

리셀과 쟌느는 카시스가 평소에 페넬리안의 능력을 사용하는 것을 탐탁지 않아 했다. 카시스도 그것을 알고 나름대로는 자제하려 노력하고 있었다. 그러나 눈물로 아롱거리는 두 눈이 의문을 품은 채 카시스를 향하자 그는 주저할 수밖에 없었다.

사실 카시스는 아주 어릴 때부터 다른 사람의 눈물에 약했다. 그래서 누군가 부상이라도 입어 눈에 눈물방울을 달고 있는 걸 보면 어서 그것을 그치게 해 주고 싶은 마음이 들면서 저도 모르게 몸이 움직였다.

물론 다친 사람이나 동물을 치료해 준 뒤 고맙다는 인사를 듣거나 호의적인 눈빛을 받으면 기분이 좋기도 했다. 하지만 카시스로 하여금 동기를 유발하는 것은 꼭 그런 이유뿐만이 아니었다.

결국, 오늘도 카시스는 실비아의 울먹임에 져 리셀과 잔느 몰래 힘을 사용하고 말았다. 실비아는 언제 눈물을 글썽였냐는 듯이 헤헤 웃으면서 또 카시스를 뒤에 두고 잔디밭을 달려갔다.

카시스는 실비아와 놀아 주다가 먼저 나무 그늘에 자리를 잡고 앉아서 백호의 털을 살폈다. 조금 전부터 백호가 그에게 이상하게 치대며 끙끙거렸기 때문이다.

"아, 여기 가시가 박혀 있었구나. 자, 이제 괜찮지?"

카시스는 백호에게 박힌 가시를 뽑아 주고 털을 쓰다듬었다. 카시스의 손길이 기분 좋은지, 백호가 그의 다리를 베고 누워 작게 그르릉거렸다. 카시스도 그 모습을 보고 웃었다.

바로 그때였다. 돌연 뒤쪽에서 쿵! 하고 무언가가 떨어지는 소리가 들렸다. 순간 불길한 예감이 카시스의 뒷덜미를 스쳤다.

"실비아?"

그는 고개를 돌려 여동생을 불렀다. 조금 전 실비아가 뛰어간 곳에서 소리가 들린 게 분명한데, 기이할 정도로 주변이 조용했다.

결국, 카시스는 자리에서 일어나 실비아를 찾아갔다. 잠시 후 그가 발견한 것은 정원 한구석에 쓰러져 있는 여동생이었다.

"실비아……!"

풀밭 위에 점점 넓게 퍼져 나가는 피 웅덩이를 보자 심장이 덜컹 떨어져 내렸다. 실비아는 정원에 있는 동상 위로 기어 올라가 놀다가 추락해 그 앞에 있는 석판에 머리를 부딪친 것 같았다.

"실비아, 괜찮아? 정신 차려, 실비아……!"

카시스가 아연실색해 달려가자 실비아가 신음했다. 이 정도로 크게 다친 사람을 보는 건 처음이었다. 더군다나 그 대상은 여동생인 실비아였고…….

카시스도 아직 열 살밖에 되지 않은 어린애라, 이런 상황에서 어떻게 대처해야 할지 알 수가 없었다.

사실 이때 그가 취할 수 있는 가장 올바른 행동은 당장 달려가 어른에게 도움을 요청하는 것이었을지도 모른다. 하지만 카시스는 곧 애써 마음을 추스르고 벌벌 떨리는 손을 실비아에게 가져다 댔다.

괜찮아. 괜찮아, 내가 고칠 수 있어.

그러나 카시스가 가진 힘에 비해 실비아의 증상이 위중했던 탓일까? 그의 손에서 흘러나간 기운은 지금까지처럼 실비아를 낫게 하지 못했다.

"우욱, 커억……!"

오히려 갑자기 실비아는 구멍마다 피를 쏟으며 경련했다. 그 끔찍한 광경에 일순간 머리가 새하얗게 비어서 아무 생각도 들지 않았다. 몇 번 고통스럽게 들썩이던 실비아의 몸이 잠시 후 무서울 정도로 잠잠해졌다.

본능적으로 깨달았다. 더 이상 실비아에게서 생명의 기운이 느껴지지 않는다는 것을. 도대체 지금 그들에게 무슨 일이 벌어진 건지 알 수가 없었다.

다만 이런 상황에서도 단 한 가지만큼은 명백했다. 카시스가 그의 여동생을 이렇게 만들었다는 것.

"아…… 아아……."

덜컥 숨이 막혔다. 견디기 어려운 두려움이 밀려와 그를 집어삼키려 했다.

크릉…….

그때 새하얀 무언가가 카시스의 몸을 툭 건드렸다. 아까부터 그를 따라와 옆에 있던 백호였다. 실비아가 만든 피 웅덩이에 젖은 백호의 몸도 붉게 물들어 얼룩덜룩했다.

바로 그 순간 아버지 리셸에게 지나가듯이 들었던 이야기가 퍼뜩 뇌리를 스쳤다. 페델리안의 힘으로 단순 치유뿐 아니라, 다른 생물체에게서 생명력을 꺼내 옮기는 것도 가능하다는……. 물론 그 뒤에는 인간은 순리대로 살아야 하는 법이니 결코 그런 금기를 범해서는 안 된다는 엄한 당부가 뒤따랐지만 지금 그런 것은 중요하게 생각되지 않았다.

여느 때처럼 경계심 없이 자신을 보는 눈을 마주하며 카시스는 처음으로 생명의 경중을 제 손으로 저울질했다. 떨리는 손이 백호의 머리에 닿았다. 카시스는 지금보다 어릴 때부터 함께했던 백호를 진심으로 친구처럼 좋아하고 아꼈지만, 동생인 실비아보다 소중하지는 않았다.

그때의 카시스는 다른 이성적인 사고가 불가능한 상태였다. 더 늦기 전에 어서 실비아를 살려야 한다는 강박적인 생각만이 머릿속을 채우고 있었다.

뒤이어 백호의 처절한 비명이 귓바퀴를 찔렀다. 손안의 생명체가 고통스럽게 몸을 뒤틀었다.

"카시스? 왜 거기서 그렇게……."

만약 그때 쟌느가 오지 않았다면, 카시스는 분명 방금 전에 한 것보다 훨씬 더 끔찍한 짓을 저질렀을 게 분명했다. 놀고 있는 아이들에게 간식을 주러 왔던 쟌느가 눈앞의 광경을 보고 얼어붙었다. 그녀의 눈에 비친 것은 피투성이가 되어 있는 실비아와 백호, 그리고 그 둘에게 손을 대고 있는 카시스였다.

"실비아!"

쟌느의 손에 들려 있던 것들이 바닥에 무참히 떨어졌다. 그녀는 피웅덩이 속에 쓰러져 있는 딸에게 달려갔다.

"어, 어머니."

그때 쟌느의 눈에는 울고 있는 카시스의 얼굴이 보이지 않았다.

"안 돼……."

실비아가 숨을 쉬지 않았다. 자식의 손가락 거스러미 하나조차 마음 쓰이는 게 부모의 심정이다. 한데 이렇게 참혹한 몰골이 되어 죽어 있는 딸을 보니, 그야말로 하늘이 무너져 그녀를 짓이기는 듯했다.

"죽으면 안 돼, 눈을 떠, 제발……. 실비아!"

쟌느의 비명이 아프게 귀를 찔렀다. 이윽고 쏟아지는 그녀의 울음 섞인 질책과 원망의 말이 카시스를 망연히 스쳐 지나갔다. 이후의 일은 잘 기억나지 않았다.

"네가 무슨 짓을 저질렀는지 알고 있느냐."

리셸은 결국 카시스의 힘을 묶어 두기로 마음을 굳혔다.

"스스로 제어하지 못하는 네 힘은 재앙과도 같다."

어렸던 그날, 카시스는 생애 처음으로 지독한 절망과 후회를 배웠다.

"앞으로는 두 번 다시 지금 같은 일에 네 힘을 사용해서는 안 된다."

그가 감당하기에는 너무나 무겁고 끔찍한 사건이었기에 그날의 기억은 카시스에게서 봉인되었다.

"지금부터 네게 금제를 걸겠다."

그래서 그는 다만 리셸에 의해 성인이 될 때까지 힘을 사용하지 못하도록 금지당했다는 사실만을 어렴풋이 기억할 뿐이었다. 하지만 그의 무의식에는 이미 그때의 쓰디쓴 좌절이 뼈아프게 새겨져 있었다.

제 손으로 실비아의 마지막 숨을 앗아 갔던 날, 카시스는 처음으로 리셸의 말이 맞다고 생각했다. 이 힘은 축복이 아니라 저주였다. 그러니 앞으로 평생 이것을 기쁘게 사용할 일은 없으리라고 생각했다.

"너, 이름이 뭐야."

"록사나."

그의 남은 인생 전부를 기꺼이 바치고 싶은 사람을 만나기 전까지는. 사람의 마음이란 참으로 간사해, 그때부터 카시스는 다른 누구도 아닌 자신의 손으로 그녀를 지킬 수 있어 진심으로 다행이라고 생각했다.

"네 남은 시간을 나한테 줘."

"어차피 앞으로의 목적지가 어디라도 상관없다면 내 옆에 있어. 네가 죽을 때까지."

오랜 날들이 흘러 마침내 그들의 시간이 완전히 맞닿았을 때, 카시스는 그의 인생이 타인에게 귀속되기를 처음으로 열망했다. 만약 한 사람의 삶을 하나의 이야기로 엮어낼 수 있다면, 그를 주인공으로 한 이야기의 남겨진 모든 장들에는 반드시 그녀의 이름이 같이 새겨지기를.

물론 훗날 그런 간절한 바람을 남몰래 가슴에 품을 날이 오리란 사실을 이때의 어린 카시스 페델리안은 조금도 알지 못했지만.

그러니 결국 이것은 그가 아직은 불완전했던 시절의 이야기.

결코 거부할 수 없는 운명의 이끌림 아래에서 한 소년이 마침내 그의 소녀를 만나기 전에 있었던, 그런 어느 작은 이야기였다.

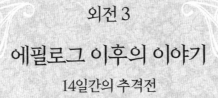

외전 3

에필로그 이후의 이야기
14일간의 추격전

"젠장……. 짜증 나네."

제레미는 나무에 비스듬히 기대앉아 조금 전 숲에서 따 온 설익은 과일을 입에 넣고 우적우적 씹었다.

까드득, 까드득…….

씨까지 깨부술 기세로 턱을 움직이자 잇새에서 제법 살벌한 소리가 울렸다. 보이는 그대로, 현재 제레미의 심기는 몹시도 언짢았다.

'저 꼴 보기 싫은 새끼, 또 누나한테 찰싹 달라붙어 있는 거 봐.'

그가 이글거리는 눈으로 노려보고 있는 것은 멀리 있는 록사나와 카시스였다. 물론 더 정확히 말해서, 그의 사나운 눈초리가 향하는 지점은 카시스가 있는 곳뿐이었다. 그 옆에 있는 록사나에게 시선이 옮겨 갈 때면 제레미의 눈빛은 더없이 처량하고 애처로워졌다.

각 가문의 대표들이 모여 회의를 열었던 위그드라실을 떠나온 지도 오늘로 나흘째였다. 그들 세 사람은 사라진 닉스를 찾아 움직이고 있었다. 그동안 제레미는 록사나 옆에 금붕어 똥처럼 매달린 카시스 페넬리안을 인내해야만 했다.

지금도 제레미의 눈에 비친 두 사람은 바람이 일렁이는 갈대밭 사이에 서서 퍽 진지한 얼굴로 대화를 나누는 중이었다. 지난 나흘간 종종 그래 왔듯이, 닉스의 행방이나 상태에 대해 이야기하는 것이 분명했다.

하지만 삐뚤어진 제레미의 눈에는 그마저도 오순도순 다정한 모습으로 비쳐졌다.

퍼걱!

또 한 번 울컥해 두 주먹을 불끈 쥐자 그의 손에 들려 있던 반쯤 먹은 과일이 무참히 박살 났다.

'간만에 누나를 독차지할 수 있는 기회였는데 감히 훼방을 놔? 부숴 버릴 거야, 카시스 페델리안……!'

"제레미."

하지만 록사나가 멀리서 그를 돌아보며 이름을 부른 순간, 제레미의 태세는 급변했다. 그는 잔뜩 구겼던 얼굴을 단숨에 활짝 펴고 기다렸다는 듯이 자리에서 벌떡 일어나 록사나에게 촐랑촐랑 뛰어갔다.

"누나, 나 불렀어?"

"남쪽에서 비구름이 몰려오고 있어. 곧 해도 질 것 같으니까 오늘은 이만 아까 봐 뒀던 장소에서 쉬자."

아까 보냈던 록사나의 독나비 떼가 멀리서 날아오고 있는 것이 눈에 띄었다. 과연 록사나의 말처럼 급격히 날씨가 흐려지고 있었다. 제레미도 조금 전부터 공기 중에 떠다니는 습기를 느끼고 있던 참이었다. 그래도 실제로 비가 내리는 건 밤이 지난 새벽쯤일 줄 알았는데, 예상보다 먹구름이 빨리 몰려오는 중인가 보다.

"그래, 누나. 그렇지 않아도 내가 조금 전에 가서 주변 청소 싹 해 놨어!"

어제 처음으로 뚜렷한 닉스의 흔적을 발견한 이후부터는 움직이기

번거로워 마차를 두고 이동하고 있었다. 이 근처에는 적당히 묵을 만한 인가도 없어서, 어제부터 그들은 밖에서 밤을 보내야 했다.

하지만 이 정도는 록사나와 제레미, 또 카시스 모두에게 익숙했기에 따로 불편함을 느끼는 사람은 없었다. 다만, 지금 비가 온다면…….

"그래도 폭우는 아닐 듯하니, 흔적이 완전히 지워질 걸 염려할 필요는 없을 테지."

제레미가 막 입을 열려고 했을 때, 옆에 있던 카시스가 먼저 말했다. 그 순간 제레미의 이마에 두드러진 핏대가 섰다. 그도 비슷한 말로 록사나를 위로하려고 했는데 불순물 같은 카시스 페델리안이 또 선수를 쳤기 때문이다. 제레미는 카시스에게 뒤처질세라 서둘러 록사나를 안심시키는 데 일조했다.

"맞아, 누나! 비가 내려도 그 인형 흔적은 계속 남아 있을 거야. 그러니까 걱정하지 마."

카시스가 그런 제레미를 힐끗 쳐다본 뒤 록사나에게 다시 시선을 옮겼다.

"보아하니 늦어도 밤중에는 비가 그칠 것 같은데 오늘은 일찌감치 쉬고 동이 트기 전에 다시 움직이자."

"그래, 내 말도 그 말이었어!"

아무래도 경계 순찰이나 마물 토벌을 겸해 밖에서 야영한 경험이 카시스에게 압도적으로 많다 보니, 이런 부분에서는 그의 의견을 따르는 게 나았다. 그건 제레미도 정말 마지못해 인정하는 부분이었다. 하지만 역시 짜증이 나기는 해서, 그는 록사나와 카시스 사이에 은근슬쩍 끼어들어 몸으로 벽을 쳤다.

"가자, 누나! 목적지까지 내가 빠르고 안전하게 데려다줄게!"

그런 제레미를 보고 록사나는 저도 모르게 실소했다. 무슨 대리 운전 안심 귀가 서비스 멘트도 아니고.

카시스를 향한 견제가 너무나 노골적이라 아무리 모르는 척하려 해도 그럴 수가 없었다. 물론 제레미에게서 그런 속셈을 숨기려는 노력 따위는 애초에 눈곱만큼도 찾아볼 수 없었지만 말이다. 제레미는 처음 위그드라실을 떠나온 날부터 혼자서 카시스와 기 싸움을 하고 있었다. 당연히 그 사실을 카시스도 느꼈을 터였다.

록사나는 제레미에게 이끌려 걸으면서 슬쩍 뒤돌아보았다. 하지만 다행히도 카시스는 한쪽 눈썹을 슬그머니 치켜들었을 뿐, 제레미의 같잖은 견제질에 어울릴 심산은 없는 것처럼 보였다. 그는 별다른 말 없이 록사나와 제레미를 따라 자리에서 발길을 뗐다.

예상대로 잠시 후부터 빗방울이 떨어지기 시작했다. 짙은 회색 구름이 저물기 시작한 태양을 가렸다. 록사나와 카시스, 그리고 제레미는 미리 봐 두었던 숲 안쪽의 동굴에서 비를 피했다. 이대로 여기서 몇 시간 눈을 붙인 뒤 비가 그치자마자 다시 길을 떠날 예정이었다.

그사이에도 제레미의 만행은 계속되었다.

"누나, 여기 앉아! 내 옆에! 내가 누나 앉을 자리에 흙도 깨끗이 털고 망토도 깔아 놨어. 카시스 페넬리안, 넌 저쪽 구석으로 가! 가뜩이나 좁은데 괜히 우리 누나한테 엉겨 붙지 말고 입구에 앉아서 바람막이나 해."

"누나, 목마르지 않아? 여기 물 좀 마실래? 응? 그런데 넌 뭘 봐, 카시스 페넬리안. 넌 네 물이나 마셔. 이건 우리 누나 거니까!"

"앗, 사나 누나, 설마 지금 추워서 기침한 거야? 그러고 보니 아까보다 기온이 떨어진 것 같긴 하네. 이봐, 카시스 페넬리안! 어제 누나가 썼던 네 모포 내놔. 그리고 멀뚱히 있지 말고 모닥불 좀 잘 숙아 봐. 불이 다 꺼지려고 하잖아. 우리 누나 감기라도 들면 네가 책임질 거야?"

그러니까, 내내 이런 식이었다. 카시스는 가끔은 어이가 없다는 듯이, 또 가끔은 성가시다는 듯이 제레미를 쳐다보았다.

"제레미 아그리체. 내가 네 하인이라도 된 줄 착각하고 있는 건 아니겠지?"

어쩐지 제레미를 좀 가소롭게 여기는 것 같기도 했다. 하지만 함께 있는 록사나 때문인지, 카시스는 제레미와 더 입씨름하지 않고 잠자코 나뭇가지를 들어 모닥불을 뒤적였다. 조금 전 제레미에게 눈치를 주느라 기침하는 소리를 냈던 록사나는 그냥 그를 재우기로 했다.

"제레미, 너도 피곤할 텐데 그만하고 자."

"난 괜찮아!"

카시스를 그만 귀찮게 하라는 의미였는데 이것도 못 알아들은 모양이다. 하는 수 없이 록사나는 직접 손을 움직여 제레미를 옆에 눕혔다.

"어어……."

"착하지? 일찍 자야 내일도 일찍 일어나서 움직이지. 가만히 눈 감고 있으면 잠이 올 거야."

그러고 나서 어깨를 도닥여 주자 제레미가 얼떨결에 시키는 대로 눈을 감았다. 몸을 다독이는 부드러운 손길에 엉거주춤 굳어 있던 그의 몸에서 서서히 힘이 풀어졌다. 이 상황이 제법 마음에 들었는지,

록사나에게 딱 붙어 누운 제레미의 입매가 꿈틀거리다가 슬슬 상승 곡선을 그리기 시작했다

그 모습을 맞은편에서 보고 있던 카시스의 입에서 실소가 흘러나왔다.

"카시스, 당신도 그만 자."

"난 아직 잠이 안 와. 신경 쓰지 말고 먼저 누워."

록사나가 카시스에게도 말했으나 그는 고개를 저었다.

"맞아, 누나. 카시스 페델리안은 안 졸리다니까 그냥 우리 먼저 자 자. 자, 여기 내 옆에 누워!"

제레미가 기회를 놓치지 않고 록사나에게 치댔다. 결국 그녀는 하는 수 없이 카시스를 두고 자리에 먼저 눕고 말았다.

멀리서 떨어지는 빗방울 소리와 모닥불이 타는 소리가 함께 뒤섞여 귀에 울렸다. 록사나는 그 평온한 소음을 가만히 듣다가 어느 순간 깜빡 잠들었다. 아무한테도 말하지 않았지만, 꽤 오랫동안 계속 제대로 된 수면을 취하지 못했던 것이 가장 큰 이유였다. 또 오늘도 독나비를 자주 불러내 이용한 탓에 지친 것도 있었다.

사실은 아무리 그래도 원래 그녀의 성격이라면 다른 사람의 앞에서 이렇게 금방 무방비하게 잠드는 건 있을 수 없는 일이었다. 그러나 지금 그녀의 옆에 있는 건 어쩌면 록사나가 세상에서 가장 믿어도 좋을, 또 가장 안심하고 뒤를 맡겨도 좋을 두 사람이었다.

잠시 후 조용한 숨소리가 타들어 가는 모닥불 소리에 섞여들었다. 카시스와 제레미는 새근거리며 잠든 록사나를 보고 비슷한 감정을 느꼈다. 왠지 속 언저리가 묘하게 간지러우면서 따뜻해지는 그런 기분이었다.

"제레미 아그리체."

그렇게 얼마간의 시간이 더 지나 밤이 깊어졌을 때, 카시스가 소리 낮춰 제레미를 불렀다. 제레미도 선잠을 자다가 깨어난 참이었다. 그는 아직 잠든 록사나의 얼굴을 아까처럼 부담스러울 정도로 초롱초롱한 눈으로 쳐다보고 있었다. 그러다 자신을 부르는 목소리에 그는 방해하지 말라는 듯이 카시스를 째려봤다.

눈이 마주친 순간 카시스가 밖으로 나오라는 신호를 보냈다. 하지만 제레미는 꿈쩍도 하지 않았다. 그는 카시스를 무시하고 다시 록사나에게 시선을 돌렸다.

결국, 낮은 한숨을 내쉰 카시스가 자리에서 일어났다. 그는 발소리를 죽이고 성큼 제레미에게 접근해 뒷덜미를 붙잡았다.

"뭐……!"

그 순간 제레미가 털을 잔뜩 부풀린 짐승처럼 매서운 기운을 분출시켰다. 하지만 옆에서 자고 있는 록사나를 의식하고는 지금 이게 뭐 하는 짓이냐고 따지려던 것을 급히 멈추었다.

때를 놓치지 않고 카시스가 제레미의 옷깃을 쥐고 당겨 그를 자리에서 반강제로 일으켜 세웠다. 결국 제레미는 이를 바득바득 갈면서 그를 따라 밖으로 나갈 수밖에 없었다.

한밤중, 빗줄기는 아까보다 확연히 잦아들어 있었다. 적어도 한두 시간 정도 후면 이제 비가 완전히 그칠 것 같았다.

동굴 밖으로 나가자 젖은 초목의 냄새가 한결 강렬하게 코를 찔러 들었다. 어느새 살짝 걷힌 먹구름 사이로 은은한 달빛이 고개를 빼꼼 내밀었다. 그 속에서 제레미가 사납게 카시스의 손을 쳐 냈다.

"뭐야, 너 죽고 싶어? 내가 내 몸에 손대기 말했지? 긴드리면 그 손 모가지 잘라 버린다고 했나, 안 했냐?"

"이 지저분한 천 조각도 네 몸의 일부에 해당된다면 말이지."

카시스는 날을 잔뜩 세워 쏟아 낸 제레미의 협박을 간지럽지도 않다는 듯이 가뿐히 흘려 넘겼다. 그런 뒤 느슨하게 팔짱을 끼고 선 카시스가 옆쪽으로 작게 턱짓했다.

"아까 보니 숲 동쪽에 호수가 있더군."

"뭐? 그런데?"

"비가 완전히 그쳐서 다시 길을 떠나기 전에 한번 다녀오는 게 좋지 않겠나."

"하, 뭔 수작질이야? 너랑 누나를 둘이 두고 내가 왜?"

제레미가 네 꿍꿍이를 모를 줄 아냐는 듯이 비소했다. 그걸 본 카시스의 표정이 살짝 변했다. 그런데 제레미를 지그시 내려다보는 시선이 꼭 하찮고 멍청한 무언가를 응시하는 듯해서, 그걸 정면에서 마주한 제레미는 더 발끈할 수밖에 없었다.

이어서 혼잣말처럼 카시스가 낮게 중얼거렸다.

"좋게 돌려 말하면 꼭 이렇게 말귀를 못 알아들으니……."

하지만 정말 바보가 아닌 이상, 그것이 들으라고 읊조린 말이란 걸 모를 리가 없었다. 제레미는 가까운 곳에서 록사나가 자고 있다는 사실도 잠시 잊고 짜증을 부렸다.

"이게 진짜! 네가 지금 감히 날 무시하는……."

"그래, 네 눈높이에 맞게 직설적으로 말해 주지. 지금 네 몰골이 차마 눈 뜨고 봐 주기 어려울 정도로 추저분하니 씻고 오란 의미다."

바로 그 순간 고막을 뚫고 들어온 가차 없는 말에 제레미는 입을 벌린 채로 굳어졌다. 곧이어 그의 얼굴이 벌겋게 달아올랐다.

"그건, 그건 너도 마찬가지……!"

그러나 제레미는 차마 말을 끝맺지 못했다. 카시스가 할 말이 있으면 어디 한번 해 보라는 듯이 고개를 비스듬히 기울였다.

제레미로서는 정말 인정하고 싶지 않았지만……. 카시스는 나흘 전과 마찬가지로 아주 반짝반짝하게 빛이 났다. 어둠 속에서도 신비로운 광채를 발하는 은빛 머리칼이 달빛을 먹어 더욱 윤이 나게 반짝거렸다. 뿐만 아니라 방금 전에 막 씻은 사람처럼 깨끗하고 뽀송한 얼굴에서도 투명한 광택이 도는 것 같았다.

심지어 그에게서는 조금의 땀내도 나지 않았다. 분명 며칠 내내 바깥을 쏘다닌 건 제레미와 똑같은데, 카시스는 믿기지 않을 정도로 청결하고 말끔한 모습이었다.

그건 록사나도 마찬가지였다. 조금 전까지만 해도 제레미의 시야에 있던 록사나 역시 머리카락은 별빛을 머금은 듯이 찰랑거렸고, 백옥 같은 얼굴은 물론이요, 옷 밖으로 드러난 손끝까지 맑은 샘물에 갓 담갔다 꺼낸 것처럼 깨끗했다.

셋 중에 오직 카시스에게 관리받지 않은 제레미만이 꾀죄죄한 몰골이었다. 하지만 그건 엄밀히 말해 카시스의 탓이 아니었다. 그가 일부러 치사하게 제레미만 빼놓고 정화의 기운을 사용한 건 아니었으니까.

"이제라도 네가 부탁한다면 내가 말끔하게 만들어 줄 수도 있지만."

카시스의 말이 다 떨어지기도 전에 제레미는 닭살이 돋아 몸을 부르르 떨었다.

사실 첫날에 단 한 번, 카시스에게 잔재주가 있다는 사실을 알고 어디까지나 일의 효율을 위해서 마지못해 정화를 허락한 적이 있었다. 하지만 페넨리안 특유의 기운이 솜털 하나하나까지 긴길이며 손끝의 내밀한 곳까지 스며들어 휩쓰는 그 느낌은 차마 인내심을 갖고 참아 낼 수 있는 종류가 아니었다. 지금도 그때의 기억을 상기하자마자 소름이 끼쳐서 저절로 몸서리치게 되었다.

"안타깝게도 그렇게 진저리칠 정도로 싫다고 부득불 거부를 하니 나로서도 별수 없는 일이지."

카시스가 제레미를 향해 전혀 안타깝지 않은 얼굴로 한쪽 입꼬리를 느릿하게 들어 올렸다.

하지만 그것은 아주 잠깐이었다. 그는 다시 웃음기 없는 얼굴로 돌아가 제레미에게 말했다.

"다시 말하지. 호수는 동쪽. 네 소중한 록사나의 후각과 시각을 마비시키지 않을 정도로 청결한 상태가 되었을 때 돌아와라."

당연히 제레미는 약이 올라 죽을 것 같았다. 하지만 이건 몹시도 현실적인 문제였으니 별수 없었다. 잠깐 잊고 있긴 했으나, 카시스 때문에 한번 자각하고 나니 그 역시도 몸이 꿉꿉해 당장 씻고 싶어졌다.

"이 씨, 그럼 빗물로 씻게 아까 말하든가!"

제레미는 마지막까지 카시스를 욕하면서 거의 그친 비를 뚫고 동쪽으로 달려갔다.

"제레미를 너무 놀리지 마."

카시스가 돌아왔을 때, 록사나는 잠에서 깨어나 있었다. 무릎을 모아 팔로 감싸고 그 위에 턱을 괸 록사나의 뒤로 모닥불이 만들어 낸 그림자가 길게 이어졌다. 굽이치며 흘러내린 머리카락에 반쯤 가려져 부드러운 음영을 그린 얼굴에는 엷은 웃음이 스며 있는 채였다.

"그래도 아직 순진한 면이 있어서 그런 말 하면 정말 믿는단 말이야."

카시스는 아무렇지 않게 록사나에게 걸어가서 바닥에 떨어져 있는 모포를 집어 들었다.

"무슨 소리야? 난 거짓말은 하지 않았는데."

"진짜 못 봐 줄 정도로 더럽지는 않았잖아."

"그 문제에 대해서는 우리의 기준이 다른가 보군."

록사나는 천연덕스럽게 대꾸하는 카시스를 묘한 웃음을 띤 얼굴로 올려다보았다. 카시스가 바닥에서 주워 든 모포를 털어 낸 뒤 록사나의 어깨에 덮어 주었다.

사실 지금은 초여름이라 이렇게까지 보온에 신경 쓸 필요는 없었다. 하지만 지금은 밤인 데다 비가 온 뒤라서 확실히 공기가 쌀쌀했다. 그래도 역시 모닥불에 모포까지는 좀 과하다는 생각이 들긴 했으나 더운 정도는 아니어서 록사나는 카시스의 호의를 달게 받아들였다.

"피곤하면 두 시간 정도는 더 자도 될 거야."

"아니야, 난 잘 만큼 잤어. 당신이야말로 눈은 좀 붙였어?"

"나도 충분히 잤어."

두 사람 다 이미 잠이 깨서 다시 자리에 누울 마음은 없었다. 다가 온 카시스가 자연스럽게 록사나 옆에 앉았다. 록사나도 몸을 움직여 옆쪽에 카시스의 자리를 마련했다.

이후 그녀가 물었다.

"내가 안 볼 때도 제레미가 많이 귀찮게 해?"

사실 지금까지 목격한 광경만으로도 상황을 알 만하긴 했다. 그래도 록사나 때문에 본 겨저오로 못되게 굴기는 못하고, 어린에게 님을을 부리는 수준으로 깔짝거리기만 하는 제레미의 모습이 오히려 애잔했다.

카시스의 생각도 동일했다.

"심한 정도는 아니야. 나한테 남동생이 없어서 다행이라는 생각은 들지만."

"그래도 귀여우니까 이해해 줘."

장난스럽게 덧붙인 록사나의 말에 카시스는 무심코 진심이냐고 물을 뻔했다. 제레미 아그리체가 귀엽다니. 록사나가 아니면 누구도 하지 못할 소리였다.

"그래. 나도 앞으로 그 얼굴을 20년쯤 보다 보면 언젠가는 아주 조금이나마 비슷한 생각을 하게 될 날이 올지도 모르지."

그러나 지금으로서는 솔직히 회의적인 전망이었다. 카시스는 한숨을 닮은 낮은 웃음소리를 내뱉으며 록사나의 손을 잡았다. 손가락 사이사이로 간지러운 온기가 파고들어 깊게 얽혔다. 맞닿은 살갗을 타고 따스한 체온과 함께 정결한 기운이 흘러들어 왔다. 록사나는 알게 모르게 쌓여 있던 피로가 가시기 시작하는 것을 느꼈다.

타닥타닥. 모닥불 위로 작은 불씨가 튀었다.

문득 록사나가 입을 열었다.

"그러고 보니까 왠지 상황이 좀 익숙하네. 전에 당신하고 이렇게 둘이 밖에 있었을 때 생각난다."

문득 예전 기억이 나서 말하자 카시스도 여트막하게 미소 지었다.

"그러게. 그때는 옆에 이런 방해꾼이 없었지만."

록사나의 고개가 카시스가 있는 방향으로 슬며시 기울어졌다.

"그런데 당신, 나랑 손만 잡고 있으려고 제레미를 그렇게 보냈어?"

카시스의 손등을 느릿하게 문지르는 손가락의 움직임이 은밀해졌다. 카시스의 손에도 지그시 힘이 들어가 얽힌 손가락 마디가 더욱 꽉 조여졌다. 모닥불의 따스한 빛이 섬세하게 짜인 두 사람의 얼굴을 짙게 물들였다.

"돌아왔을 때 네가 여전히 자고 있으면 그러려고 했는데."

"그럼 지금은?"

비슷한 체온을 가진 이마와 콧대가 먼저 가볍게 닿았다.

"글쎄. 일단 제레미 아그리체가 돌아올 때까지는 다시 재우지 말까 하고."

작게 벌어진 록사나의 입술에서 부스러진 웃음이 새어 나왔다. 카시스도 웃으며 기꺼이 그것을 달게 집어삼켰다. 벽까지 이어진 두 개의 그림자가 하나로 겹쳐졌다.

그동안 제레미가 눈에 불을 켜고 록사나의 옆에 붙어 있었던 탓에 이렇게 카시스와 단둘이 있게 된 건 오랜만이었다. 그래서인지 입술을 맞댄 순간, 속에 쌓인 갈증이 더 불어났다.

누가 먼저라 할 것도 없이 갈급하게 서로의 숨을 갈취했다. 젖은 입술이 더 바짝 맞붙고 혀가 깊게 뒤엉켰다. 몸이 기울면서 록사나의 어깨 위에 걸쳐져 있던 모포가 떨어졌다.

원래 카시스가 제레미를 밖으로 내보낸 이유는 록사나가 잠들어 있는 동안 더 많은 치유의 기운을 불어넣어 주기 위해서였지만 그런 목적은 잠시 잊었다. 록사나와 카시스, 두 사람 다 서로에게 지금보다 틈 없이 가깝게 몸을 맞대고 좀 더 깊이 체온을 나누고 싶은 욕망을 느꼈다.

하지만 역시 지금은 상황이 여의치 않았기에 욕심을 억눌러 참아

냈다. 미련을 담은 입술이 몇 번 더 부딪쳤다. 그런 뒤 카시스가 록사나를 끌어안고 그녀의 뒷머리를 쓸어내리면서 귓가에 속삭였다.

"닉스는 금방 찾을 수 있을 거야."

"응."

"그래도 처음 예상보다 이렇게 멀리까지 이동한 걸 보면, 상태가 생각보다는 괜찮은 모양이지."

위로하듯이 읊조려지는 나지막한 목소리를 듣는 동안 물살 위에 뜬 나뭇잎 같던 록사나의 마음도 조금씩 편안해졌다.

"그러게……."

그녀는 어렴풋이 웃으며 카시스의 등을 마주 끌어안았다.

제레미는 그로부터 약 한 시간 뒤, 흡사 악령이 되어 돌아온 물귀신 같은 모습을 한 채로 두 사람 앞에 나타났다.

그때 이미 록사나는 카시스와 아까처럼 적당히 거리를 두고 떨어져 자는 척을 하고 있었다.

"야, 이제 됐냐? 구석구석 박박 씻고 왔다. 이제 속이 시원해? 어?"

보란 듯이 온몸에서 물을 뚝뚝 흘리며 돌아와 천 년 묵은 원한을 쏟아붓듯이 카시스를 노려보는 제레미의 얼굴이 말도 못 하게 살벌했다.

하지만 당연히 카시스는 눈 하나 깜짝하지 않았다. 그는 벽에 기대앉아 제레미를 그저 한 번 힐끗 쳐다본 뒤 말했다.

"그 너저분한 옷은 지금 당장 갈아입을 필요가 있겠군. 몸에 묻은 물기도 전부 닦아 내고 앉아라. 록사나까지 젖게 하지 말고."

"시발, 그 정도는 나도 알거든? 수건 내놔!"

소리 죽여 아웅다웅하는 두 사람의 대화를 듣다가 록사나는 저도 모르게 새어 나오려 한 웃음을 헛기침으로 막아 냈다.

"엇, 누나! 나 때문에 깼어?"

"제레미, 여기 이걸로 닦아. 이리 와서 불도 좀 쬐고."

세 사람이 자리를 정리하고 다시 길을 떠난 것은 제레미의 몸을 다 말린 뒤였다. 제레미는 여전히 카시스를 죽일 것처럼 노려봤지만 그저 뒤에서 이를 갈기만 할 뿐, 그에게 시비를 더 걸지는 않았다.

어느새 비가 완전히 그쳐 먹구름까지 달아난 하늘에는 밝은 달이 떠 있었다. 그들은 다시 닉스의 흔적을 더듬어 이동했다.

하여 새벽빛이 세상을 하얗게 덮기 시작했을 무렵, 마침내 그들이 밟게 된 곳은 다름 아닌 가스토르의 영역이었다.

"아니, 그 인형 자식 몸 안 좋은 거 맞아? 뭐 이렇게 멀리까지 기어 왔어?"

제레미는 가스토르의 땅을 밟자마자 떨떠름하게 얼굴을 구겼다.

"게다가 왜 하필이면 가스토르래? 나 아직 그 빨강이 놈은 좀 별 론데."

제레미가 불만스럽게 툭 걷어찬 돌멩이가 앞쪽으로 데굴데굴 굴러 갔다. 비 내린 대지에 희미하게 남겨진 닉스의 흔적은 가스토르의 영 역 안으로 이어져 있었다.

제레미는 얼마 전 위그드라실에서 봤던 류자크 가스토르를 떠올리 며 인상을 찡그렸다. 어쩌다 보니 가스토르와는 동맹을 맺기도 했고, 이번 친목회 때 후계자인 류자크와 이렇다 할 마찰이 있었던 것도 아니지만 여전히 석연찮은 기분이 들었다.

어쩐지 적의 가스토르와는 잘 맞지 않는 느낌이었다. 어쩌면 지난 겨울의 화합회 자리에서 류자크와 처음 만났을 때 시비가 걸려 첫인상이 영 별로였던 탓인지도 몰랐다. 물론 먼저 싸움을 건 쪽은 제레미였지만, 그는 그런 과거 따위는 진작 다 잊어버린 것처럼 투덜거렸다.

따지고 보면 청, 백, 적, 황, 흑 어디에도 닉스가 갈 만한 곳이 없긴 했다. 게다가 흑의 아그리체를 제외하고 그중 어디라도 제레미가 기분 좋게 갈 수 있는 곳 또한 없었다. 그러나 당연하게도, 닉스가 아그리체의 영역에 제 발로 먼저 찾아올 리는 절대로 없었으니까. 결국, 어디든 제레미가 만족할 곳은 없는 셈이었다.

"그래도 행적이 외곽 쪽으로 이어져 있으니까 가스토르 사람들과 직접 마주칠 일은 없겠지."

록사나가 제레미를 달래듯이 그렇게 말한 뒤 가장 먼저 앞섰다.

"어, 누나 말이 맞아! 나도 가기 싫다는 뜻은 아니었어."

제레미도 구시렁거리던 것을 멈추고 호다닥 그 뒤를 따랐다. 그때, 카시스가 먼저 제레미의 팔을 툭 건드리고 지나갔다.

"어차피 갈 거면서 말이 많군, 제레미 아그리체."

동시에 제레미의 귀에만 들리게 남기고 간 나직한 읊조림이 고막을 긁었다. 순간 제레미의 눈이 확 치켜 올라갔다.

물론 그도 록사나 앞에서 괜히 불평했다 싶어 멋쩍은 마음에 뒤늦게 눈치를 보고 있던 건 사실이다. 하지만 그걸 카시스에게 지적받는 건 별개의 문제였다. 당장 욕을 내뱉고 싶어 입이 근질거렸으나 카시스는 이미 그를 앞서 록사나의 바로 옆에 붙어 있었다. 그래서 제레미는 이글이글 불타는 눈으로 카시스의 뒤통수만 열심히 노려보았다.

＊✧ 🦋 ✧＊

"누나, 저거 류자크 가스토르 맞는 것 같은데?"

하지만 역시 인생은 예측 불허. 모든 일이 뜻대로만 흘러가지는 않는 법이었다. 가스토르의 외곽 쪽으로 이틀 정도 더 이동했을 때, 눈앞에 넓은 황야가 나타났다. 닉스의 발자취는 그곳을 기점으로 끊어졌다.

황폐화된 땅 앞에는 아예 천막을 짓고 모여서 야영 중인 한 무리의 사람들이 있었다. 숫자는 대략 30명 내외. 그런데 그 안에 낯익은 얼굴이 있었다.

"가스토르 땅이 생각보다 코딱지만 한가? 어떻게 여기서 만나?"

제레미가 혀를 차며 중얼거렸다. 록사나도 류자크 가스토르를 발견하고 살짝 미간을 좁혔다.

"일대가 허허벌판이라 지금으로서는 언제 어느 쪽으로 이동해도 눈에 띄겠어."

주위를 한 번 훑어본 카시스가 록사나에게 다시 시선을 돌리며 말했다.

"차라리 정면으로 돌파하는 것도 나쁘지는 않겠지만, 가스토르와 마주치는 것 자체가 꺼려진다면 내가 먼저 가서 다른 방향으로 유인하도록 하지."

"흥, 잘난 척하기는. 토끼몰이는 너보다 내가 더 잘하는……."

"그동안 제레미 아그리체와 둘이 가서 먼저 닉스를 찾도록 해."

제레미는 카시스의 말에 평소처럼 딴죽을 걸다가, 이어지는 소리에 얼른 입을 다물었다.

카시스는 여느 때처럼 속이 훤히 들여다보이는 제레미를 무시했다. 이 여정 중의 모든 결정권은 록사나에게 있었다. 그래서 카시스는 의견을 묻듯이 록사나의 얼굴을 보았다.

록사나는 잠깐 멀리 있는 사람들을 내려다보다가, 그 너머의 마른 땅으로 시선을 옮겼다. 닉스는 저 황무지 안으로 들어간 것이 분명했다. 서서히 해가 져 붉게 물들어 가고 있는 황무지는 거칠고 척박해 보였다. 왜인지, 지금 저곳이 닉스가 자신의 죽을 자리로 선택한 마지막 장소일 것이라는 근거 없는 예감이 들었다. 카시스도 비슷한 느낌을 받은 듯했다.

이윽고 록사나가 멈췄던 걸음을 다시 앞으로 옮겼다.

"아니, 그냥 당당하게 가자. 여기까지 와서 멀리 돌아가는 것도 불필요한 시간 낭비니까."

게다가 록사나의 생각대로라면 지금 류자크와 마주쳐도 곤란한 일은 벌어지지 않을 터였다. 그렇게 세 사람은 무리 지어 있는 사람들에게 다가갔다.

접근하는 그들을 가장 처음 발견한 어떤 남자가 류자크에게 가서 소식을 알렸다. 찌푸려진 보라색 눈이 가장 먼저 망토의 모자를 벗고 얼굴을 드러낸 제레미에게 닿았다.

"제레미 아그리체?"

당연히 류자크는 곧바로 눈을 의심하는 표정을 지었다. 이어서 록사나와 카시스까지 확인하고는 더욱 그랬다.

"아그리체 양과 청의 귀공자까지? 아니, 세 사람이 왜 여기에……."

"이봐, 아그리체 수장님들이라고 불러야지."

제레미가 이 와중에도 기회를 놓치지 않고 류자크의 입에서 나온 잘못된 호칭을 정정했다.

"위그드라실에서 보고 다시 만나는군, 류자크 가스토르."

이어서 카시스가 류자크에게 인사했다. 록사나도 망토의 모자를 벗고 앞으로 걸어왔다. 류자크가 놀라서 할 말을 잃은 사이, 그의 옆에 있던 남자가 물었다.

"류자크, 네가 아는 사람들이냐?"

조금 전에 가장 먼저 세 사람을 발견하고 류자크에게 알렸던 바로 그 남자였다. 중년의 사내는 꼭 중병을 앓았던 사람처럼 몸이 바싹 마른 데다 안색도 몹시 좋지 않았다. 그런데 기묘하게도 류자크를 대하는 태도가 아까 멀리서 록사나가 지켜본 다른 사람들보다 친밀했다. 그 점이 시선을 끌었다. 남자가 입을 연 순간 돌덩이처럼 굳어진 류자크의 얼굴도 특이하기는 마찬가지였다.

"안으로 들어가 계십시오. 손님은 제가 맞으면 됩니다."

남자는 두말 않고 류자크의 앞에 있는 그들 세 사람에게 작게 고갯짓으로 인사해 보인 뒤 자리를 떠났다.

"여기까지는 어쩐 일이십니까? 중앙으로부터는 아무 소식도 전해지지 않았는데, 혹시 제게 볼일이 있어 오셨습니까?"

어쩐지 약간 거북한 느낌을 풍기며 류자크가 말을 돌렸다.

"대접할 만한 건 없지만 안으로 들어가서 얘기하시죠."

"아니요. 시각을 다투는 중요한 일이 있어서 제대로 된 인사는 다음으로 미루겠습니다."

그러나 이어진 록사나의 말에 류자크는 그들을 천막으로 안내하려다 말고 멈칫했다.

"급히 찾아야 할 사람이 있어 미리 알리지 못하고 가스토르의 영역에 허가 없이 발은 들인 것 또한 양해를 부탁드려요."

"찾아야 할 사람이라니, 지금 저 땅에 말입니까?"

그때쯤에는 류자크도 세 사람이 그를 만나러 이곳에 온 것이 아니란 사실을 깨달았다. 의문을 담은 눈동자가 옆쪽의 황무지로 옮겨 갔다. 류자크가 이곳에 온 것은 위그드라실의 회의를 마치고 가스토르에 돌아온 직후였다.

"이 앞은 출입 금지 구역입니다. 제가 여기 머무는 며칠 동안 눈에 띈 외부인은 아무도 없었습니다만……. 그래도 인상착의를 말해 주시면 저희 쪽 사람을 풀어 수색을 돕겠습니다."

"호의는 감사하나 괜찮습니다. 수색 인원은 저희만으로도 충분하니, 제한 구역의 출입을 허가해 주시면 직접 가서 찾도록 하지요."

록사나는 류자크의 권유를 거절했다. 공식적으로 닉스는 죽었다고 이야기되어 있었다. 그러니 가스토르의 손을 빌려 그를 찾을 수는 없었다.

류자크는 록사나와 그의 옆에 있는 두 사람을 약간 찌푸린 눈으로 물끄러미 쳐다보았다. 하지만 그들을 불쾌하게 여겨서 그러는 것이 아니라, 무언가를 생각하는 듯한 눈치였다. 느닷없이 나타나 외부인 제한 구역의 출입을 요구하는 록사나의 청을 들어주어야 할지 고민하는 것 같았다.

그러다 이윽고 마음을 정한 듯, 류자크의 입술이 천천히 떼어졌다.

"……실은 조금 전에 보셨던 사람이 바로 제 부친입니다."

그의 입에서 나온 의외의 말에 이번에는 세 사람이 조금 놀랐다. 류자크와 조금도 닮지 않은 그 남자가 부친이라니. 꼭 외모만 두고 그런 생각을 한 건 아니었다. 가만히 서 있기만 해도 강렬한 기운을 내뿜는 류자크와는 대조되게도, 그의 부친은 어딘가 희끄무레하게 느껴지기도 하는 유약한 분위기를 온몸에 두르고 있었다.

게다가 지금 류자크가 한 말을 듣고 확신했다. 조금 전 확인한 남자의 그 병색 완연한 모습은 역시 마약에 중독된 후유증 때문인 것이 분명했다. 가스토르의 상황은 진작 알고 있었으니, 이제 와서 새삼스럽게 놀랄 일은 아니었지만 말이다.

"지금 이곳은 오랫동안 방치되었던 황무지로, 원래 제 부친이 몇 년 전에 개간 사업을 맡아 진행하기로 계획되어 있던 땅입니다."

"그랬군요."

"그러나 여러 가지 사정으로 결국 무산되고 최근에야 다시 손을 대게 되었지요."

거기서 잠깐 멈추었던 류자크가 다시 말을 이었다.

"조금 전 보셔서 짐작하신 바가 있겠지만……. 오랫동안 차도가 없던 제 부친의 병세가 회복되기 시작한 것이 가장 큰 이유입니다."

물론 그 병세란 것은 록사나가 짐작했듯이 마약 중독으로 인한 증상과 후유증이 맞았다.

류자크의 부친도 원래 처음부터 도박과 마약에 빠져 있던 그런 혐오스러운 인간은 아니었다.

류자크가 지금보다 어릴 때만 해도, 가스토르의 가신으로 일했던 그는 나름대로 존경할 만한 부친이었다. 젊은 학자였던 그는 가스토르의 3할을 차지한 척박한 땅을 녹색 공간으로 조성할 방법을 찾고 있노라며, 곧잘 류자크를 앞에 두고 활기차게 이야기하곤 했다.

그러나 바드리사가 류자크의 외조부의 뒤를 이어 가스토르의 수장이 된 이후부터 조금씩 변해 갔다. 결국은 제 아내에게 열등감을 느껴 가족들을 불행하게 만들고 스스로마저 망가뜨린 못난 남기였다.

바드리사는 얼마 전 그와의 이혼을 결정했다. 아그리체가 약속대로 보내 준 해독제는 기대했던 것보다도 효과가 좋았다. 그 덕에 부부는 이성을 갖고 오랜만에 대화다운 대화를 나눌 수 있었다. 물론 한두 번 해독제를 먹어 해결될 일은 아니었으니 몸이 정상으로 돌아오려면 시간이 오래 걸릴 터였다.

류자크의 부친도 이번 일로는 깨달은 바가 많은지, 침중하게 바드리사의 결정을 받아들였다. 사리 분별이 가능한 상태에서 저지른 일은 아니라고 하나 가스토르의 가솔들까지 약에 중독시켜 가문을 위태롭게 만든 죄는 컸다. 사실상 그는 영구 추방당해야 마땅했다.

하지만 바드리사는 류자크의 부친이 지금까지 가졌던 모든 권한을 박탈하고 그에게 기한 없는 종신 유배형을 내렸다. 유배지로 결정된 곳은 몇 년 전 개간이 중단되었던 바로 그 불모지였다. 바드리사는 그에게 시일이 얼마나 걸릴지 모를 땅의 재개간을 명령했다. 그것이 바드리사가 준, 지금까지의 죗값을 치를 수 있는 마지막 기회였다.

류자크의 부친은 기꺼이 그것을 감내해 받아들였다. 하여 마지막으로 그를 배웅할 겸 류자크가 동행해 직접 여기까지 오게 된 것이었다.

"아그리체에는 이번에 큰 도움을 입었습니다."

록사나와 제레미 덕분에 류자크는 더 이상 아버지를 경멸하지 않아도 되었다. 물론 예전처럼 그를 다시 존경할 수도 없었지만, 긍정적인 변화의 가능성이 엿보인다는 것만으로도 미래가 한결 희망적으로 느껴졌다.

"원래는 이방인의 출입이 엄격히 금지된 제한 구역이지만 들어가서도 좋습니다. 다른 사정은 묻지 않도록 하지요."

하여 류자크는 두말 않고 그들에게 길을 내 주었다. 아그리체에는 빚이 있었으니, 이런 일 정도는 얼마든지 들어줄 수 있었다.

세 사람은 류자크에게 고마움을 표한 뒤 출입 금지 구역인 황무지로 들어섰다.

카시스는 아그리체와 가스토르 사이의 일을 아는지 모르는지, 속을 알 수 없는 얼굴을 하고 있었다. 하지만 왠지 느낌상 어느 정도의 내막은 짐작하는 바가 있는 것처럼 보이기도 했다. 그러나 그가 먼저 입을 열지 않았기에 록사나와 제레미도 다른 설명을 하지 않았다.

"알고 보니 맹탕 같은 놈이었네."

뒤에서 제레미가 류자크와의 만남을 곱씹으며 혀를 찼다. 가뜩이나 바쁜데 쓸데없이 궁금하지도 않은 사연이나 늘어놓고 말이다. 게다가 딱 보니까 가스토르의 꼬락서니가 저 꼴이 난 것도 그 약쟁이 부친 때문인 듯한데. 그럼 이 지경이 되기 전에 더 일찍 치워 버렸으면 될 게 아닌가. 아그리체에서 그들이 결단력 있게 란트를 처리해 버린 것처럼.

'흥, 역시 민숭민숭한 빨간 놈들보다 아그리체가 훨씬 낫잖아? 아무리 봐도 다섯 가문 중에 누나랑 나만 한 인재가 없어.'

제레미는 만약 다른 사람이 들었다면 기함하고도 남았을 삐뚤어진 우월감을 느끼며 어깨를 으쓱였다. 록사나조차 그의 속마음을 알게 되면 경쟁 심리를 느낄 일도 참 없다고 혀를 찼을 일이었다.

아무튼, 그렇게 해서 그들은 가스토르의 외곽 지대에 속한 황무지를 가로질렀다. 깊은 곳으로 이동할수록 바싹 마른 고목 나무와 듬성듬성 웃자란 풀들, 또 오래된 건물의 잔해 같은 빈터의 흔적이 나타났다.

황량한 모래바람이 코와 입으로 들어와서 그들은 망토로 얼굴을 가려야 했다. 몇 번이가 나비를 날려 보냈다. 하지만 흩날리는 모래에 뒤덮인 땅에서 발견되는 흔적은 아무것도 없었다.

아무런 소득 없이 또 하루의 낮과 밤이 지나갔다. 황폐한 땅을 둘러보는 데 생각보다 긴 시간이 소요되었다.

"록사나."

그러던 어느 순간 문득 카시스가 록사나를 불렀다. 왠지 지금까지와는 조금 느낌이 다른 목소리였다. 무언가를 직감한 록사나가 직접 주변을 수색하던 것을 멈추고 고개를 돌렸다.

카시스는 멀찍이 떨어진 자리에 가만히 서서 록사나를 기다리고 있었다. 그의 망토 자락이 희뿌연 바람에 흔들리는 것이 보였다. 발밑은 굴러다니는 모래로 가려져 시야에 거의 들어오지 않았다. 카시스가 서 있는 곳은 깨진 바위와 썩은 나무 둥치, 그리고 마른 풀들이 까맣게 뒤덮여 거의 쓰레기 더미로 보이는 폐허였다.

록사나는 잠깐 멀리서 조용한 시선을 보내다가, 이내 카시스에게 다가갔다. 어느새 제레미도 다른 곳을 뒤지는 것을 멈추고 두 사람이 있는 쪽을 쳐다보고 있었다.

휘이이.

다시금 불어온 바람에 뿌연 공기가 일부 떠밀려 카시스의 발밑에 있는 형체가 잠깐 시야에 드러났다.

록사나는 마침내 그 앞에 섰다. 모래에 반쯤 파묻힌 몸을 작게 웅크린 채 잠든 것처럼 눈을 감고 있는 사람. 그녀가 찾고 있던 닉스였다.

닉스는 그에게 죽음이 가까워졌음을 느꼈다. 거의 10년 만에 시간의 흐름을 정면으로 맞은 몸의 기능이 빠르게 멎어 가고 있다는 사실을 누구보다 그가 가장 잘 알았다. 노엘을 찾아갈 생각은 애초에 하지 않았다. 그저 이대로 누구의 눈에도 띄지 않고, 처음부터 그의 존재가 아예 이 세상에 없었던 것처럼 먼지가 되어 사라지기를 바랐다.

록사나가 있던 중립 구역과 아그리체에서 최대한 멀리 떨어지기 위해 한동안 쉼 없이 앞만 보고 움직였다.

그러다 마침내 지쳐서 걸음을 멈춘 곳은 사방이 부스러진 모래투성이인 폐허였다. 거의 사막화된 땅에 건조한 바람이 불어 들 때마다 그의 낡아 빠진 몸도 이곳의 일부인 양 날아든 모래 속에 뒤덮여 갔다.

닉스는 이곳에서 자신의 마지막을 기다리기로 했다. 이미 너무 지쳐서 더 이상 손가락 하나 까딱하고 싶지 않았다. 그렇게 쓰러져 며칠간 의식을 잃었다가 다시 깨어나는 일을 반복했다.

그러다 어느 순간 기척을 느끼고 눈을 떴을 때, 그의 앞에는 록사나가 있었다.

휘이이…….

검은 망토와 그 밖으로 흘러나온 긴 금색 머리칼이 회갈색 모래바람에 뒤섞여 아득하게 흩날리는 모습이 꼭 신기루 같았다. 그때, 무표정하게 닉스를 응시하고 있던 록사나의 입술이 작게 벌어졌다.

"아직 살아 있었네. 처음엔 움직임이 없어서 죽은 줄 알았는데."

하지만 귓가에 나직한 목소리가 흘러든 순간, 닉스는 이것이 실제 상황이라는 것을 깨달았다. 초점 없이 흐리던 닉스의 눈이 서서히 크게 떠졌다.

"뭐야…… 왜……."

그는 지금의 상황이 믿기지 않는 듯이 멍하니 누워 말을 더듬거리다가 반사적으로 몸을 벌떡 일으켰다.

"왜…… 왜 네가 여기 있어?"

한동안 입을 연 일이 없어 거칠게 가라앉은 목소리가 벌벌 떨렸다.

"설마 너, 여기까지 날 찾아온 거야……?"

록사나는 그런 닉스를 가만히 내려다보았다. 옷 밖으로 드러난 그의 얼굴에는 전보다 훨씬 더 뚜렷한 실금이 그려져 있었다. 창백한 피부 곳곳에 균열이 새겨진 모습이 꼭 완전히 깨지기 직전의 유리그릇 같았다.

"왜? 애초에 내가 왜 네 눈앞에서 사라졌는데, 그런데 어째서……."

닉스는 목소리뿐만 아니라 온몸을 떨면서 정리 안 된 말을 아무렇게나 토해 냈다. 그 모습을 지켜보던 록사나가 마침내 다시 입을 열었다.

"네가 아실이든 닉스든 이제 상관없어."

섣불리 진의를 파악하기 어려운 무감한 음성이었다. 하지만 모래바람에 뿌옇게 가려지고도 여전히 선명한 빛을 발하는 붉은 눈동자에는 그 어느 때보다 강렬한 감정의 정수가 녹아 있었다.

"하지만 죽을 땐 내 눈앞에서 죽어."

곧이어 심장을 찔러 든 말에, 록사나를 멍하니 바라보던 닉스의 얼굴이 일그러졌다. 그는 화가 난 것 같기도 하고, 울고 싶은 것 같기도 한 표정을 지은 채로 입술을 달싹였다.

록사나는 대답을 기다리지 않고 손을 뻗어 닉스의 팔을 잡아끌었다. 그러나 닉스는 그녀의 뜻대로 자리에서 몸을 일으키지 않았다. 그러지 못했다는 게 더 맞는 말이었다. 다리에 힘을 줘 바닥을 딛는 순간, 그의 왼쪽 발목 밑 부분이 파스슥 부서져 모래와 함께 흩어졌다.

록사나의 움직임이 뚝 멈추었다. 그녀는 눈을 깜빡이는 것조차 잊은 듯이 텅 빈 닉스의 발목으로 시선을 떨어뜨렸다. 그런 록사나를 마주한 닉스의 얼굴은 오히려 반대로 조금씩 차분해졌다.

"그냥 두고 가."

이어서 그의 입에서 흘러나온 것도 감정의 동요가 가신 담담한 목소리였다.

"난 여기서 조용히 사라질 거야. 어차피 시간이 오래 남지도 않았어."

가까워진 끝을 예감하고, 그것을 납득해 받아들인 사람만이 가질 수 있는 고요함이 닉스의 위에 깔려 있었다. 독기라고는 하나도 없이 그저 평온하기만 한 그 얼굴은 이제 정말 닉스보다 아실에 가까워 보였다. 오히려 그는 록사나를 달래려는 것 같기도 했다.

"……말했을 텐데."

하지만 록사나는 고집스럽게 닉스의 팔을 놓지 않았다.

"죽어도 내 눈앞에서 죽으라고."

닉스는 록사나가 절대로 그를 포기하지 않을 것을 알아차렸다. 이런 면은 그가 알고 있는 어릴 때의 그녀와 똑같았다. 순간 목 밑에서 무언가가 울컥 올라와서 닉스는 입술을 꽉 깨물었다.

옆에 있던 카시스가 록사나에게 다가와 닉스를 일으켜 세우는 것을 도왔다. 하지만 이어서 닉스를 업으려 하는 것은 제레미가 막았다. 제레미의 굳은 얼굴을 본 카시스가 조용히 물러났다. 제레미는 카시스 대신 몸을 낮춰 닉스를 등에 짊어졌다.

"이제 오십니까? 내일부터 모래 폭풍이 온다고 들어서 조금 더 늦으면 사람을 보내야겠다고 생각하던 참이었는데."

늦은 저녁 무렵 황야에서 돌아왔을 때, 류자크가 처음 헤어진 그 자리에서 아직 그들을 기다리고 있었다. 벌써 거의 이틀가량이나 지난 참이라 류자크는 그들을 꽤 걱정하고 있었던 듯했다.

"다행히 찾던 사람은 발견했나 보군요."

류자크의 시선이 제레미의 등에 업힌 닉스에게 못 박혔다. 그들은 모두 먼지투성이였고, 닉스도 다르지 않았다. 게다가 카시스가 그의 망토를 닉스에게 입혀 얼굴과 몸이 대부분 가려져 있었다.

하지만 류자크는 그에게서 까닭 모를 기묘함을 느끼고 미간을 찌푸렸다. 제레미의 등에 업힌 사람에게서 어쩐지 수상한 냄새가 났다. 남자인지 여자인지 그냥 봐서는 성별을 알 수 없었지만 체격은 제레미 아그리체와 대충 엇비슷했다. 모래가 묻은 망토 자락 밑으로 아주 살짝 드러난 머리칼은 록사나와 비슷한 금발로 보였다. 카시스가 바로 망토의 모자를 푹 눌러 씌워 제대로 본 게 맞는지 헷갈리기는 했지만.

류자크의 얼굴이 일순간 굳어졌다. 그는 잠깐 제레미의 등 뒤에 있는 사람을 날카로운 눈으로 응시하다가, 록사나를 보고 물었다.

"혹시 도움이 필요합니까?"

이번에도 그들의 행적과 새로 나타난 이방인에 대해서는 아무런 질문도 하지 않았다. 록사나도 다른 말 없이 고개를 끄덕였다.

"가능하다면, 최대한 빨리 움직일 수 있는 이동수단을 빌리고 싶군요."

이번에는 류자크의 호의를 거절하지 않고 받아들였다.

"알겠습니다."

류자크는 두말 않고 천막 옆쪽에 있던 말과 마차, 그리고 목적지까지 마차를 몰 사람을 내주었다. 그들은 나중을 기약한 채 다시 헤어졌다.

마차를 타고 이동하는 동안에도 닉스의 몸은 붕괴를 멈추지 않았다.

"중간 구역까지 버틸 수 있으면 어머니를 보게 해 주지."

망토에 싸여 마차의 구석에 몸을 기대고 있던 닉스가 록사나의 말을 듣고 등을 곧추세웠다. 하지만 그는 곧 언제 동요했냐는 듯이 단호한 어조로 거부했다.

"싫어. 이 꼴을 하고 어떻게 내가 어머니 앞에……."

"걱정 마. 나도 지금의 널 어머니 눈에 띄게 할 생각은 없으니까. 하지만 멀리서 네가 어머니를 보는 것 정도라면 허락해 줄 수 있어."

이후 마차 안에 침묵이 내려앉았다. 닉스가 색색 숨을 몰아쉬는 소리만이 조용한 공기 중에 퍼져 나갔다. 그러다 이내 뒤집어쓴 망토 속에서 흔들리는 목소리가 흘러나왔다.

"넌 진짜 바보야."

말없이 창밖을 보던 록사나가 한참 후에 짤막하게 답했다.

"나도 알아."

"멍청이……."

록사나는 잠긴 목소리로 중얼거리는 닉스를 돌아보지 않았다. 맞은편에 앉아 있던 카시스와 제레미도 아무것도 보지 않고, 또 아무것도 듣지 못한 것처럼 각각 창밖에 시선을 두었다.

카시스가 닉스에게 튬튬이 기운을 북어넣어으나 역시 효까는 아주 미미했다. 망토에 가려진 닉스의 몸은 점점 작아졌다. 옷자락 밑으로 부서진 육신의 잔해가 모래 더미처럼 조금씩 쏟아져 내렸다.

한동안 멈추지 않고 마차를 몰았으나, 그래도 말이 쉴 시간은 필요했다. 갈 길이 바빴지만 그렇다 해서 그들이 닉스를 데리고 며칠이나 걸어서 이동하는 것보다는 당연히 마차로 움직이는 게 더 빨랐다.

말이 휴식을 취하는 동안 록사나와 다른 사람들도 마차 밖으로 나와 굳은 몸을 풀었다. 닉스는 자리에서 움직이지 않는 게 더 나은 상태라 그대로 마차 안에 있었다. 대신 록사나는 마차의 문을 열어 두었다. 그리고 그 옆쪽의 흙바닥에 기대앉아 휴식을 취했다. 닉스는 열린 문밖으로 보이는 록사나의 옆얼굴을 조용히 시야에 담았다.

"너, 네가 죽기 전에 마지막으로 치른 월례 평가 때 환영으로 누굴 봤어?"

그러던 중 록사나가 문득 지나가듯이 꺼낸 질문에 닉스의 몸이 움찔 흔들렸다. 하지만 그는 금방 침착한 모습으로 돌아갔다.

"몰라, 그런 건 기억 안 나는데."

닉스는 거짓말을 잘했다. 반면 아실은 거짓말을 못했다. 지금 그가 한 말은 거짓말이었다. 록사나는 그것을 느꼈다.

"왜, 설마 너라도 나왔을까 봐?"

닉스가 별걸 다 묻는다는 듯이 무심한 어투로 말을 끝맺었다. 그러면서 지금의 화제에 대해 더 이야기할 마음이 없는 것처럼 다른 곳으로 시선을 돌렸다.

록사나는 아까 카시스가 건네주고 간 물병을 내려다보면서 다시 입을 열었다.

"난 네가 나왔어."

그 순간 닉스의 몸이 바싹 경직되었다. 망토 밑으로 나와 있던 손이 파르르 잘게 떨리다가, 록사나의 시선을 느낀 순간 옷자락 안으로 숨어들었다. 그 밖으로 부스러진 가루가 또 조금 흘러내렸다. 록사나는 아무것도 못 본 것처럼 담담하게 덧붙였다.

"그래서 내 손으로 죽였어."

닉스에게서 전해지던 감정의 파동이 서서히 잦아들었다. 잠시 후 그가 확연히 평온해진 음성으로 록사나를 칭찬했다.

"그래? 잘했네."

"그렇지?"

"그런 상황에서 열다섯 살짜리 애가 별수 있나. 시키는 대로 해야지. 그리고 어차피 환영이잖아. 진짜 죽인 것도 아닌데 뭐."

예전에 록사나가 열다섯 살의 제레미에게 해 주었던 것과 비슷한 말이었다. 정작 자신은 그 과제를 수행하지 못해 죽었으면서, 그는 록사나가 한 일을 당연하다는 듯이 긍정해 주었다.

또 잠깐 침묵이 맴돌았다. 다물려 있던 록사나의 입술이 다시 떨어진 것은 잠시 후였다.

"나, 네가 죽은 이후부터 교육도 열심히 받고 정말 열심히 살았거든."

"그랬구나. 다행이다."

"월례 평가 때도 계속 2등이었고, 네가 한 번도 가 본 적 없는 대만찬 자리에도 여러 번 참석했어."

"정말? 그건 진짜 대단하네."

"그래도 데온은 한 번도 못 이겨 봤지만."

"걔는 원래 어릴 때부터 좀 보통 사람들하고 달랐잖아. 노력해서 그 만큼 성장한 네가 훨씬 더 대단해."

어느새 두 사람은 꽤 자연스러운 모습으로 옛날이야기를 하고 있었다.

닉스는 정말 오빠로서 여동생을 대하듯이 록사나의 말이 한마디씩 끝날 때마다 그녀를 칭찬해 주기도 하고 달래 주기도 했다.

자신은 아실이 아니라고 그렇게 우기더니, 그새 잊은 모양이었다. 닉스는 이제 더 이상 데온에게 두려움을 느끼지 않는 것 같았다. 그를 이렇게 만든 사람들에 대한 원망도 없는 듯했다.

중간에 제레미가 눈치 없이 마차에 다시 올라타려고 두 사람이 있는 쪽으로 다가갔으나 카시스가 막았다. 당연히 제레미는 도끼눈을 뜨고 몸부림쳤다. 하지만 카시스는 꿈쩍도 하지 않았다. 그는 제레미를 데리고 마차에서 거리를 벌렸다.

"지금까지 정말 많은 일이 있었구나."

록사나에게서 란트가 죽을 당시의 일까지 전해 들은 닉스는 얼마간 침묵하다가, 이내 거칠게 잠긴 목소리를 나지막하게 내뱉었다.

"정말 많이…… 힘들었겠네."

록사나는 닉스가 있는 쪽으로 시선을 돌리지 않고 짙은 보라색으로 물든 하늘을 두 눈에 담았다.

"별로 그렇진 않았어."

이내 건조하게 느껴질 정도로 무덤덤한 목소리가 미온한 공기 속에 고요하게 퍼져 나갔다.

"네가 없어도 어머니와 난 충분히 잘 지냈고, 앞으로도 그럴 거야."

어찌 보면 냉정하게도 들리는 내용이었다. 하지만 닉스는 록사나가 그에게 하고 싶은 말이 무엇인지 알 수 있었다.

"그래⋯⋯. 지금은 시간이 많이 지났으니까."

그래서 닉스도 기억 속의 작은 여자아이를 격려하는 마음을 남몰래 담아, 다만 그렇게 속삭였다. 멀리서 바람이 불어와 두 사람의 금빛 머리칼이 흩날렸다. 록사나의 긴 머리채가 닉스가 있는 곳까지 떠밀려 와 가까운 곳에서 시야를 간질였다.

닉스는 거기에 닿고 싶어 무심코 팔을 들었다가, 곧 그에게 록사나를 만질 손이 더 이상 남아 있지 않다는 사실을 깨닫고 다시 망토 속에 몸을 숨겼다. 남은 시간이 손안에 쥔 물살처럼 흘러 소리 없이 사라져 갔다.

하지만 지금, 아실과 닉스는 외롭지 않았다.

"야."

록사나가 잠시 자리를 비운 틈에 제레미가 닉스에게 접근했다.

"아실이고 닉스고 나발이고 간에, 너 말이야."

그는 혹여 멀리서나마 록사나가 볼까 싶어 닉스의 옷매무새를 다정하게 정리해 주는 척하면서 인위적으로 방긋 웃었다.

"사나 누나가 원하는 일이라 일단 나도 잠자코 따르고 있긴 하지만, 죽기 전에 나한테 험한 꼴 보기 싫으면 알아서 처신 잘해라."

하지만 정작 제레미의 입에서 내뱉어진 말은 음산한 협박이었다.

"어차피 뒈질 놈이면 뒈질 놈답게, 남은 사람 생각하면서 곱게 죽으란 말이야. 혹시라도 우리 누나 마음에 대못 박는 짓 하지 말고."

이제는 더 말해 봤자 입만 아플 지경이었지만, 제레미의 세상에서 중요한 사람은 오직 록사나 하나뿐이었다. 그런 그녀에게 아실이 남다른 이미를 가긴 존재란 걸 알고 있었기에, 가시스 베넬티안난놈이나 눈에 거슬리는 닉스를 이렇게 가만히 놔두고 있는 것이었다.

하지만 제레미는 아직 이 인형을 아실로 인정한 것도 아니었고, 설령 인정한다 해도 록사나 옆에 두기 탐탁지 않은 것은 마찬가지였다. 이렇게 당장에라도 숨이 꼴깍 넘어갈 것처럼 빌빌거리는 꼴을 보고 나서는 더더욱.

만약 이 인형 놈이 죽기 전에 제 처지를 비관하다 못해 록사나 앞에서 신세 한탄이라도 하면서 죽기 싫다고 질질 짜기라도 하면, 그걸 보는 록사나의 마음은 또 얼마나 무거울 것인가.

아니, 차라리 질질 짜기만 하면 다행이지. 죽음을 목전에 둔 사람이 절박함에 얼마나 추잡해질 수 있는지, 그동안 제레미도 란트의 밑에서 목격한 바가 많지 않았던가.

그런 생각을 하면, 역시 이 아실의 거죽을 뒤집어쓴 인형이 그들에게 발견되기 전에 죽어 자빠지지 않은 게 못내 아쉬웠다.

"내 말 무슨 소리인지 귓구멍 열고 똑바로 들었냐? 네 남은 시간은 우리 누나가 준 거나 마찬가지니까 괜히 허튼 생각 하지 말고 일분일초 눈물 나게 고마워하는 마음만 안고 넙죽 엎드려 지내란 말이야."

제레미는 마지막으로 살벌하게 으름장을 놓으면서 경고의 의미를 담아 닉스의 멱살을 꽉 움켜쥐었다.

"내가 항상 지켜보고 있다는 걸 명심해. 앞으로 중간 구역까지 이동하는 동안 자나 깨나 항상 우리 누나 앞에서 행동 조심, 말조심……."

후두둑!

바로 그 순간, 닉스의 얼굴 표면이 크게 부서져 제레미의 손등 위로 떨어져 내렸다.

"헉, 시발, 뭐야……!"

제레미가 소스라치게 놀라 자리에서 펄쩍 뛰었다.

"뭐, 뭐, 이 씨……! 옷만 살짝 잡아당겼는데 왜 부서지고 지랄이야?"

그는 얼른 손에 쥔 멱살을 놓고 허둥지둥 닉스의 얼굴을 살폈다.

"야야, 이거 나 때문 아니지? 그렇지? 어? 빨리 그렇다고 말해!"

떨어진 파편을 어떻게든 주워 원래대로 돌려놓으려 했지만 당연히 불가능한 일이었다. 그렇지 않아도 잘게 깨진 육체의 조각은 제레미의 손이 닿자마자 완전히 부스러졌다. 그것을 본 제레미가 또 한 번 허억, 숨넘어가는 소리를 냈다.

언제 험악한 협박질을 했냐는 듯이 안절부절못하는 꼴이 닉스의 입장에서는 조금 웃기기도 했다.

"제, 제기랄. 혹시 나 때문에 이렇게 된 게 맞아도 누나한테는 그렇다고 말하지 마, 너! 치사하게 고자질하면 죽어! 조금 전에 내가 한 말도 절대 잊지 말고……!"

결국 제레미가 선택한 건 록사나가 오기 전에 서둘러 자리를 피하는 것이었다. 그래도 마지막까지 눈을 부라리면서 닉스에게 경고하는 것은 잊지 않았다. 그는 잽싸게 마차에서 뛰어내려 후다닥 도망쳤다.

닉스는 바람같이 나타나 바람같이 멀어지는 제레미의 뒷모습을 멍하니 두 눈에 담았다. 어린 코흘리개 남자아이의 모습이 그 위로 흐리게 덧씌워졌다. 처음에는 기억이 가물가물했지만, 분명 어릴 때 록사나가 유독 신경 써 다른 사람들 몰래 챙겨 주곤 했던 이복 남동생이 맞았다.

닉스는 시간이 지날수록 점점 더 선명한 아실의 꿈을 꾸고 있었다.

요즘은 어릴 때의 기억도 상당히 구체적으로 떠올라 낯설면서도 그리운 감상에 잠길 때가 많았다. 가령 지금처럼……

"잠깐 시선을 뗐을 뿐인데 그 틈새를 놓치지 않다니, 제레미 아그리체답군."

그때 다가온 누군가가 닉스의 시야를 가렸다. 무표정한 얼굴로 나타나 맞은편 의자에 자리를 잡은 것은 카시스였다.

"뒤처리가 허술한 것도 그렇고."

그는 제레미에게 멱살을 잡힐 때 벗겨진 닉스의 망토 모자를 다시 푹 눌러씌웠다. 벌써 반 이상 붕괴된 닉스의 얼굴이 검은 천에 가려졌다. 카시스는 시늉만 했던 제레미와 달리 정말 닉스의 옷매무새를 단정하게 매만져 줬다. 조금 전 멱살을 잡혀 구겨진 옷자락이 반듯하게 펴지고, 그 위에 묻어 있던 것도 깨끗하게 털려 나갔다.

닉스가 그의 턱 밑에서 움직이는 손을 가만히 내려다보고 있을 때, 귓가에 나지막한 목소리가 흘러들었다.

"하지만 제레미 아그리체의 말이 완전히 틀린 건 아니니까. 그가 우려하는 부분에 대해서는 나도 일부 동의하는 바가 있고."

그 말에서 느껴지는 것처럼, 닉스는 이런 카시스의 행동 역시 다른 호의적인 감정에서 비롯된 게 아니라는 사실을 알 수 있었다.

"이미 너 스스로도 충분히 주지하고 있는 것 같으니 나까지 굳이 더 보태서 충고하지는 않겠지만."

지금 카시스가 제레미 대신 뒤처리를 하러 온 이유도 그의 망가진 몰골을 되도록 록사나의 눈에 띄지 않게 하기 위해서였다.

마침내 할 일을 모두 끝마친 카시스의 손이 떨어졌을 때, 닉스는 충동적으로 물었다.

"카시스 페넬리안, 너 왜 그 애를 말리지 않았어?"

그로서는 여기까지 록사나와 동행한 카시스를 이해할 수 없었다. 지금처럼 닉스와의 만남으로 인한 여파를 걱정하는 마음이 있다면 더욱이 그녀를 막았어야 하는 게 아닌가.

"처음부터 설득하든가, 아니면 적어도 내가 있는 곳까지 오지 못하게 도중에 방해할 수 있었잖아."

"글쎄. 네가 처음의 고집을 꺾고 결국 여기까지 그녀를 따라온 것과 같은 이유 아니겠나."

하지만 이어서 고막을 뚫고 들어온 카시스의 말에 닉스의 입은 다시금 다물렸다.

"마지막으로 보았을 때 너는 네 죽어 가는 모습을 록사나에게 보이지 않는 게 네가 할 수 있는 최선이라 생각했고, 내가 널 막지 않은 것도 내심 거기에 동의했기 때문이지."

사실 그 생각에는 아직 변함이 없지만, 하고 카시스가 낮게 덧붙였다.

"하지만 록사나가 원하지 않는다고 하니 받아들일 수밖에."

그렇게 말하는 그의 얼굴에는 쓴 것을 삼켰을 때와 비슷한 표정이 희미하게 배어들어 있었다. 카시스의 시선이 멀리 있는 록사나에게 닿았다. 그녀는 어느새 돌아와 제레미와 이야기를 나누는 중이었다.

카시스는 얼마 전 아그리체에서 록사나와 만났을 때의 일을 문득 떠올렸다. 란트 아그리체의 집무실 안에서 보았던 달빛 맺힌 눈물은 그의 가슴을 일순간 철렁 내려앉게 할 정도로 공허했다. 왜 아직도 이렇게 속이 텅 비어 있는지 모르겠다며 술에 취해 울던 록사나의 그 얼굴을 아마 카시스는 죽을 때까지 잊지 못할 것이다.

"록사나는 네가 아실이든 닉스든 더는 상관없다고 했어. 그러니 너와 나도 그런 걸 더 따질 필요는 없겠지."

이것이 록사나가 최종적으로 내린 결론이고 또 그녀가 원하는 일이라면, 카시스는 사력을 다해 도울 뿐이었다.

"록사나가 원하는 대로 좀 더 버텨라. 그녀는 네게 마지막으로 꼭 보여 주고 싶은 사람이 있는 모양이니까."

닉스는 카시스의 목소리가 들리는 곳에 물끄러미 시선을 고정시켰다. 거의 코까지 내려온 망토 때문에 그의 눈에는 앞에 앉은 사람의 가슴 아래쪽까지만 보였다.

불현듯 카시스에게 무슨 말인가를 하려는 듯이 작게 벌어졌던 닉스의 입술이 움직임을 멈추었다. 하고 싶은 말이 몇 마디 있었지만, 지금 그들의 화제에 오른 사람에 대한 어떤 발언도 그의 입으로 꺼내기에는 부적절한 것 같았다. 게다가 지금 닉스가 처한 입장을 생각했을 때, 목 밑에서 맴도는 말들은 다소 우습게 느껴지기까지 했다.

그래서 닉스는 막 자리에서 몸을 일으킨 카시스에게 대신 다른 말을 꺼냈다.

"나중에 실비아한테 미안하다고 전해 줘."

일전에 위그드라실에서 그녀를 인질 삼으려 했던 일에 대한 사과였다. 할 수 있다면 그가 직접 전하고 싶었지만 분명 그건 불가능할 테니까.

"그러지."

카시스는 닉스를 잠깐 가만히 쳐다보다가 짤막하게 대꾸했다. 이윽고 마차에서 내려선 카시스가 록사나에게 다가갔다. 록사나도 그런 그를 발견하고 고개를 돌렸다.

"카시스. 지금 나비를 보내서 잠깐 길을 살펴보고 왔는데 강 하류에서 우측으로 빠지는 편이 시간을 더 단축할 수 있겠어."

그녀는 조금 전까지 제레미에게 하고 있던 말을 카시스에게도 전달했다. 록사나 옆에 있던 제레미가 다가오는 카시스에게 경계심 어린 눈빛을 보냈다. 하지만 카시스는 제레미와 닉스 사이에 있었던 일을 록사나에게 말하지 않았다.

"그럼 지금 바로 출발하자. 조금 전에 내가 가서 말의 체력도 어느 정도 회복시키고 왔으니까."

"누나, 나도 아까 말한테 얼른 기운 내라고 물도 주고, 먹이도 주고 왔어!"

"그래, 둘 다 고마워."

해가 완전히 지기 전, 그들은 다시 마차를 타고 길을 떠났다. 하여 그들이 마침내 목적지에 가까운 중간 구역에 도착한 것은 굉장히 길고도 짧게 느껴졌던 이틀의 시간이 더 지난 후였다.

제레미의 협박이 무색하게도, 중간 구역에 도착할 때까지 닉스는 대부분의 시간을 잠든 채로 보냈다. 꼭 눈을 깜빡일 동력까지 전부 아껴서 남은 생명을 최대한 오래 유지하는 데 사용하려는 것처럼 보이기도 했다. 그래서 록사나가 닉스와 짤막하게나마 얼굴을 맞대고 대화하는 것이 가능했던 건 이틀 전의 저녁까지였다.

"그만 일어나."

오늘도 닉스는 깊은 잠에 빠져 있다가, 누군가 여러 번 그를 부르며 깨우는 소리에 눈을 떴다. 무겁게 들어 올린 눈꺼풀 사이로 록사나의 얼굴이 비쳤다.

"도착했어. 여기서부터는 걸어갈 거야."

그는 짐짝처럼 들려 밖으로 옮겨졌다. 그러는 동안에도 계속 정신이 끊겼다 이어지기를 반복했다. 사실상 닉스의 몸은 진작 한계에 달해 있었다. 그래도 지금까지 꾸역꾸역 버틸 수 있던 것은 록사나 때문이었다.

물론 숨이 끊어지기 전에 단 한 번만이라도 어머니를 보고 싶다는 바람 역시 진짜였지만, 그보다 록사나에 대한 미안함과 애틋함이 더 컸다. 어쩌면 마지막 의무감 때문이라 해도 좋았다. 이것이 닉스를 찾아 여기까지 데려와 준 록사나에게 그가 해 줄 수 있는 마지막 일이었기 때문에.

그러다 문득 닉스는 지금 그를 들어서 옮기고 있는 게 록사나라는 사실을 인지하고 말했다.

"무거울 텐데 그냥 다른 사람한테 들게 하지……."

하지만 닉스의 귀에도 바람 앞의 등불같이 다 꺼져 가는 것처럼 들리는 아주 미약한 목소리라, 어쩌면 록사나가 듣지 못했을지도 모른다고 생각했다. 하지만 잠시 후 닉스의 머리 위에서 자그마한 속삭임이 울렸다.

"네 생각만큼 무겁지는 않아."

앞으로 내디뎌지는 걸음마다 부스러진 닉스의 잔해가 바람에 섞여 날렸다. 그의 몸은 이제 대부분이 소실되어 록사나조차 별로 힘들이지 않고 가볍게 들 수 있을 정도였다.

록사나의 말을 들은 닉스가 희미하게 웃었다. 그의 작아진 몸이 록사나에게 조금이나마 도움이 되었다니, 그건 다행인 일이었다.

다음 순간, 고개를 숙인 록사나와 눈이 마주쳤다.

"또 자려고?"

그 말처럼 또다시 눈꺼풀이 무거워져서 닉스는 빛 사이로 번지는 얼굴을 오래 마주하지 못했다.

쏴아아…….

그렇게 수마에 진 닉스가 막 눈을 감았을 때, 문득 어디선가 불어든 바람이 그의 얼굴을 부드럽게 쓸고 지나갔다.

"눈을 떠 봐."

묘하게 향수를 자극하는, 그리운 느낌을 담은 공기가 코끝을 간질였다.

"이제 다 왔어. 저기 봐."

록사나의 목소리에 등을 떠밀려 닉스는 가늘게 눈을 떴다. 눈 부신 빛이 기다렸다는 듯이 그 사이를 파고들었다.

언덕을 뒤덮은 풀이 초록색 바다처럼 눈앞에서 물결치는 모습이 가장 먼저 보였다. 그리고 그다음에…….

"아……."

눈부시게 반짝이는 햇살 아래로 낯익은 여인의 모습이 비쳤다. 빨랫줄에 걸려 하얗게 흔들리는 천들 사이로 금빛 머리칼이 같이 나부꼈다. 기억보다 나이 든 얼굴이었지만, 닉스가 그녀를 못 알아볼 리 없었다.

어머니다.

정말 어머니다…….

닉스는 멀리서 내려다보이는 풍경을 멍하니 바라보았다. 구름 한 점 없이 새파란 하늘 아래에 서 있는 시에라의 모습이 꼭 꿈결 같았다.

이렇게 그녀를 보는 것은 거의 10년 만이었다.

햇빛 때문에 눈이 시린 줄로만 알았는데, 어느새 닉스는 울고 있었다. 성대 밑에서 끅끅 억눌린 울음이 새어 나왔다.

록사나의 말이 맞았다. 그가 아실인지 닉스인지, 그런 건 더 이상 중요하지 않았다. 이 사무치는 슬픔과 기쁨, 그리고 그리움은 이미 모두 그의 것이 되었으니까.

그런데 바로 그때, 꼭 시선을 느끼기라도 한 것처럼 시에라가 그를 돌아보았다. 미처 피할 틈도 없이 눈이 마주쳤다. 닉스는 저도 모르게 흠칫해 몸을 움츠렸다.

하지만 다음 순간……. 믿을 수 없게도 그의 눈에 비친 어머니의 얼굴에 서서히 미소가 번지기 시작했다. 시에라가 손에 들고 있던 바구니를 놓고 그에게 팔을 벌렸다. 꼭 어릴 때 아실을 안아 주곤 했던 것처럼.

어느새 시에라의 옆으로 먼저 다가간 록사나도 닉스를 돌아보았다. 꼭 얼른 오라고 그에게 재촉하는 것 같았다.

닉스는 무심코 앞으로 한 발짝 걸음을 내디뎠다. 그리고 그를 향해 내밀어진 두 사람의 손을 잡기 위해 팔을 뻗었다. 그러다 퍼뜩 놀라서 몸을 내려다보니, 분명 완전히 부서졌던 손이 다시 생겨나 있었다. 눈앞에서 그를 기다리고 있는 사람들을 향해 뛰어갈 다리도 있었다.

닉스는 새파랗게 흔들리는 풀밭 사이로 비틀거리며 걷다가, 이내 숨이 턱까지 차오르도록 달리기 시작했다. 한 걸음씩 앞으로 디딜수록 닉스의 시간은 거꾸로 흘러갔다. 그러다 마침내 시에라의 품에 뛰어들어 안겼을 때, 그는 완전한 어린아이의 모습으로 돌아가 있었다. 죽기 전보다도 훨씬 어릴 때, 아마도 아실이 사는 동안 가장 행복했을 시절의 모습이었다.

그는 시에라에게 안겨 울음을 터트렸다. 보고 싶었다는 말을 수도 없이 읊조렸다. 마찬가지로 젊어진 어머니가 그런 그를 다정하게 감싸 안았다. 아실만큼이나 어려진 록사나도 옆에서 그를 안아 주다가, 이내 두 사람의 손을 잡아끌었다.

그들의 앞에는 아름다운 꽃밭이 펼쳐져 있었다. 닉스는 그가 사랑하던 사람들에게 둘러싸여 울다가 웃었다. 록사나가 그런 그에게 다가와 작은 손을 조몰락거려 만든 화관을 머리에 씌워 주었다. 그를 올려다보며 방긋 웃는 얼굴이 그늘 한 점 없이 해맑았다.

닉스는 또 벅찬 행복감에 취해 울면서 얼마 전에 카시스 페델리안에게 하려다가 못 한 말을 했다.

사나야, 네가 혼자가 아니라 다행이야. 네 옆에 좋은 사람들이 있어서 얼마나 안심이 되는지 몰라. 그리고 이제 나 같은 건 필요 없을 만큼 네가 강한 사람이 되어서……. 나는 더 이상 너와 어머니 옆에 있어 줄 수 없으니까.

그리고 지금 이 순간만큼은 닉스도 더 이상 혼자가 아니었다. 외로웠던 시절을 지나, 이제 그는 사랑하는 어머니와 동생을 다시 만났다. 그는 두 사람과 함께 추억이 담긴 아름다운 꽃밭에서 오랜 시간을 보내다가, 이내 지쳐 그 한가운데에 드러누웠다.

이제 아주 긴 낮잠을 잘 시간이었다. 양쪽에 누운 시에라와 록사나가 그의 뺨에 입을 맞추며 다정하게 인사해 주었다. 잘 자, 좋은 꿈꿔…… 하고. 자장가처럼 흘러드는 그 부드러운 속삭임에 맞춰 닉스를 둘러싼 꽃송이가 하늘하늘 춤을 추었다.

미련이라고는 정말 티끌만큼도 없을 만큼, 지금 그는 정말 너무나도 행복했다…….

닉스는 그렇게 록사나가 보여 준 환영 속에서 달콤한 미소를 지은 채로 잠든듯이 주었다.

살랑.

바닥에 몸을 낮추고 앉은 록사나의 옆으로 붉은 나비가 하나둘씩 날아올랐다. 주위에 만개해 있던 향기로운 꽃이 흩어진 나비 떼와 함께 흔적도 없이 저물어 사라졌다. 그 자리에는 들쑥날쑥하게 자란 풀만이 삭막한 소음을 내며 흔들리고 있었다. 록사나의 무릎 위로 내려앉은 빈 옷가지와 그 사이로 스민 잿빛 가루가 바람을 타고 흩날렸다.

결국 닉스는 시에라가 있는 곳에 도착할 때까지 버티지 못했다. 또 잘 거냐는 록사나의 물음에 아무 대답도 하지 않고 그저 희미하게 웃어 보였던 것이 닉스가 의식을 가지고 있을 때 마지막으로 한 일이었다.

끝을 직감한 록사나가 바로 환상 나비를 불렀지만, 그것이 효과가 있었는지는 장담할 수 없었다. 하지만 잠시 후 닉스의 얼굴에 봄볕 같은 미소가 떠올랐기 때문에……. 록사나는 그가 마지막으로 원하는 것을 보았다는 사실을 알 수 있었다.

그 후 닉스의 남은 육체는 완전히 붕괴했다. 그는 몸에 걸치고 있던 천 조각만 남긴 채 재로 돌아갔다.

록사나는 아실이 처음 죽었을 때처럼 울지 않았다. 그저 닉스가 있던 곳을 한참 동안 가만히 내려다보다가, 이내 손을 움직여 옷가지 사이에 남은 먼지 같은 잔해를 쓸어모았다. 뒤에 있던 제레미가 조용히 다가가 그녀를 도왔다.

"록사나, 여기."

잠시 후 카시스가 그가 가지고 있는 것 중에 가장 깨끗한 천을 건넸다. 록사나는 그것을 받아 유해라고 할 수도 없는 닉스의 흔적을 담았다.

"누나…… 괜찮아?"

단 한 줌도 남지 않은 부스러진 잔해가 봉해지는 것을 보며 제레미가 조심스럽게 물었다.

"괜찮아."

록사나는 조용히 자리를 털고 일어났다. 그런 그녀의 얼굴에는 제레미와 카시스의 걱정을 살 만큼 눈에 띄는 감정은 녹아 있지 않았다.

"이 정도면 충분해."

애써 자위하는 것이 아니라, 록사나는 진심으로 그렇게 생각했다. 이 정도면 되었다. 그녀도, 닉스도.

물론 그들에게 허락된 시간이 아주 조금만 더 있었다면 좋았겠지만 다른 미련은 모두 제쳐 두고, 적어도 마지막에는 그에게 좋은 꿈을 꾸게 해 줄 수 있었으니까.

애초에 록사나는 기대라 할 만한 것을 품고 닉스를 찾으러 갔던 것도 아니었다. 어쩌면 그가 이미 그녀의 시야 밖에서 죽었을지도 모른다는 생각도 수없이 했다. 쉽게 낙관적인 미래를 상상할 수 있을 정도로 삶이 녹록했던 적은 단 한 번도 없었고, 사는 동안 최악의 최악을 상정하는 것에도 이골이 나 있었다.

하지만 닉스는 결국 살아서 그녀에게 발견되었고, 또 이렇게 그 끝을 그녀의 눈으로 직접 확인할 수 있었으니까.

"어머니에게 가자."

록사나는 거리가 얼마 남지 않은 시에라의 저택을 향해 걸어갔다. 시에라는 마리아, 베스와 함께 집 안에 있었다. 그녀들은 갑자기 찾아온 록사나를 보고 조금 놀란 듯했다.

"사나야? 연락도 없이 어쩐 일이니? 아니……. 아니지. 일단 잘 왔어 어서 안으로 들어오렴."

록사나는 그녀를 맞이하러 나온 시에라를 가만히 쳐다보았다. 그러다가 그녀에게 손에 들고 있던 것을 내밀었다.

"어머니, 아실이에요."

순간 시에라의 얼굴이 이상해졌다. 그녀는 록사나의 말을 바로 이해하지 못한 것 같았다. 당연한 일이었다.

하지만 곧 이어진 설명을 듣고는, 꼭 시간이 멈추기라도 한 것처럼 자리에 미동 없이 서서 록사나의 손에 들린 것을 눈 한 번 깜빡이지 않고 내려다보았다.

이윽고 천천히 들어 올려진 시에라의 손이 아실의 잔해가 담긴 천 조각을 받아 들었다. 시에라의 얼굴은 록사나만큼이나 차분했다. 하지만 이어서 록사나를 안아 주는 그녀의 몸은 가늘게 떨리고 있었다.

록사나도 손을 들어 시에라를 마주 안아 주었다. 세 사람은 몹시 오랜만에 다시 한자리에 모였다.

이것으로 닉스를 쫓고, 그와 함께 보냈던 짧은 시간은 완전히 끝났다. 록사나의 마음속에 줄곧 미제로 남아 있던 과거의 단락 하나도 이제 정말 깨끗하게 종결지어졌다. 계속 열린 채 방치되었던 문을 닫고 그 위로 조심스럽게 매듭을 묶어 동여맨 기분은 쓸쓸하고도 후련했다.

하지만 더 이상 후회는 없었기에, 그것으로 그녀는 충분히 만족할 수 있었다.

"……."

붉은 눈동자가 문득 창밖으로 향했다. 데온은 시야에 들어오는 풍경을 조용히 주시했다.

그가 시에라의 저택을 떠나온 지도 어느새 2주 가까이 지나 있었다. 데온은 몸을 얼추 움직일 수 있을 정도로 회복하자마자 주저 없이 머물던 곳을 나왔다. 당연히 마리아는 그의 선택을 쌍수 들고 환영했다.

하지만 이후 데온이 향한 곳은 아그리체가 아니었다.

"……."

창밖에 무언가가 있기라도 한 것처럼 한동안 뚫어질 듯이 시선을 고정시키고 있던 데온의 감각에 이번에는 한결 뚜렷한 기척이 잡혔다. 순간 붉은 눈동자에 선명한 광채가 스쳐 지나갔다.

드륵.

데온이 돌연 의자에서 몸을 일으키자 앞에 있던 그리젤다가 바로 신경질을 냈다.

"뭐야? 갑자기 일어나지 마. 이제 마무리 중인데 삐끗하면 처음부터 다시 해야 한단 말이야."

하지만 데온은 그리젤다의 말을 듣고도 자리에서 꼼짝도 하지 않았다. 서늘한 얼굴로 창가를 응시한 그의 입에서 나지막한 혼잣말이 흘러나왔다.

"나비."

"뭐?"

"분명 독나비였어."

육안으로 확인된 바는 없었지만, 분명 록사나의 독나비가 흘리는 기운이 멀지 않은 곳에서 포착되었다. 그리젤다는 데온이 갑자기 왜 이러는지 이유를 깨닫고 기가 막혀서 입을 벌렸다

"나 참, 도대체 록사나 옆에 꼬이는 개들은 왜 하나같이 다 이 모양인 거야? 정말 진저리 날 정도로 독하고 집요하다니까."

하아, 깊은 한숨을 내쉰 그리젤다가 데온의 팔을 잡아끌었다.

"이봐, 데온. 마음은 알겠는데 일단 팔은 제대로 달아야 록사나 옆으로 갈 수 있지 않겠어? 최대한 빨리 해 줄 테니까 가만히 좀 있어 봐."

데온은 여전히 제자리에 우뚝 서서 그리젤다가 원하는 대로 팔만 테이블 위에 고정시켰다. 그러는 동안에도 그의 시선은 창문에서 한시도 떨어지지 않았다.

그리젤다는 고개를 절레절레 저으며 마지막 작업에 총력을 기울였다. 현재 그녀는 데온의 팔에 의수를 달아 주는 중이었다. 하지만 보통 의수가 아니라, 여러 가지 주술적 효과를 더해 진짜 손처럼 손가락 한 마디까지 의도한 대로 자연스럽게 움직이도록 기능을 보강한 것이었다.

지난 2주간 그리젤다는 데온에게 이 의수를 만들어 주느라 밤낮없이 주술진을 그리고 또 그리며 연구에 매진해야만 했다. 데온이 느닷없이 집에 들이닥치기 전에 미리 알았다면, 어떻게든 그를 피해 도망쳤을 텐데……. 하지만 이미 늦은 후회였다.

"그나저나……. 록사나가 돌아왔다는 건 그 인형을 찾았다는 건가?"

그러다 문득 그리젤다는 조금 전 데온이 한 말을 떠올리고 무심결에 중얼거렸다. 생각보다 시기가 빠른 건지 늦은 건지, 가늠할 수가 없었다. 이곳을 떠났을 때 마지막으로 보았던 인형의 모습을 생각하면 더욱이. 그래도 록사나가 인형을 찾지 못한 채 그냥 포기하고 돌

아왔으리란 생각은 들지 않았다.

그리젤다의 말을 들은 데온의 눈이 약간 낮게 가라앉았다. 하지만 그에게서 겉으로 드러나는 다른 반응은 더 이어지지 않았다. 그래서 그리젤다도 다시 입을 다물고 집중해 손을 마저 움직였다.

데온은 볼일을 끝마치자마자 뒤 한 번 돌아보지 않고 그리젤다의 집을 훌쩍 떠났다. 그리젤다를 이렇게 긴 시간 동안 무보수로 일하게 했으면서 고맙다는 인사 한마디 없었다. 하지만 그런 데온의 성격을 몰랐던 것도 아니고, 어떤 면에서는 오히려 곱게 눈앞에서 사라져 준 게 고마울 따름이었다.

아까 그리젤다의 실수로 중간에 주술진의 획을 잘못 그려서 결국 처음부터 다시 작업하게 되었을 때, 그녀를 말없이 내려다보던 눈길이 어찌나 싸늘하던지. 그리젤다는 데온이 나선 문을 속 시원하게 닫아걸고 오랜만에 자유를 만끽했다.

"하, 왠지 닉스 때부터 귀찮은 일이 끊이지를 않는 것 같잖아……. 이참에 그냥 이사를 갈까?"

하지만 그런 생각은 아주 잠깐만 했다. 어디로 거처를 옮겨도 위치를 금방 들킬 것이라는 달갑잖은 확신이 들었기 때문이다.

결국 그리젤다는 혀를 찬 뒤 밀린 잠이나 자러 방으로 들어갔다. 하지만 침대에 누워서도 곧바로 눈이 감기지는 않았다.

'……혹시 내가 가서 도와줄 건 없겠지?'

데온이 만나러 간 이복 여동생이 아까부터 그리젤다의 머릿속에서도 꽤나 큰 자리를 차지하고 있었다. 사실은 록사나를 마지막으로 본 지난달 말부터 줄곧 저답지 않게 신경이 쓰였다.

옛말에 사람은 아무리 오래 알고 지내도 그 속을 전부 다 알기 어렵다더니……. 그리젤다의 이복 여동생은 안 그렇게 생겨서 참 고약한 성미를 지니고 있었다.

걸레짝처럼 된 인형이 제 발로 이 집을 나가기 전, 그들과 짧은 시간을 함께 보내면서 저절로 알게 되었다. 록사나 아그리체가 얼마나 지독한 별종인지.

'솔직히 죽은 걸 발견했을 가능성이 가장 크지……. 설령 운 좋게 숨이 붙어 있다 해도, 사람 꼴이라 부를 수 없을 몰골을 하고 있을 게 뻔하고.'

그걸 알면서도 아득바득 그 인형의 뒤를 쫓아간 걸 보면, 록사나는 정말 자학하는 취미가 있는 게 분명했다.

그래도 만약 그리젤다의 능력으로 도움될 부분이 조금이라도 있었다면 록사나와의 동행을 고려했을 것이다. 하지만 아무리 생각해도 그녀의 상식선에서는 가망이 없는 일이었다. 그리고 그리젤다는 그런 일에 불필요하게 기운 빼는 취미가 없었다. 그 생각에는 지금도 변함이 없었고 말이다.

그런데 정말 이상하게도……. 신뢰성 높은 스스로의 객관적인 판단을 유보하고 지금이라도 록사나를 한번 보러 가 봐야 하는 게 아닌가 하는 쓸데없는 잡념이 자꾸만 머릿속에서 산만하게 맴돌았다.

록사나에게 꼭 실질적인 도움을 줄 부분이 없다 해도 괜히 그 옆을 기웃거리고 싶은 마음이 슬금슬금 돋아나서 몸이 근질거렸다. 이상하게도 록사나가 지금 어떤 얼굴을 하고 있을지 궁금했다. 그건 평소처럼 이복 여동생에게서 재미있는 일을 기대하는 심리가 아니었다.

'뭐지……? 내가 꼭 걔를 걱정하기라도 하는 것 같잖아.'

하지만 순간적으로 뇌리를 스친 생각에 그리젤다의 얼굴은 바로 떨떠름해졌다. 어울리지도 않는 생각을 했더니 거부감에 속이 메슥거리기 시작했다.

그래, 그건 아니지. 이건 그냥 잠을 제대로 못 자서 그런 게 분명했다. 그리젤다는 심기가 불편한 상태로 이불을 뒤집어썼다.

그만 자자. 적절한 휴식을 취하지 못하니 판단력이 흐려지는 거다. 한숨 푹 자고 나면 다시 이성적인 생각을 할 수 있게 되겠지.

하지만 그리젤다는 이후로도 오랫동안 말똥말똥한 눈으로 자리에서 뒤척이다가 한참 후에야 겨우 잠이 들었다.

그사이 데온이 향한 곳은 아까 독나비의 기운이 느껴졌던 장소였다. 길게 자란 풀이 사부작거리며 흔들리는 언덕 위에 서자 눈에 익은 저택이 시야에 들어왔다. 이미 예상했던 바이기는 하나 지금 록사나가 어디에 있을지 추측하는 것은 그리 어렵지 않았다.

그러다 불현듯 기묘한 느낌이 피부를 스쳐 지나가, 데온은 눈길을 아래로 내렸다. 하지만 보이는 것은 아직까지도 흔들리고 있는 녹색 이파리와 그 사이로 날리는 회백색 흙먼지뿐이었다.

그럼에도 여전한 까닭 모를 위화감에 붉은 눈동자가 한동안 주변을 맴돌았다. 하여 데온이 다시 고개를 들어 시선 끝에 닿은 시에라의 집을 향해 이동한 것은 얼마간의 시간이 더 지난 후였다.

록사나의 눈길이 문득 옆으로 움직였다.

"……."

황금빛 물결이 너울진 녹색 풀밭 위로 시선이 머물렀다. 다가오는 이가 굳이 기척을 숨기지 않았기에 그의 존재를 느낀 것은 록사나만이 아니었다. 카시스와 제레미도 하던 일을 잠깐 멈추고 록사나가 보고 있는 곳에 시선을 두었다. 영문을 모르는 건 시에라와 베스뿐이었다.

아까부터 시에라의 눈치를 보고 있던 마리아가 다소 성급하게 앞으로 나섰다.

"저기, 다들 목마르지 않니? 내가 가서 물이라도 떠 올까?"

"마리아 님, 그런 일이라면 제가 다녀올……."

"아니야! 베스, 넌 시에라하고 사나한테 양산이나 잘 씌워 주고 있어."

마리아는 그녀를 의아하게 쳐다보는 시에라와 베스를 두고 후다닥 자리를 떴다. 잠시 후, 저택을 돌아 작은 텃밭이 있는 앞뜰에 다다른 마리아의 눈에 익숙한 인영이 비쳤다.

"데온! 아니, 넌 왜 하필 이럴 때 오고 그러니?"

그녀는 얼른 데온의 앞을 가로막았다. 마리아는 시간이 지나면서 그래도 몇몇 문제에 대해 나름대로 시에라의 눈치를 볼 줄 알게 되었다. 아실에 대한 것도 그중 하나였다. 지금 그녀가 데온의 존재를 눈치채자마자 이렇게 한달음에 달려온 것도 그 일환이었다.

하지만 데온은 그의 앞을 막아선 마리아를 무시했다. 그리고 곧바로 록사나가 있는 저택 뒤쪽으로 이동하려 했다.

"아니, 얘가! 거기 서지 못해? 잠깐 내 얘기 좀 들어!"

마리아가 포르르 달려가 팔을 붙잡자 그제야 서늘한 시선이 그녀에게 내리박혔다. 마리아도 별생각 없이 데온의 팔을 잡아 놓고 깜짝 놀랐다.

"아니, 이게 뭐야? 너 그새 팔이 생겼네? 어디서 만들었니? 제법 진짜같이 잘 만들었…… . 아, 아니! 이게 중요한 게 아니지!"

마리아는 데온을 붙잡고 오늘 록사나가 시에라를 만나러 온 이유와 지금 저택의 뒤에서 벌어지고 있는 상황에 대해 말해 주었다. 데온은 그것을 듣고 있는지 안 듣고 있는지 모를 얼굴을 한 채 잠시 동안 말이 없었다. 그렇게 얼마간 자리에 못 박혀 있던 데온의 걸음이 이내 다른 곳으로 이어졌다.

"잠깐, 데온! 너 또 어디 가? 애……!"

마리아가 뒤에서 소리쳤지만 이번에는 멈춰 서지 않았다. 조금 후에는 마리아도 데온이 가는 곳이 어디인지 알아차렸다. 그녀는 아들을 말릴까 말까 잠깐 고민하다가 이내 '어휴' 깊은 한숨을 내쉬며 그 뒤를 따라갔다.

사람들이 모두 밖에 나간 탓에 집은 텅 비어 있었다. 저택 안으로 들어간 데온은 탁자 앞에서 걸음을 멈추었다. 거기에는 곱게 접힌 하얀 천 조각이 놓여 있었다. 조금 전 마리아가 말한, 록사나가 가지고 왔다는 아실의 유해가 분명했다.

"……."

데온의 뒤를 따라오던 마리아는 중간에 어딘가로 사라지고 없었다. 그래서 지금 데온이 있는 곳은 비늘 긁리기는 그리고자 들릴 징모도 아주 조용했다. 데온은 그 침묵 속에 잠겨 눈앞에 있는 것을 오랫동안 가만히 내려다보았다. 그러다 마침내 아래로 늘어져 있던 그의 팔이 천천히 움직였다.

그리젤다가 만들어 준 의수가 아닌 진짜 뼈와 살로 이루어진 손이 천 조각 끄트머리에 살짝 닿았다. 당연한 말이지만 온기는 느껴지지 않았다. 하지만 데온은 꼭 거기에서 무언가를 찾아내려는 것처럼 손가락 끝에 더 힘을 주었다.

그러나 이번에도 역시 느껴지는 것은 아무것도 없었다. 한 줌도 안 되는 가루가 된 아실에게서는 사람일 때 품고 있던 온기는 고사하고, 작은 부피감조차 전해지지 않았다.

저벅.

그때 시에라가 열린 문 안으로 들어왔다. 그녀는 탁자 앞에 서 있는 데온을 보고 놀라지 않았다. 기색을 보니 이미 누군가에게 이야기를 듣고 온 모양이었다.

데온은 어쩌면 시에라가 그를 향해 아실의 앞에서 비키라고 소리 지르거나, 직접 달려와 천 조각에 닿은 그의 손을 쳐 낼지도 모른다고 생각했다.

"데온."

하지만 시에라는 데온이 예측한 어떤 행동도 취하지 않았다.

"마침 잘 왔구나."

"……."

"밖에 모인 사람들하고 지금 막 그 애를 보내 주려던 참이거든."

물살 한 점 없는 호수처럼 잔잔한 푸른 눈동자가 데온에게 닿았다. 그의 귀에 흘러든 음성도 다를 바 없었다.

"간소하게나마 여기 모인 가족들끼리 식을 치러주고 싶어서."

"……"

"그러니 괜찮으면 네 앞에 있는 걸 들고 날 따라오렴. 물론 네가 원하지 않는다면 거절해도 괜찮다."

그 후 시에라는 데온의 답변을 기다리듯이 조용히 서서 그를 바라보았다.

지금 꺼낸 말마따나, 정말 그녀에게서 강요하는 기색이라고는 조금도 엿보이지 않았다. 물론 상대의 의도가 어떻든 간에 데온에게 원치 않는 일을 강제할 수 있는 사람은 세상에 단 한 명밖에 없었지만.

데온은 문가에 선 시에라를 말없이 응시하다가 고개를 돌렸다. 그리고 잠시 후, 그의 손이 시에라의 말대로 눈앞에 있는 하얀 천 조각을 집어 들었다.

시에라가 데온보다 앞서 걸었다. 그들은 다른 사람들이 모여 있는 저택의 뒤쪽으로 향했다. 목적지에 다다라 데온에게서 천 조각을 받아 든 시에라가 그것을 작은 함 속에 집어넣었다.

땅에는 이미 작은 구멍이 파여 있었다. 시에라가 들고 있는 것을 묻을 자리는 조금 전 카시스가 마련했고, 그 위에 세울 비목은 제레미가 만들었다. 시에라와 록사나는 작은 함이 꼭 관이라도 되는 것처럼 그 안에 닉스가 마지막으로 입었던 해진 옷가지를 넣고 아실이 좋아했던 꽃도 그 위에 얹었다.

데온은 아실의 무덤이 만들어지는 광경을 뒤에서 그저 지켜보았다. 함을 묻은 구덩이에 흙을 뿌리고, 이후 다져진 봉분 앞에 비목이 세워질 때까지. 그리고 아실을 아는 아그리체의 사람들이 그 앞에서 마지막 인사를 건넬 때도 그는 그림자처럼 미동 없이 서 있었다.

하지만 모두가 자리를 떠난 이후에도 데온은 눈앞에 있는 무덤을 혼자 가장 오랫동안 바라보았다. 데온이 느지막하게 발길을 돌렸을 때, 사람들은 아직 흩어지지 않고 저택의 문 앞에 모여 있었다.

"사나야, 시간이 늦었으니 오늘은 여기서 묵고 가렴."

시에라가 록사나에게 권유했다. 그녀는 마침 방이 비어 록사나와 함께 온 두 사람이 머물 곳도 있다고 덧붙였다. 시에라의 말대로, 집에는 데온과 에밀리가 사용하던 방이 비어 있었다.

록사나는 중간에 길이 엇갈린 탓에 아직 에밀리를 만나지 못했다. 확인해 보지는 않았지만 에밀리라면 지금 분명 아그리체에서 록사나를 기다리고 있을 터였다.

"어머니가 괜찮으시면 그렇게 할게요."

오늘만큼은 시에라의 청을 거절할 마음이 없는지, 록사나의 입에서 수락이 떨어졌다. 이후 의중을 묻듯이 돌아보자 카시스도 고개를 끄덕였다.

"신경 써 주셔서 감사합니다, 어머님. 그럼 오늘 하루 신세 지겠습니다."

"아니에요, 신세는 무슨. 나야말로 먼 길을 다녀오는 동안 내내 사나와 함께 있어 주고, 또 아실의 묘를 만드는 일도 도와줘서 고마운걸."

카시스는 이미 아까 시에라에게 정식으로 인사와 소개를 마친 참이었다. 시에라는 예전에 아그리체에서 카시스와 만났던 것을 기억하는지 처음에 서먹한 티를 냈다. 하지만 그런 모습이 오래가지는 않았다.

비록 짧은 시간이기는 하나 반나절 동안 록사나와 카시스의 모습을 지켜보며 은연중에 품고 있던 마음의 염려도 서서히 녹아 사라졌기 때문이다. 게다가 카시스는 객관적인 시각에서 어느 어머니가 봐도 마음에 들 만큼 듬직하고 믿음직스러운 인상이었다.

"아닙니다, 제가 당연히 해야 할 일이었는데요. 그리고 말씀 편하게 하십시오, 어머님."

"어머⋯⋯. 그래도 될까?"

시에라를 보는 카시스의 얼굴에 온풍을 머금은 미소가 피어올랐다.

"네. 록사나의 어머니시라면 제게도 어머니인 것과 마찬가지니, 앞으로 격의 없이 대해 주신다면 기쁠 겁니다."

보는 이의 마음을 절로 편안하게 만드는 수려한 미소에 시에라의 입매도 부드럽게 풀어졌다. 생각보다 훈훈한 분위기에 분통이 터진 제레미가 뒤에서 혼자 구시렁거렸다.

"시이발⋯⋯. 어머님은 개뿔."

당장에라도 카시스를 시에라와 록사나에게서 떼어 놓고 싶어 손이 근질거렸다. 하지만 역시 머릿속으로만 가능한 상상이었다.

시에라를 빼앗겨 기분이 언짢은 것은 마리아도 마찬가지였다. 묘하게 소외된 느낌을 참다못한 그녀가 결국 중간에 끼어들었다.

"저기! 여기서 이러지 말고 우리 그만 안으로 들어가자. 시에라도 그렇고 사나도 오늘 많이 피곤할 텐데, 응?"

데온은 멀찍이서 그 모습을 지켜보았다. 아실의 실질적인 죽음이 이미 오래전에 있었던 일이기 때문인지, 사람들의 분위기는 전반적으로 담담했다. 시에라와 록사나도 사람들에게 둘러싸여 엷게나마 미소를 짓고 있었다. 그 얼굴이 모녀답게 닮아 보였다. 닉스의 죽음을 본 지 얼마 안 된 록사나조차 의연한 얼굴이었다. 그의 최후를 진작 예상하고 마음의 준비를 일찍 끝마쳤던 탓인지도 몰랐다.

하지만 한평생 록사나의 만들어진 표정은 보고 살았던 데온이 지금 그녀의 기저에 깔린 속내를 짐작하지 못할 리 없었다. 데온뿐 아니라 지금 이 자리에 있는 사람들이라면 전부 알고 있을 터였다. 이곳에는 데온만큼이나 록사나와 시에라의 감정에 민감한 사람들만 모여 있었으니까.

그래서 지금도 일부러 저렇게 두 사람의 앞에서 아무렇지 않게 행동하고 떠들고 있는 것이리라. 그러니 아까 데온에게 했던 마리아의 말이 맞았다. 그는 이 자리의 불청객이었다.

사람들이 하나둘씩 문 안으로 자리를 옮겼다. 데온의 시야에 비친 그림자도 하나둘씩 사라져 갔다. 하지만 시간이 지나도 눈앞에서 지워지지 않는 그림자가 있었다.

데온이 고개를 들었을 때, 언젠가부터 그를 응시하고 있던 붉은 눈동자와 시선이 마주쳤다. 록사나가 자리에 가만히 서서 데온을 보고 있었다. 순금 같은 머리칼이 무르익은 햇빛에 물들어 붉게 빛났다. 데온의 얼굴에서 소리 없이 흘러내린 눈길이 그의 왼팔에 닿았다.

이윽고 록사나의 입술이 작게 벌어졌다.

"그건 그리젤다의 솜씨인가. 멀리서 보면 진짜인 줄 알겠는데."

데온은 아무 말 없이 록사나를 마주 보았다. 예전이었다면, 손 한 짝 남기지 못하고 부스러져 죽은 닉스에 빗대 그를 비난하는 것이라 생각했을 것이다. 하지만 록사나의 말에서는 그런 의도가 느껴지지 않았다.

기실 록사나도 알고 있었다. 만약 일전에 마지막으로 보았을 때 그녀가 한 말이 아니었다면 데온은 죽을 때까지 잘린 팔을 수복하지 않았을 것이다. 그리고 지금 이렇게 다시 록사나의 눈앞에 나타나지도 않았을 테고. 무엇보다도 애초에 저 팔은 록사나 때문에 잃은 것이었으니.

"잘됐네. 이제 생활하는 데 불편함은 없겠어."

그렇게 스치듯이 읊조린 뒤 록사나가 먼저 뒤돌아섰다. 데온의 발치에 닿을 듯 말 듯 늘어졌던 그림자가 멀어졌다. 데온은 또 아까처럼 우두커니 서서 록사나의 뒷모습을 지켜보았다.

그러던 어느 순간, 눈앞에 있던 사람이 걸음을 멈추었다.

"뭐 해?"

다시금 데온을 돌아본 록사나가 말했다.

"저녁 식사 시간에 늦기 전에 들어와. 어머니를 기다리게 만들 셈이야?"

그녀의 어머니인 시에라만큼이나 아무런 사감이 담기지 않은 고요한 목소리로.

"아그리체로는 내일 출발할 거야. 그때 너도 동행해. 돌아가서 해야 할 일이 많으니까."

그런 뒤 록사나가 먼저 앞에 있는 문으로 들어갔다. 아래로 가만히 늘어져 있던 데온의 손이 꽉 쥐어졌다.

……지금 그가 저 안에 들어가도 된다는 건가.

염치가 없어 차마 이대로 두 사람의 얼굴을 볼 수 없다든가, 그래서 지금 록사나가 먼저 건넨 손을 거절하고 돌아선다든가 하는 것은 데온 아그리체에게 어울리지 않았다. 그는 아주 이기적이고 뻔뻔한 인간이었으니까.

마침내 데온의 발이 느릿하게 떼어졌다. 바닥에 홀로 남겨져 있던 그의 그림자도 다른 사람들을 따라 문 안으로 사라졌다.

그날 밤 록사나는 오랜만에 시에라와 같은 이부자리에 누워 그동안 못다 했던 이야기를 나누었다. 제레미는 혹시 록사나가 카시스와 같은 방을 쓸까 봐 혼자 전전긍긍하다가, 차라리 안심한 눈치였다.

이후 남은 방을 배분하는 데 카시스와 데온은 아무런 의견도 내세우지 않았지만 문제는 제레미였다. 처음에 그는 카시스와 데온을 한 방에 밀어 넣고 자신이 남은 방을 혼자 사용하려 했다.

하지만 다른 사람들이 반대했다. 아무리 요즘 손톱 빠진 맹수처럼 얌전해진 데온이라 해도, 손님인 카시스와 단둘이 같은 방을 사용하게 하는 건 불안하지 않겠느냐는 의견이 다수였다. 그래서 결국 제레미는 울며 겨자 먹는 심정으로 데온과 같은 방을 써야만 했다.

그리고 밤 깊은 시각. 등 뒤에서 작게 부스럭거리는 소리가 록사나의 귀에 들려왔다. 그녀와 마찬가지로 쉽게 잠들지 못하는 것 같던 시에라가 조용히 자리에서 일어나 앉았다.

록사나는 그녀에게 소리 없이 머무는 시선을 느꼈다. 곧 다가온 손길이 옆에 누운 록사나의 이불을 제대로 덮어 주고, 그녀의 머리를 부드럽게 쓰다듬었다. 꼭 어린 시절의 언젠가 그랬던 것처럼.

그러다 얼마 후 록사나에게 닿았던 온기가 떠났다. 조금의 시간이 더 지나 마침내 록사나가 고개를 돌렸을 때, 달빛을 머금고 하얗게 떨어지는 눈물방울이 시야에 비쳤다. 그녀는 그것을 보지 못한 것처럼 다시 눈을 감고 숨을 죽였다. 앞에서 전해지는 소리 없는 파동에 왠지 목이 조금 따끔거렸다.

잠시 후 록사나는 잠결에 그런 것처럼 몸을 움직여 시에라를 끌어안았다. 멈칫하던 시에라가 록사나의 등을 부드럽게 토닥였다. 얼마간의 시간이 더 지난 뒤, 시에라는 다시 자리에 누워 딸을 안고 짧은 잠을 청했다.

그리고 동이 트기 전, 아실의 무덤을 보러 밖으로 나온 시에라의 눈에 데온이 발견되었다. 데온은 그답지 않게 시에라의 기척을 알아차리지 못한 것 같았다. 아직은 어스름한 하늘 아래에 혼자 우두커니 서 있는 남자의 모습이 망막에 또렷이 박혔다.

데온은 아실의 무덤 앞에서 밤을 샌 것 같았다. 그렇게 어둡던 세상에 밝은 새벽빛이 떠오를 때까지……. 작은 둔덕을 그저 하염없이 바라보고 서서 그가 무슨 생각을 했는지, 분명 아무도 알지 못할 터였다.

시에라는 시야에 비친 광경을 멀리서 바라보다가 조용히 돌아섰다. 데온이 집 안으로 들어오는 소리는 그 후로도 한참 동안 들리지 않았다.

비로소 완전한 아침이 밝았을 때, 록사나는 세 남자를 데리고 시에라의 집을 떠났다.

"저희는 이만 가 볼게요. 더 나오지 마세요, 어머니."

"그래, 조심해서 돌아가렴. 언제든 괜찮으니 또 놀러 오고."

시에라는 어젯밤 록사나가 보았던 눈물이 꿈인 것처럼 웃는 낯으로 그들에게 인사해 주었다. 록사나도 그런 그녀를 향해 마지막으로 돌아서는 순간까지 웃어 보였다.

"아오, 씨. 이 조합은 또 뭔데……."

잠시 후, 데온과 몇 걸음 떨어진 곳에서 걷던 제레미가 복장이 터진다는 듯이 손으로 머리를 감싸며 이를 악물었다.

과연 그의 주변에는 실로 삭막한 공기가 흐르고 있었다. 바깥은 이제 초여름인데, 기이하게도 그들이 걷고 있는 길목의 온도는 아까보다 5도쯤은 떨어진 것 같았다.

록사나를 제외하고 카시스와 제레미, 그리고 데온. 제레미의 말처럼 마차가 세워진 곳까지 이동 중인 구성원의 조합이 이 모양이었으니 당연하다면 당연한 일이었다.

카시스도 록사나와 함께 아그리체까지 이동하기로 했다.

일단 그들이 여기까지 타고 온 이동수단은 하나뿐이라, 최소한 중간 구역의 중앙까지는 같이 가서 말이나 마차를 따로 사거나 빌려야 했다. 원래는 거기서 헤어질 계획이었다. 하지만 록사나가 먼저 아그리체로의 동행을 권유했다. 닉스를 찾는 여정을 함께한 카시스를 이대로 혼자 그냥 보내기에는 그녀의 마음이 편치 않았기 때문이다.

"누나, 내가 잡아 줄게. 먼저 타."

마차에 다다라, 제레미가 곰살맞게 웃으며 록사나를 제일 먼저 마차에 태우려 했다. 록사나는 그런 제레미의 태도에서 수상함을 느꼈다.

"그래. 고마워, 제레미."

하지만 그냥 속아 주는 척하고 그가 내민 손을 잡았다.

록사나가 마차에 오른 뒤, 제레미가 바로 고개를 돌려 카시스의 귀에 대고 위협적으로 속닥거렸다.

"야, 너. 아그리체에 도착하면 진짜 딱 마차만 갈아타고 바로 페델리안으로 가라."

카시스가 그런 제레미를 힐끗 내려다보았다.

"안됐군, 제레미 아그리체. 록사나가 이왕 이렇게 된 김에 아그리체에서 며칠 머물다 가도 좋다고 해서 그럴 참인데."

"뭣?!"

질겁하는 제레미를 뒤로한 채 카시스는 훌쩍 마차에 올랐다. 지금 그가 한 말은 빈말이었다. 처음에는 성가시기만 했지만, 카시스의 말 한마디에 일희일비하는 제레미 아그리체의 얼굴도 계속 보다 보니 나름대로 중독성이 있었다. 얼마 전 비 내리던 동굴에서 록사나가 했던 말이 무슨 의미였는지 아주 조금쯤은 알 수 있을 것 같기도 했다.

하지만 잠깐 그런 생각을 하자마자 곧바로 거북한 마음이 들어서 카시스는 얼굴을 굳혔다. 순간적으로 말도 안 되는 생각을 했지만 역시 그건 좀 아닌 듯했다.

"뭐야, 제레미랑 무슨 얘기 했어?"

헛웃음을 삼키며 마차에 오른 카시스에게 록사나가 물었다.

"별 얘기 안 했어. 걱정 안 해도 돼."

카시스는 록사나를 안심시키듯이 말하며 그녀의 옆에 앉았다. 그러고 나서 그는 고개를 돌려 록사나와 시선을 맞댔다.

록사나는 어제 무슨 일이 있었냐는 듯이 여느 때처럼 말끔한 얼굴을 하고 있었다. 카시스의 손이 그런 그녀의 손등을 감쌌다. 제레미 아그리체가 보면 또 발광할지도 몰랐지만 당연히 그에게 중요한 일은 아니었다.

카시스가 맞잡은 손을 깍지 껴서 더 깊게 결속하며 말했다.

"다음에 또 같이 오자. 언제든 네가 오고 싶을 때."

말없이 위로하는 느낌에 록사나도 카시스의 손을 힘주어 맞잡았다. 그래도 눈이 마주친 순간에는 거짓 없이 웃어 보일 수 있었다. 어제보다는 오늘, 마음이 조금 더 가벼웠다. 해묵은 과거의 잔여물이 지금도 맞닿은 온기에 녹아 조금씩 희석되어 갔다.

분명 내일은 이보다 더 괜찮아지겠지. 그래서 록사나는 웃었다. 이제 시에라의 옆에서 평온한 안식을 취하게 된 아실도 그녀가 자신 때문에 우는 것은 바라기 않을 테니까.

한편, 카시스와 제레미의 뒤에서 그들의 모습을 서늘한 눈으로 지켜보고 있던 데온이 씨근덕거리는 제레미를 향해 툭 던지듯이 말했다.

"며칠 같이 있더니 둘이 그새 친해졌나 보군."

어쩌면 제레미 혼자만의 착각일 수도 있었지만, 그를 향한 데온의 눈빛에서는 꼭 주인 아닌 사람에게 먼저 배를 까뒤집고 꼬리를 흔드는 개를 보는 듯한 미약한 멸시가 느껴졌다. 한심한 축생처럼 여겨지는 느낌에 당연히 제레미는 광분했다.

"네 눈에는 이게 친한 걸로 보이냐?!"

데온은 먼저 불을 지핀 주제에 아무래도 상관없다는 듯이 그런 제레미를 무시하고 마차에 올랐다.

결국, 이번에도 속이 터지는 것은 제레미뿐이었다. 그래도 록사나가 부르는 소리에 눈물을 머금고 잠자코 데온의 뒤를 따르는 제레미의 모습이 오늘도 참 애잔했다.

그렇게 그들은 오랜만에 아그리체로 향하는 길에 올랐다.

무더운 여름. 누구나 마음속에 가지고 있는 크고 작은 응어리를 햇볕에 녹여 말리기 좋은 계절이었다.

외전 4

에밀리의 일상

에밀리의 하루는 오전 5시에 시작된다. 오늘도 그녀는 눈을 뜨자마자 한쪽 벽면을 차지한 창문부터 활짝 열어젖혔다. 맑은 아침 공기가 방을 순환하는 동안 에밀리는 이부자리를 정리하고, 방을 대충 청소했다. 이후 아직 비어 있는 사용인 전용 욕탕에서 간단히 씻고 와 몸을 단장하는 일까지 빠르게 끝마쳤다. 그런 뒤 에밀리는 곧장 방을 나섰다.

다른 사용인들도 아직 모두 잠들어 있어 오가는 사람 하나 없는 복도는 조용했다. 본관의 건물도 마찬가지였다. 밤사이 야간 경비를 선 저택 내의 경비원들이 일과를 끝내고 근무 교대를 하는 소리만이 멀리서 작게 들려왔다.

에밀리가 바로 향한 곳은 록사나의 집무실이었다. 그곳을 직접 청소하는 것이 매일 아침 식사 전마다 에밀리가 하는 일이었다. 그녀가 아그리체로 돌아온 이번 여름부터 새로 추가된 일정이었다.

책장과 창틀에 앉은 먼지 한 톨조차 꼼꼼하게 털어 내고, 방 안에 있는 집기들을 하나하나 세심하게 닦아 내는 손길이 섬세했다. 방의 온도와 습도, 채광을 비롯해 록사나가 앉는 의자의 쿠션감 하나까지 확인하는 것은 기본이었다.

이런 잡무는 다른 사용인에게 맡겨도 되었지만 에밀리는 그러지 않았다. 록사나의 쾌적한 업무 환경을 위해 이렇게 직접 발 벗고 움직이는 건 다른 누구에게도 양보하고 싶지 않은 에밀리의 즐거움이었다.

그렇게 모든 작업을 마친 뒤 다시 사용인들의 숙소로 돌아오자, 아까와 달리 부산스럽게 움직이는 사람들이 눈에 들어왔다.

"에밀리, 오늘도 일찍 일어났나 보네! 참 부지런하기도 하다."

식당을 향해 가고 있던 사람 중 하나가 에밀리를 발견하고 하품을 하면서 다가왔다. 이달 초 새로 들어온 사용인 중 하나인 길레타였다.

에밀리는 원래도 과묵한 성격답게 그저 고갯짓하는 것으로 길레타의 인사에 화답했다. 하지만 친화력 높은 길레타는 에밀리의 삭막한 태도에도 아랑곳하지 않고 그녀에게 살갑게 달라붙었다.

"그래도 에밀리는 일할 맛이 나겠어. 나도 록사나 수장님 밑으로 배속되고 싶었는데 부러워."

"어머, 길레타도 록사나 님 시중인이 1지망이었어?"

길레타의 말을 옆에서 들었는지, 근처에 있던 다른 사용인 몇 명이 슬그머니 끼어들었다.

"나도, 나도. 그런데 경쟁률이 너무 높아서 난 이제 반쯤 포기했어."

"맞아. 그쪽 인원은 일단 한번 뽑히면 잘 교체되지도 않으니까."

지금 아그리체에서 일하고 있는 사람 중에는 올해 들어 밖에서 새로 차출된 인원이 많았다. 전대 수장이었던 란트가 죽은 겨울에 아그리체를 자발적으로 빠져나가거나, 이후 저택 내부를 정리하는 과정에서 해고된 사람이 적지 않았기 때문이다.

새로운 사용인들 중에서는 아그리체의 두 수장 중 한 명인 록사나를 모시는 일에 자원하는 사람이 많았다. 그것은 너무나도 당연한 일이었다. 록사나처럼 아름답고 상냥한 주인님은 아랫사람들에게 선망의 대상이 되기에 넘치도록 충분했으니까.

하지만 록사나는 그녀의 밑에 둘 사용인을 뽑는 일에 특히 신중했다. 그래서 그녀에게 한번 배속된 인원이 교체되는 일은 거의 없었다.

"지난달에 들어온 리마 말이야. 록사나 수장님의 시중인 중 한 명이 마침 결혼해서 나가는 바람에 자리가 나서 어쩌다 운 좋게 뽑힌 걸 가지고 엄청 거들먹거리더라."

"나도 볼 때마다 재수 없어 죽겠어. 며칠 전에도 록사나 님한테 손끝이 야무지다고 칭찬받았다면서 어찌나 자랑질을 하던지……."

"흥, 제까짓 게 그래 봤자지. 칭찬 한 번 받았다고 자기가 뭐라도 된 줄 알고 으스대기는. 게다가 리마가 아무리 용을 써 봤자, 어차피 록사나 수장님과 제일 가까운 건 에밀리잖아?"

식당에서 밥을 먹는 동안에도 그녀들은 참새처럼 짹짹거리는 것을 멈추지 않았다. 그들이 시기 질투하는 리마라는 사용인은 옆 테이블에 앉아 있었다. 그녀도 자신에 대해 수군거리는 소리를 들었는지, 보란 듯이 콧방귀를 뀌며 입가에 얄미운 미소를 지었다. 그걸 본 사용인들이 파르르 치를 떨었다.

에밀리는 그 사이에서 묵묵히 손을 움직였다. 사용인들끼리 모여 있는 자리에서 이렇게 에밀리의 주변이 북적이는 것은 전부터 있어 온 일이었다. 모두들 에밀리가 모시는 주인님에게 관심이 많았기 때문이다. 하지만 식당의 분위기가 이 정도로 활기찬 건 처음이라 에밀리도 좀 낯설긴 했다.

예나 지금이나 사용인들의 질투가 에밀리를 향하는 일은 없었다. 에밀리는 록사나의 옆에서 가장 오랫동안 일해 온 데다, 남들에게 자신의 위치를 과시하며 잘난 척하는 성격이 아니었다. 그래서 에밀리라면 인정할 수 있다는 분위기가 사용인들 사이에서 암묵적으로 형성되어 있었다.

"나도 들었어! 에밀리는 록사나 수장님을 제일 오래 모셨다면서? 몇 년이나 일한 거야?"

길레타가 호기심 어린 눈을 빛내며 에밀리에게 물었다. 그녀는 아그리체에 들어온 지 얼마 안 돼서 특히 궁금한 점이 많은 듯했다. 대답은 에밀리가 아닌 다른 사용인에게서 흘러나왔다.

"록사나 님이 열한 살인가 열두 살쯤 되었을 때부터 모셨을걸? 아그리체에 들어온 건 그보다 더 오래됐고."

"와, 진짜? 그럼 거의 10년이나 된 거네?"

"나도 주방에서 들은 얘기야."

기대감을 품은 눈들이 에밀리에게 힐끗힐끗 날아들었다. 그녀의 입에서 록사나와 관련된 재미있는 이야기를 뭐라도 하나 얻어들을 수 없을까 기대하는 눈빛이었다.

마침내 음식을 먹을 때만 사용되던 에밀리의 입이 다른 용도로 열렸다.

"난 다 먹었으니 먼저 일어날게."

"벌써?!"

모두가 떠들 때 혼자서 묵묵히 밥만 먹었으니 속도가 빠를 수밖에 없었다. 식사를 마친 에밀리는 아쉬워하는 사람들을 뒤로하고 먼저 방으로 돌아갔다.

이후 그녀는 아까 처음 방을 나설 때보다 훨씬 더 꼼꼼하게 차림새를 가다듬었다. 당연히 시간도 아까보다 배로 많이 들었다. 그렇게 옆으로 뻗친 머리카락 한 올까지 깔끔하게 정리한 뒤에야 에밀리의 걸음은 록사나의 침실이 있는 건물로 옮겨졌다.

지금은 오전 7시.

주인인 록사나를 깨우는 것은 에밀리의 역할 중 하나였다. 하지만 늘 그렇듯이 에밀리가 노크 후 방으로 들어갔을 때, 록사나는 이미 일어나 있었다.

"좋은 아침이야, 에밀리."

닫힌 커튼 사이로 스며든 밝은 햇빛이 꿀처럼 흘러내린 록사나의 금발을 한결 달콤한 빛깔로 반짝이게 했다. 록사나가 하얀 살결을 타고 흘러내린 잠옷을 어깨 위로 느릿하게 끌어 올렸다. 그러면서 작게 웃자, 나른함이 고인 눈매가 살짝 접혀 유려한 곡선을 그렸다.

록사나의 방에서는 늘 좋은 향기가 났다. 하지만 어쩌면 그 향기에 농도를 더하는 것은 시각적인 힘일지도 몰랐다. 록사나가 있는 공간은 그 장소가 어디든, 꽃이 만개한 화원이나 보석 반짝이는 연회장처럼 화려하고 또 향기로워지곤 했으니까.

지금도 만약 문을 열고 안으로 들어온 사람이 에밀리가 아닌 다른 사용인이었다면, 폭력적이기까지 한 눈앞의 아름다움에 머릿속이 새하얘져서 할 일을 잊었을 것이 분명했다.

"좋은 아침입니다, 록사나 수장님."

하지만 에밀리는 여느 때처럼 동요 없는 모습으로 록사나의 수발을 들었다.

"지난밤 동안 불편한 점은 없으셨습니까?"

"없었어."

록사나가 앉은 침대로 다가간 에밀리가 그 앞에 무릎을 꿇고 앉았다. 그런 뒤 에밀리는 어젯밤 록사나가 벗어 놓은 실내용 신을 들어 그녀의 발에 직접 신겨 주었다. 그러면서 평소처럼 묻는 말에 록사나 두 늘 하던 대로 대답했다.

"욕실에 목욕물을 준비해 놨습니다. 식전 차는 어떻게 할까요?"

"어제처럼."

"네, 그럼 피로 회복에 좋은 아마네스 차로 준비하겠습니다. 그 밖에 달리 분부하실 일은 없으십니까?"

"응, 그거면 돼. 고마워."

이후 자리에서 일어나 카펫 위를 가로지르는 록사나에게 에밀리가 가운을 들고 왔다. 록사나는 얇은 잠옷 위에 에밀리가 준 가운을 자연스럽게 걸치고 욕실로 향했다.

얼마간의 시간이 지나 다시 방으로 돌아온 록사나는 아까보다 확실히 잠에서 깬 얼굴이었다.

"오늘의 일정입니다."

그녀는 아침 식사 전에 에밀리에게서 일정을 확인하면서 가볍게 차를 한 잔 마셨다.

"오늘은 이게 전부야?"

"네, 제레미 수장님의 방으로 올라간 서신은 여덟 통 있었습니다."

"간밤에는 별일이 없었나 보네."

아침에 확인해야 할 외부의 소식도 이때 록사나를 거쳐 갔다. 올해 봄부터 록사나는 제레미와 함께 공동 수장으로서 아그리체의 업무를 분산해 처리하고 있었다. 특히 닉스를 찾고 돌아온 초여름부터는 아그리체 안팎의 일에 본격적으로 손대게 되어 몸이 열 개라도 부족할 정도로 바빴다.

차를 마시며 대략의 일정을 확인한 록사나는 다른 사용인들을 방으로 들여 옷을 갈아입고 치장하는 일을 돕게 했다. 거울을 보고 선 록사나의 앞으로 색색의 옷과 보석들이 덧대졌다.

엄선해 뽑힌 시중인들은 매일 이 시간을 가장 기대했다. 모두 말은 하지 않았지만 하나같이 설레고 들뜬 얼굴을 하고 있었다.

록사나에게는 어울리지 않는 옷과 장신구가 없어서 오히려 매일 아침마다 최종적인 선택을 하는 데 어려움을 겪곤 했다. 하지만 그마저도 즐거웠다. 세상에서 가장 아름다운 여주인을 모시는 일은 상상 이상으로 황홀하고 보람 있었다. 록사나의 의견을 반영해 의상을 결정지은 뒤에는 심혈을 기울여 록사나의 머리를 매만지고 신의 예술 작품 같은 얼굴에 엷은 화장을 덧입혔다.

"다들 수고했어."

그렇게 준비가 모두 끝나면 록사나는 시중을 든 사용인들에게 웃으며 인사해 주었다. 그때가 분명 사용인들에게는 가장 뿌듯한 순간이었다.

뒤쪽에 서 있던 에밀리가 조용히 앞으로 나와 말했다.

"오늘 아침 기온은 어제보다 떨어진 18도입니다. 짧은 거리지만 방밖으로 나가 이동하실 땐 숄을 걸치시는 게 좋겠습니다."

"그래, 그럼 왼쪽 걸로 줘."

마지막으로 에밀리가 준 숄을 걸친 록사나가 방을 나섰다. 오늘은 제레미와 함께 아침 식사를 하기로 약속한 날이었다.

"오늘은 날씨가 유독 맑네. 이제 우기는 완전히 지나간 거라고 봐도 되나."

"마지막으로 비가 온 지 열흘 가까이 지났으니 그렇다고 여겨도 될 것 같습니다."

"이번 여름은 작년에 비하면 그렇게 덥지 않았던 것 같아."

"네, 올해는 가을이 작년보다 빨리 오기라고 들었어요."

"그래? 잘됐네. 에밀리는 가을을 좋아하잖아."

에밀리는 아주 오래전에 단 한 번 지나가듯이 말한 적 있는 것을 록사나가 기억하고 있다는 사실에 순간 놀라 대답할 기회를 놓쳤다.

"나도 가을은 좋아하는 편이야. 그리고 올해 가을은 분명 지금까지보다 더 좋겠지."

앞쪽에서 고요한 목소리가 울렸다. 에밀리는 살며시 고개를 들었다. 복도에 난 창문을 내다보고 있는 록사나의 옆얼굴에는 더 이상 이전과 같은 아린 한기가 맺혀 있지 않았다. 봄철 한낮의 보드라운 자장가처럼 녹아든 온기가 낯설면서도 마음을 안심시켰다.

이렇게 록사나와 에밀리가 일상적인 소소한 대화를 나누는 것도 지난겨울까지는 없던 일이었다. 하지만 지금은 그때와 분명 많은 것이 달라졌다. 비록 겉으로는 아직 크게 드러나지 않을지라도. 그래서 에밀리도 록사나의 말에 온전히 공감할 수 있었다.

"네……. 올해 가을은 분명 지금까지 아그리체에서 맞았던 어떤 가을보다도 따뜻하고 다채롭겠죠."

이번 여름이 유독 밝고 싱그러웠던 것처럼.

이후 록사나와 에밀리는 식당까지 이어진 평온한 아침의 복도를 말없이 함께 걸었다. 특별한 대화가 없어도 같이 있는 시간이 불편하지 않았다.

마주치는 사람들마다 록사나에게 깊이 고개 숙여 인사했다.

아그리체의 저택에는 이처럼 수많은 사용인이 있었다. 그러나 이렇게 록사나의 뒤를 따라도 좋다고 허락받은 사람은 에밀리가 유일했다. 지금까지 누구에게도 말한 적 없었지만……. 사실 에밀리는 그것을 오래전부터 기쁘게 여기고 있었다.

"누나! 들어가서 앉아 있지, 왜 밖에 서 있어?"

"나도 지금 막 왔어. 마침 네가 오는 발소리가 들려서 기다린 거야."

"나도 멀리서 누나 발소리 듣고 막 뛰어왔는데!"

복도의 건너편에서 한달음에 달려온 제레미가 록사나의 말을 듣고 기분 좋게 웃었다. 평소 날카로운 인상을 가진 제레미였지만, 록사나를 앞에 두었을 때만큼은 귀여운 남동생이 따로 없었다.

록사나도 그런 제레미를 보고 미소 지었다. 각각의 모친 쪽 피를 더 짙게 이은 두 사람이었으나, 이렇게 서로를 마주 보고 웃는 모습은 누가 봐도 남매라 할 만큼 꽤 많이 닮아 있었다.

"그런데 제레미, 오늘은 좀 피곤해 보이네. 요즘 할 일이 너무 많아서 그런가."

"아니야. 누나보다 하는 일이 많지도 않은데."

두 사람은 사이좋게 오순도순 대화를 나누면서 앞에 열린 문을 향해 나란히 걸었다. 그러다 에밀리는 제레미가 록사나의 시선을 피해 문 앞을 지키고 있던 다른 사용인들에게 험악한 눈빛을 보내는 것을 목격했다.

뻐끔거리는 그의 입 모양을 읽자, '눈깔 뽑기 전에 안 깔아?'라는 문장이 완성되었다. 록사나를 넋 놓고 보고 있던 신입 사용인들이 제레미에게서 스며 나오는 살기를 읽고 화들짝 놀라 서둘러 눈을 내렸다.

묘한 낌새를 느낀 록사나가 제레미를 돌아보았다. 그러나 제레미는 무슨 일을 했냐는 듯이 그녀를 향해 천연덕스럽게 방긋 웃어 보일 뿐이었다.

록사나의 눈이 가늘어졌다. 하지만 그녀는 별말을 하지 않고 제레미와 함께 문 안으로 발을 들였다. 에밀리도 평소처럼 아무것도 못 본 양 고개를 숙인 채 그들을 따라 들어갔다.

원래 아그리체에는 일가족이 함께 이용하는 식당이 없었다. 지금 록사나와 제레미가 아침 식사를 하러 들어간 곳은 란트가 있던 시절 한 달에 한 번 대만찬을 갖던 장소였다.

원래 란트와 선택받은 사람만 출입할 수 있는 장소였으나 록사나는 그곳의 문을 항시 열어 두었다. 다른 형제들의 출입도 굳이 막지 않았다. 그래서 한 번씩 호기심을 표하며 만찬실에 들어와 내부를 구경하거나, 테이블 앞에 자리를 잡고 기분을 내며 사용인에게 식사나 다과를 주문하는 사람들이 생겨났다.

물론 가끔은 살벌하게 상석 자리를 다투는 형제들도 있었지만, 대부분은 큰 소란을 야기하기 전에 상황이 정리되곤 했다. 만찬실이 공개되면서 전과 달리 아그리체의 이복형제들이 한 공간에 모여 있는 광경은 심심찮게 목격되었다.

하지만 제레미가 있을 때 이곳에 오는 사람은 없었다. 더 정확히 말하자면, 제레미와 록사나가 함께 있을 때는 모두 만찬실을 피하는 추세였다. 당연히 제레미의 무시무시한 눈총 때문이었다.

"오늘도 우리밖에 없네. 대부분 이 시간에 아침을 안 먹어서 그런가?"

"다들 게을러빠져서 그래. 보나 마나 늦게까지 퍼질러 자다가 오후쯤에나 슬슬 기어 나오겠지."

그런 사실을 모를 리 없는 록사나가 짐짓 모르는 척 주위를 둘러보았다. 하지만 제레미는 천연덕스럽게 말했다.

"누나, 이거 맛있다! 여기, 내가 잘라 놓은 걸로 먹어."

록사나는 웃는 듯 마는 듯한 얼굴로 해맑은 제레미의 얼굴을 보다가 그가 내민 것을 받아먹었다. 그러자 배부른 고양이처럼 제레미가 또 만족스러운 표정을 지었다.

쨍그랑!

"아! 죄, 죄송합니다!"

언제 봐도 놀라운 제레미의 이중인격적인 모습을 힐끔거리던 사용인 하나가 나르던 접시를 실수로 떨어뜨렸다. 제레미의 얼굴이 파삭 구겨졌다.

"뭐 하는 거야? 아침부터 시끄럽게……. 응? 잠깐."

그러다 그는 록사나의 구두에 묻은 소스 한 방울을 매의 눈으로 발견했다.

"그거 뭐야? 지금 쏟은 거 누나 구두에 튄 거 아니야?"

식당 안의 온도가 단숨에 싸늘하게 곤두박질쳤다.

"너 죽고 싶어? 이따위로 일하는 놈을 어떤 새끼가 뽑았어?"

록사나 앞에서 아무리 양가죽을 뒤집어쓰고 있다고 한들 제레미는 제레미였다. 특히 그는 록사나와 관련된 일에서는 자비가 없었다. 새파란 안광이 덜덜 떨고 있는 사용인에게 쏘아 박혔다.

"접시 하나 제대로 못 나르는 손모가지는 달고 있을 필요 없을 것 같은데. 네 생각은 다른가 보지?"

"히익……! 저, 정말 죄송합니다! 죄송합니다, 제레미 수장님!"

"그래, 입도 필요 없겠네. 지금 네가 누구한테 사죄해야 할지도 구분 못 해? 아니면, 그 둔한 머리를 썰어줘야 정신을 차리려고?"

"죄송합니다, 록사나 수장님!"

사색이 된 사용인이 허둥지둥 바닥에 꿇어앉았다. 아래로 내리깔린 록사나의 시선이 그녀를 향해 조아려진 남자의 머리와 작은 얼룩이 진 구두를 차례로 스쳤다. 벌벌 떨고 있는 남자 대신 뒤에 서 있던 에밀리가 앞으로 나와 더러워진 록사나의 구두를 닦았다.

"요즘 저택에서 일하는 사람들의 실수가 잦구나."

이윽고 줄곧 다물려 있던 록사나의 입이 열렸다.

"새로 들어온 인원이 많으니 일에 익숙해지려면 당연히 시간이 걸리겠지만……. 같은 실수가 반복되면 그건 본인의 역량 부족, 혹은 단점을 개선할 의지가 없는 것으로 봐도 되겠지."

비단 지금 접시를 깬 사람에게만 하는 소리가 아니었다. 만찬실 안에 있던 사용인들이 긴장해 몸을 곧추세웠다. 덜덜 떨고 있는 사용인을 내려다보는 눈빛이 제레미만큼 서늘하지는 않았지만, 그렇다고 해서 따뜻하지도 않았다. 그러나 록사나는 앞에 있는 사람에게 무서운 벌을 내리거나 곧바로 해고하지는 않았다.

"다음엔 조심하렴. 기껏 새로 들인 일손을 이렇게 빨리 교체하고 싶지는 않으니까."

"가, 감사합니다! 명심하겠습니다."

"바닥에 떨어진 걸 치우고 나가 봐."

사용인은 거듭 감사를 표하며 록사나에게 머리를 조아렸다. 제레미는 급히 바닥을 청소하고 떠나는 사람의 뒷모습을 못마땅한 눈으로 쳐다보았다.

"정말, 누나는 너무 착하다니까. 저런 쓸모없는 걸 봐주고."

"네가 항상 내 몫까지 대신 걱정하고 화를 내주니까 내가 나설 일이 없는 거잖아. 너도 아침부터 마음 상해하지 말고 기분 풀어."

록사나가 다정하게 말하자, 제레미도 언제 덜떨어진 사용인 때문에 심사가 뒤틀렸었냐는 듯이 얼굴을 폈다. 그 모습을 지켜본 사용인들이 가슴을 쓸어내렸다. 하지만 에밀리는 제레미가 조금 전 록사나의 구두를 더럽힌 사용인의 얼굴을 따로 기억하려는 듯이 예리한 눈으로 주시하던 것을 떠올렸다.

그렇게 오늘 아침에도 제레미는 만족스럽게 록사나와 오붓한 시간을 보냈다. 하지만 문을 나서자마자 그는 금방 죽상이 되었다. 오늘은 오전부터 아그리체 영역 내부를 시찰하러 외출해야 했기 때문이다. 록사나는 꾸물거리는 제레미를 토닥여 보낸 뒤 그녀의 집무실로 이동했다.

"에밀리, 오전에는 집무실 밖으로 나갈 계획이 없으니 다른 걸 하면서 시간을 보내도 돼. 날씨도 좋은데 안에만 있으면 아깝잖아."

집무실 문을 열고 들어가기 전에 록사나가 남긴 말에 에밀리는 알겠다는 듯이 고개를 숙여 보였다. 하지만 정말 자리를 떠날 마음은 없었다. 록사나가 오전 업무를 보는 동안 에밀리는 문밖에 서서 언제든 그녀가 필요로 할 때 움직일 수 있도록 대기했다.

바깥에서 일하는 사람들이 만드는 활기찬 소음이 그녀가 있는 곳까지 작게 떠밀려 왔다. 고작 두 계절이 지났을 뿐인데도 아그리체의 모습은 상당히 많이 바뀌어 있었다. 내부 사람들이 많이 교체된 것도 분위기를 바꾸는 데 일정 부분 영향을 주었을 것이다.

하루에도 몇 명씩 사람이 죽어 나갔던 예전에는 모두가 작은 숨소리 하나 내는 것조차 조심했었다. 그래서 거래에는 늘 정적인 공기만이 가득 고여 있었다.

"에밀리, 오늘도 여기 있구나! 안녕!"

지금 막 청소 도구를 들고 에밀리가 있는 복도로 들어선 길레타를 포함한 다른 신입들은 그런 사실을 모를 터였지만 말이다. 에밀리는 손을 붕붕 흔들어 인사하는 길레타에게 또 고개를 까딱해 화답했다.

그렇게 긴 시곗바늘이 몇 칸 더 움직여 정오를 넘겼을 때, 눈에 익은 또 다른 사람이 에밀리의 앞에 나타났다.

"안녕, 에밀리. 안에 들어가도 되니?"

한 달 전 중간 구역의 거처를 떠나 아그리체로 돌아온 그리젤다였다. 그녀는 오늘도 피로한 낯을 하고 있었다. 어제 록사나에게 언질받은 부분이 있어 에밀리는 문 앞에서 비켜섰다.

그리젤다가 록사나의 집무실 안으로 들어가고 난 뒤 안에서는 이야기가 제법 길게 이어졌다. 방음이 잘 되어 있어 소리가 들리지는 않았지만 에밀리는 그리젤다가 록사나를 찾아온 이유를 얼추 짐작할 수 있었다.

이번에 록사나가 음지에 있던 아그리체 소속의 주술사들을 그리젤다에게 맡긴 일 때문일 것이다. 원래 아그리체에서 일하던 주술사들은 거의 노예처럼 부려지던 사람들이었다. 란트는 밖에서 조금이라도 쓸 만한 사람을 발견하면 인신매매하거나 납치해 와 뼛골까지 빨아먹었다.

당연히 란트가 그들을 밤낮없이 일하게 한 동력은 공포 정책이었다. 하지만 이제 그들은 일한 만큼 정당한 보수를 받을 수 있게 되었다. 록사나는 그들에게 몇 가지 제안을 더 했는데, 전부 다 눈이 번쩍 튀어나올 정도로 놀라운 내용뿐이었다.

그녀는 그것을 받아들여 아그리체에 남기로 결정한 사람들의 관리를 그리젤다에게 맡겼다. 그리젤다는 생각지도 못했던 록사나의 결정에 당황한 눈치였다.

벌컥.

30분 정도가 지나, 마침내 그리젤다가 록사나의 집무실에서 나왔다. 그녀는 아까보다 피로감 어린 얼굴을 하고 에밀리를 지나쳐 복도를 걸어갔다.

"어휴, 내가 미쳤지, 미쳤어……. 여길 왜 내 발로 기어들어 와서는 이렇게 팔자에도 없는 고생을 사서 하고……."

그러면서 한숨을 푹푹 내쉬는 뒷모습이 에밀리의 두 눈에 박혔다. 잘은 모르겠지만 뭔가가 그리젤다의 원대로 되지 않은 모양이었다.

에밀리는 두 사람의 대화가 록사나의 뜻대로 결론 났으리라고 확신할 수 있었다. 그리고 결국은 그리젤다가 록사나의 말을 따르리라는 사실도. 지금 그리젤다가 록사나를 쫓아 이렇게 아그리체에 돌아와 있는 것만 보아도 알 수 있었다.

이후 록사나는 집무실에서 점심 식사를 대충 해결했다.

"에밀리."

"네, 록사나 수장님."

"지금 이 명단에 있는 사람들 차례로 들어오게 해."

그 후에는 다른 방으로 자리를 옮겨 그녀가 수장이 되고 나서 새로 차출한 심복들과 몇몇 이복형제를 따로 불렀다.

지난겨울까지 아그리체의 주요 수입원은 중앙 구역에 있는 도박장과 대부업체, 마약과 독극물 등의 밀거래, 인신매매와 청부업을 비롯한 그 밖의 온갖 위험한 사업체들이었다.

에밀리는 록사나가 하는 일들을 전부 알지는 못했지만, 지난봄부터 그런 사업체들을 하나둘씩 정리하거나 내부 방침을 바꾸고 있다는 건 알고 있었다. 록사나는 이런 일들을 쓸 만한 심복들과 형제들에게 일부 분담했다. 데온이 이번 주 내내 아그리체 밖에 나가 있는 것도 록사나가 시킨 일을 수행하기 위해서였다.

똑똑.

"록사나 수장님. 에밀리입니다."

"들어와."

그렇게 시간이 더 흘러 어느덧 오후 3시경. 에밀리는 다시 집무실로 돌아와 관련 서류를 보고 있는 록사나에게 쟁반 위에 정리해 놓은 봉투들을 건넸다.

"오전 8시부터 지금 시각인 오후 3시 사이에 도착한 서신들입니다."

"고마워, 에밀리."

에밀리가 책상에 내려놓은 것을 힐끗 쳐다본 록사나가 다음 순간 멈칫했다. 특별한 표정이 없던 얼굴에 서서히 온기가 번지며 부드러운 미소가 피어났다. 들고 있던 펜을 놓고 앞으로 옮겨 간 록사나의 손이 연한 푸른빛을 띤 봉투에 닿았다. 에밀리는 록사나가 가장 위에 놓인 페델리안의 서신을 집어 드는 것을 보고 조용히 물러났다.

카시스 페델리안은 여름 동안 거의 두 번 정도 아그리체에 방문했다. 당연히 그때마다 제레미는 심기 불편함을 온몸으로 표출하며 애꿎은 사람들을 쥐 잡듯이 달달 볶아 댔다.

하지만 카시스도 페델리안에서 할 일이 많은 것은 마찬가지였기 때문에, 아그리체에 오래 머물지는 못했다. 에밀리는 대신 록사나와 카시스가 떨어져 있는 동안 자주 서신을 주고받는 것을 알고 있었다. 페델리안에서 편지가 올 때마다 록사나의 얼굴에 유독 화사한 꽃이 피는 것도 알았다.

주인의 마음을 감히 속단할 수는 없었지만 에밀리는 록사나가 지금 밤낮없이 아그리체의 일에 열중하고 있는 이유 중 하나가 카시스 페델리안이라고 생각했다. 아그리체의 일이 어느 정도 궤도에 올라가고 나면 지금보다는 여유 시간이 생길 터였으니까. 그럼 카시스 페델리안이 종종 아그리체에 찾아오듯이, 록사나도 카시스가 있는 페델리안에 시간을 내 방문할 수도 있을 것이다.

하지만 설령 에밀리의 생각이 맞다 해도, 역시 지금 당장 가능한 이야기는 아닌 듯했다.

잠시 후 록사나가 다른 일정을 위해 방문을 열고 밖으로 나왔다. 두 사람은 보수 중인 마물 사육장을 점검하러 이동했다.

그러던 중에 록사나가 에밀리에게 말했다.

"에밀리, 조만간 페델리안에서 아그리체에 방문할 거야. 이번에는 여름철 마물 토벌이 공식적인 목적이니 규모가 작지 않겠지."

예상했던 일이었기에 에밀리는 담담하게 답했다.

"손님을 맞이할 준비를 해야겠군요."

"나도 내일부터는 바빠질 것 같아. 그러니 일전의 그 일은 오늘 처리해야겠어."

에밀리는 록사나의 말이 무엇을 의미하는지 단번에 알아차렸다.

"오늘 일정을 끝마치시는 시간에 맞춰 준비하겠습니다."

에밀리는 록사나의 뒤에서 명령에 순응하는 의미로 고개를 깊숙이 숙여 보였다.

사악, 사악.

그날 늦은 저녁, 방으로 돌아온 에밀리는 하루 동안 소지하고 있던 물건들을 꺼내 정리했다. 녹슨 곳 하나 없이 반짝이는 날붙이가 일렁이는 불길에 날카롭게 빛났다.

지금은 평온한 아그리체였지만 에밀리는 소지하고 있는 무기 관리를 단 하루도 소홀히 하지 않았다. 마침내 그것을 다시 정리해 품속에 갈무리했을 때 문밖에서 인기척이 느껴졌다.

똑똑!

"에밀리!"

에밀리가 문을 열자 그 앞에 서 있던 길레타가 활짝 웃었다.

"저녁 시간이라 있을 줄 알았어. 마침 내일 오전에 쉬는 사람들끼리 가볍게 한잔 마시려고 하는데, 에밀리도 같이 놀자!"

"나는……."

"알아, 이따 록사나 수장님한테 다시 가 봐야 하는 거. 에밀리는 술 안 마셔도 돼. 식당에서 가져온 음식도 있으니까 그거나 같이 먹자. 지금 식당에 사람 엄청 많아. 에밀리, 저녁 아직이지?"

에밀리가 대답하기도 전에 길레타가 그녀를 잡아끌었다. 길레타의 방은 가까워서 금방 열린 문 안쪽을 들여다볼 수 있었다. 에밀리를 본 사용인들이 반갑게 인사했다. 그 자리에는 아까 일부 동료들이 흉봤던 리마도 있었다.

"뭐야, 에밀리도 왔네?"

그녀는 하도 조르니 마지못해 어울려 준다는 듯이 고자세를 유지한 채 앉아 있다가, 묘하게 에밀리를 반겼다.

"자, 자, 문가에 서 있지 말고 에밀리도 어서 들어와!"

에밀리는 길레타에게 이끌려 방 안으로 들어섰다.

"푸하! 일하고 난 뒤에 마시는 술 최고야!"

잠시 후, 누군가 공수해 온 술을 한잔 걸친 길레타가 빨개진 얼굴을 하고 말했다.

"난 진짜 죽을 만큼 돈이 궁하지 않으면 아그리체에서 일하지 말라는 소리를 전에 들어서 걱정했는데, 이번에 큰마음 먹고 면접 보러 오길 잘한 것 같아. 사람들도 다 좋고, 몇 가지 규칙만 지키면 일하기도 편하고. 혹시 여기서 먼저 일했던 사람이 밥그릇 뺏기기 싫어서 헛소문을 퍼트린 건가?"

"그건 아닐걸. 전 주인님이 계실 때는 진짜 장난 아니었대."

"내가 옆 구역 숙소에 있는 사람한테 들었는데 말이야……."

에밀리는 아침 식사 시간에 그랬던 것처럼 어느새 왁자지껄 떠들기 시작한 사람들 속에서 또 묵묵히 앞에 놓인 음식을 입에 넣었다. 예전의 아그리체에서 있었던 일부 사건들이 술안줏거리가 되어 방 안에 괴담처럼 퍼져 나갔다.

공교롭게도 지금 이 방에 모인 사람들은 모두 란트가 죽은 뒤에 아그리체에 들어온 사용인들이었다. 이전부터 일해 온 사람들은 대부분 옆 구역 숙소를 이용하고 있었기 때문이다.

"헉, 진짜 무섭다! 그 마님은 정말 장난 아니네. 지금은 여기 없어서 다행이야."

"그리고 지금은 폐쇄된 건물들 있잖아. 정원에서 일하는 조쉬가 몰래 가 봤다가 위험한 장치가 있어서 죽을 뻔했다니까 너희도 조심해."

"나도 들었어. 가끔 그 안에서 실종되는 사람도 있대. 귀신도 나온다던데?"

"에이, 그런 걸 믿어?"

"그런 말 하면 꼭 일부러 가 보는 애들도 있더라."

지금은 폐쇄된 아그리체의 여러 교육 시설을 비롯해 독초를 키우는 온실과 화원, 수리가 덜 끝난 마물 사육장, 그리고 위험한 함정이 설치된 미로 정원을 포함한 일부 구역은 신입 사용인들의 출입이 엄금되어 있었다. 그래서 지금처럼 공포심을 부풀린 소문이 나는 경우도 있었다.

"어쨌든 지금 수장님들은 두 분 다 좋은 분들이라 다행이지."

"제레미 수장님도 봄까지는 다들 시선만 스쳐도 벌벌 떨었잖아."

"맞네. 록사나 님이 들어오시면서 분위기가 좀 달라졌지. 다른 도련님, 아가씨들도 전보다 덜 무서워졌고 말이야."

"난 사실 제레미 수장님은 지금도 무서워."

"공동 수장이긴 하지만 역시 아그리체 최고 실세는 록사나 수장님이지?"

사용인들은 대개 제레미를 무서운 주인, 록사나를 다정한 주인으로 인식하고 있었다. 그리고 제레미를 온순하게 만들 수 있는 유일한 사람이 록사나라는 사실도 지금은 모두 알아차린 뒤였다.

"흥, 쟤들은 뭐 저런 당연한 소리를 이제 안 것처럼 떠들고 있어? 그러니까 쟤들이 아직도 허드렛일이나 하고 있지. 하여간 수준 떨어진다니까."

그때 리마가 작게 콧바람을 흘렸다. 모두들 끼리끼리 수다를 떨고 있어 그녀의 혼잣말을 들은 사람은 바로 옆에 있던 에밀리가 유일했다. 리마는 꼭 일부러 에밀리에게 들으라고 중얼거렸던 것처럼 다음 순간 그녀를 돌아보며 물었다.

"에밀리, 넌 왜 기성 사용인들이 쓰는 옆 숙소로 가지 않고 여기 있는 거야? 넌 조건이 되잖아. 나라면 바로 옆 구역으로 옮겨 갔을 텐데."

리마의 말에 에밀리는 주위를 한 번 둘러보았다. 즐겁게 재잘거리는 사람들을 보자, 중간 구역에 있는 짧은 시간 동안 함께 지냈던 시에라와 다른 두 사람이 떠올랐다. 에밀리는 여전히 무표정한 얼굴을 한 채로 짤막하게 답했다.

"별로 싫어하지 않아. 이런 분위기."

"취향도 특이하다."

하지만 리마는 곧 선심 쓴다는 듯이 에밀리에게 웃어 보였다.

"난 여기서 친구를 만들 생각은 없지만 그래도 에밀리 너라면 친하게 지내도 좋아. 우린 같은 주인님을 모시고 있으니까."

에밀리는 대답 없이 앞에 놓인 컵을 들어 물을 마셨다.

"그런데 에밀리, 넌 록사나 님을 모시게 된 계기가 따로 있는 거야? 단순히 고용돼서 따르는 것 같지는 않은데. 뭐, 너한테 딱히 야망이 있어 보이지도 않고 말이야."

그리고 이어진 리마의 물음에 에밀리는 물컵을 내려놓던 손을 멈칫했다. 오래된 과거의 한 장면이 주마등처럼 문득 눈앞을 스쳐 지나갔다.

마른 풀잎의 향이 섞인 가을 특유의 습윤한 공기. 바닥에 융단처럼 깔려 있던 붉게 물든 낙엽. 두꺼운 쇳덩이에 짓이겨진 발목이 끊어질 것처럼 아팠던 기억. 그리고……

"없어."

하지만 이윽고 에밀리의 입에서 흘러나온 것은 딱 자른 부정의 말

이었다. 록사나와 처음 만났던 그날의 기억은 다른 사람과 티끌 하나
만큼도 공유하고 싶지 않았다. 왜냐하면 그건, 오직 에밀리만의 것이
었으니까.

비록 록사나는 그 오래전의 일을 벌써 잊었더라도, 에밀리의 안에
서 그날의 기억은 조금도 흐려지지 않고 고이 간직돼 있었다.

"그래……?"

기대했던 것과 다른 에밀리의 대답에 리마가 시시하다는 듯이 고개
를 돌렸다. 이후 그녀는 에밀리에게서 관심을 거두고 다른 사용인들
과 몇 마디 대화를 나누었다.

"어머? 리마, 너 얼굴이 왜 이렇게 빨개졌어? 술 한 잔만 마신 거
아니야?"

"어어, 맞아. 그런데 이상하네. 술도 별로 안 마셨는데 왜 이렇게……."

쿵!

그리고 어느 정도 자리가 무르익었을 때, 빨개진 얼굴을 하고 어리
둥절한 표정을 짓던 리마가 가장 먼저 쓰러졌다.

"리마, 생각보다 술이 약하구나."

"어우, 나도 뻗기 전에 그만 마셔야겠어."

하지만 10분이 채 지나기도 전에 그들은 모두 리마와 같은 꼴이 되었
다. 오직 에밀리만이 처음처럼 곧은 자세로 앉아 차를 마시고 있었다.

달그락.

이내 찻잔을 내려놓은 에밀리가 자리에서 일어났다. 그녀는 방 안
에 있는 모두가 의식을 잃은 것을 확인하고 리마를 둘러업었다. 그러
고는 혹시 모를 목격자를 피해 창문으로 조용히 빠져나갔다. 에밀리
가 리마를 업고 창밖으로 뛰어내려 이동하는 동안 작은 발소리 하나

나지 않았다.

그녀는 리마를 목적지에 내려놓은 뒤, 또 다른 목표물을 데리러 이번에는 남자 숙소에 숨어들었다. 하지만 에밀리가 찾는 사람은 방에 없었다. 그러나 지금까지의 행적을 떠올렸을 때, 목표물이 현재 어디에 있을지 추측하는 것은 그리 어려운 일이 아니었다.

에밀리는 다시 그림자처럼 조용히 숙소를 빠져나갔다.

밤의 아그리체는 낮과는 다른 분위기를 풍기고 있었다. 으슥한 어둠이 똬리를 틀고 곳곳에 스산한 그림자를 드리웠다. 대부분의 사용인은 진작 하루를 마감했을 시간이라, 바깥에는 야행성 동물이 우는 소리만 들리고 있었다.

에밀리가 향한 곳은 출입이 엄금된 구역이었다. 철책 대신 임시로 묶어 놓은 끈을 넘어 그 안에 발을 들이자, 한결 서늘하게 느껴지는 공기가 몸을 휘감았다. 그 후로 얼마나 걸었을까.

휘익!

어느 순간, 갑자기 두 개의 인기척이 에밀리에게 달려들었다.

챙강!

에밀리는 빠르게 단도를 뽑아 날아드는 채찍을 쳐 냈다. 유리가 박혀 특수 가공된 채찍은 칼날에도 잘리지 않고 그대로 튕겨 나갔다.

"어? 뭐야? 에밀리잖아."

바로 코앞까지 접근했던 사람이 에밀리의 급소를 노리던 손을 내렸다.

"여긴 웬일이야?"

"우리랑 같이 놀려고 왔어?"

에밀리는 눈앞에 나타난 록사나의 이복동생들을 보고 놀라지 않았다. 그중 한 명은 샬럿이었다. 그녀는 록사나의 권속인 에밀리를 보고 떨떠름한 표정을 지었다.

"록사나 수장님의 명으로 데려가야 할 사람이 있어 왔습니다."

"아, 길 잃고 잘못 들어온 척하던 아까 개 말이구나."

"한 달간 벌써 두 번이나 입구에서 기웃거리는 걸 봐줬는데 웃기지도 않지."

그들은 알 만하다는 듯이 에밀리를 안내해 주었다. 폐쇄된 장소들 중 어떤 곳은 아그리체 이복 남매들의 놀이터로 사용되고 있었다. 그리고 겸사겸사, 불온한 목적을 가지고 출입 금지 구역에 발을 들이는 쥐새끼의 처리도 도맡고 있었다. 지금도 어둠 속에서 희미한 인기척과 시선들이 느껴졌다.

마침내 에밀리가 도착한 곳에는 아그리체의 이복 남매들과 그녀가 찾던 사람이 함께 모여 있었다.

"하여간에 꼭 이런 애들이 있다니까. 뭐 볼 게 있다고 자꾸만 여기 하나씩 기어들어 오는지 모르겠네. 우리가 보물이라도 숨겨놓고 있을 것 같나?"

"심심하지 않아서 좋긴 한데, 요즘은 근성 있는 애들이 없어서 아쉽단 말이지. 지난달에 같이 놀았던 애는 좀 재미있었는데."

"난 그냥 다음 달에 밖으로 빼 달라고 그럴까 봐."

"그보다 이번엔 장난감 판정받으러 누가 다녀올 거야?"

그렇게 소곤소곤 이야기를 나누던 사람들이 다음 순간 일제히 말을 멈추었다. 어둠 속에서도 선뜩한 안광을 내는 눈동자들이 동시에 에밀리 쪽으로 휙 돌려졌다.

"아, 쥐가 한 마리 더 잡혀 온 줄 알았는데 아니었네."

"쟤, 에밀리 아니야?"

"야, 그거 우리가 가지고 놀아도 되는 거 아니래."

에밀리와 함께 온 이복형제가 꺼낸 말에 나머지 사람들이 실망을 표출했다. 에밀리는 그들을 뒤로한 채 바닥에 기절해 있는 사람을 어깨에 둘러메고 장소를 옮겼다.

에밀리가 향한 곳은 지하 감옥이었다. 잠시 후에는 하루 일정을 마친 록사나도 그곳에 도착했다. 그녀는 결박된 상태로 바닥에 쓰러진 사람들을 힐끗 내려다보았다.

"아직 의식이 없나 보네."

"지금 깨우겠습니다."

철썩!

에밀리가 두 사람을 깨우는 동안 록사나는 미리 준비된 의자에 다리를 꼬고 앉았다.

"으, 뭐야……."

잠시 후, 리마가 먼저 눈을 떴다.

"안녕. 좋은 밤이구나."

그녀는 귓가에 흘러드는 나긋한 목소리에 한순간 현실을 혼동하는 표정을 지었다.

"로, 록사나 수장님?"

하지만 록사나는 그런 리마를 기다려 주지 않았다.

"밤도 늦었으니 우리 시간 낭비하지 말도록 할까?"

이어서 울린 나지막한 음성에, 록사나를 보던 멍한 얼굴에서 단번에 술기운이 걷혔다.

"네가 휘페리온에서 온 끄나풀인 건 이미 알고 있어."

그 순간 리마가 헉 숨을 들이켜면서 몸을 바르작거렸다. 그녀는 몸이 묶인 것도 이제 깨달은 것 같았다. 불안하게 주위를 둘러보던 눈이 앞에 있는 록사나와 벽에 붙어 선 에밀리, 그리고 그녀의 옆쪽에 널브러진 남자에게 차례로 닿았다. 다시금 록사나에게 시선을 되돌린 리마의 얼굴에서 식은땀이 흘러내리는 것이 에밀리의 시야에 비쳤다.

"무, 무슨 말씀이신지 모르겠어요. 제가 끄나풀이라니……? 누가, 누가 록사나 수장님께 그런 말도 안 되는 소리를 했나요? 전 억울해요……!"

그녀는 정말 영문을 모르겠다는 듯이 외쳤다. 록사나는 속내를 알 수 없는 무감한 얼굴을 하고 있었다. 리마는 더 적극적으로 결백을 주장했다.

"부, 분명히 누명이에요. 왜 그런 오해를 하셨는지 모르겠지만, 저는 결코 아그리체를 배신한 일이……!"

하지만 그 이상 말을 잇지는 못했다. 다음 순간 앞으로 뻗어진 록사나의 손이 그녀의 턱을 움켜쥐었기 때문이다.

"분명 시간 낭비하지 말자고 말했는데."

록사나의 상체가 앞으로 기울어지며 탐스러운 머리칼이 물결치듯이 흘러내렸다. 그것은 벽에 걸린 촛대의 불꽃에 꼭 녹아 흐를 것처럼 빛났다.

"애초에 내가 왜 아그리체에 들어온 지 얼마 되지도 않은 널 옆에 뒀다고 생각하는 거지?"

그리고 그보다 더 선명한 빛을 발하는 붉은 눈동자와 정면에서 눈이 마주친 순간, 겁 없이 떠들던 여자의 입이 돌처럼 굳어졌다.

"여기까지 기어들어 온 노력이 가상해서 처음에는 네가 먼저 움직일 때까지 기다려 줄 마음도 있었어. 하지만 슬슬 지루해서 말이야."

록사나는 그러거나 말거나, 조곤조곤하게 속삭이는 듯한 말을 이어 갔다.

"내가 궁금한 건 딱 두 가지야. 너를 보낸 게 히아킨인지, 오르카인지. 그리고 네 용도가 단순 세작인지, 아닌지. 거기에 따라 네 처우도 결정 지어지겠지."

리마는 그제야 그녀가 아그리체에 들어와 단 한 순간도 록사나를 속이는 데 성공한 적이 없었다는 사실을 깨달은 것 같았다. 또 록사나가 겉보기만큼 무른 성격이 아니라는 것도.

"이제부터 그걸 내가 직접 알아내려고 널 여기 데려온 거고."

창백한 얼굴에 떠오른 혼란을 에밀리는 이해할 수 있었다. 리마는 아그리체에 들어와 꼬리를 밟힐 만한 일을 한 적이 한 번도 없었으니까. 하지만 비인간적일 정도로 육감이 발달한 록사나와 다른 아그리체 사람들의 눈을 완전히 피하는 건 불가능했다.

맞닿은 몸에서 전해지는 떨림을 읽은 록사나가 한결 부드럽게 눈앞의 얼굴을 쓰다듬었다.

"괜찮아……. 너무 걱정하진 말렴. 난 불필요한 피를 보는 건 싫어하거든."

팔랑.

피를 머금은 것처럼 붉은 나비가 하나둘씩 나타나 날개를 팔랑였다.

"그러니 저기 있는 고른 도구들을 사용하기는 않을 거야. 대신 다른 쪽으로 널 조금 고통스럽게 만들긴 하겠지만……."

바스락바스락, 나비가 날갯짓하는 소리가 밀폐된 지하 감옥 안에 어지럽게 퍼졌다. 그 사이로 나긋하게 녹아드는 목소리가 꼭 농도 짙게 고여 흘러내리는 달콤한 꽃의 진액 같았다.

"넌 내 사람이 아니니 네가 괴롭든 말든 내가 알 바는 아니지."

얼음 결정처럼 싸늘한 붉은 눈이 그녀의 앞에 무릎 꿇고 앉은 사람을 자비심 없이 꿰뚫었다.

"그래도 내 친애하는 형제자매들이 아니라 지금 내가 네 앞에 있는 걸 다행으로 여기도록 해."

이내 환각에 빠져 몸을 뒤틀기 시작한 여인의 그림자가 에밀리가 서 있는 벽면을 검게 물들였다. 쉴 새 없이 울리는 비명이 처절했다. 고통과 공포를 이기지 못해 차라리 죽여 달라고 애원하는 소리가 몇 번 이어졌다. 물론 여인이 모든 것을 실토할 때까지 환각이 멈추는 일은 없었다. 그러나 록사나가 약속했듯이, 아그리체 사람이라면 응당 익숙하게 마련인 피비린내는 그녀가 지하 감옥에 있는 동안 조금도 풍겨 나오지 않았다.

에밀리의 아름다운 주인님은 오늘도 이처럼 상냥하고 다정했다.

록사나의 가장 충실한 종인 에밀리의 하루가 오늘도 그렇게 저물어 가고 있었다.

외전 5

다소 불건전한 망각

로맨스 소설 남주인공들이 흔히 걸리는 그 병

어느 날 눈을 뜨니 세상이 변해 있었다.

'내가 왜 여기 있는 거지?'

가물거리는 시야에 비치는 방 안의 구조가 어쩐지 낯설지 않았다. 여기가 란트의 집무실이라는 사실을 깨닫자마자 나는 자리에서 벌떡 일어났다.

'뭐야, 나 왜 책상에 누워 있어?'

심지어 내가 세상모르고 잠들어 있던 곳은 란트의 집무실 책상 위였다. 순간적으로 간담이 서늘해졌다. 그나마 한 가지 다행인 것은, 지금 이 안에 있는 게 나 혼자뿐이라 아무도 내 방종함을 목격하지 못했다는 사실이었다.

도대체 어쩌다 내가 이런 기막힌 상황에서 눈을 뜨게 된 건지, 도무지 이해가 되지 않았다. 하지만 생각은 나중에 해도 된다.

일단은 서둘러 책상 밑으로 내려갔다. 그러다 무언가가 발에 채여서 보니, 웬 장부 같은 것이 몇 개 바닥에 떨어져 있었다.

뭐야, 기억은 안 나지만 혹시 내가 어질러 놓은 건가?

시간이 없어 짧게 고민하다가, 급한 대로 떨어진 것을 주워 가까운 책장에 꽂아 넣었다. 그것 말고 내가 남긴 듯한 다른 흔적은 눈에 띄지 않았다.

사신 주변은 자세히 살펴볼 여유가 없기도 했다. 그래서 다른 물건은 더 건드리지 않고 빠른 걸음으로 란트의 집무실을 빠져나왔다.

다행히 집무실 밖에서 마주친 사용인은 없었다. 방 안에서 긴장했던 탓인지, 등 뒤로 식은땀이 배어난 것이 느껴졌다. 언제 다른 사람을 만날지 몰라 평소처럼 표정 관리를 하고 있었지만 머리가 혼란했다.

내가 어쩌다 란트의 집무실에 가게 됐는지, 또 그 안에서 잠들기 전까지 뭘 하던 건지, 아무리 머리를 굴려도 전혀 생각나지 않았다.

얼마 걷지 않아 반가운 사람이 눈앞에 나타났다.

에밀리였다. 나는 그녀를 향해 조금 더 빠른 걸음으로 다가갔다. 에밀리도 나를 보고 입을 열었다.

"그렇지 않아도 모시러 가던 참이었습니다, 록사나 수……."

"에밀리, 아버지는 지금 어디 계시지?"

일단은 란트의 행적을 파악하려고 물었다. 그러면서 에밀리를 지나쳐 걷자, 그녀가 여느 때처럼 내 뒤를 따라왔다. 혹시 모를 추궁을 피하려면 내가 왜 그의 방에 갔었는지 그 이유부터 알아내야 했다.

란트가 불러서 집무실에 들른 거라면 그나마 들켰을 때 변명할 구실이 있었지만, 만약 아니라면 내가 몰래 그 안에 들어갔던 사실 자체를 어떻게든 숨겨야 했다.

"네……? 죄송합니다. 제가 잘못 들은 것 같은데 다시 말씀해 주실

수 없을까요?"

그런데 매우 드물게도, 에밀리가 바로 대답하지 않고 내 말에 반문했다.

"아버지 말이야. 지금 어디 계시는지 아느냐고 물었어."

그녀답지 않다는 생각이 들었지만 꾸중하는 대신 한 번 더 같은 질문을 했다. 하지만 약간의 뜸을 들인 뒤 에밀리가 내놓은 답변은 여전히 내 성에 차지 않는 것이었다.

"……거듭 죄송한 말씀이지만, 제가 미욱하여 질문하신 의미를 파악하지 못했습니다."

그렇지 않아도 답답한데 에밀리까지 오늘따라 왜 이러는 거지? 나는 눈매를 찌푸리며 뒤에 있는 에밀리를 돌아보았다. 하지만 이어서 그녀가 덧붙인 말을 듣고 아연함에 걸음을 멈출 수밖에 없었다.

"다만 제가 알기로 란트 전 수장님의 시신과 위패는 따로 안치하지 않아 아그리체 어디에도……."

"뭐?"

란트 전 수장? 시신과 위패?

지금 내가 도대체 무슨 말을 들은 건지 이해가 되지 않았다. 혹시 에밀리가 지금 나를 놀리나? 아니면 혹시 란트나 다른 사람의 명으로 날 시험하려고 반응을 떠보기라도 하는 건가?

그러나 에밀리의 얼굴 어디에서도 그런 기색은 엿보이지 않았다. 지금까지 내가 알아 온 에밀리라면, 이런 방식으로 날 기만하는 것 자체가 있을 수 없는 일이긴 했다.

평소 표정 변화가 거의 없는 에밀리는 지금 나만큼이나 당혹감 어린 눈을 한 채 얼굴을 굳히고 있었다. 내 얼굴을 살피는 눈동자가 지극히 조심스러웠다.

그런데 그녀의 모습을 정면에서 제대로 마주한 순간, 형언하기 어려운 위화감이 느껴졌다. 분명 익숙한 에밀리의 얼굴에서 미묘하게 낯선 느낌이 풍겼다.

잠시 후 나는 침묵을 깨고 그녀에게 물었다.

"에밀리. 네가 올해로 몇 살이지?"

"스물여섯 살입니다."

이번에는 망설임 없는 답변이 돌아왔다. 그 순간 온몸에 소름이 돋았다. 에밀리가 지금 스물여섯 살이라니, 무슨 말도 안 되는……. 내가 지금 열여섯 살이니, 에밀리는 스물두 살이어야 했다. 그게 맞았다.

하지만 뒤이어 에밀리가 내 앞에 무릎을 굽히고 앉아 꺼낸 말을 들었을 때, 또 한 번 벼락을 맞은 것 같은 기분이 들었다.

"록사나 수장님."

이번에는 전율을 닮은 날카로운 감각이 등줄기를 긁고 지나갔다.

"제가 알아야 할 문제가 있다면 부디 말씀해 주십시오."

잇따른 에밀리의 목소리에는 희미한 동요가 묻어 있었다.

"혹시 기억에…… 혼란이 있으신 겁니까?"

나는 곧바로 대답하지 않았다. 그녀를 내려다보는 길지 않은 시간 동안 머릿속에 여러 가지 생각이 뒤엉켰다.

그러나 결정을 내리는 데까지는 많은 고민이 필요치 않았다. 나는 에밀리를 향해 명령했다.

"에밀리, 네가 지금의 나에 대해 아는 걸 전부 말해 봐."

에밀리가 들려준 이야기는 놀라웠다.

지금 내 나이는 스무 살. 제레미와 함께 아그리체의 수장직에 올라 있으며, 전대 수장이었던 내 아버지 란트는 이미 죽었다는 것이다. 어머니는 아그리체를 떠나 중간 구역에서 마리아와 함께 지내고 있고…….

그녀의 말대로라면 내 기억에는 거의 4년의 공백이 있었다. 에밀리는 내 상태에 대한 이야기를 듣고 의원을 부르러 급히 자리를 떠났다.

나도 소란스러운 마음을 안고 먼저 내 방으로 향했다. 복도에서 마주친 사용인들이 고개 숙여 내게 인사했다. 나는 태연한 낯을 하고 그들을 스쳐 지나갔다.

사용인들의 얼굴은 기묘하게도 모두 밝았다. 그것 또한 괴리감이 들어서, 정말 이곳이 내가 알고 있는 아그리체가 아니라는 사실을 또 한 번 확인해야 했다.

하지만 에밀리의 설명을 듣고도 뭐가 뭔지 알 수가 없는 혼란한 기분이 드는 건 여전했다. 내가 기억하는 나는 열여섯 살의 생일을 두 달 앞두고 있었으니까. 그리고 란트의 집무실에서 눈을 뜨기 전에, 분명 나는 오늘 일정대로 교육을 받으러 가고 있었다.

"……."

그렇게 생각을 곱씹던 어느 순간 문득 걸음이 멈추어졌다.

……정말 내가 기억을 잃은 게 맞는 걸까?

아니면…….

혹시 지금 이것이 실제처럼 잘 만들어진 환상인 건 아닐까?

막 돋아난 의심에 아까부터 약간 빠르게 뛰던 가슴이 서서히 고요해지다가 이내 싸늘하게 식었다.

처음에 란트의 집무실에서 눈을 떴을 때는 매일 섭취하는 독의 부작용으로 인시적인 기억 수실이 익어났을 가능성이 가장 크다고 생각했다. 에밀리의 말을 듣고 나서는, 정말 4년의 기억이 증발했을지도 모른다고 여겼고.

하지만 지금 막 또 다른 의심이 들기 시작했다. 어쩌면 나는 지금 환각 속에 있는 건지도 모른다. 객관적으로 따져 보았을 때 가능성은 적지 않은 듯했다. 아실을 보았던 작년 월례 평가 때처럼 오늘 교육 시간에도 환각의 방 같은 곳에 들어가는 수업 내용이 있었을지도 모르니까…….

"그래, 어쩐지 너무 현실감이 안 들더라."

나는 혼잣말을 중얼거리며 복도의 창밖을 내다보았다. 가을의 색채로 물든 노랗고 붉은 나뭇잎들이 시야에 비쳤다.

그럼 혹시 이건 내 소망이 반영된 환상인가. 란트가 죽고, 더는 무엇에도 억압받지 않는 자유로운 미래라니.

순간 입술 사이로 실소가 흘렀다. 동요하던 마음이 평정을 되찾았기 때문일까. 아까부터 복도의 공기를 묘하게 들뜨게 만들고 있던 희미한 소음이 그제야 귀에 또렷이 인식되었다.

창밖에 두던 시선을 무심코 내린 나는 누군가를 발견하고 놀라 흠칫했다. 바깥에 모여 있는 사람들 중에 가장 큰 목소리를 내며 무언가를 지시하고 있는 검은 머리의 남자에게 시선이 박혔다.

"제레미?"

내가 알던 소년보다 나이가 든 성인의 외양을 하고 있었지만 분명 제레미였다. 와, 생각보다 잘 자랐네.

아까부터 은근히 소란스럽더니, 무슨 일인지는 몰라도 무리 지어 외출했던 사람들이 돌아온 모양이다.

가만, 그런데 지금 내 나이가 스무 살이면 제레미는 열아홉 살일 텐데…….

원래 소설대로라면 란트도 죽고, 나도 죽고, 제레미도 죽고, 다 망했어야 하는 미래지만 여기서는 전개가 달라졌나 보다.

더 이어지려던 상념은, 제레미에게 비스듬히 가려져 있던 사람이 내 쪽으로 몸을 돌리는 순간 끊어졌다.

햇빛에 반짝이는 은색 머리카락이 예뻤다. 은은한 푸른빛이 도는 묘한 색깔이었는데, 그게 참 특이하고 신비로웠다. 그는 주위에 서 있는 사람들 중에 가장 키가 큰 남자였다. 제레미와 마찬가지로 그 역시 가끔 폰타인이나 데온이 밖에 나갈 때 입는 것과 비슷한 복장을 하고 있었다. 어두운 빛깔의 활동성 있는 옷과 종아리까지 올라붙은 가죽 부츠가 탄력 있는 몸매를 고스란히 드러냈다. 멀리서 보기에도 한눈에 띨 정도로 균형 있게 잘 단련된 몸이었다.

'누구지? 지금까지 한 번도 본 적 없는 사람인데.'

처음 보는 낯선 얼굴에 의문이 들었다. 원래 아그리체에서는 란트가 따로 공무를 내린 특수한 경우를 제외하고, 성인이 되지 못한 아이들은 바깥에 나가지 못했다. 그래서 나는 지금까지 아그리체 외부의 사람을 만난 적이 없었다. 아그리체는 지극히 폐쇄적이었기 때문에 손님이 방문하는 일도 없었다.

'제레미와 같이 있는 걸 보면 저 남자도 아그리체에서 일하는 사람인가?'

……라고 잠깐 생각했지만, 금방 실례되는 생각임을 인정했다. 그러기에 저 남자는 너무 귀티 나게 생겼다.

게다가 지금 밖에서 다른 사람들에게 무언가를 지시하는 모습을 보면, 제레미의 밑에서 일하는 사람이 아니라 그와 동등한 지위를 가진 사람이라 해도 될 법했다. 실제로 밖에 모여 있는 사람들도 두 무리로 나누어진 느낌이었고.

아, 하지만 어쩌면 전제부터 잘못되었는지도 몰랐다. 지금 이곳은 란트가 없는 미래의 아그리체였으니, 제레미나 다른 사람의 손님일지도…….

거기까지 막 생각이 닿았을 때, 창밖의 남자와 불시에 눈이 마주쳤다. 어떻게 나를 발견했는지 몰라도 그는 분명 나를 보고 있었다. 내쪽으로 고개를 든 남자의 얼굴이 이번에는 완전히 정면에서 눈에 들어왔다. 좀 놀라울 정도로 내 취향에 굉장히 잘 들어맞는 잘생긴 얼굴이라 잠시나마 지금 내 상황을 잊고 그에게 시선을 고정해 버렸다.

그런데 다음 순간, 남자가 나를 보고 웃었다. 지금까지 옆에 있는 다른 사람을 상대하는 모습을 보고 차가운 성격일지도 모른다고 생각했는데, 순식간에 분위기가 바뀌어서 조금 놀랐다.

어? 그런데 잠깐.

은발하고 금안?

그건 페델리안 특징인데…….

아니야, 하지만 페델리안이 왜 지금 여기에 있겠어?

다시 한번 제대로 보려고 했을 때, 남자가 내 눈앞에서 사라졌다. 나도 잡생각을 떨치고 창가에서 떨어져 다시 복도를 걷기 시작했다. 이게 정말 환각이 맞다면, 이제 그만 깨어나게 뺨이라도 세게 쳐 볼까 싶었다.

그런데 계단을 내려가던 중, 누군가 밑에서 올라오는 발소리가 들렸다. 잠시 후 눈앞에 나타난 것은 아까 창밖으로 보았던 그 남자였다.

"록사나."

가만히 서 있어도 빛이 나는 것 같은 수려한 얼굴이 아까보다 훨씬 가까이에서 보였다.

"오늘은 바빠서 마중 나오지 않은 줄 알았는데."

귀에 흘러든 나지막한 목소리가 한순간 심장을 덜컹 떨어뜨릴 정도로 다정했다. 나는 어떻게 반응해야 할지 몰라 발을 멈추었다.

그동안 긴 다리를 이용해 몇 걸음 만에 여유롭게 내가 있는 계단까지 올라온 남자가 바로 코앞에서 나를 내려다보며 다시 여트막한 미소를 지었다.

"예정보다 좀 늦어서 미안해. 보고 싶었어."

이후 그가 그대로 고개를 숙여 내게 입을 맞췄다. 입술에 낯선 타인의 온기가 얕게 눌러 찍혔다. 얼굴을 감싼 손의 감촉도 낯설긴 마찬가지였다. 당혹감과 놀라움이 뒤범벅된 감정을 안고 작게 숨을 들이켰다.

이 사람, 뭐지?

왜 나한테 이런 짓을 하지? 게다가 왜 이렇게 자연스러운 건데.

이상한 건 나도 마찬가지였다. 예상치 못한 일이긴 했지만 그렇다고 해서 이 남자가 나를 기습한 것도 아니고, 애초에 넋 놓고 있다가 접촉을 피하지 못한 것부터 말이 안 됐다. 사지가 묶여 제압당한 것도 아니니 불쾌하다면 지금이라도 당장 앞에 있는 몸을 밀쳐 내도 되었다.

하지만 남자가 내게 고개 숙여 입술을 맞대자마자 꼭 무언가에 홀리기라도 한 것처럼 저절로 눈이 감겼다. 거기에 이어 손에 닿은 단단한 팔을 꽉 움켜쥐고 무의식중에 입술을 살짝 열기까지 했다. 남자는 기꺼이 거기에 화답해 내 허리를 팔로 감싸 당기면서 벌려진 입술 사이를 파고들었다.

하마터면 목 안쪽에서 신음이 샐 뻔했다. 혀끝이 처음 뒤엉켰을 때부터 뒷덜미가 오싹거렸다. 밀착된 몸에서 내 것이 아닌 것 같은 잔열이 퍼져 나갔다. 침범당한 입안을 뜨거운 열기가 훑고 지나갈 때마다 찌릿한 느낌이 등줄기를 타고 올랐다. 예민하게 달아오른 점막이 간지럽게 비벼지고, 혀가 빨리는 감촉 하나하나가 몹시도 생생했다.

그래, 환각이라기에는 지나치게…….

그렇게 내가 낯선 쾌감과 혼란에 잠겨 허우적거리고 있을 때, 깊게 맞물려 있던 입술이 여운을 남기며 떨어졌다. 파르르 떨리는 눈꺼풀을 들어 올리자 반짝이는 은빛 속눈썹 아래로 미약한 음영을 맺고 있는 황금색 눈동자가 시야에 들어찼다.

어느새 눈을 뜬 남자가 가까이에서 나를 내려다보고 있었다.

"……록사나?"

무언가 이상함을 느낀 듯이 그가 내 얼굴을 빤히 들여다보았다. 남자의 양손에 감싸여 고정된 얼굴에 아까보다 열이 올라 있는 게 느껴졌다. 왠지 숨이 막히는 건 조금 전의 입맞춤 때문만은 아니었다. 표정 관리에는 자신이 있었는데 남자와 시선이 마주친 순간 나도 모르게 눈이 작게 흔들린 것 같았다.

그냥, 이 상황이 너무 당황스러웠다. 조금 전 에밀리에게 간단히 들은 건 아그리체 내부의 일뿐이었고, 그나마도 극히 일부에 불과했다. 짧은 시간 동안 자세한 이야기를 할 수는 없었을 테니 당연하다면 당연했지만, 거기에 이 남자에 대한 정보는 없었다. 그래서 지금의 내 상황을 들켜도 되는 상대인지 판단하는 것도 불가능했다.

그렇다면 최대한 자연스럽게 행동해야 하는데…….

남자의 눈을 마주한 순간 깨달았다. 이 사람은 내 거짓말에 속지 않을 것이다. 그리고 나도 방금 전의 일로 확실히 깨달았다. 이건 환상 따위가 아니다. 이런 게 환상일 수는 없었다.

나는 남자를 확 밀쳐 냈다. 돌덩이처럼 단단한 몸이 내가 바라는 대로 뒤로 밀려났다. 하지만 그는 내게서 멀리 떨어지지는 않고 고작 한 발짝만 뒤로 물러나 주었을 뿐이었다. 나를 내려다보는 얼굴이 아까의 미소를 잃고 딱딱하게 굳어 있었다.

"누나, 어디 있어? 나 다녀왔어!"

밑에서 제레미의 목소리가 들렸다. 나는 내 앞에 있는 남자와 아래에서 나를 찾는 제레미를 둘 다 무시하고 계단을 뛰어 내려갔다.

"잠깐, 록사나!"

하지만 남자의 손이 도중에 나를 붙잡아 몸이 반쯤 뒤로 돌려졌다. 다시 황금색 눈동자와 시선이 마주쳤다.

"놔."

나는 그에게 짧게 말했다. 내가 어떤 표정을 짓고 그를 쳐다봤는지는 모르겠다. 그러나 다음 순간, 나와 마주한 남자의 얼굴에 형언하기 어려운 빛이 떠오르면서 내 팔을 잡고 있던 그의 손에서 힘이 풀어졌다.

나는 그를 두고 다시 뒤돌아 달렸다. 곧장 옆 건물에 있는 내 방으로 가서 문을 닫았다. 그러고 나서 화장대 앞으로 다가가 벽에 걸린 거울을 보니, 그 안에는 정말 어른이 된 내가 있었다.

바로 에밀리가 왔다. 의원을 어느 정도 믿어도 될지 알 수 없어서, 내 상태에 대한 설명은 따로 하지 않고 일단 몸을 진찰하게 했다. 그러는 동안 아까의 은발 남자와 제레미로 추정되는 손님들이 내 방을 찾아왔다.

하지만 에밀리가 밖으로 나가 그들을 돌려보냈다. 의사의 소견에 의하면, 나한테 이렇다 할 문제는 없었다. 특별한 이상 징후도 눈에 띄지 않는다고 했다. 그럼 최소한 독이나 질병 같은 이유로 내 기억이 증발한 건 아니라는 뜻이었다.

나는 잠깐 생각하다가 에밀리에게 이번에는 아그리체에 있는 주술사 중 가장 입이 무거운 사람을 데려오게 시켰다. 하여 10분 후 내 앞에 나타난 것은…….

"뭐야, 나 왜 불렀어? 이번엔 또 무슨 일인데 이렇게 급하게 날 찾았대?"

그리젤다가 내 앞에 있는 의자에 털썩 앉으며 물었다. 나는 그녀를 물끄러미 쳐다보다가 에밀리에게 서늘히 눈길을 미끄러뜨렸다.

"에밀리, 왜 그리젤다를 데려왔어?"

그러자 에밀리가 송구하다는 듯이 고개를 숙여 보였다.

"감히 제가 판단하기로, 록사나 님이 원하시는 조건에 가장 부합하는 대상은 그리젤다 님인 것 같았습니다."

그녀의 말을 듣고 미간을 좁혔다. 에밀리에게 따로 말하지는 않았지만 내가 원한 조건은 세 가지였다. 주술사 중 가장 능력 있고, 입이 무겁고, 내게 속한 사람이거나 그에 준하는 믿음직한 인물일 것.

에밀리도 그 정도는 생각할 수 있을 정도로 유능한 심복이었다. 그럼 설마 지금의 나와 그리젤다가 그 정도로 신뢰를 쌓은 사이라는 말인가? 내가 찾는다는 말 한마디에 그리젤다가 이렇게 바로 달려온 걸 보면, 그런 것 같기도 했다.

"그리젤다, 내 몸에 주술적 흔적이 없는지 확인해 봐."

나는 그녀에게 팔을 내밀었다.

"주술적 흔적?"

그리젤다는 의아한 표정을 지으면서도 시키는 대로 나한테 손을 뻗었다. 잠시 후, 그녀의 얼굴에 경악이 떠올랐다.

"뭐야? 너 이거 어디서 당한 거야? 오늘은 하루 종일 저택 안에만 있지 않았어?"

예상대로 주술적 영향이 맞는지, 그리젤다의 언성이 점점 높아졌다.

"밖에서 들어온 수상한 반입물은 밑에서 거를 텐데? 아니면 설마 저택 안에 너한테 위해를 가하려는 인간이 있는……!"

"확신할 수는 없지만 아마 그런 이유로 이렇게 된 건 아닐 거야."

나는 손을 들어 그리젤다의 말을 막았다.

"란트의 집무실 안에 있는 물건을 만진 게 원인이 아닐까 싶은데."

"아버지 집무실? 거기서 뭘 만졌는데?"

"책장에 있는 검은 장부. 어쩌면 내가 모를 뿐 다른 걸 더 건드렸을 수도 있고."

"그래서 지금 증상은? 걸리는 건 다 말해 봐."

나는 그리젤다의 얼굴을 잠깐 말없이 쳐다보다가 입술을 뗐다.

"그냥 일부 기억이 조금 희미한 정도."

"정신 쪽에 타격을 입히는 주술인가……."

"큰 문제는 없어. 다른 부작용은 더 없을지 알아보려고 부른 거야."

에밀리가 이미 공중한 것이나 다름없긴 했지만 그래도 그리젤다를 완전히 신뢰할 수는 없어서 증상을 약화시켜 말했다. 그나마 이 정도로 손치지 말한 것은, 그리젤다의 눈에서 예전에는 없던 나를 향한 걱정 비슷한 감정이 어렴풋이 비쳤기 때문이다. 사람을 시켜 란트의 집무실에 있는 의심스러운 물건을 내 방까지 직접 가져오게 할 수도 있었다. 그러나 섣불리 만지면 위험할 수도 있어 그러지 않았다.

"직접 가서 한번 봐야겠네."

그리젤다도 같은 생각인지, 눈살을 찌푸리며 자리에서 일어났다.

"어쩐지, 그래서 문밖에 있는 제레미랑 네 애인이 잔뜩 날이 서 있었구나."

나도 그녀를 따라 일어나려다가 멈칫했다. 두 사람이 아직 문밖에 있다고? 아까 에밀리가 쫓아 보낸 줄 알았는데 아니었나? 아니, 그보다 지금 그리젤다의 입에서 나온 호칭이 마음에 걸렸다.

지금 당장 다른 사람을 만나기는 꺼려져 대신 에밀리에게 그리젤다의 감시를 맡길까 하다가 그냥 앞장서 문을 나섰다. 어차피 나도 한 번은 문제가 일어난 란트의 집무실을 직접 확인하러 다시 가 봐야 했다.

"사나 누나! 뭐야, 갑자기 왜 그래? 내가 없는 사이에 무슨 문제라도 생겼어?"

방 밖으로 나가자마자 다 자란 제레미가 기다렸다는 듯이 달려왔다. 나이는 먹었지만 이 걱정스러워하는 얼굴은 내가 알고 있는 것과 비슷했다.

제레미의 뒤로 팔짱을 낀 채 벽에 기대 서 있는 은발 남자도 눈에 들어왔다. 그도 나를 보자마자 벽에서 몸을 떼고 내 쪽으로 걸음을 옮겼다.

"록사나."

나지막한 목소리가 귀에 꽂혔다.

"나랑 잠깐 얘기 좀 해."

웃음기 없이 얼어붙은 얼굴이 아까 창문으로 엿본 것처럼 다소 차가워 보였다. 나는 두 사람을 스쳐 지나갔다.

"지금은 급한 일이 있으니까 나중에 얘기해."

에밀리가 내 뒤에 남아 그들에게 무어라 말했다. 그 덕분인지, 나를 따라오는 사람은 없었다. 자세한 정황은 몰라도 묘한 분위기를 느끼기는 한 듯, 그리젤다의 시선이 옆에서 힐끗 날아들었다.

잠시 후 란트의 집무실을 유심히 살펴본 그리젤다는 다행히 심각한 상황은 아니라며 나를 안심시켰다. 내가 건드린 장부는 란트의 집무실 안에 있는 비밀 통로와 연결된 것이었다. 이 방에 그런 장치가 되어 있는 줄 몰랐다며 그리젤다도 놀랐다.

어쨌든, 내가 이런 피해를 입게 된 것은 방치된 동안 망가진 주술의 반작용 때문이었다. 그녀는 일주일에서 열흘 정도 있으면 저절로 증상이 완치될 거라고 했지만 그래도 혹시 모르니 그사이 역주술을 연구해 보겠다고 했다.

내가 먼저 그러라고 시키지도 않았는데 그리젤다는 꽤 적극적이었다.

"에밀리."

"네, 수장님."

나는 란트의 집무실을 나와 다른 곳으로 발길을 돌렸다. 왠지 아까 본 두 사람이 아직도 내 방 앞에 그대로 남아 있을 것 같아서, 에밀리에게 물어 수장이 된 후 새로 만들었다는 내 집무실로 목적지를 옮겼다.

"아까 못다 한 이야기를 마저 해 봐. 현재 내 주변 상황과 인물들에 대해 네가 아는 걸 최대한 상세하게 말해. 아까 제레미 옆에 있던 남자에 대해서도 빼놓지 말고."

에민리이 선면이 아까부다 휠씬 길게 이어졌다 이번에느 아까 내가 마주쳤던 은발 남자에 대한 내용도 꽤 구체적으로 포함되어 있었다.

"카시스 페델리안? 정말 카시스 페델리안이라고?"

나는 기가 막혔다. 외양을 보고 설마 하는 마음이 아주 조금 들긴 했지만, 정말 페델리안이라니. 게다가 아까 그리젤다가 했던 말도 그렇고, 에밀리의 설명대로라면 그와 나는 연인 관계였다.

하지만 어떻게 그럴 수 있지?

설마 란트가 소설과 달리 여주인공의 오빠인 카시스 페델리안을 아그리체에 끌고 오지 않은 건가?

하지만 아니었다. 에밀리가 해 준 이야기는 생각보다 복잡했다. 물론 에밀리는 어디까지나 그녀의 시각에서 본 이야기를 전달할 뿐이라, 군데군데 비어 있는 내용도 있었다. 그래서 이해가 되지 않는 부분도 있었고, 어림짐작으로 유추해야 하는 부분도 있었다.

어쨌든, 카시스 페델리안은 내 연인이고 그가 지금 수하들을 데리고 아그리체에 와 있는 이유는 두 가문의 교류를 위해서였다. 이것만큼은 반론의 여지 없는 사실인 듯했다.

카시스 페델리안이 아그리체에 찾아온 건 이번이 처음도 아니라고 들었다. 이번 방문 목적은 아그리체 주변 경계의 마물 토벌을 위해서라고 했다. 원래 늦여름으로 계획된 일정이었지만 여러 사정상 가을로 시기가 미루어졌다고 에밀리가 설명해 주었다. 먼저 이쪽의 경계 청소가 얼추 끝나고 나면, 그 후에는 반대로 아그리체에서 페델리안으로 이동해 마물 처리를 돕도록 계획되어 있단다.

어차피 지금까지도 각자 해결했던 일인데 왜 굳이 이런 불필요한 일을 계획했는지는 모르겠지만……. 아그리체와 페델리안 사이에 이런 상부상조라니.

소설 속의 결말을 아는 나로서는 헛웃음이 절로 나오는 일이었다. 아그리체에서 사는 동안 의심이 많아진 탓인지, 갑자기 좀 미심쩍은 마음이 들었다.

정말 카시스 페델리안하고 내가 연인인 게 맞나? 혹시 정치적 목적으로 서로 이용하고 있는 거라든가…….

그러다 곧 아까의 일이 떠올라서 나도 모르게 입술을 만지작거렸다. 카시스 페델리안과 닿았을 때의 감촉이 아직도 남아 있는 것 같았다.

날 발견하자마자 부드럽게 녹아들던 그의 얼굴도 눈앞에 어른거렸다. 그 직후 곧바로 나를 찾아와 반갑게 키스한 걸 보면, 실제로 삭막한 관계는 아닌 것 같긴 한데…….

계속 꼬리를 물고 이어지는 생각을 그쯤에서 끊어 낸 뒤 집무실의 책상을 살펴보았다. 그 위에는 내가 확인해야 할 서류와 문서들이 쌓여 있었다. 그중에 아무거나 몇 장 집어 읽어 보았다. 어떤 것은 어렵지 않게 이해할 수 있었지만, 어떤 것은 지금의 내가 처리하기에 무리가 있어 보였다.

결국 쯧 혀를 차며 서류를 다시 내려놓았다. 그 후 에밀리에게 내 오늘 일정에 대해 물었다. 페델리안의 손님을 상대하는 것 외에 급히 처리해야 할 일들이 몇 개 더 있었다. 기간을 일주일에서 열흘로 잡으면 그런 일이 더 많아졌다.

에밀리에게 들으니, 그나마 손님맞이 전에 할 수 있는 일은 최대한 많이 끝마쳐 놔서 다른 때보다 일감이 훨씬 적은 편이라고 했다. 그건 다행이었다. 일단 반드시 내가 확인해야 하는 일 중에 미룰 수 있는 거 최대한 미루고, 믿을 사람에게 맡길 수 있는 거 그러는 편이 나을 것 같았다.

하지만 문제는 처리가 급한 일 중 반드시 수장의 인가가 필요한 것이었다.

"에밀리, 제레미를 불러와."

에밀리를 내보낸 뒤 이번에는 서랍을 뒤적였다. 더 확인해 볼 게 없나 한번 훑어볼 생각이었다. 그러다 서랍 안쪽에 고이 보관한 무언가를 발견했다. 아주 정갈하게 정리해 둔 네모반듯한 편지 봉투들이었다. 일적으로 중요한 서신들을 모아 놓은 건가 싶어서 대충 열어 보다가 불현듯 손을 멈추었다.

발신인이 모두 카시스 페델리안이었다. 그는 생긴 것처럼 글씨까지 단정하고 예뻤다. 봉투를 열어 내용물을 하나씩 확인하는 동안 몸 안 어딘가가 간지러워지는 것 같았다. 글자 하나하나, 행간 하나하나에서 읽히는 설탕 조각 같은 애정에, 아무 기억이 없는 상태에서도 약간 낯부끄러운 기분이 들었다.

'장거리 연애라더니……'

그 흔적이라 할 수 있는 것을 이렇게 직접 목격하게 되자 어쩐지 기분이 이상했다.

똑똑.

그때 밖에서 노크 소리가 들렸다.

"록사나 수장님, 제레미 수장님이 오셨……."

"누나!"

밖에서 에밀리의 목소리가 끝맺어지기도 전에 제레미가 문을 벌컥 열고 들어왔다. 에밀리가 뒤따라 들어오려 했으나 제레미가 그녀의 면전에서 문을 쾅 닫아 버렸다.

"아까 그리젤다랑 무슨 얘기 했어? 진짜 뭐 때문에 그러는데?"

그는 지금의 상황이 많이 답답한 듯이 나를 보자마자 달려와 물었다. 그 모습이 내 열여섯 살 기억과 별로 위화감이 없어서 자연스럽게 호응할 수 있었다.

"왔구나, 제레미. 아까는 갑자기 급한 일이 생겨 인사도 못 받아 줘서 미안해."

내가 달래듯이 말하자 제레미의 얼굴이 약간 풀어졌다.

"무슨 급한 일? 저택에 무슨 문제라도 생겼어? 아까 아버지 집무실로 가는 것 같던데."

"별건 아니었어. 그 안에서 주술진이 그려진 물건을 발견했는데 망가져서 혹시 다른 문제가 생길까 봐 그리젤다한테 확인하게 한 거야. 이제 처리했으니까 괜찮아."

"그래? 손님도 있는데 시끄러운 일이 생기면 안 되니까 그렇게 서둘렀구나."

다행히 제레미는 납득한 눈치였다.

"페델리안의 손님들은 지금 어떻게 하고 있어? 내가 바빠서 신경을 못 썼네."

"지금 숙소에 들어가 있어. 내가 얼굴 비쳤으니까 괜찮아."

"그 사람은?"

"그 사람?"

"카시스 페델리안."

제레미가 잠깐 고개를 갸웃하더니 답했다.

"몰라, 내가 잠깐 자리 비운 사이에 사라졌던데. 방으로 갔겠지, 뭐."

제레미는 카시스를 별로 좋아하지 않는 게 분명했다. 대답하는 그의 얼굴이 미묘하게 찡그려져 있었다.

"그런데 누나, 카시스 페델리안이랑 싸웠어?"

제레미가 은근하게 물어 온 것은 그때였다. 아까 방 앞에서의 묘한 기류를 제레미도 읽었거나, 아니면 지금 내 입에서 나온 그의 호칭이 평소보다 딱딱했던 모양이다. 그래도 제레미는 그 이유를 카시스 페델리안과 나 사이의 분란 때문이라 생각한 듯했다.

그는 기회를 놓치지 않고 홀랑 덧붙이기까지 했다.

"흠, 내가 어디서 들었는데 말이야. 원래 눈에서 멀어지면 마음도 멀어지는 게 당연하다고 하더라."

이건 좀 뭐라고 대답해야 할지 고민이 되었다. 그래서 그냥 흘려듣고 화제를 바꾸었다.

"그보다 제레미. 내가 지금 부른 건, 오늘 당장 처리해야 할 일 때문인데."

나는 책상 위에 있던 서류 중 일부를 제레미에게 건넸다.

"나한테 갑자기 급한 안건이 올라와서 시간이 좀 촉박해졌어. 그래서 이건 너한테 맡기고 싶은데 괜찮아?"

"어, 누나가 웬일이야? 그래, 내가 할 테니까 이리 줘."

제레미는 흔쾌히 내가 맡긴 일을 받아 갔다.

"고마워. 볼일은 이게 다니까 그만 나가 봐도 돼."

그런데 순간, 제레미가 독침에 쏘이기라도 한 것처럼 몸을 경직시켰다.

"누나…… 나한테 화났어?"

이어서 그의 입에서 나온 말은 굉장히 뜬금없었다. 뭐지? 혹시 내 말투가 다른 때보다 쌀쌀맞았나?

"아니. 내가 너한테 화날 일이 뭐가 있다고."

"그런데 왜 그렇게 웃어?"

말투 문제는 아니었나 보다. 그런데 의미를 더 알 수가 없어져서 미간을 슬쩍 찌푸렸다.

"내 웃는 얼굴이 왜?"

"되게 옛날처럼 웃어서."

"……."

제레미는 숨까지 죽이고 나를 쳐다봤다. 아무 문제도 없는 것처럼 계속 웃으려고 했는데, 그의 얼굴을 마주하는 동안 미소가 점점 사그라졌다. 잘은 모르겠지만 지금 내 웃는 얼굴이 그에게는 굉장히 무섭고 끔찍하게 느껴지는 모양이었다. 그런 주제에 또 내 얼굴이 씻겨 내린 듯이 무표정해지자 낯빛을 한결 더 희게 굳히는 게 웃겼다.

나는 그에게 조용히 물었다.

"옛날처럼 웃는 게 어떤 건데?"

제레미는 바로 대답하지 않았다.

"……그러고 보니까 아까부터 이상했어."

그는 이제 완전히 내 변화를 확신한 것 같았다.

"날 대하는 태도도 묘하게 거리감 들고, 카시스 페넬리안한테도 갑자기 쌀쌀맞고……. 아니, 후자는 그렇다 쳐도."

어릴 때보다 젖살이 빠져서 그런지, 입술을 꾹 깨무는 얼굴이 내가 모르는 사람처럼 보일 정도로 어른스러웠다.

"뭔가 숨기고 있는 거 맞지? 조금 전에 설명해 준 거 말고 다른 문제가 또 있는 거 아니야?"

제레미는 예전보다 눈치가 빨라진 것 같았다. 아니면 내가 생각보다 스무 살이 의답지 않게 행동했든가.

"도대체 무슨 일이 생겼길래 아까 내려와 보지도 못하고 그렇게 바쁘게 움직인 거야? 평소에는 시간 관리도 칼 같으면서 오늘은 이렇게 나한테 일을 덜어 줘야 할 정도로 시급하고 중차대한 일인 거야?"

그것도 아니면……. 제레미가 내 예상보다 나하고 가깝게 지냈던 건지도 모른다. 내 사소한 변화조차 알아볼 정도로. 나는 시야에 비친 제레미의 얼굴을 물끄러미 바라보았다.

"누나가 그렇게…… 날 멀리 떨어져서 보는 것 같은 눈으로 응시하면서 마음에도 없이 웃으면 걱정돼."

서류를 움켜쥔 제레미의 손이 뼈대가 도드라질 정도로 꽉 쥐어져 있었다.

"물론 예전에 누나가 약속해 준 말을 못 믿는 건 아닌데……. 갑자기 예전처럼 그렇게 벽을 세운 것 같은 얼굴로 쳐다보면, 또 날 두고 혼자 어디론가 가 버릴 것 같은 생각이 든단 말이야."

무릎 위에 올려 둔 내 손도 티 나지 않게 움찔 떨렸다. 제레미가 미처 숨기지 못해 내게 드러낸 것은, 이전에도 그에게서 종종 목격한 적이 있던 불안감이었다.

내게 애정을 갈구하는 제레미를 때때로 애처롭게 여긴 적도 있었지만 그럴 때마다 일부러 더 냉정하게 외면했었다. 나중에 발을 빼지 못할 정도로 깊은 관계는 만들고 싶지 않아서.

그런데 제레미는 그런 나를 알고 있던 모양이다.

게다가……. 지금 그가 한 말에 의하면 결국 내가 이 애를 한 번 버렸었다고…….

"나도 내가 아직 누나한테 의지가 될 수 있을 정도로 믿음직스럽지는 못한 거 알아."

내가 비밀을 만들고 거리를 둔 사실에 꽤나 속이 상했는지, 날 보는 제레미의 눈가가 약간 발갛게 달아올라 있었다.

"그래도 이제는 뭐든 같이 상의하자고 누나가 그랬잖아."

어쩜 저렇게 비 맞고 버려진 새끼 짐승처럼 나를 쳐다보는지 모르겠다.

"그러니까 무슨 문제인지는 몰라도 또 누나 혼자 전부 해결하려고 하지 말고 최소한 나도 같이 걱정하게 해 줘."

나는 그런 그를 가만히 마주 보다가 이내 굳게 닫혀 있던 입술을 뗐다.

"……내가 너한테 뭐든 다 상의하겠다는, 그런 얘기를 했었다고?"

내가 또 일부러 모른 척하는 것이라 생각했는지, 제레미의 눈썹 사이에 작은 주름이 졌다. 잠시 후 내 입에서 어쩔 수 없이 얕은 한숨이 샜다. 나는 조금 망설이다가 제레미에게 손을 내밀었다.

"이리 와, 제레미."

내가 부르자 제레미는 또 고집도 자존심도 없는 사람처럼 기다렸다는 듯이 다가와서 내 손을 잡았다. 그런 제레미의 머리를 끌어안고 쓰다듬어 주었다. 그러자 제레미가 저항 없이 나한테 몸을 기대 왔다. 몸집은 커졌지만 이런 모습은 아직도 내가 아는 어린애 같았다.

애초에 당연하다는 듯이 내 상태를 숨긴 게 실수였을지도 모르겠다. 제레미의 말이 거짓이라는 생각은 들지 않았다. 애초에 거짓말을 그렇게 잘하는 녀석도 아니었고, 나한테는 특히 그랬으니까. 오히려 예전보다 지금이 더 솔직해진 것 같은 느낌이기도 하고.

그러니 정말 내 입으로 제레미에게 그런 말을 했다면, 많은 고뇌 끝에 이 아이를 완전히 받아들인 것이라고밖에 생각되지 않았다. 그래도 스무 살의 나한테는 약점을 보여도 되는 신뢰할 만한 사람이 옆에 몇 명 있었던 모양이다. 그 사실이 왠지 어색하게 느껴졌다.

나는 제레미의 등을 토닥이면서 다시 입술을 뗐다.

"사실은 기억이 안 나."

"뭐가? 전에 나한테 했던 말?"

"그것도 포함해서."

나는 잠깐 뜸을 들이다가 말을 이었다.

"열여섯 살 때부터 현재까지, 거의 4년 동안의 기억이 사라져 버렸어."

"……!"

그 순간 제레미가 번쩍 고개를 들었다. 뺨을 얻어맞기라도 한 것처럼 눈을 부릅뜬 얼굴이 소리 없이 시끄러웠다. 이렇게 된 상황을 대충 설명하고 앞으로 길어도 열흘 정도 있으면 원래대로 돌아올 거라는 말까지 덧붙이고 나서야 제레미는 안정을 되찾았다.

"정말? 정말 시간 지나면 완치되는 게 확실해?"

"그리젤다 말고 다른 주술사도 불러서 확인했어. 그게 아니더라도 원래 단발성 주술은 효력이 그렇게 오래가지 않으니까. 의원도 내 몸에 다른 이상은 없다고 했고."

"진짜 다른 데 아픈 곳은 없는 거야?"

"없어. 네가 이렇게 걱정할까 봐 말 안 하려고 했던 거야."

사실은 그게 아니라 제레미를 못 믿어서 그런 거지만……. 순수하게 걱정하고 안심하는 그의 모습에 양심의 가책이 느껴져서 천연덕스럽게 거짓말했다.

"어쩐지……. 그래서 이상했던 거구나."

제레미는 오늘의 내 태도가 기묘했던 이유를 이제야 납득한 눈치였다.

"그런데 누나가 기억하는 나이가 열여섯이면…… 어?"

그러다 무슨 생각을 했는지, 제레미의 눈이 아까와 약간 다른 느낌으로 크게 떠졌다.

"그럼 나보다 어린 거네. 누나가 열여섯 살이고 지금 난 열아홉 살이니까."

응? 그런데 왜 뺨이 서서히 빨갛게 물드는 거지? 왠지 나를 보는 눈도 조금 반짝거리는 것 같고.

나는 그런 제레미를 보다가 눈매를 움칫 떨었다.

잠깐, 얘 설마 지금 자기가 연장자라도 된 것 같은 기분에 설레고 있는 건 아니겠지?

그러나 찜찜한 추측이 맞아떨어졌다.

"누나, 걱정하지 마! 그동안 누나가 해야 할 일은 전부 다 내가 할 테니까!"

제레미가 결의 서린 눈을 빛내며 이를 앙다물었다.

"누나는 아무 걱정 하지 말고 푹 쉬어! 너무 불안해하지 말고 날 좀 더 믿고 의지해도 괜찮아! 지금은 내가 더 어른이니까!"

조금 전에는 스스로가 믿음직스럽지 못한 걸 안다더니, 자신이 했던 말을 정면으로 반하는 소리였다. 나는 살짝 찌푸린 눈으로 그를 쳐다보았다. 제레미는 나를 도울 생각에 의욕이 솟구치는 것 같았다. 조금 건방진 소리긴 했지만 그래도 의도와 마음은 갸륵했다.

"그래……. 고마워, 제레미."

그래서 나도 그냥 그의 말을 순수하게 받아들이기로 했다.

제레미는 내가 걱정되는지 좀처럼 옆에서 떨어지지 않으려고 했다. 히지민 걸고은 이긱 남은 업무를 끝네미 그의 집무실로 띠나야 했다.

어쨌든 내가 해야 할 일도 한동안 제레미가 맡아 주기로 해서 한시름 덜었다. 이후 혼자 내 집무실을 좀 더 살펴보려고 했지만 제레미가 나를 방까지 데려다주겠다고 우겨서 그냥 같이 문을 나섰다. 사실 나도 좀 피곤하기는 하던 참이었다.

제레미의 말대로 카시스 페델리안은 자리를 떠나고 없었다. 아마 페델리안에게 숙소로 내준 동관 건물로 간 게 아닌가 싶었다. 동관은 원래 란트의 부인들이 사용하던 곳이었는데 이제는 비게 되어 손님용 숙소로 따로 재정비했다고 한다.

일단 내 상태에 대해서는 아그리체 내부의 사람들에게도 가능한 알리지 않기로 했다. 페델리안과 약속된 만찬 시간에도 제레미만 참석하고 나는 빠지기로 했다. 하지만 방에 와서도 쉬지는 못했다. 내가 기억하지 못하는 현재의 시간에 대해 알아야 할 내용도, 궁금한 점도 많았기 때문이다.

하여 만찬이 시작되기 한 시간 전쯤, 결국 나는 아그리체 저택을 한번 둘러보러 방을 나섰다. 다들 만찬 준비로 바쁠 테니 주변을 간단히 살펴보기에는 지금이 최적인 것 같았다.

그러나 잘못된 선택이었을까. 잠시 후, 나는 다시 카시스 페델리안과 마주쳤다.

"이제 나오는군."

이번에 만난 곳은 야외였다. 나는 막 관계자 외 출입이 제한된 독초 재배 온실과 마물 사육장을 돌아보고 오는 길이었다.

제레미와 내가 란트의 뒤를 잇고 나서 사업을 대거 정리하긴 했지만 마약과 독초의 재배를 완전히 금지시키지는 않았다고 한다. 그래도 가문 내에서만 사용할 요량일 뿐, 밖으로 내돌릴 계획은 없는 듯했다.

망가진 마물 사육장도 현재 보수 중이었다. 아까 집무실을 뒤져 확인해 본 바로는 휘페리온과 일부 거래를 이어 가기로 한 모양이었다.

그래도 원래 아그리체의 주요 수입원 중 하나던 마약류의 식물을 재배하던 땅을 절반 이상 갈아 약초를 대량 생산하고 있었다. 이건 가스토르 쪽과 거래하는 품목인 듯한데……. 자세한 내막은 좀 더 알아봐야 할 것 같았다.

그렇게 온실과 사육장을 들렀다 나와 건물 모퉁이를 돌자마자 카시스 페델리안과 맞닥뜨렸다. 아무래도 내 동선을 알고 여기서 나를 기다리고 있던 모양이다.

"여긴 외부인 출입 금지 구역인데."

카시스 페델리안이 아그리체의 사정에 대해 얼마나 아는지는 모르겠지만 하필 여기서 마주친 게 영 껄끄러워서 나도 모르게 그를 무시하지 못하고 입을 열었다. 그러자 그가 내 뒤쪽을 힐끗 쳐다본 뒤 답했다.

"금지 구역 안으로 발을 들이지는 않았어."

그건 맞는 말이라 더 딴죽을 걸 수 없었다.

카시스 페델리안은 아까와 달리 가벼운 실내용 복장을 하고 있었다. 만찬 준비는 아직인 듯 격식을 차린 옷차림은 아니었다. 하지만 워낙 용모가 준수하고 몸매가 훌륭해서 그런지 기본적인 바지와 하얀 셔츠만 걸치고도 완성된 느낌을 풍겼다.

걷어 올린 소매 밑으로 드러난 탄탄한 팔 근육에 나도 모르게 시선이 머물렀다. 하지만 금방 자연스럽게 눈길을 돌리고 그를 지나쳐 가려 했다. 그러나 카시스 페델리안이 손으로 벽을 짚어 내 앞을 가로막았다.

"저녁 만찬 때 불참할 예정이라고."

삐지한 음성이 머리 위에서 울렸다. 의식히고 힌 힝동인지는 모르겠지만, 그래도 그는 아까처럼 나한테 직접 손을 대지는 않았다.

"과로로 몸이 상했다고 하던데, 많이 안 좋은 건가?"

고개를 들어 앞에 있는 얼굴을 응시했다.

카시스 페델리안. 내 연인이라는 남자.

하지만 그를 믿는 것은, 제레미나 그리젤다를 믿는 것과는 또 달랐다. 그들은 어쨌거나 내가 어릴 때부터 봐 온 사람들이었지만 이 남자는 생면부지의 타인이었으니까.

오늘 카시스 페델리안이 나를 대하던 태도나 서랍에서 찾은 편지의 내용으로 보았을 때, 이 남자가 나를 좋아하는 마음은 진심이었다. 처음에는 놀랐지만 곰곰이 생각해 보니 딱히 의외인 일은 아니었다.

당연하지. 내가 남자였어도 지금의 나를 보면 사랑에 빠졌을 텐데. 아니, 솔직히 이건 여자였어도 반했을 미모였다. 열여섯 살에도 남다르던 내 아름다움은 어른이 된 지금 완성되어 가히 이 세상 것이 아니라 할 법했다. 그러니 카시스 페델리안이 결국 내 포로가 되고 만 것도 얼마든지 이해할 수 있었다.

하지만 정작 카시스 페델리안을 향한 내 마음은 불확실했다. 내가 아는 나는 딱히 사랑에 목숨 거는 타입은 아니었다. 게다가 필요하다면 얼마든지 다른 사람을 사랑하는 척할 수 있었다.

그러니 겉으로 보인 모습이 어떻든 간에 내가 진짜 이 남자를 좋아했는지는 모르는 일이라고 생각했다. 설령 좋아한 게 맞더라도 어느 정도 선으로 좋아했는지는 또 별개의 문제였다.

내가 그에게 내 증상을 먼저 말하지 않는 것도 그런 이유에서였다.

물론 카시스 페넬리안과의 키스는 조금도 불쾌하지 않고 오히려 이상할 정도로 좋았지만……. 그건 어디까지나……. 그러니까, 이 남자의 육체만 좋아한 건지도 모르잖아?

"신경 쓸 거 없어. 좀 쉬면 괜찮아질 테니까."

하여 그렇게 다정하지도 쌀쌀맞지도 않게 답한 뒤 다시 그를 지나쳐 가려 했다. 하지만 다른 방향으로 몸을 돌리자마자 또다시 카시스 페넬리안에게 가로막혔다.

"록사나."

낮에 처음 봤을 때처럼 그가 내 이름을 불렀다. 순간 심장이 또 작게 덜컹거렸다. 조금 전보다 낮게 깔린 목소리가 바로 코앞에서 날숨과 섞여 부스러졌다.

"왜 자꾸 날 피하지?"

그에 반사적으로 부정했다.

"내가 언제? 그런 적 없어."

"그렇게 말하는 것치고는 지금도 내 얼굴을 안 보고 있잖아."

나는 내 앞에 우직하게 버티고 있는 넓은 가슴팍을 찌푸린 눈으로 보았다. 숨겨진 속내를 지적당한 사람들이 으레 그렇듯이 한순간 반발심이 들었다. 그래서 보란 듯이 고개를 들어 남자의 얼굴을 마주했다.

하지만 금방 후회했다. 아무래도 나는 이 남자의 몸뿐 아니라 목소리와 얼굴도 굉장히 좋아했을 것 같다는 확신만 들었다.

"아무래도 너는……."

내게 인상적인 열띤 키스를 남겼던 완벽한 모양의 입술이 작게 벌어진 순간, 나는 눈싸움에서 지고 말았다.

"네가 어떤 눈으로 날 보고 있는지 모르는 모양인데."

제레미는 웃는 얼굴을 지적하더니, 이번에는 눈빛이야?

나는 카시스 페넬리안에게서 애매하게 시선을 비낀 채로 야간 삐딱하게 생각했다. 그사이 한결 차분해진 음성이 내 귀를 간질였다.

"아까부터 나를 모르는 사람 대하듯이 하는 이유가 뭐야?"

아까 내가 이 남자를 보고 거짓말이 통하지 않을 상대라고 느낀 게 맞았나 보다. 카시스 페넬리안은 이미 처음의 만남에서 내 상태가 어떤지 얼추 감을 잡은 모양이었다.

나는 언제 시선을 피했냐는 듯이 다시 슬쩍 그를 쳐다봤다. 이쯤 되면 슬슬 인정해야 할 것 같은데……. 솔직히 카시스 페넬리안에게 내가 느끼는 감정은, 단순히 취향의 남자를 눈앞에 뒀을 때 호기심이 생기거나 설레는 것과는 좀 달랐다.

하지만 별로 인정하고 싶지 않았다. 고작 입맞춤 하나로 이 남자가 날 그렇게까지 동요시킬 수 있다는 사실 같은 건……. 그리고 지금도 단지 존재 자체만으로 이 남자가 나를 초조하게 만들고 있다는 사실도.

게다가 아까는 당혹감에 카시스 페넬리안 앞에서 너무 순진한 반응을 보이며 도망간 것 같아서 살짝 자존심이 상하기도 했다. 갑자기 그의 반응을 떠보고 싶어져서 태연한 척 말했다.

"제레미가 그러던데. 원래 눈에서 멀어지면 마음도 멀어지게 마련이라고."

"……뭐?"

"내가 그래서 거리를 두고 있다는 생각은 안 드나 봐?"

그 순간, 마주한 눈에서 새까만 불꽃이 튄 것 같았다.

아, 이 눈빛 마음에 들었다. 이 남자, 진짜 날 좋아하는구나.

이미 눈치채긴 했지만, 이렇게 확인하고 나니 만족스러운 기분이 들었다. 기이한 우월감과 고양감까지 스며 입안을 달게 만들었다.

좀 더 건드려 보고 싶은데 어떻게 하지.

카시스 페넬리안이 지금 내가 한 말을 곧이곧대로 믿는지는 모르겠지만, 일단 거기에 자극받았다는 건 확실했다.

"그런 말로 내가 납득할 줄 알았다면 잘못 생각했어."

찬 기운을 폴폴 풍기며 억눌린 목소리로 읊조린 그가 손을 움직여 내 손목을 감싸 쥐었다. 바로 그 순간이었다.

"……!"

맞닿은 살갗을 타고 카시스 페넬리안을 닮은 기운이 내 안으로 흘러들었다. 나는 놀라서 있는 힘껏 그를 뿌리쳤다.

"이게 무슨 짓이야?"

지금 뭐였지? 나한테 무슨 짓을 하려고 한 거야?

본능적인 경계심에 뒷걸음질 치며 목소리를 높였다. 저택 안에서도 항상 남몰래 몸에 소지하고 다니는 무기를 바로 꺼내 휘두르지 않은 게 오히려 놀라운 일이었다. 뒤쪽에 서 있던 에밀리가 내 날카로운 음성에 반응해 앞으로 튕겨 나왔다.

하지만 그 순간 시야를 스쳐 지나간 남자의 표정이 너무…….

나는 흠칫 몸을 떨며 에밀리를 막을 수밖에 없었다. 카시스 페넬리안은 내가 거리를 벌려 뒤로 물러난 동안에도 계속 같은 자리에 못 박힌 채 서 있었다. 분명히 방금 위협을 느낀 건 나인데, 그는 꼭 자신이 공격당하기라도 한 것 같은 얼굴을 하고 있었다.

조금 전까지 나를 붙잡고 있던 손은 여전히 허공에서 굳어 있는 상태였다. 카시스 페넬리안은 숨조차 제대로 쉬지 못하고 망연한 눈으로 나를 보았다. 깨진 햇빛 조각 같은 눈이 당장에라도 부서질 것처럼 짙은 파문을 그리는 게 시야에 들어왔다.

"내가……."

이윽고 목을 졸린 것처럼 잔뜩 억눌린 쉰 목소리가 그에게서 흘러나왔다.

"내가 설마 널 해치려고 할 리가 없잖아."

이렇게 상처받은 얼굴을 하고 있는 사람은 처음 보았다. 그는 내가 진심으로 경계심을 표출하며 손을 뿌리친 것에 굉장히 큰 충격을 받은 것 같았다.

어……? 그런데 그걸 목격한 내 심장도 따끔거렸다. 왠지 내가 아주 큰 잘못을 저지른 것 같은 기분이었다. 카시스 페델리안이 나를 붙잡았던 손을 들어 얼굴을 덮었을 때는 특히 그런 마음이 정점을 찍었다.

나도 모르게 앞으로 한 발짝 걸음을 떼 그에게 다가갔다. 그때, 카시스 페델리안이 다시 손을 내렸다.

"……아니야. 내가 미안해."

다행히 울고 있다거나 하지는 않았다. 완전하지는 않지만, 그래도 어느 정도 감정을 갈무리한 그가 내게 사과했다.

"내가 잘못한 일이지. 놀라게 해서 미안해, 록사나."

"아니……."

"오해할 거라고는 생각하지 못했어. 잠깐 확인만 해 볼 생각이었는데……."

하지만 그의 얼굴은 아직도 납덩이를 삼킨 것처럼 보였고, 나도 조금 전에 목격한 그의 상처받은 표정이 잊히지 않았다.

"그렇다 해도 내가 지나치게 성급하고 무신경했던 게 맞아. 내 딴에는 침착한 상태라고 생각했지만 예상보다 초조했던 모양이야."

"⋯⋯."

"앞으로는 절대 네게 이런 식으로 허락 없이 먼저 손대지 않을 테니까⋯⋯. 그러니까 그렇게 경계하면서 피하지는⋯⋯."

결국, 카시스 페델리안의 사과를 듣다못해 내가 먼저 그의 팔을 잡았다.

"됐으니까 그만해."

그러나 그 이상 무슨 말을 해야 할지 알 수가 없었다. 카시스 페델리안이 그런 나를 조용히 내려다보았다. 그와 나 사이로 풀잎 향을 품은 바람이 스쳐 지나갔다.

"제레미 아그리체는 네 상태를 알고 있나?"

그러다 이내 귓가에 작게 속삭여진 말에 퍼뜩 고개를 들었다.

"그래⋯⋯. 알고 있나 보군. 그래도 다행이라고 해야겠지."

시야에 비치는 쓸쓸한 미소에 또 속이 아렸다. 이번에도 왠지 모를 죄책감이 밀려들어서 영 마음이 불편했다. 그런 나를 가만히 내려다보던 카시스 페델리안이 내 쪽으로 고개를 기울였다.

꼭 방금 전처럼 내가 놀라지 않도록 배려하는 듯한 조심스러운 움직임이었다. 어찌 보면 좀 더 가까이 가도 되겠느냐고 허락을 구하는 것처럼 보이기도 했다.

나는 그의 얼굴이 조금씩 다가오는 것을 숨죽인 채 지켜보았다.

"어쩌다 이런 문제가 생긴 건지는 모르겠지만⋯⋯."

마침내 속눈썹의 흔들림까지 보일 정도로 나한테 가까이 고개를 숙인 카시스가 내 귓가에 대고 속삭였다.

"나라면 지금 당장에라도 증상을 완치시킬 수 있어."

"⋯⋯!"

흠칫해 시선을 돌렸을 때, 그는 이미 숙였던 상체를 다시 세우고 있었다. 계단에서 그랬던 것처럼 기기스 페렐리안이 먼지 내게서 한 발짝 뒤로 물러났다. 그러나 마주한 눈길은 여전히 한 순간도 떼어지지 않은 상태였다. 조용히 덧붙여진 음성이 두 귀에 아로새겨질 것처럼 희게 맺혔다.

"조금이라도 날 믿어도 괜찮겠다는 생각이 들면 찾아와. 언제든 기다리고 있을 테니까."

한순간이지만, 나를 보는 그의 눈빛이 꼭 덫 앞에 놓인 짐승을 포획할 시기를 노리는 사냥꾼의 눈 같다고 생각했다.

"록사나 수장님."

그때, 내게 전달할 소식이 있는 듯 사용인이 한 명 다가왔다. 카시스가 뒤돌아 먼저 자리를 떠났다. 멀어지는 그의 뒷모습에 저절로 시선이 박혔다. 이어지는 사용인의 말이 나부끼는 바람 속에서 고막을 파고들었다.

"데온 도련님이 돌아오셨습니다."

나는 막 방 안으로 들어온 데온 아그리체를 보고 침묵했다. 늘 보아 온 서늘한 붉은 눈이 의자에 앉아 있는 나를 똑바로 직시해 왔다.

"뭐지?"

데온이 내가 앉아 있는 곳으로 다가오며 굳게 닫혀 있던 입술을 뗐다.

"밖에 서 있는 네 권속도 그렇고, 너도 오늘따라 왠지 분위기가 이상하군."

남다른 무게감을 가진 낮은 목소리가 조용한 방 안에 울렸다.

"페넬리안이 왔는데도 저택 안이 묘하게 조용하던데, 관련이 있나?"

나는 서늘한 기분을 안고 조금씩 가까워지는 남자를 응시했다. 에밀리와 제레미에게 진작 이야기를 들었지만 애써 생각하지 않으려 했던 사람이었다. 데온 아그리체도 다른 사람들만큼이나 좀 더 나이 든 모습을 하고 있었다. 그러나 목소리는 내 기억과 완전히 똑같았다. 그가 내 명으로 휘페리온에 다녀왔다는 사실은 이미 다른 사람을 통해 전해 들었다.

나는 데온의 말에 대꾸하지 않고 조용히 시선을 떨어뜨렸다. 소매 밑으로 드러난 그의 한쪽 손은 정말 의수였다. 당시의 사건은 당연히 생각나지 않았고, 남의 입으로 설명을 들어 그때의 일을 상상하는 데도 한계가 있었다.

어쩌면 내가 이미 여러 번 의심했던 것처럼, 이것 역시 다른 사람들의 사견이 들어가 실제와는 약간 다른 형태로 내게 전달되었을지도 모를 일이었다. 하지만 적어도 저 손이 나 때문에 잘렸다는 사실만큼은 확실한 듯했다.

한순간, 고요하던 마음속에 보글거리는 거품이 솟아오르는 것 같았다. 스무 살의 시간을 살고 있던 나는 데온 아그리체를 받아들였을지 몰라도 지금의 나는 아니었다. 하지만 그렇다 해서 내가 지금 이 남자에게 느끼고 있는 감정이 증오와 미움뿐인 것도 아니었다.

이렇게 데온의 얼굴을 보니 사는 동안 늘 그래 왔던 것처럼 또 속이 끓었다. 그래도 지금까지처럼 잔뜩 독이 오른 날 선 말들을 내뱉어 그를 흠집 내고 상처 주고 싶은 것도 아니었다.

나는 내 앞에 선 데온을 설핏 찡그린 눈으로 올려다보았다. 심기가 몹시 불편한데, 그걸 어디로 표출해야 할지 알 수 없어 묘하게 답답한 기분이었다.

"데온 아그리체."

괜히 애꿎은 의자의 팔걸이만 손톱 끝으로 툭툭 두드리다가, 다소 충동적으로 불쑥 말했다.

"꿇어."

그 순간 곧게 뻗은 데온의 눈썹이 꿈틀거렸다. 평소처럼 온도 낮은 눈동자가 가만히 나를 주시했다. 내가 아는 데온이라면 나를 비웃으며 정신이 이상해졌냐고 묻거나, 싸늘히 무시한 채 돌아서서 방을 나갈 것이다.

하지만 잠시 후, 눈앞에 우뚝 솟아 있던 몸이 내 말대로 순순히 낮추어졌다. 데온의 한쪽 무릎이 바닥에 닿는 순간, 나는 팔걸이를 두드리던 손가락을 멈추었다. 데온이 나보다 낮은 곳에 꿇어앉은 채로 나를 올려다보았다. 나도 그런 그를 한동안 미동 없이 주시했다.

"일어나."

그러다 다시 명령하자 데온의 눈높이가 또 나보다 높아졌다.

"다시 꿇어."

나를 향한 눈빛이 한결 차가워졌다. 몇 초간 가만히 서서 나를 내려다보던 데온이 묵직하게 닫혀 있던 입술을 벌렸다.

"새로운 놀이에 재미라도 들인 건가?"

하지만 그렇게 서늘히 뇌까리면서도 그는 한 번 더 내 앞에 무릎을 굽히고 앉았다. 나는 그제야 데온이 여기까지 온 목적을 이루도록 허락해 주었다.

"보고해."

심연 같은 눈동자가 나를 그 안에 깊숙이 담아냈다. 데온 아그리체답다고 할 만했지만, 이렇게 복종하는 자세를 취하고 있으면서도 그에게서는 길들여지지 않은 느낌이 났다. 나한테 닿은 눈빛도 왠지 내 속을 낱낱이 파헤치려는 것 같았다.

"자세히, 아니면 요점만?"

낮게 읊조려진 음성이 이상하게 신경을 건드렸다. 나는 손을 들어 턱을 괴며 데온을 싸늘하게 힐끗 쳐다봤다.

"그 정도는 알아서 판단해."

짧은 침묵 끝에 그의 입이 다시 열렸다.

"그러지."

잇따라 백의 휘페리온에서 있었던 일의 골자가 데온에게서 정리되어 내 귀로 흘러들었다.

"네 말대로 휘페리온에서 직접 얼굴을 볼 수 있는 건 히아킨뿐이더군. 예상대로 첫 번째 거래는 성사됐으니, 관련 내용은 서면으로 정리한 걸 직접 확인해."

데온은 내게서 눈길을 떼지 않고 보고를 이어 갔다.

"두 번째 거래는 불발. 그러나 지난번과 달리 태도가 확실하진 않았어. 오르카 휘페리온 쪽에서 한동안 다른 움직임을 보이지 않았던 걸 보면 네가 추측했듯이 상태가 악화되었다고 보는 게 맞겠지."

덧붙여지는 데온의 말을 들으며 눈을 가늘게 좁혔다.

"히아킨 휘페리온은 별다른 내색이 없었지만 판도라 휘페리온 쪽은 따로 교섭하기를 원하는 것 같더군. 사람을 보내 전달한 서찰에 너와 개인적으로 이야기하고 싶다는 내용이 적혀 있었어. 그러니 두 번째 거래는 당초의 예정대로 판도라 휘페리온과 진행하는 게 낫겠지."

"받아 온 서찰은?"

"그것도 관련 내용을 정리한 문서와 함께 올리라고 밑에 막해 뒀으니 나중에 봐."

한두 군데 추가적으로 알아봐야 할 부분이 있었지만 그래도 얼추 내용을 이해할 수 있었다. 휘페리온과의 첫 번째 거래는 마물 관련일 테고, 두 번째는 오르카 휘페리온이 독에 당해 가늘게 목숨을 잇고 있는 것과 연관이 있을 테지. 이 부분에 대해서는 제레미에게 좀 더 물어봐야 할 듯했다.

알아본 바에 의하면 이 사안은 당장 급하게 처리해야 할 일이 아니었다. 어차피 길어도 열흘 후에는 내 상태가 원래대로 돌아올 테니 데온에게 굳이 상황을 알릴 필요성도 느끼지 못했다.

"보고 내용은 그게 다야?"

"더 듣고 싶은 게 있나?"

"끝났으면 그만 나가봐."

그런데 내 명령에도 데온은 움직임 없이 조용했다. 나는 여전히 내 앞에 몸을 낮춘 채로 기민한 시선을 보내고 있는 데온을 쳐다보았다.

"나가라는 말 안 들려?"

"다른 지시 사항은 없는 건가?"

"일단 지금은 없으니까 그만 나가."

한순간 데온의 눈에 날카로운 이채가 스쳐 지나간 것 같았다. 데온이 자리에서 일어나 문으로 걸어갔다.

"제레미 아그리체는 어디에 있지?"

문이 닫히기 전, 데온이 밖에 있는 에밀리에게 서늘히 묻는 소리가 들렸다. 나는 약간 짜증스럽게 손으로 이마를 문질렀다.

쓸데없이 왜 이렇게 눈치들이 빠르지? 아아, 됐어. 어차피 길어 봤자 열흘짜리 증상인데.

게다가 현재의 상황을 보니 지금까지 내 상태를 눈치챈 사람들은 나름대로 신뢰해도 좋을 만한 내 사람들이라 크게 문제가 생길 요소는 없는 듯했다. 그렇게 생각해 놓고, 다음 순간 멈칫했다.

'내 사람들……'

무의식중에 떠올린 말이 낯설어 자꾸만 곱씹게 되었다.

나는 의자에 깊숙이 등을 기대고 앉아 어두운 창밖을 보았다. 할 일이 아무것도 없어서 시간이 비었다. 수장인 내가 해야 할 일은 전부 제레미가 도맡겠다고 했고, 어른이 된 지금은 교육을 받을 필요도 없었다. 몇 년간의 기억이 통째로 사라졌으니 좀 더 불안하고 두려워야 정상일 텐데……. 기묘하게도 마음이 평온했다.

아, 그런데 오르카를 그렇게 만든 게 독이라고 해서 생각난 건데, 카시스 페델리안은 어떻게 나하고 키스를 하고도 그렇게 멀쩡한 걸까?

독나비를 각인시키기로 결정해 몸에 독을 퍼붓기 시작했을 때부터 아그리체에서 받는 내 교육 내용도 좀 변했다. 란트 아그리체는 내게 속아 일시적인 증상이라고 생각했지만, 내 몸의 독성은 독나비를 각인시킨 후 점점 더 강해졌을 터였다.

만약 그 사실을 알았다면 란트는 성공률이 현저히 낮은 독나비의 각인을 위해 내가 체내에 독을 쓸어 담는 것을 허락하지 않았을 것이다. 그가 나를 어떤 용도로 사용하려 했는지를 떠올려 보면, 내 몸이 독에 절여지는 것을 마음에 들어 하지 않는 게 당연했다.

한 번도 남한테 말한 적은 없었지만 이전까지 내가 란트의 명으로 따로 받아 온 개별 교육 내용은 대개 구역질나는 것뿐이었다. 그러니 입맞춤을 비롯해 다른 사람과 접촉하는 것을 내가 진심으로 달게 느낄 일은 죽을 때까지 없을 거라고 생각했다.

'그런데…… 그 사람은 달랐어.'

나는 창밖을 보던 눈을 감았다. 낮에 보았던 카시스 페델리안의 웃음 번진 얼굴과 만찬 시간 전에 목격한 그의 상처받은 얼굴이 번갈아 눈앞에 어른거렸다. 왠지 마음 한구석을 손톱으로 사각사각 긁어내리는 것 같은 기분이 들었다. 익숙지 않은 초조함과 두근거림이 뒤엉켜 지면을 딛고 있는 발을 움찔거리게 했다.

하여 결국 그날 밤, 나는 카시스 페델리안을 찾아갔다.

그의 방은 동관 건물 안에서도 외따로 떨어진 곳에 위치했다. 페델리안의 다른 사람들이 쓰는 방과 층수도 다르고 거리도 꽤 멀어 누구와도 마주치지 않고 카시스 페델리안을 만날 수 있었다. 나는 노크도 없이 벌컥 문을 열어젖히고 그가 있는 방 안으로 들어갔다.

"록사나?"

카시스 페델리안은 설마 내가 이렇게 금방 그를 찾아올 줄 몰랐는지 조금 놀란 얼굴로 의자에서 몸을 일으켰다. 테이블 위에 흩어진 종이와 페이퍼 나이프에 찢긴 봉투 등을 보았을 때, 이 사람도 아그리체까지 와서 그냥 쉬지 못하고 일을 하고 있던 모양이다.

"카시스 페델리안, 아까 나랑 했던 거 다시 해."

나는 위에 걸치고 온 망토를 바닥에 아무렇게나 벗어 던지고 걸어가 그런 그를 다시 자리에 눌러 앉혔다.

"만찬 전에 당신이 밖에서 했던 이상한 짓 말고."

혹시 카시스 페델리안이 내가 그에게 치료받으러 찾아왔다고 착각할까 봐 확실히 의사를 전달했다.

"그건 절대 하지 마. 아직 당신을 믿어서 여기 온 건 아니니까. 대신에……."

그에게 더 가까이 몸을 붙이고 나보다 낮은 곳에 있는 얼굴을 손으로 감쌌다.

"나랑 다시 한번 키스해."

그 순간, 나를 비추고 있던 남자의 눈동자에 강렬한 감정의 파도가 범람했다. 침묵한 채 얼마간 내게 곧은 시선을 보내던 카시스 페델리안이 잠시 후 느릿하게 입술을 뗐다.

"좋아. 얼마든지."

가라앉은 탁한 음성이 고막을 긁었다. 그 안에 은은하게 번져 있는 열기가 손에 잡힐 듯해 입안이 말랐다. 방문을 열고 들어와 카시스 페델리안을 두 눈에 담았을 때부터 이상하게 목 안쪽에서 극심한 갈증이 났다.

"움직이지 마."

나는 그에게 말한 뒤 천천히 고개를 숙였다. 흘러내린 내 머리카락이 카시스 페델리안의 너른 어깨 위에 내려앉았다. 조심스럽게 내쉰 숨결이 지척에서 섞였다. 그리고 마침내 그와 내 입술이 빈틈없이 맞물렸다.

그 순간, 열사의 사막에서 단물 한 방울을 맛본 것 같은 전율이 느껴졌다. 잠깐 그 느낌을 음미하듯이 멈춰 있다가 느리게 입술을 뗐다. 카시스 페델리안은 내가 시키는 대로 가만히 나를 지켜보고만 있었다. 별무더기가 어둠 속에 가라앉아 고인 것 같은 눈을 가까이에서 마주하자 몸이 훅 달아올랐다.

이번에는 좀 더 깊게 입술을 눌러 찍었다. 그러고 나서 아직은 다물려 있는 그의 아랫입술을 머금고 핥았다. 맞닿은 몸이 작게 움찔거리는 게 느껴졌다. 하지만 허락 없이 내게 손대지 않겠다고 약속했던 것 때문인지, 이번에도 카시스 페델리안은 인내했다.

나는 그의 고개를 뒤로 더 젖힌 뒤 양껏 물고 핥던 입술을 가르고 안쪽으로 파고들었다. 조금은 성급하게 혀끝을 맞댄 순간 몸에 전기가 오르는 것 같은 느낌이 들었다.

이거다.

이거야.

내가 원하던 게 이거였어.

그때부터는 거의 이성을 잃고 움직였다. 역시 카시스 페델리안과 하는 키스는 조금도 불쾌하지 않고 오히려 기분이 좋았다. 왜 이 사람만 다른 건지는 모르겠지만…… 아니, 사실은 그 이유를 충분히 알 것도 같았지만……. 지금은 별로 중요하지 않은 생각이었다.

나는 꿀을 빨러 찾아온 벌이나 나비처럼 마음껏 눈앞의 감로수를 맛보았다. 카시스 페델리안의 뺨을 감싸고 있던 손 하나를 내려 날카로운 턱선을 훑고 미끄러뜨렸다. 그의 목울대가 내 손 밑에서 크게 오르내리는 게 느껴졌다. 좀 더 밑으로 떨어뜨린 손안에 쿵쾅거리는 심장 박동이 잡혔다. 카시스 페델리안의 가슴도 나만큼이나 빠르게 뛰고 있었다.

잠시 후, 열띤 키스로 약간 얼얼해진 입술을 떨어뜨렸다. 내가 괴롭힌 카시스 페델리안의 입술도 아까보다 더 먹음직스러운 모습으로 붉게 물들어 젖어 있었다. 촉촉한 숨결이 가까이에서 섞였다. 흥분이 번진 남자의 눈가가 아까보다 발그스름하게 달아올라 있었다.

나를 직시하는 눈동자가 위험해 보일 정도로 한없이 어둡게 침잠해 있는데도, 한편으로는 선득한 광채로 번쩍이는 것처럼 보이기도 했다. 흉포하게까지 느껴지는 거친 기운이 당장에라도 밖으로 뚫고 나올 듯이 그의 몸 안에서 들썩이는 게 느껴졌다.

"카시스 페델리안."

나는 그를 내려다보며 조금 전보다 흐트러진 숨을 몰아쉬었다.

"나한테…… 손을 대도 좋아."

그러자 기다렸다는 듯이 카시스 페델리안이 내 허리를 확 낚아챘다. 몸을 단단히 휘감은 팔이 나를 아예 무릎 위에 앉히고 옴짝달싹 못 하게 결박했다. 주저 없이 뒷덜미를 파고든 손이 내 머리를 감싸 잡아당겼다.

단숨에 입술이 집어삼켜졌다. 아까 내가 했던 것처럼 입술을 빨리고 깨물려 순식간에 깊은 곳까지 파헤쳐졌다.

"하, 넌 정말……."

"흐으…… 응."

"여러 가지로, 사람을 미치게 하는 재주가 있어."

짙은 흥분감이 밴 남자의 낮은 목소리가 맞물린 입술 틈으로 짓씹듯이 내뱉어졌다. 카시스 페델리안이 나를 남김없이 먹어 치울 것처럼 입술을 물어뜯고 입안을 거칠게 헤집었다. 혀가 강하게 문질러지면서 타액이 섞이는 소리가 질척하게 귀를 적셨다. 전기가 오른 것처럼 발끝이 곱아들었다.

아래로 길을 내며 촘촘히 눌러 찍히는 입술의 감촉에 무심코 어깨를 움츠릴 뻔했다. 하지만 뒷덜미를 강하게 붙들어 고정시킨 손이 오히려 고개를 더 활짝 열어젖히게 했다. 머리카락 한 올까지 전부 뒤로 흘러내려 드러난 여린 살을 남자가 탐욕스럽게 빨아들였다.

"아……!"

단단한 품 안에 갇혀 파르르 몸을 떨었다.

진짜 미쳤나 보다……. 왜 이렇게 좋지?

"록사나."

카시스 페델리안이 내게 하는 행동 하나하나가 너무 자극적이라 정신을 차릴 수가 없었다.

"록사나……."

그가 열망에 집어삼켜진 목소리로 내 이름을 부르는 것조차 황홀했다. 달뜬 숨을 내쉬며 카시스 페델리안의 어깨를 짚고 있던 손을 미끄러뜨려 그의 상의 단추를 풀었다.

"정말, 날 전혀 기억 못 해?"

"몰라……. 읏."

정신이 혼미해 대충 대답하자 그가 목덜미를 아프게 깨물었다. 항의하는 것 같기도 하고, 질책하는 것 같기도 했다. 하지만 그 뒤에 자신이 깨문 곳을 달래듯이 살살 핥아 주는 것을 보면, 그냥 그를 잊은 내가 야속해 한번 투정을 부려 본 것처럼도 보였다.

"기억이 멈춘 시점이, 당신하고……."

왠지 그게 좀 귀엽게 느껴져서 잠깐 숨을 고르며 손에 잡히는 그의 머리카락을 훑었다.

"아직 만나기 전이라서…… 으응, 그래."

그 순간 내 허리를 간지럽게 쓸어내리던 카시스 페델리안의 손이 멈추었다.

"……나하고 만나기 전?"

나는 상관 않고 조금 전에 풀어헤친 그의 셔츠 속을 파고들었다. 손 밑으로 느껴지는 몸이 생각보다도 더 훌륭했다. 살짝 감탄하면서 속이 꽉 찬 탄탄한 근육을 쓸어내렸다.

"그럼 제레미 아그리체가 말한 것처럼 나만 기억하지 못하는 게 아니라……."

카시스 페델리안이 무언가를 떠올린 듯이 혼잣말했다. 나는 그걸 한 귀로 흘려들었다. 여전히 한 손으로는 앞에 있는 남자의 옷가지를 풀어헤치면서, 머리카락을 훑던 손을 내려 그의 귀와 목덜미를 자극했다.

지금 그런 게 뭐가 중요해? 하던 거나 빨리 마저 할 것이지.

하지만 카시스 페델리안은 그렇게 생각하지 않는 모양이었다. 갑자기 그가 퍼뜩 무언가를 깨달은 사람처럼 내 팔을 잡아 나를 맞닿은 몸에서 떨어뜨렸다. 얼결에 마주한 얼굴이 조금 전과는 다른 의미로 굳어 있었다.

"록사나. 너 지금 몇 살이야?"

카시스 페델리안이 소리 죽인 음성으로 물었다. 생각보다 진지한 모습에 나도 모르게 사실대로 대답해 버렸다.

"어, 열여섯……?"

그 순간 카시스 페델리안이 숨을 잘게 들이마셨다. 아까 저녁 만찬 전에 만났을 때처럼 그의 얼굴이 손으로 덮였다. 나는 무언가를 삭여 내듯이 마른세수를 하는 남자를 의아하게 쳐다보았다. 하지만 카시스 페델리안의 이상한 행동은 거기에서 그치지 않았다.

"갑자기 뭐 하는 거야?"

그는 내 목덜미를 물고 빠느라 제 손으로 잡아 내렸던 옷을 다시 추슬러 주었다. 한쪽 어깨를 드러내며 흘러내렸던 상의가 다시 단정하게 여며지고, 그의 무릎에 올라타 있는 동안 어느새 허벅지까지 걷혀 올라갔던 치마도 말끔히 내려갔다. 이 갑작스러운 흐름을 이해할 수가 없었다.

"어차피 벗을 건데 왜 다시 입혀?"

내 직설적인 물음에 카시스 페델리안의 손이 우뚝 멈추었다. 잠깐 돌덩어리가 된 것처럼 경직되어 있던 그가 아까처럼 무언가를 억누르듯이 성마른 손길로 제 머리카락을 약간 거칠게 쓸어 넘기며 낮게 읊조렸다.

"안 벗을 거야. 너도, 나도."

입은 채로 하는 게 취향이라는 의미인가…… 하고 한순간 생각했지만, 바보가 아닌 이상 그런 뜻으로 한 말이 아니라는 걸 금방 알 수 있었다.

카시스 페델리안의 눈 안에 나로서는 짐작하기 어려운 갈등과 고뇌의 빛 외에, 아직 채 꺼지지 않은 욕망도 선연히 박혀 있었다.

"이런 걸 하기에는…… 지금 네가 너무 어리다는 걸 이제 알았어."

하지만 그 후 이어진 생각도 못 한 소리에 순간 뒤통수를 세게 얻어맞는 것 같았다.

"뭐? 어리긴 뭐가 어려?"

"방금 네 입으로 지금 네 나이가 몇 살이라고 했지?"

"……."

순간 말문이 막혔다.

그게…… 그렇게 되는 건가?

하지만 억울했다.

"저기, 당신이 몰라서 그러는 것 같은데, 내가 기억하는 나이가 열여섯이라고 해서 실제 정신 연령도 열여섯 살인 건 아니거든? 설명하긴 좀 어려운데, 사실은 이미 내가 당신보다 훨씬 연장자라고."

당연하다고 해야 할지, 카시스 페넬리안은 믿지 않았다. 그는 꼭 내가 말도 안 되는 소리로 우겨대는 제레미를 볼 때처럼 나를 내려다보았다.

"그래……. 육체 연령과 정신 연령이 꼭 동일하라는 법은 없지."

나를 달래듯이 일단 내 말에 긍정해 주긴 했지만 그렇다 해서 거기에 진심으로 동조하는 눈치는 아니었다. 아무래도 내가 인생 2회차라는 사실을 이 남자에게 말하지 않았던 모양이다.

하기야, 남한테 설명하기 어려운 일이긴 했다. 그렇다고 지금 말해 봤자……. 기억 상실에 이어 정신 착란 증세만 더해진 걸로 오해받겠지?

뜻밖의 장벽에 또 한 번 말문이 막혀 버렸다. 카시스 페넬리안도 지금의 상황이 참 애매하고 난감한지, 다소 착잡한 눈으로 나를 보고 있었다. 그런데 순간, 갑자기 수상한 느낌이 들어서 파드득 몸을 들썩이며 가시를 세웠다.

"잠깐……! 혹시라도 치료를 빌미로 은근슬쩍 아까처럼 내 몸에 이상한 짓하려고 하지 마. 내가 당신 안 믿는다고 했지?"

카시스 페넬리안과 닮은 무형의 기운이 내 안으로 흘러들어올 때의 그 오싹거리는 느낌이 아직도 생생했다. 하여 자리에서 벌떡 일어나 두어 걸음 뒤로 물러난 채 극렬한 거부감을 표출하자 멈칫하던 그의 얼굴에 또 씁쓸함이 고였다.

"그랬지. 기억하고 있어."

……미치겠네.

이 표정을 보니 또 내가 실수한 것 같은 기분이 들었다. 지금 또 나한테 민가를 시도하려는 것 같은 느낌이었는데, 혹시 괜히 예민해져서 오해한 건가?

나는 입술을 꾹 깨물고 카시스 페델리안을 쳐다보았다.

"록사나."

그런 나한테 그가 조용히 손을 뻗었다.

"네가 싫어하는 짓은 아무것도 안 할 테니까 이리 와."

가만히 서서 의자에 앉아 있는 카시스 페델리안을 응시하다가 못 이긴 척 천천히 앞으로 걸어갔다.

내가 먼저 그의 손을 잡지는 않았다. 하지만 어느 정도 거리가 좁혀져 남자의 손이 내 팔을 붙잡는 것을 뿌리치지도 않았다. 부드럽지만 강한 손길에 이끌려 다시 그의 무릎에 앉혀졌다. 거의 온몸을 다 감싸인 상태로 카시스 페델리안에게 폭삭 안긴 순간, 약간 뾰족하게 돋아나 있던 마음속의 가시가 뭉툭하게 사그라졌다.

그가 내 반응을 이해한다는 듯이 말했다.

"지난 몇 년간의 기억이 없는 데다, 난 페델리안이고 넌 아그리체이니 당연히 신뢰하기 어렵겠지."

"……."

"그래도 이렇게 먼저 날 만나러 찾아와 준 것만으로도……. 충분히 고맙고 기쁘게 생각해."

귓가에 나지막하게 속삭여지는 목소리가 심장을 콩콩 두드리는 것 같았다. 좀 더 서운해해도 될 것 같은데, 카시스 페델리안은 조금도 날 탓하지 않았다. 오히려 나한테 괜찮다고 말해 주듯이 뒷덜미에서부터 등을 지나 허리까지 쓸어내리는 손길이 부드럽고 다정했다.

"록사나. 아까도 말했지만, 보고 싶었어."

그건 분명 낯선 느낌이었지만……. 기이하게도 다른 한편으로는 왠지 아주 익숙하게 느껴지기도 했다.

"만나지 못하는 동안 매일 네 생각만 했다고 하면 이것도 안 믿을지 모르겠군."

나를 끌어안은 카시스 페델리안의 품이 굉장히 따뜻하고 안락했다. 나는 그의 어깨에 약간 어색하게 턱을 괴고 앉아, 조금 전까지와는 좀 다른 의미로 속이 근질거리는 것을 느꼈다.

조금 전까지는 굉장히 황당하고 불만스러운 마음이었는데, 이렇게 카시스 페델리안에게 안겨서 애정 어린 속삭임을 듣고 있으니 이것도 나름대로 나쁘지는 않다는 생각이 들었다. 목 안쪽이 간지러워서 괜히 크흠, 헛기침을 했다. 그러고 나서 입술을 떼어 최대한 태연하게 꾸민 목소리를 흘려보냈다.

"당신 말이야……. 날 되게 좋아했나 보지?"

그러자 부스러진 낮은 웃음소리가 작게 고였다.

"왜 과거형으로 말하지? 지금도 그렇고, 앞으로도 마찬가지일 텐데."

그 말에 가식이나 거짓 따위는 정말 하나도 없는 것처럼 느껴져서 좀 흡족한 마음이 들었다. 나는 선심 써서 상이라도 주듯이 그에게 말했다.

"나하고 처음에 어떻게 만났는지 얘기해 봐."

"제레미 아그리체가 얘기해…… 줬을 리는 없을 것 같군."

카시스 페델리안의 음성에서 약간의 냉소가 느껴졌다. 그러고 보니까 조금 전에 다른 일 때문에 바빠서 대충 흘려들은 말 중에 걸리는 게 있었던 것 같은데…….

아, 그래. 내가 몇 년 동안의 기억을 통째로 잊은 게 아니라 카시스 페델리안만 잊었다고 제레미한테 들었다고 했지?

그것참 제레미다운 거짓말이었다.

"내가 란트 아그리체에게 잡혀서 처음 이곳에 왔을 때 네가 나를 도와줬지."

그날 밤에는 카시스 페델리안에게 안겨서 그와 나 사이에 있었던 지난 이야기를 들었다. 역시 주위 사람들에게 듣는 것과 본인에게 직접 듣는 내용에는 제법 큰 차이가 있었다.

그런데…….

내가 좀 많이 피곤했던가.

어느 순간부터 나도 모르게 슬슬 몸이 노곤해지고 눈꺼풀이 무겁게 내려앉아서 카시스 페델리안에게 안긴 상태로 그만 깜빡 잠들어 버렸나 보다.

다음 날, 나는 아연하게 지난밤을 반추했다. 여러 가지로 기가 막히고 어이가 없어서 저절로 헛웃음이 나왔다. 아니, 남 앞에서 그렇게 무방비하게 잠들다니, 제정신인가? 안이한 것도 정도가 있지.

이른 아침, 늘 일어나던 시간에 저절로 눈이 떠졌을 때 카시스 페델리안의 침대 위에는 나 혼자밖에 없었다. 보아하니 카시스 페델리안은 오늘 있을 마물 토벌을 위해 무리를 점검하러 새벽부터 나간 듯했다. 왠지 문이 닫히는 소리가 아주 작게 들리기 전, 내 이마와 뺨에 누군가가 입술을 눌러 찍는 느낌이 언뜻 든 것 같았는데, 그게 카시스 페델리안이었나?

"아."

그리고 지금, 나는 화장대 앞에 앉아 거울을 응시하다가 문득 탄식

했다. 지금 막, 아그리체에서 카시스 페델리안과 만났을 때의 일이 언뜻 뇌리를 스쳐 지나갔다. 그때의 기억이 완전히 돌아온 건 아니었고, 그냥 어렴풋한 잔상이 순간적으로 번쩍 떠오른 정도였지만.

그런데 하필이면 생각난 장면이라 할 것이……

내가 침상 위에서 지금보다 소년미 있는 카시스 페델리안을 깔아 눕히고, 그의 목덜미에 입술을 파묻고 있는 장면이었다.

'뭐야, 그때도 내가 먼저 건드린 거야?'

당혹감에 슬쩍 미간을 찌푸렸다.

"앗, 죄송합니다. 머리카락을 너무 세게 당겼나 봐요."

"아니야. 계속해."

내가 갑자기 동요한 이유를 오해했는지, 치장을 돕던 사용인들이 사과했다. 그들에게 대충 손짓해 하던 일을 마저 하게 했다. 그러나 굳은 얼굴은 좀처럼 펴지지 않았다. 지금보다 어린 기억 속의 카시스 페델리안이 눈앞에 어른거렸다. 그 위로 어젯밤에 보았던 어른 남자의 모습이 덧씌워졌다.

결국 어제는 그냥 넘어갔는데, 지난밤의 일을 지금 또 떠올리자 은근히 부아가 치밀기 시작했다. 카시스 페델리안은 진짜 그 후로 나한테 손가락 하나 대지 않았다. 물론 날 끌어안고 쓰다듬기는 했으니, 여기서 저 말은 다른 불건전한 의도를 내포한 접촉을 일절 하지 않았다는 뜻이었다.

나는 다시 눈앞에 있는 거울을 응시했다. 옆에서 움직이는 손길이 바빠질수록 그 안에 비친 여자는 점점 더 화려하게 아름다워지고 있었다. 분명 이대로 밖에 나가 아무한테나 손가락 하나만 까딱여도 기쁘게 달려올 사람이 수두룩할 것이다.

그런데 그런 식으로 도중에 멈추고 정말 아무것도 안 하다니…….

혹시 고자 이니야?

"……."

하지만 한순간 삐죽 솟아오른 생각을 금방 옆으로 치워 버렸다. 홧김에 막말을 했지만 역시 그건 아니었다. 어제 몸을 밀착한 채 그의 다리에 앉았을 때 느껴졌던 묵직한 존재감이 아직도 생생했으니까.

잠시 후 나는 고개를 휘휘 저어 어젯밤의 잔상을 떨쳐 버린 뒤 방을 나섰다.

"누나, 역시 그냥 나랑 정원으로 산책이나 가는 게 낫지 않아? 어차피 교육받던 건물들은 지금 죄다 텅 비어서 볼 것도 없을 텐데."

"응. 괜찮아, 제레미. 바로 그 볼 것 없는 광경을 내 두 눈으로 직접 확인하고 싶어서 가 보려는 거니까."

페델리안과 아그리체의 사람들이 저택을 떠나 마물 서식지로 향한 시각. 나는 제레미와 함께 우리가 교육을 받던 건물들로 향했다.

"누나가 그렇다면 뭐."

우리가 수장이 된 후, 아그리체의 아이들이라면 응당 거쳐 가야 했던 교육 시설을 모두 폐쇄했다고 들었다. 아직 그 건물들을 모두 손대지는 못해서, 일단은 다른 민감한 구역들과 마찬가지로 출입구만 막아 두었다고 제레미가 말해 주었다.

휘익!

그런데 막 목적지 근처에 다다랐을 때, 옆쪽에서 무언가가 날카로운 파공음을 내며 날아들었다.

"엇! 누나!"

제레미가 움직이기 전에 내가 먼저 손을 들어 그것을 붙잡았다.

흠, 반사 신경은 나이가 들어도 녹슬지 않았나 본데.

하마터면 얼굴을 뚫을 뻔했던 짧은 날붙이를 힐끗 쳐다본 뒤, 소리가 들려오는 방향으로 고개를 돌렸다.

"저 멍청이가 지금 어느 쪽으로 던지는…… 히익!"

바로 다음 순간 내 앞에 나타난 것은 귀염성 있게 생긴 붉은 머리 여자애였다. 기억보다 머리카락이 많이 길어지고 성숙해진 데다, 나를 본 후 꼭 귀신이라도 목격한 듯이 질겁하는 게 이상해서 처음에는 내가 생각한 사람이 아닌 줄 알았다.

"샬럿, 저 미친년이!"

하지만 이어진 제레미의 반응을 보고 그녀가 샬럿이 맞다는 사실을 확인했다. 희게 질린 그녀를 보고 고개를 비스듬히 기울였다. 손에 들고 있던 잘 갈린 칼을 잔디 위에 쓰레기 버리듯이 떨어뜨린 뒤, 자리에 얼어붙어 있는 샬럿을 향해 다가갔다.

"많이 심심한가 보구나, 샬럿."

"로, 록사나 언니! 그, 저기, 그게, 그거 내가 던진 거 아닌……."

샬럿이 혼비백산한 얼굴로 변명했다. 조금 전 그녀가 다른 누군가에게 외쳤던 말을 생각해 봤을 때, 같이 어울리는 사람이 있던 건 틀림없었다. 하지만 이미 이쪽의 상황을 파악했는지, 모퉁이 너머에서 느껴지던 다른 인기척은 조금 전 급하게 줄행랑쳐 사라진 뒤였다. 결국은 샬럿이 좀 억울하게 독박을 쓰게 된 셈이었지만 그렇다 해서 그녀에게 아무 죄도 없는 건 아니었다.

"샬럿. 밖에서 저런 위험한 장난감을 가지고 놀면 어떻게 하니?"

진땀을 흘리고 있는 샬럿이 턱을 손가락으로 들어 올려 시선을 맞댔다.

"마침 지금은 아그리체에 손님도 와 있는 참인데."

목소리는 나긋나긋했지만 아마 그녀와 마주하고 있는 내 눈빛은 꽤 차가울 터였다. 지금 내 기분은 언짢은 편이었으니까.

"혹시 그러다 불미스러운 사고라도 일어나면 어쩌려고. 응?"

위협하듯이 샬럿의 동그스름한 턱을 손끝으로 느릿하게 압박해 쓸면서 묻자, 그녀가 다시 한번 히익 숨을 들이켰다.

"만약 그렇게 되었을 때 네가 어떻게 책임을 지려고 했는지 어디 한 번 말해 볼래?"

"그, 그게……. 지금은 손님들이 전부 외출한 시간이라 괜찮을 줄 알고……."

"괜찮을 줄 알고?"

샬럿이 눈동자를 흔들면서 또다시 변명했다. 하지만 내가 말꼬리를 잡아 되묻듯이 낮게 속삭인 순간, 비로소 내가 듣고 싶었던 대답이 그녀에게서 터져 나왔다.

"미, 미안해! 내가 잘못했어. 손님들이 완전히 돌아가기 전까지 얌전히 지낼게! 아, 아니, 아예 방 밖으로는 한 발짝도 안 나올게! 약속해!"

"착하구나. 같이 놀던 지젤한테도 잊지 말고 똑같이 전해 주렴."

"그럴게!"

"그럼 지금 당장 시행해."

행여나 내가 또 붙잡을까 겁이라도 나는 것처럼 샬럿이 당장 뒤돌아서 꽁지가 빠지라 뛰어갔다.

만족스럽긴 했지만 좀 의문이 들었다. 도대체 내가 뭘 했기에 가끔씩 불나방처럼 나랑 맞먹으려고 달려들던 샬럿이 저렇게 무서워하면서 도망가는 걸까?

"하여간에, 저건 가끔 꼭 병신같이 군다니까. 한동안 봐줬더니 또 느슨해져 가지고는. 누나, 걱정하지 마. 조만간에 내가 또 한 번 제대로 교육해 둘 테니까."

제레미가 못마땅한 듯이 샬럿의 뒷모습을 노려보며 말했다. 그 모습을 보니 혹시 날 건드리면 제레미한테 보복당해서 저렇게 무서워하는 건가 싶기도 했다. 하지만 아까 보았던 샬럿의 흔들리는 눈망울은 분명 오롯이 나를 향하고 있었다.

"제레미. 샬럿이 왜 저렇게 날 겁내지?"

"아, 저게 계속 거슬리게 깔짝거려서 누나가 한 번 제대로 손봐 줬을걸. 그때부터 졸아서 저래."

아, 그런 거였나. 그래도 아직은 어린애라 나름대로 봐주고 있었는데 결국은 한 번 본보기를 보여 준 모양이다. 나는 납득한 뒤 다시 목적지를 향해 걸음을 옮겼다.

마물 서식지에 갔던 사람들은 해가 질 무렵 다시 아그리체로 돌아왔다. 페델리안과 아그리체, 각각의 무리를 이끌고 나갔던 카시스와 데온도 거기에 속해 있었다. 물론 둘이 친할 이유는 없다고 생각했지만, 그래도 이렇게 데온을 아그리체의 책임자로 택해서 카시스에게 붙일 정도라면 사이가 그렇게 나쁘지도 않을 것이라 여겼다.

하지만 그건 내 착각이었다.

무리 지은 사람들이 귀환했을 때, 나는 정문 쪽이 훤히 내다보이는 집무실의 창가에 앉아 있었다. 그러다 창밖에 비치는 두 사람의 몰골을 보고 저게 뭔가 싶어져 입술을 벌렸다. 카시스와 데온, 둘 다 마물의 피와 독액으로 온몸이 범벅되어 있었기 때문이다.

두 사람 다 하루 이틀 경계 청소를 해 본 것도 아닐 텐데 저 꼴은 너무 심하지 않나? 꼭 마물 떼를 몰아넣는 함정에 같이 빠져 구르기라도 한 것 같잖아.

게다가 멀리서 보기에도 둘 사이에 흐르는 분위기가 썩 온건하지 않았다.

"제레미."

"응?"

"데온하고 카시스 페델리안, 사이가 많이 안 좋니?"

"아아, 응! 걔네 별로 안 친해."

책상 앞에 앉아 있던 제레미가 창밖으로는 시선도 주지 않고 상큼하게 말했다. 현재 그는 굳이 내 집무실에 눌러앉아 오늘 중에 처리해야 할 서류를 보고 있었다.

"그래도 요즘은 되게 많이 나아진 편이지. 아니었으면 오늘처럼 같이 밖으로 내보내지도 못했을걸? 전에는 둘이 눈만 마주쳐도 영역 싸움하는 개떼들처럼 얼마나 으르렁거렸다고. 쯧, 나이 먹고 뭐 하는 짓들인지. 하여간에 철없는 것들."

길 가다 데온과 스치기만 해도 하악질하는 짐승처럼 털을 곤두세우던 게 바로 엊그제 같은데……. 꼭 자신에게는 그런 과거가 하나도 없는 것처럼 제레미가 쯧쯧 혀를 찼다. 게다가 어제만 해도 카시스를 상대로 내 증상을 속여 사기를 친 일도 있지 않은가. 그걸 뻔히 알고 있는 나로서는 헛웃음이 나는 일이었다.

"그러게……. 제레미, 너만큼 의젓하고 어른스러운 사람이 없는 것 같네."

그래도 제레미의 말에 긍정하며 그를 치켜세워 주었다. 그러자 제레미의 입꼬리가 꿈틀거리다 귀까지 치솟는 것 같았다.

"크흠, 흠. 뭘 이 정도로. 당연한 일인데. 난 누나 동생이잖아?"

그는 하늘 높이 둥실 떠오르는 감정을 숨기지 못하면서도 짐짓 젠체하면서 목을 쭉 잡아 뺐다. 콧대를 높이 세운 모습이 꼭 깃털을 활짝 펼쳐 자랑하는 공작새 같았다.

"난 이 아그리체, 아니, 이 세상에서 누나랑 가장 가깝고 또 가장 친밀한 사람이니까 이 정도로 어른스럽고 믿음직스러운 것도 당연한 일이야."

으응……. 그렇구나. 나는 흐릿하게 웃는 얼굴로 제레미를 쳐다보았다.

"게다가 동등한 아그리체의 수장으로서 누나 옆에 나란히 서는 걸 유일하게 허락받은 진정한 인생의 동반자이기도 하니까 말이지!"

장황하게 자기소개 같은 말을 늘어놓은 제레미가 지금까지보다 훨씬 더 폼을 잡으면서 앞에 있는 서류 종이를 넘겼다. 그리고 나서 손에 든 도장을 멋들어지게 고쳐 잡고 쿵쿵 내려찍기 시작했다.

나는 책상 위에 걸터앉아 그런 제레미의 머리를 기특하다는 듯이 쓰다듬었다.

"그래, 확실히 의지가 되네. 이렇게 훌륭한 어른으로 자란 동생을 둔 덕에 마음 놓고 일을 맡길 수도 있고. 아주 든든해."

"아니야, 누나. 이 정도는 별것도 아닌데!"

"그럼 야무지고 믿음직스러운 내 동생 제레미. 난 잠깐 나갔다 올 테니까 조금만 더 힘내고 있으렴."

"어? 누, 누나……! 어디 가?"

"금방 다녀올게."

나를 붙잡는 제레미를 집무실에 두고 혼자 문밖으로 빠져나갔다. 그는 나한테 좀 더 열아홉 살 어른다운 멋진 모습을 보여 주고 싶은 것 같았다. 하지만 솔직히 내 눈에는 제레미가 뭘 하든 아직도 귀여운 아이로만 보일 뿐이었다.

어쨌든 제레미가 원하는 대로 좀 더 옆에 있어 주고 싶었지만…… 아무래도 지금은 바깥이 신경 쓰였다.

건물 밖으로 나가 조금 걷자, 멀리 모여 있는 사람들이 시야에 들어왔다. 마침 무리에서 따로 떨어진 누군가가 내 앞에 있는 길을 혼자 지나가고 있었다.

"데온 아그리체."

더러워진 망토를 벗으며 걷던 남자가 내 부름에 불현듯 움직임을 멈추었다. 다음 순간, 선득한 붉은 눈이 단번에 나를 꿰뚫었다.

"꼬락서니가 봐 줄 만하네."

나는 이렇다 할 감정을 드러내지 않고 무표정한 얼굴로 다가가 데온에게 물었다.

"카시스 페넬리안도 비슷한 몰골이던데, 무슨 짓을 한 거야?"

그는 바로 반응을 보이지 않았다. 그러다 내 인내심이 바닥을 드러낼 때쯤, 눈 한 번 깜빡이지 않고 나와 시선을 맞대던 데온 아그리체의 입이 열렸다.

"……뜻밖이군. 나한테 먼저 말을 걸다니."

말을 뭉뚱그리기는 했지만, 나한테 전해진 의미는 뚜렷했다.

"적어도 일주일 동안은 본 척도 하지 않을 줄 알았는데."

내가 기억을 되찾기 전까지는 그를 무시할 줄 알았다는 뜻이었다. 지금의 내가 그의 존재를 달갑지 않게 여길 것을 알긴 아는 모양이었다.

나는 데온을 비웃듯이 입술 끝을 가늘게 들어 올리며 말했다.

"그럼 내가 바라는 대로 한동안 눈앞에서 얼쩡거리지 않고 꺼져 주기라도 할 것처럼 말하네, 당신."

"아니."

그러나 그는 아무렇지 않게 내 말을 부정했다.

"네가 지긋지긋해하든 말든, 상관 않고 지금까지처럼 계속 옆에 붙어 있을 작정이었지."

데온 아그리체답다고 해야 할지, 내가 불쾌하게 여길 것을 뻔히 알면서 대답하는 데 단 1초도 망설이지 않았다.

"유감스럽게도 지금의 너로서는 분통이 터질 일이겠지만, 알다시피 예전부터 남의 사정이나 입장 따위는 내게 고려 대상이 되지 못했으니."

망토를 마저 벗은 데온이 팔을 내리자, 마물의 체액에 전 묵직한 천이 바닥까지 늘어졌다.

"그러니 네가 다시 나를 경멸하는 눈으로 보든, 욕을 하며 뺨을 치고 싶어 하든, 내가 알 바는 아니라는 거야."

그는 내 혼란 따위는 조금도 배려할 가치가 없다는 듯이 말했다. 그를 향한 거북한 마음도 헤아릴 이유가 없다고 여기는 듯했다.

'웃기는 인간.'

나는 정나미 떨어지게 말하는 데온 아그리체를 보며 생각했다. 나이

가 들어도 이런 점은 변하지 않았구나. 내가 그를 아무리 혐오하고 미

위해도 내 옆에 붙어 있고 싶다는 말을 참 빙빙 돌려서도 하고 있었다,

"지금 네 기억에 없는 지난 4년 동안에도 내가 얼마나 너를 질리게

만들었는지 네 주변 사람들이 알려 주지 않았나?"

그리고 그 안에 내포된 또 다른 가능성도 느껴졌다. 일부러 나를

도발하듯이 화를 돋우는 건 여전했지만, 그 기저에 깔린 본질과 의도

는 내가 알고 있던 것과 분명 달랐다. 지금 데온의 말은, 내가 아무리

그를 때리고 욕해도 자신은 눈 하나 깜짝하지 않을 테니 분이 풀릴

때까지 얼마든지 마음대로 화풀이해도 된다는 것처럼도 들렸다.

"하긴, 새삼스러울 것도 없겠군. 예나 지금이나 난 원래 너한테 그

런 인간이었으니까."

데온 아그리체는 내뱉고 싶은 대로 혼자 지껄인 뒤 나를 가만히 주

시했다. 꼭 이어질 반응을 기다리기라도 하는 것처럼.

나는 입을 다문 채 눈앞에 있는 남자를 서늘히 쳐다보았다. 그러다

이내 더 이상 그를 상대하지 않기로 하고 자리에 멈춰 있던 걸음을 뗐

다. 하지만 마지막으로 한마디 해 주지 않을 수 없었다.

"데온 아그리체. 무슨 멍청한 소리를 하는 거야?"

데온을 스쳐 지나갈 때, 의수가 있는 그의 왼팔과 내 팔꿈치가 짧

게 부딪쳤다.

"예나 지금이나 똑같다니. 이미 변했잖아, 너."

나직하게 읊조린 순간, 바닥에 그려진 데온의 그림자가 움칫 흔들

린 것 같았다.

"그래도 지금의 너는 욕하면서 뺨을 때려 주고 싶을 정도의 인간은

아닌 것 같은데."

그대로 그를 두고 혼자 걸어갔다. 데온 아그리체는 꼭 바닥에 뿌리라도 내린 것처럼 미동 없이 서 있을 뿐, 나를 따라오지 않았다.

마물 서식지에서 도대체 무슨 짓을 했길래 저런 더러운 꼴이 되었는지 물었는데, 결국 그 대답은 듣지 못했다. 그건 좀 못마땅했다. 그래도 어른이 된 내가 데온 아그리체를 어떻게 받아들일 수 있었던 건지는 조금이나마 알 수 있을 듯했다.

잠시 후, 두 가문의 수하들이 모여 있는 곳에 도착했다. 이미 데온이 해산 명령을 내린 듯했지만 아직 남아 있는 아그리체 사람들이 보여 그들을 돌려보냈다.

카시스 페델리안은 그새 어디로 갔는지 보이지 않았다. 자리를 떠나기 전, 나를 발견한 페델리안의 사람들이 모두 반듯하게 예를 갖춰 인사했다. 멀리서 볼 때도 느꼈지만, 주인을 닮아서 그런지 그들은 전부 단정하고 절제된 느낌을 풍기고 있었다.

그런데…… 다들 경계 청소에 엄청나게 열과 성을 다했나? 카시스하고 데온만큼은 아니어도 왠지 몰골들이 다 너저분한데. 게다가 다들 엄청나게 지쳐 보이기도 했다. 그런데 그중 한 사람이 갑자기 내게 뛰어와 따로 말을 건넸다.

"오랜만에 뵙습니다, 록사나 수장님."

올리브색 머리와 짙은 남색 눈을 가진 여자였다.

"아그리체에 도착하자마자 인사드리고 싶었는데 상황이 여의치 않아 그러지 못했어요. 늦었지만 아그리체의 주인이 되신 것을 진심으로 축하드립니다."

누구지? 기억나지 않았지만 나를 꽤 반가워하는 눈치라 일단은 미소를 지으며 인사했다.

"안녕, 오래만이구나."

왠지 무표정에 가까운 저 얼굴이나 절도 있는 분위기가 묘하게 에밀리를 상기시켜서 의도했던 것보다도 상냥한 태도를 보이게 되었다.

"어제는 몸이 편찮으시다고 들었는데 이제 괜찮으신가요?"

"걱정해 준 덕분에."

내가 부드럽게 화답하자 여자의 얼굴이 안심한 듯이 풀어졌다. 그래도 모르는 사람과 길게 이야기를 나눌 필요는 없어서 자연스럽게 말을 돌렸다.

"그런데 네 주인은 어디에 있지?"

"잠깐 후방에 가셨습니다. 아, 마침 지금 오시네요."

그녀의 시선이 닿는 곳으로 눈길을 돌리자 정말 이쪽으로 다가오고 있는 남자의 모습이 보였다. 역시 경계에서 무슨 일이 있었던 게 맞는지, 그에게서 제법 서늘한 기운이 흘러나오고 있는 게 멀리서도 느껴졌다. 하지만 그런 기색은 그와 내 시선이 허공에서 마주치는 순간 깨끗하게 종적을 감추었다.

"록사나. 올린과 함께 있었군."

카시스 페델리안이 나를 발견하고 바로 다가오다가 자신의 상태를 문득 깨달은 듯이 걸음을 늦추었다. 대충 닦기는 한 것 같지만 마물의 비린 체액으로 아직 얼룩져 있는 몸을 내려다보는 시선이 마뜩잖은 듯 찌푸려져 있었다. 결국, 카시스 페델리안은 내게서 좀 떨어진 곳에서 발길을 멈추었다.

"인사는 나중에 다시 나누는 게 좋겠는데. 보다시피 상태가 썩 좋지 못해서."

조금 전 그가 올린이라고 부른 내 앞의 여자가 눈치 있게 자리를 비켰다. 나는 카시스 페델리안에게 가까이 다가갔다. 그러자 그가 뒷걸음질 쳤다.

"너무 가까이 오지는 마. 마물 피 때문에 역겨운 냄새가 날걸."

"어차피 다들 비슷해서 당신한테 나는 냄새인지 아닌지도 잘 모르겠는데."

그 말이 먹혔는지, 카시스 페델리안이 더 물러나지 않고 가만히 서서 다가오는 나를 물끄러미 쳐다봤다. 그러다 곧 그가 살짝 찡그린 듯한 묘한 얼굴로 웃었다.

"그건 그렇지만……. 네 앞에서 이런 더러운 꼴로 있는 건 역시 별로 익숙하지가 않군."

뭔가 다른 의미가 있는 말인 것 같아서 그를 힐끗 쳐다봤다. 그때, 카시스 페델리안이 아까 데온과 스친 내 팔을 손끝으로 가볍게 툭 건드렸다. 나는 작게 얼룩져 있던 옷이 순식간에 깨끗해지는 광경을 목격하고 움찔 눈매를 떨었다. 반사적으로 입을 열었다가 주위 시선을 의식하고 다시 다물었다.

마주한 카시스 페델리안의 얼굴에 햇빛 조각 같은 미소가 떠올랐다. 가늘게 휘어지는 눈동자가 나를 유혹하는 듯했다.

"시간이 괜찮다면 지금 내 방으로 같이 가지 않겠나? 어젯밤 일에 대해서도 할 이야기가 있을 것 같은데."

이것 좀 보게?

입술 틈으로 야트막한 실소가 흘러나왔다. 결국, 나도 그를 따라 눈을 나붓이 접어 웃으며 기꺼이 초대에 응했다.

"그래. 그 초대, 특별히 받아들이도록 하지."

"당신, 신기한 비밀을 가지고 있었네?"

방에 들어가자마자 카시스 페넬리안을 벽에 몰아넣고 팔 사이에 가두었다. 나한테 벽쿵 당하는 상상은 딱히 해 본 적이 없었는지, 그가 묘한 표정을 지으며 눈썹을 슬며시 치켜세웠다.

"어제 나한테 사용하려 했던 이상한 능력도 이것과 비슷한 거야?"

"그렇다고 할 수 있지."

"흐응."

카시스 페넬리안은 이미 방문을 닫은 순간부터 꼭 욕실에서 금방 씻고 나온 것처럼 온몸이 깨끗해져 있었다. 그게 신기해서 아까 거무스름한 독액이 묻어 있던 남자의 얼굴에 손을 댔다. 찰랑거리는 머리카락도 만져 보고, 깎아 만든 것 같은 날카로운 턱도 손가락으로 훑었다. 이렇게 순식간에 깔끔해질 수 있는데, 밖에서는 다른 사람들의 시선 때문에 일부러 더러운 상태를 유지하고 있던 듯했다.

"너무 만지지는 마."

그러다 내 손이 귀에 닿았을 때, 지금까지 가만히 있어 주던 카시스 페넬리안이 간지러운 듯이 고개를 살짝 비틀었다.

"기분이 이상해지니까."

어제처럼 피하거나 밀어낼 줄 알았는데, 그는 내 허리에 팔을 감아 오히려 나를 가까이 끌어당겼다. 그러고 나서 몸을 단숨에 뒤집어 이번에는 반대로 나를 벽 쪽에 가두었다.

"내 정신 연령이 육체 나이를 못 따라가서 아무 짓도 안 한다더니?"

"포옹 정도는 어린애도 하지."

말이나 못 하면. 왠지 좀 웃겨서 실소하자 카시스 페델리안도 나를 따라 입꼬리를 올리며 콩 가볍게 이마를 맞댔다.

그나저나 이 방, 올 때마다 느끼는 건데 정말 다른 손님들이 묵는 방 하고 거리가 너무 혼자만 뚝 떨어져 있는 거 아닌가? 의도가 너무 눈에 훤히 보이는 것 같은데. '마님은 왜 돌쇠에게만 별채의 방을 내주었을까?'도 아니고. 으음, 그냥 내 마음이 불순해서 그렇게 생각하는 건가?

나는 잠깐 머리를 혼잡하게 만들었던 잡념을 떨쳐 버린 뒤 카시스 페델리안에게 아까부터 궁금했던 것을 물었다.

"그런데 당신, 데온 아그리체하고 같이 마물 서식지에서 뒹굴기라 도 했어?"

그러자 그의 얼굴에 떠올라 있던 미소가 엷은 비소로 변했다. 마주한 눈동자에도 한순간 날카로운 섬광이 스쳐 지나갔다.

그래도 카시스 페델리안은 데온처럼 내 의문을 묵살하지는 않았다.

"대충 비슷하다고 할 수 있지."

그 얼굴을 보니 경계에서 무슨 일이 있긴 있었구나 싶었다. 그래도 엇비슷하던 둘의 모습을 떠올려 보면 쌍방 과실인 듯한데.

"그래도 엄밀히 따지자면, 네가 우려할 만한 일은 없었다고 말할 수 있을 테니."

카시스 페델리안이 어깨 앞으로 길게 늘어진 내 머리카락을 만지작거리며 말을 이었다.

"그저 서로 합이 안 맞는 상태에서 다른 때보다…… 열심히 움직인 탓에 그런 못 봐 줄 꼴이 되었던 것뿐이야."

큰 문제가 될 정도의 분란이 생긴 건 아니지만 서로 발목을 잡는 일이 있긴 했다는 의미로군. 나는 그렇게 카시스의 말을 해석하고 그 새 어떤 상황이 있을지 혼자 추측해 보았다.

"왜 다른 때보다 열심히 움직였는데?"

"쌓인 걸 해소할 곳이 필요해서, 라고 해야 할까."

"뭐가 쌓였는데?"

"그걸 내 입으로 말해야 하나?"

카시스 페델리안이 손으로 한 줌 휘감아 움켜쥐고 있던 내 머리카락을 잡아당겼다. 그런 뒤 보란 듯이 거기에 입을 맞추면서 입매를 얇게 끌어 올렸다. 아까 페델리안의 수하들이 유독 지쳐 보였던 것도, 주인을 따라서 덩달아 마물 서식지를 너무 열심히 구른 탓인 듯했다.

나는 살짝 찌푸린 듯이 웃는 그의 얼굴을 빤히 쳐다보았다.

"왜 어제 내가 잠든 동안 그 이상한 힘을 쓰지 않았어?"

"약속했으니까. 네가 싫어하는 건 하지 않겠다고."

내 물음에 카시스 페델리안이 바로 답했다.

"그리고……. 오늘 네가 다시 날 찾아올 줄 알았거든."

마주한 황금색 눈동자가 슬쩍 갸름하게 접혔다. 이내 머리카락을 놓고 밑으로 떨어진 그의 손이 내 팔을 타고 흘러내려 손목을 움켜쥐었다.

"이거, 내가 낫게 해 주고 싶은데."

묘하게 달짝지근한 느낌이 밴 나지막한 속삭임이 귓가에 울렸다. 카시스 페델리안이 붙잡아 들어 올린 내 손에는 붉은 선이 가늘게 그어져 있었다. 아까 샬럿이 던진 칼을 붙잡다가 살짝 벤 흔적이었다. 옆에 있었던 제레미도 몰랐는데 카시스 페델리안이 이걸 발견하다니. 엄청난 관찰력이었다.

"그러려면 네가 싫어하는 짓을 해야 하겠지만."

가까이에서 시선이 얽어매졌다. 나로서도 뜻밖이었지만⋯⋯. 생각보다 허락의 말은 쉽게 흘러나왔다.

"그럼 한번 해 봐. 살짝만."

혹여 내 마음이 변할까 싶어 틈을 주지 않으려는 속셈인지, 곧바로 따뜻한 온기가 좀 더 밀접하게 손을 감쌌다. 맞닿은 살갗으로 어제처럼 형체 없는 무언가가 흘러들기 시작한 순간, 무의식중에 흠칫 몸을 떨었다.

카시스 페델리안이 괜찮다고 말하듯 엄지로 느릿하게 내 손등을 훑었다. 어제 지레 놀라 경계했던 게 우습게 느껴질 정도로 악의라고는 눈곱만큼도 느껴지지 않는 아주 온화하고 맑은 기운이 표피 안쪽으로 스몄다.

그것이 아주 잠깐 머물다가 사라졌을 때, 피부 위의 붉은 상처가 순식간에 흔적도 없이 아문 것이 눈에 들어왔다. 역시 좀 놀랍긴 해서 아직 카시스 페델리안에게 잡혀 있는 손을 내려다보았다.

그리고 보니 소설 속의 실비아에게도 이와 비슷한 능력이 있었다. 카시스 페델리안은 내가 어제처럼 거부감을 느끼지 않는지 확인하려는 듯, 내 얼굴을 가만히 들여다보았다.

나는 그에게 무심코 물었다.

"당신 여동생은 잘 지내?"

그 순간 남자의 반듯한 미간이 작게 주름졌다.

"설마 나는 잊어 놓고 내 여동생은 기억하는 건가?"

아, 괜히 물어봤네. 소설로 봐서 안다는 말을 할 수는 없잖아.

"카시스 페델리안."

나는 카시스에게 아직 잡혀 있는 손을 움직여 그의 손가락 사이를 파고들었다. 여기까지 온 마당에 뭘 더 뜸 들이고 망설이나 싶어졌다.

"허락할 테니까, 어제 당신이 나한테 시도하고 싶어 했던 거 조금만 해 비."

차라리 아예 아무것도 몰랐으면 또 몰라, 어제 애매하게 간만 본 상태라 더 입안이 말랐다.

"당신 능력이 어떤 식으로 발현되는지는 모르겠지만……. 최소한 성인인 열여덟 살까지는 기억났으면 좋겠는데."

깍지 낀 손에 지그시 힘을 준 채로, 시선을 맞댄 남자를 향해 농밀하게 웃어 보였다. 일주일에서 열흘 정도, 지금의 현상을 유지한 채지나갈 앞으로의 시간이 아깝게 느껴졌다.

꼭 달콤한 냄새를 풍기며 매달린 포도를 눈앞에 둔 배고픈 여우가 된 것 같았다. 지금 당장 손만 뻗으면 먹음직스러운 과실을 맛볼 수 있는데 이걸 참으라니.

나는 욕망에 솔직한 아그리체 사람이었고, 원하는 건 그게 무엇이든 손에 넣으라고 배워 왔다. 하물며 이 남자는 원래 내 것이었고. 하여 말하자, 카시스 페델리안이 꼭 기다렸다는 듯이 짙게 미소 지으며내 손등에 입술을 눌러 찍었다.

"무엇이든, 명령대로."

파앗!

그 순간, 조금 전 느낀 청량한 기운이 몸 안쪽의 보다 깊은 곳까지 한꺼번에 쏟아져 들어왔다.

"……!"

머릿속에 조용히 봉오리 져 있던 꽃이 갑자기 꽃잎을 활짝 펼치고 사방으로 흩어져 날아가는 것 같은 기분이 들었다. 눈을 가리고 있던 뿌연 안개가 일부 걷혔다.

"카……"

그 후 다시 본 남자는 이미 조금 전까지 내가 알던 그 사람이 아니었다.

"카시스 페델리안……?"

지금의 나는 갓 새해를 맞은 열아홉 살이었다. 그리고 지금 나는, 내가 열여섯 살 때 직접 아그리체에서 탈출시켰던 예전의 그 소년을 눈앞에 두고 있었다. 불과 한 달도 안 되는 짧은 시간일 뿐이었지만, 카시스 페델리안과 보냈던 그때의 기억은 이후에도 전혀 흐려지지 않고 내 안에 굉장히 선명하게 아로새겨져 있었다.

그 후로 거의 2년 반 만의 재회. 나는 어떤 표정을 지어야 할지 모른 채로 내 얼굴을 붙들고 있는 남자를 망연히 바라보았다. 의미 없이 달싹이고만 있는 입술에서는 아무 말도 쉽게 내뱉어지지 않았다.

그런 나를 향해 카시스 페델리안이 으슥하게 느껴질 정도로 낮은 목소리로 물었다.

"록사나. 지금은 몇 살이지?"

몇 번 숨을 들이마셨다가 내쉰 뒤, 나를 정면에서 담아내고 있는 황금색 눈동자를 마주하며 답했다.

"열아홉…… 흐읍!"

미처 말을 끝맺기도 전에 마주한 남자에게 입술을 통째로 잡아먹혔다.

"하으, 잠깐……! 카시……"

벌려진 입안으로 뜨거운 덩어리가 거침없이 밀려들어 왔다. 억센 팔뚝에 잡아당겨진 허리가 저절로 휘어지고, 강렬한 입맞춤에 밀려난 고개가 뒤로 꺾였다. 하지만 내게 쏟아지는 모든 자극을 피할 틈새 따위는 조금도 없었다. 그대로 벽에 아프도록 세게 밀어붙여져 카시스에게 숨 한 조각조차 모조리 집어삼켜졌다.

"아, 흐윽……."

단 한 마디도 입 밖으로 꺼내지 못하고 밭은 신음만 흘리면서, 나를 칭칭 옭아맨 남자의 몸에 매달릴 수밖에 없었다. 그렇게 폭풍처럼 몰아치며 퍼부어지는 키스에 정신이 혼미해질 때쯤, 내 숨통을 막고 있던 입술이 겨우 떨어져 나갔다. 그와 동시에 몸이 덥석 위로 들렸다. 단단한 손과 팔이 내 허벅지와 허리를 붙들어 지탱했다. 나도 엉겁결에 나를 안아 올린 남자의 어깨에 팔을 둘렀다.

"하아, 하……. 카…… 으, 카시스……."

카시스에게 뭐라고 말하고 싶은데 너무 숨이 차서 제대로 된 단어 하나 만들어 낼 수가 없었다. 긴 머리채가 눈앞에 있는 너른 등 뒤로 치렁치렁하게 흘러내렸다.

"그래, 나 여기 있어."

나지막한 남자의 목소리가 귓가에 달군 쇳물처럼 흘러들었다.

"록사나."

"흐웃……."

"지금은 나를 어디까지 기억해?"

카시스가 나를 안고 방을 가로지르며 물었다. 가쁘게 숨을 몰아쉬고 있는 와중에 타는 듯한 뜨거운 입술이 목 위로 내려앉아서 그만 펄쩍 튀어 오를 듯이 몸을 떨고 말았다.

"열아홉 살이라고 했지만 아직 나를 좀 낯설게 보는 것 같은데."

"하지, 으응…… 마."

"그럼 위그드라실에서 나하고 다시 만나기 전."

카시스의 입술이 젖은 소리를 내며 내 목덜미를 지분거렸다.

"내가 페넬리안에 있고, 네가 아그리체에 있을 때인가?"

그 야살스러운 감각을 피하고 싶어서 몸을 비틀었지만 나를 단단히 붙든 팔에서 벗어날 수는 없었다.

아니, 일단 얘기를……. 얘기를 좀 하고 싶은데.

하지만 다음 순간, 등 뒤로 푹신한 느낌이 들며 시야에 비친 방의 풍경이 변했다. 침대에 눕혀진 내 위로 곧장 카시스의 몸이 덮였다.

"맞나 보군."

내 얼굴과 그를 보는 눈빛을 보고 정답을 알아냈는지, 마주한 남자의 얼굴에 느른한 미소가 걸렸다. 다가온 카시스의 손이 헝클어진 내 머리를 살살 어루만졌다.

"그러고 보니 지금까지 한 번도 이런 얘기를 해 본 적은 없었지."

얼굴 윤곽을 따라 천천히 미끄러진 손길이 한껏 예민해진 귀를 간질였다. 나도 모르게 목을 움츠렸다. 가까스로 호흡을 고르고 입을 열었다.

"카시스, 당신……."

"록사나. 그때 나하고 이런 거 하는 상상, 해 본 적 없어?"

하지만 이어서 카시스가 나를 내려다보며 속삭인 말을 듣고 나는 훅 숨을 들이마실 수밖에 없었다. 시야에 비친 수려한 남자의 얼굴에 진한 미소가 그려졌다.

"난 많았는데."

달콤한 목소리가 귓속에 간지럽게 녹아들었다. 바보같이 말문이 덜컥 막혔다.

"지금처럼 너한테 입 맞추고."

앞으로 옮겨 온 그의 손끝이 내 입술 모양을 덧그리듯이 매만지다가 기 가운데를 지그시 누르며 그 사이로 파고들었다.

"네 머리끝부터 발끝까지 전부 내 손으로 만져 보고 싶다고 생각했지."

말캉한 혀가 손가락에 닿자, 마주한 눈동자가 침몰하는 달처럼 한 결 낮게 가라앉았다.

"그래서 네 안 깊은 곳까지 온통 내 흔적으로 덮어 버리고 싶었어."

카시스가 다시 고개를 숙여 내게 입술을 겹쳤다. 애초에 거절하는 선택지 자체가 없었던 것처럼 이번에도 저절로 입술이 벌어졌다.

"넌 기억하지 못하겠지만 실제로 이미 수도 없이 그렇게 했었고."

"응······."

벌을 주듯이 입술을 따끔하게 깨문 카시스가 열린 틈새로 거침없이 밀고 들어와 입안을 헤집었다. 깍지가 껴져 포개진 손과 바짝 맞붙은 몸이 열기로 후끈거렸다.

······뭐가 '성인인 열여덟 살까지는 기억났으면 좋겠는데'야?

불건전한 속내가 있었던 것도 맞지만 그 나이가 되면 좀 더 여유롭게 이 남자를 상대할 수 있을 줄 알았는데 아니잖아. 오히려 심장이 아까보다 더 시끄럽게 날뛰어서 가까이 붙어 있는 사람에게까지 들킬 것 같았다.

카시스 페넬리안의 존재 자체를 아예 잊었을 때도 무의식의 일환인 것처럼 그에게 끌렸었다. 그런데 더군다나 이전의 만남을 기억하는 지금은······. 꼭 온몸의 세포 하나하나가 그를 반기고 환영하는 것만 같았다.

"하지만 역시 아무리 닿아도 부족해."

마침내 다시 나한테서 떨어진 입술이 턱과 입가에 몇 번 눌러 찍힌 뒤 이번에는 간지럽게 귀를 깨물었다.

"일주일 정도 시간이 지나면 원래대로 돌아올 거라고 들어서 좀 더 여유로운 척하고 싶었는데……. 역시 네가 날 기억하지 못하는 게 불만스러운 건지도 모르겠어."

습윤한 숨결과 섞여 여린 살갗 위로 점점이 흩뿌려지는 입맞춤에 몸이 빠르게 달아올랐다. 꼭 이미 습관같이 몸에 길이 든 익숙한 일을 하는 것처럼. 곧 이어질 보다 밀접한 접촉을 기대하기라도 하듯이.

"그럼…… 이번에는 다른 방식으로 기억나게 해 줘 봐."

나한테 감출 수 없는 욕망을 드러내며 흥분하는 남자의 모습이 짜릿하게 느껴졌다.

왜 아니겠는가?

조금 전 그가 했던 말마따나, 나 역시도 그동안 몇 번이나 이런 순간을 남몰래 홀로 상상해 왔었는데.

"당신이 어떤 식으로 날 만지고, 또 내 몸 어디에 어떻게 흔적을 남겼었는지."

그래서 말했다.

카시스와 맞잡고 있지 않은 손을 들어 내 목덜미에 파묻힌 그의 머리를 쓸었다. 손가락 사이로 흘러내리는 부드러운 머리카락의 감촉까지 자극적이었다.

"한번 말해 봐. 당신하고 내 처음은 어땠어?"

그러다 느릿하게 손길을 옮겨 그의 목 뒤의 옷깃 속으로 미끄러뜨렸다.

"당신 말대로라면 분명 우리 둘 다 오래 참다가 겨우 서로를 가질 수 있게 된 거니까 굉장히 좋았겠지?"

그런 뒤 부추기듯이 카시스의 귀에 대고 작게 속삭거렸다.

"지금 그때처럼 다시 해 볼래?"

그러지 내 목덜미에 휴, 한숨을 내쉬는 듯한 낮은 웃음이 번졌다. 도장을 찍는 것처럼 목 옆쪽에 한 번 촉촉한 입술을 누른 카시스가 고개를 들어 불씨를 품은 눈으로 나를 내려다봤다.

"그때처럼 하려면 앞으로 최소 사흘간은 밖에 나갈 생각 하지 말아야 할 텐데."

장난스러운 말에 나도 그를 따라 웃었다. 곧장 열기 띤 입술과 손이 몸 위로 내려앉아 나를 신음하게 했다. 그리고 나는 카시스의 말이 농담이 아니었다는 사실을 금방 알게 되었다.

"솔직히……."

"하아, 흐……."

"처음 했을 때 기억은, 잘 안 나."

어느새 내 옷은 입으나 마나 하게 거의 벗겨져 있었다. 나도 손을 가만히 두었던 건 아니라, 카시스도 나와 마찬가지로 상반신을 전부 드러낸 상태였다.

"그때 널 안고 방으로 가는 동안에도 당장 정신이 나가 버릴 것 같았고."

그가 더 깊은 곳에 닿았을 때는 머릿속에서 작은 불꽃이 터지는 느낌이 들었다.

"겨우 방에 들어와서 처음 너한테 입 맞춘 순간부터는 정말 제정신이 아니었지."

"아……!"

거대한 불덩이에 집어삼켜지는 느낌이 지독히도 생생했다.

"카시스, 흑……."

"후, 지금처럼……."

상당히 공들여 몸을 풀어 줬지만 나는 오랜만에 카시스를 받아들이는 것이었고, 그래서 그가 더 버겁게 느껴졌다.

"어디를 맛봐도 지나치게 달고, 또 어디를 만져도 네가 너무 예쁘게 울어서 정말 미치는 줄 알았는데."

달뜬 숨을 흘리는 입술에서 저절로 신음이 샜다. 자극이 지나치게 강했지만 아프기는커녕 흥분만 고조되었다.

"좋아…… 아……. 카시스, 더……."

카시스는 내 몸에 대해 잘 아는 게 틀림없었다. 그가 어디를 만지고 핥든 좋지 않은 곳이 없었다. 나도 그를 환대하며 적극적으로 호응하고 몸을 움직였다. 영영 그치지 않을 것 같던 거센 폭풍이 온몸을 완전히 휩쓸고 지나갈 때까지. 결과적으로 아주 만족스러운 시간이었다고 말할 수 있었다.

한 차례 격렬하게 휘몰아쳤던 쾌락이 지나간 후에도 불씨가 완전히 꺼지지 않아, 쉴 틈도 없이 그대로 두 번째 판에 돌입했을 때도 아주 좋았다. 그 후 같이 누워 날 끌어안고 세상 다정하게 입을 맞추던 카시스가 다시 파고들었을 때만 해도, 좀 지치긴 했지만 혈기 왕성한 젊은 남녀가 오랜만에 만나 회포를 푸는 건데 이 정도야 그럴 만하다고 생각했다. 그래서 역시 내 남자는 정력도 좋지, 하고 생각하며 웃는 낯으로 그를 받아 주었다.

하지만 지금은…….

"어쩐지 지난번에 봤을 때부터 실내에서 보는 업무량이 늘어난 것 같더니."

낮은 숨을 깊게 내쉰 카시스가 내 허리를 팔로 감싸 잡아당겼다. 힘이 빠진 몸이 그대로 딸려 가서 그와 마주 보고 앉혀졌다.

"흐으……."

결합이 한결 깊어져 터져 나오는 신음을 참으며 입술을 꽉 깨물었다.

"그래도 체력이 그새 이 정도까지 떨어졌을 줄이야. 아무리 내가 회복시켜 주지 않았다고 해도."

작게 혀를 차는 소리가 귓가에 울렸다. 그 뻔뻔스러운 말에 기가 막혔다. 자기가 그렇게 오랫동안 날 들들 볶아 놓고 내 체력 탓을 해?

"당신…… 원래 한 번만, 웃, 더 한다고 했으면서."

"아직 안 뺐으니까 한 번으로 쳐야 하는 거 아닌가?"

"지금 그걸 말이라고……! 아……! 움직이지, 흑, 마!"

미처 몰랐는데, 카시스에게는 사기꾼의 자질이 있었는가 보다. 벗어나지도 못하게 허리를 꽉 붙잡고 멋대로 움직이는 게 얄미워서 그의 등에 손톱을 세웠다.

"진짜, 원래 만날 때마다…… 으읔! 이 정도로 했었다고?"

"사실 그건 아니고."

하지만 카시스는 간지럽지도 않은 듯이 부스러진 웃음을 내뱉으며 내 목을 물었다.

"아무래도 이번에 네가 제레미 아그리체의 말을 감명 깊게 들은 것 같아서."

그게 무슨 말인가 싶다가 퍼뜩 지난 일이 뇌리를 스쳐 지나갔다.

"제레미가 그러던데. 원래 눈에서 멀어지면 마음도 멀어지게 마련이라고."

"……뭐?"

"내가 그래서 거리를 두고 있다는 생각은 안 드나 봐?"

앗.

순간 흠칫했다.

"빈말로도 듣고 싶지 않은 말이었는데, 더군다나 너한테 직접 그런 소리를 들으니 생각보다 더 아프더군."

나는 약간의 당혹감에 젖어 변명하려고 입을 열었다.

"아니, 그때는……."

"그래서 눈과 몸이 가까이 있을 때 잘해야겠다고 생각했지."

결국, 나는 그의 어깨에 얼굴을 묻고 이후로도 한참 더 흔들리며 소리 높여 울어야만 했다.

"……여기서 더 하면 나 진짜 죽어."

또 한바탕 열락의 시간이 지나간 후 나는 완전히 지쳐서 축 늘어졌다.

"그래. 오늘은 이 정도로 하는 게 좋겠군."

그래도 마지막 남은 한 줌의 양심은 있었는지, 마침내 그가 행위의 끝을 알렸다. '오늘은'이라는 말이 걸렸지만 일단 지금은 아무래도 좋았다.

카시스가 그에게 기대 숨을 고르고 있는 내 머리를 쓰다듬으며 눈가에 쪽 입을 맞췄다. 그 후 옆에 구겨져 있던 이불이 카시스의 손에 끌려와 내 몸을 덮었다. 이어서 애정 어린 입맞춤이 얼굴 곳곳에 내려앉았다. 흐물거리는 나를 끌어안고 저린 허리를 꾹꾹 눌러 주는 손길이 다정했다.

지금 병 주고 약 주나…….

그런데 약이 한참 부족했다.

"그것만 하지 말고 당신 능력으로 회복 좀 시켜 줘 봐."

"안쪽까지 기운을 흘려보내야 하는데, 허락하는 건가? 손의 상처를 치료하는 정도의 가벼운 접촉이 아니라 기억도 완전히 돌아오게 될 거야."

"이제 그런 거 상관없어……."

기력이 다 빠져서 웅얼거리듯이 말하다가, 문득 이게 아니다 싶어져서 고개를 들고 양손으로 카시스의 얼굴을 감쌌다.

"기억 못 할 때 의심해서 미안해. 당신 믿으니까 해도 돼."

이게 정답이었는지, 카시스가 여트막한 웃음을 머금으며 고개를 비틀어 내 손에 입술을 묻었다. 그러고 나서 곧바로 정순한 기운이 내 안으로 흘러들어 왔다.

"아."

무겁던 몸이 금세 가벼워지고, 비어 있던 기억이 빼곡하게 채워졌다.

"아, 카시스……."

이제는 진짜 모든 게 다 생각났다. 밀려드는 여러 감정들에 내 머리를 한 대 쥐어박고, 그대로 이불 속에 숨어들고 싶어졌다. 카시스에게 얼른 입을 맞추고 말했다.

"사랑해. 알지?"

그러자 카시스의 눈썹이 슬쩍 위로 들렸다.

"다시 말해 줘."

물론 카시스가 원하는 대로 몇 번이든 말해 줄 수 있었다. 잠시 후에는 마음이 완전히 풀어졌는지, 카시스도 나한테 코를 비비며 사과했다.

"나도 네 탓이 아닌 걸 알면서 너무 괴롭혀서 미안해."

"그건 그래."

조금 전까지의 일이 떠올라서 주저 없이 긍정하자 그가 웃었다. 그래도 역시 좀 미안하긴 해서 두 팔을 벌려 카시스를 꼬옥 끌어안아 주었다. 카시스도 나를 안고 내 머리와 등을 쓰다듬었다.

이참에 아그리체 저택 전체에 내가 모르는 위험한 장치가 없는지 샅샅이 검사해 봐야겠다는 생각이 들었다. 사실 란트의 집무실에 있는 장부를 꺼낸 건 비밀 통로를 찾기 위해서가 아니라 예전 사업과 관련해서 확인해 봐야 할 게 있었기 때문이다. 그래서 장부를 찾아 책상에 걸터앉아 읽다가, 중간의 어느 페이지를 넘긴 순간 주술이 발동해 깜빡 의식을 잃어버렸다.

그냥 이번 기회에 란트의 집무실을 아예 갈아엎어서 다른 공간으로 바꿔 버리는 것도 나쁘지 않을 것 같고. 나와 제레미 둘 다 란트의 집무실을 사용하지 않고 다른 곳에 따로 집무실을 마련한 이유는 역시 그곳은 비위가 상하기 때문이었다.

그러다 새삼스럽게 좀 이상한 기분이 들었다. 이번에 겪은 일련의 일로 과거와 현재 사이의 변화가 한결 뚜렷하게 인식되었다. 오늘까지 내가 열심히 살아온 흔적이라고 생각해도 되는 건가…… 싶었다. 물론 나뿐만 아니라 다른 사람들도.

"아, 그러고 보니 제레미."

그때, 지금까지 잊고 있던 사람이 문득 뇌리를 스쳐 지나갔다. 아까 일찍 돌아오겠다고 말하고 집무실에서 나갔었는데. 창밖을 보니 어느덧 밤이 깊어져 하늘이 완전히 깜깜했다.

카시스가 아그리체에 올 때마다 못마땅해하기는 했지만, 그래도 눈치껏 눈물을 머금고 자리를 비켜 주곤 하던 제레미였으니까…… 어쩌면 오늘도 뭔가를 눈치채고 일부러 나를 찾지 않은 건지도 몰랐다.

"제레미 아ㄱ리체늗 내읿 ㅂㄱ 우느은 ㄱ만 자. 피곤핟 텐데."

카시스가 나를 자리에 눕히고 이불을 더 제대로 덮어 주었다. 그의 도움으로 몸은 어느 정도 회복되었지만 정신적으로 피곤한 건 맞아서, 나는 카시스에게 안겨 눈을 감았다.

내일이 되면, 기특하게도 내 업무를 대신 봐 준 제레미를 많이 칭찬해 줘야겠다. 역주술을 연구하고 있을 그리젤다에게도 고맙지만 이제 그만해도 된다고 말해 주고. 증상이 완전히 나았다고 말해 주면 에밀리도 안심하겠지. 그리고 데온은…… 뭐, 따로 말하지 않아도 내일 얼굴을 보면 그냥 바로 알아차릴 테니.

그런 생각을 하는 동안 서서히 잠이 찾아들었다. 카시스가 잘 자라고 속삭이며 내 뺨에 가볍게 키스했다. 또 다른 내일로 향하기 위한 하루의 마지막 시간. 고즈넉한 가을밤이었다.

외전 6

악역의 사랑 방식

록사나 아그리체의 관점에서 본「나락의 꽃」

성대한 연회 날.

술에 진탕 취한 란트 아그리체가 총애하는 딸을 향해 만족스럽게 웃으면서 물었다.

"오늘은 내 기분이 아주 흡족하구나. 네게도 선물을 하나 줄 테니 원하는 것이 있다면 무엇이든 말해 보아라."

그러자 좀 전까지 아름다운 가무로 연회의 분위기를 띄웠던 록사나가 우아한 몸짓으로 무릎을 꿇고 앉아 란트에게 머리를 조아렸다.

"제 미천한 재주가 아버지께 작은 즐거움이나마 되었다면 그보다 큰 선물이 어디에 있을까요?"

화려한 장신구로 온몸을 치장한 록사나는 누구나 찬탄할 수밖에 없을 정도로 아름다웠다. 그러나 샹들리에의 불빛이 번진 붉은 눈동자에는 광기와 닮은 기묘한 이채가 남모르게 반짝이고 있었다.

"그래도 만약 이 기쁜 날 아버지께서 제게 자애를 베풀어 주시겠다면……."

뒤이어 고개를 든 록사나가 더없이 섬연해 오히려 어딘가 선뜩한 느낌을 풍기는 짙은 미소를 입가에 꽃피웠다.

"카시스 페델리안, 그의 목을 제게 주세요. 제가 바라는 것은 오직 그것뿐입니다, 아버지."

–∻ 🦋 ∻–

록사나가 형제들의 장난감을 직접 본 것은 그날이 처음이었다.

"야! 저 새끼 빨리 잡아!"

월례 평가가 있던 날. 미로 속에 있던 록사나의 눈앞에 '그 소년'이 나타났다. 석 달 전 아그리체에 들어온 페델리안 출신의 장난감. 먼지와 피로 더럽혀져 거의 잿빛으로 보였지만, 햇볕을 받아 반짝이는 머리칼은 분명 눈부신 은발이었다.

언뜻 보기에도 소년은 꽤 참혹한 몰골을 하고 있었다. 하지만 그런 상태에서도 소년의 움직임은 매우 날쌨다. 푸릇한 잔디를 그림자처럼 붉게 적시고 있는 핏자국만 아니었다면, 그가 부상을 입었다는 사실조차 눈치채지 못했을지도 몰랐다.

"완전 좆 될 뻔했잖아! 병신 새끼가 벌레처럼 꿈틀거리는 게 재미있어서 놔뒀더니 감히 이런 식으로 뒤통수를 쳐?"

하지만 결국 그는 다른 형제들에게 붙잡혔다. 잔뜩 분개한 형제들이 소년을 사슬로 묶고 둘러쌌다. 유독 길들이기 어려운 장난감이라 그동안 이런 식으로 탈출을 시도한 적이 잦았고, 정말 성공할 뻔한 횟수도 두 번인가 세 번 정도 된다고 들었다. 한때는 그것도 신선한 맛이 있어 좋다고 너도나도 탐낸 주제에, 지금 형제들은 잔뜩 독이 올라 소년을 구타했다.

한편으로는 당연한 일이었다. 다른 때도 아니고 월례 평가 중에 이처럼 거하게 일을 저질렀으니, 자칫 잘못해 아버지 란트의 귀에 이 소식이 들어가기라도 한다면 형제들은 무서운 면책을 피하지 못할 게 분명했다.

록사나는 사실 그때까지만 해도 그 장난감에게 별다른 관심이 없었다. 그저 멀리서 전해지는 소식을 어렴풋이 들을 때마다 '아그리체의 철통같은 감시를 뚫고 몇 번이나 탈출에 성공할 뻔하다니, 재주도 좋지.' 하고 다소 무감하게 생각했을 뿐이었다.

하지만 그날, 피 칠갑을 한 소년과 마치 운명처럼 마주친 순간. 록사나의 세상은 전에 없던 대격변을 맞이했다. 햇빛을 등지고 나타난 소년이 태양 같은 두 눈으로 그녀를 꿰뚫었을 때, 용광로의 금속보다도 뜨겁게 끓고 있는 그 강렬한 황금빛에 그대로 영혼이 빨려 들어가는 줄 알았다.

한눈에 깨달았다. 저 소년이, 이제껏 록사나가 살면서 단 한 번도 본 적 없는 아주 특별한 사람이라는 사실을. 결국 그녀는 죽는 날까지 자각하지 못했지만, 사실은 그때가 바로 지독한 사랑에 빠진 첫 순간이었다.

"안녕, 드디어 네가 내 손에 들어왔구나."

한 달 뒤, 록사나는 마침내 다시 만난 소년을 눈앞에 두고 기쁘게 웃었다. 늘 이복형제들에게 둘러싸여 얼굴도 제대로 보기 힘들던 소년이 지금은 그녀가 손만 뻗으면 닿을 정도로 가까운 거리에 있었다.

당연한 일이었지만, 형제들의 장난감은 일전에 보았을 때보다도 훨씬 망가져 있었다. 사지의 힘줄은 진작 다 잘려나갔고, 몸에는 온갖 고문의 흔적이 수두룩했다. 처음에는 수려하다고 소문이 자자했던 얼굴도 지금은 짓무른 상처와 화상 자국으로 흉측하게 망가져 있었다. 과연 이 복형제들 중 몇은 쳐다보기도 싫다고 했을 정도로 추한 몰골이었다.

하지만 록사나는 거리낌 없이 손을 뻗어 소년의 얼굴을 감쌌다.

"예뻐라."

부드러운 손길이 흉터로 가득한 뺨을 아프지 않게 어루만졌다.

"넌 말이야, 특히 눈이 정말 예뻐. 처음 본 순간부터 갖고 싶어서 애가 달았을 정도로."

정말 어여쁜 것을 보듯이 한없이 다정하게 녹아든 눈빛이 맞잡은 얼굴 위로 떨어져 내렸다.

"내가 널 데려오려고 얼마나 애썼는지 알아?"

"……."

"하지만 널 얻기 위해서라면 내가 가진 걸 전부 내줘도 아깝지 않았으니까. 그러니 나도 손해를 본 건 아니야."

그러나 록사나의 앞에 무릎 꿇려진 소년은 그에게 끊임없이 건네지는 상냥한 말에도 줄곧 무반응했다. 그저 가만히 뜨고만 있는 황금빛 눈동자에는 두꺼운 막이 낀 것처럼 아무것도 투영되지 않은 상태였다.

록사나는 결국 말을 멈추고 그를 물끄러미 쳐다보았다. 하도 말을 듣지 않아 결국 약물까지 썼다고 하더니, 소년은 정말 그냥 살아서 숨만 쉬는 인형 같았다.

"괜찮아, 카시스."

록사나는 그 모습을 보다가 소년의 머리를 가슴에 끌어안았다.

"난 널 아프게 하지 않을 거야."

그는 여전히 미동조차 없이 얌전히 몸을 맡긴 채로 록사나에게 쓰다듬을 받았다. 무엇을 해도 소년에게 거부당할 일이 없는 것만큼은 록사나의 마음에 들었다. 록사나는 마침내 그녀의 손안에 들어온 장난감을 품에 가득 끌어안고 만족스럽게 웃으면서 속삭였다.

"이제는 내가 네 주인이니까, 죽는 날까지 예뻐해 줄게."

록사나는 꼭 여러 번 조르고 졸라 얻은 귀여운 인형이나 애완견을 다루듯이 소년을 대했다. 그를 수집품실이 아니라 그녀의 방에 데려다 놓은 것만 봐도 알 수 있었다. 록사나는 교육 시간을 포함해 피치 못하게 자리를 비워야 하는 때를 제외하고는, 늘 방에서 그녀의 장난감과 함께 시간을 보냈다.

"내가 없는 동안 또 음식에 전혀 손을 안 댔네. 오늘도 내가 먹여 주길 바라는 거야? 내 장난감은 어리광쟁이구나."

"……."

"어머? 그런데 여기 상처가 터졌잖아. 내가 없는 동안 건드렸어? 아프겠다. 먼저 치료부터 하자."

"……."

"머리도 이렇게 대충 말려 놓고 가다니. 목욕 담당을 혼내 줘야겠네……."

돌아오는 대답도 없었고, 반응도 없었다. 그래도 록사나는 그와 함께 있는 동안 지루함을 느낀 적이 한 번도 없었다.

"아, 다 됐다. 오늘은 어제보다 더 예쁘다, 카시스."

록사나는 장난감의 젖은 머리카락을 말리고 빗으로 깔끔히 빗겨 주기까지 한 뒤 흡족하게 웃었다.

"이 야드 발라 줄게. 꾸준히 바르면 흉터를 없애 주는 약이야. 귀한 거지만 나한테는 종종 들어오거든. 물론 다른 사람한테 들키면 아버지께 벌을 받을 테니 우리끼리의 비밀이야."

아그리체의 사람들 중에서도 극히 일부만 쓸 수 있을 정도로 물량이 적은 약이었다. 그런 귀한 것을 다른 사람도 아닌 장난감에게, 특히 카시스 페델리안에게 사용했다는 사실을 란트가 알게 된다면 보통 벌을 받는 것으로는 끝나지 않을 터였다.

똑똑.

그때, 누군가 밖에서 방문을 두드렸다. 무언가를 직감한 록사나의 얼굴에서 순간 미소가 사그라졌다.

"록사나 아가씨. 특별 교육 시간입니다."

짧은 침묵이 방 안에 맴돌았다. 잠시 후 록사나가 굳은 입매를 다시 매끄럽게 이완시키며 장난감에게서 손을 뗐다.

"가 봐야겠네. 오늘은 조금 늦게 올 거야. 방에 있는 물건을 잘못 건드리면 위험하니까 사슬을 조금 짧게 해 놓고 갈게. 불편해도 조금만 참고 있어."

그를 침대에 두고 어깨에 숄을 걸친 록사나는 문을 향해 걸어갔다.

"……."

망가진 장난감의 초점 흐린 눈이 멀어지는 그 뒷모습을 의미 없이 담아냈다.

벌컥!

록사나는 자정 무렵에 돌아왔다. 무표정한 얼굴로 방문을 잠그고 들어온 그녀는 곧장 방에 딸린 욕실로 들어갔다. 그리고 한참 후에야 다시 밖으로 나왔다.

욕실에서 걸어오면서도 록사나는 가운 사이로 드러난 팔을 강박적으로 문지르고 있었다. 얼마나 세게 긁었는지, 겉으로 보이는 살갗이 다 빨갛게 터서 핏방울이 맺힌 것처럼 보였다.

아까 장난감의 머리를 제대로 말리지 않았다고 사용인을 혼내려 한 것과는 대조되게도, 지금 록사나는 온몸의 물기가 덜 닦여 걸음마다 젖은 흔적을 발자국처럼 남기고 있었다.

흠뻑 젖은 데다 빗질도 하지 않아 엉망으로 뒤엉킨 머리카락이 숨 막히도록 아름다운 얼굴을 듬성듬성 가렸다. 평소에 늘 부드럽게 짓고 있던 미소까지 깨끗이 사라진 록사나의 얼굴은 더없이 냉락하고 황폐했다.

다음 순간, 거울을 응시하던 그녀의 눈이 막 점화되어 일렁이는 불꽃처럼 빛났다. 앞으로 움직인 손이 화장대에서 잡히는 물건을 아무것이나 집어 거울에 던졌다.

쾅! 쨍그랑……!

그것으로도 모자라 그녀는 화장대 위에 있는 물건들을 전부 다 옆으로 쓸어버렸다. 거칠게 내몬 숨에 가슴이 가파르게 들썩였다.

록사나가 진정된 것은 얼마간의 시간이 더 지난 후였다. 그녀는 방에 있는 다른 사람의 존재를 뒤늦게 깨달은 듯이 흠칫해 고개를 돌렸다.

"미안……. 놀랐니? 너한테 화난 거 아니야."

침대에 있는 소년에게 사과하는 목소리가 직전에 보인 거친 행동과

괴리감이 들 정도로 다정하고 부드러웠다.

"그냥…… 내가 좀 변덕스러워서 아주 가끔 감정 기복이 심해질 때가 있어서 그래. 그래도 사람을 때리거나 하진 않으니까 무서워하지 마."

타인의 앞에서 자신을 꾸미고 숨기는 데 익숙할 대로 익숙한 사람답게 그녀의 태세 변환은 급격했다. 정작 록사나의 장난감은 아무 소리도 듣지 못한 것처럼 동요 없이 벽만 보고 있을 뿐이었는데도, 그녀는 그를 달래는 데 불필요한 노력을 기울였다. 그러고 나서 록사나는 잠깐 가만히 서 있다가 무의식중의 행동인 듯이 또 손톱을 세워 팔을 긁었다. 꼭 더러운 껍데기를 벗기기라도 하려는 것처럼.

"……시간이 늦었네. 그만 자자."

이윽고 자리에서 걸음을 뗄 때 느리게 침대로 다가오는 록사나의 얼굴은 순식간에 지쳐 있었다. 실내용 신에 밟힌 부서진 물건의 파편들이 빠드득 소리를 냈다. 엉망이 된 방을 가로질러 걸어가는 인영이 너무 가냘파서 어딘가 위태로워 보였다.

록사나는 머리맡에 독한 수면 향을 피우고 벽에 걸린 촛대의 불길을 작게 줄였다. 그런 뒤 장난감이 있는 침대의 옆쪽으로 가서 그를 등지고 누웠다. 머리끝까지 이불 속에 푹 파묻은 채 작게 웅크린 몸의 윤곽이 어둠 사이로 희미하게 드러났다.

옆에 있는 소년이 얼마든지 손을 뻗어 목을 분지를 수 있을 정도의 가까운 거리였음에도 그런 걱정은 애초에 조금도 하지 않는 듯, 아주 무방비한 모습이었다. 한동안 얕은 숨소리만이 적막한 방 안에 울렸다.

"잘 자, 카시스……."

그러다 이내 작은 속삭임이 점멸하는 빛처럼 어둠 속에 흐리게 스몄다. 그래도 꿈으로 도피할 수 있어 낮보다 나은 밤이었다.

펵!

다음 날 점심 무렵, 복도를 걸어가던 록사나에게 무언가가 날아와 부딪쳤다.

"뭐야, 멍청하게 그거 하나 못 피해? 진짜 굼뜨다니까."

동그란 구체 밖으로 터져 나와 옷을 적신 걸쭉한 점성질의 액체에서 오물 같은 고약한 냄새가 났다.

"안녕, 록사나 언니. 오늘따라 차림새가 수수해 보여서 내가 좀 더 꾸며 줬어. 그렇다고 너무 고마워할 필요는 없고."

옆쪽의 복도에서 나타난 샬럿이 갓난아기 주먹만 한 동그란 또 다른 구체를 손에 들고 던졌다 잡았다 하며 록사나를 비웃었다. 그녀가 가지고 있는 것은 사육장에 들어갈 일이 있을 때 마물들을 문 앞에서 일시적으로 쫓아내는 데 사용하는 물건이었다.

"샬럿…… 또 저택 비품에 마음대로 손을 댄 모양이구나."

록사나는 싸늘하게 식은 눈으로 샬럿 때문에 더럽혀진 옷을 힐끗 내려다보았다.

"처벌의 방이 그렇게 그리웠니? 그 안에 다시 들어가고 싶었던 거면 이렇게 어렵게 알리지 말고 직접 말을 하지."

"닥쳐, 고자질밖에 할 줄 모르는 게……!"

며칠 전 창고의 물건에 허락 없이 손댄 것을 들켜 처벌의 방에 갇혔다 나온 샬럿이 록사나를 노려보며 씨근덕거렸다.

"그런 주제에 쓸데없이 운만 좋아서는. 지난달 월례 평가 때야말로 정말 폐기 처분 당할 줄 알았는데, 어떻게 매번 거머리같이 살아남는 끼야?"

그래도 이번 일로 나름대로 배운 점은 있었는지, 그녀는 더 이상 록 사나에게 바락바락 열 내지 않고 혼자 화를 삭였다.

"뭐, 그 운도 언제까지 갈지 모르겠지만. 이번 월례 평가도 기대되네."

그렇게 빈정거린 샬럿이 손에 들고 있던 것을 또 던지려 했을 때, 계단 위에서 다른 사람이 나타났다.

"시발, 이게 뭔 똥내야?"

"앗, 제레미 오빠!"

복도에 떠다니는 불쾌한 냄새에 오만상을 쓰고 있던 제레미가 금세 상황을 파악하고 코웃음 쳤다.

"뭐야. 샬럿, 너 또 쟤 괴롭히고 있었냐? 매일 할 짓이 그렇게 없어? 그러니까 네가 월례 평가 때마다 성적이 그따위지."

"웃겨. 요즘 대만찬에 좀 자주 참석한다고 잘난 척은."

"잘난 척하는 게 아니라 난 진짜 잘난 거야, 이 멍청한 년아."

발끈하는 샬럿을 깔보듯 한 번 비웃어 준 제레미가 앞에 있는 록사 나에게 시선을 돌렸다.

"저런 반편이 같은 걸 데리고 노는 게 뭐가 재밌다고."

그녀를 보는 눈에는 샬럿을 볼 때보다 더한 멸시가 담겨 있었다.

"야, 그런데 너 왜 오늘은 혼자 있냐? 매일 뒤에 껌딱지처럼 붙이고 다니던 건 어디 갔어?"

그러다 문득 생각났다는 듯이 제레미가 꺼낸 말에 록사나의 몸이 티 나지 않게 움찔했다. 샬럿이 웬 뒷북이냐며 대신 답했다.

"에밀리 말하는 거야? 갠 두 달인가 전에 죽었잖아."

"어? 그랬나? 왜?"

"갑자기 뭘 잘못 처먹었는지 교육관을 한 명 죽여서……."

무신경한 대화가 이어진 끝에 마침내 제레미도 지난 일을 기억해 냈다.

"아아, 생각났다……. 맞아, 그때 그런 일이 있었지?"

별 볼 일 없는 이복 누이인 록사나의 일이라 깜빡 잊고 있었는데, 당시에 그것과 관련해서 저택에 꽤 큰 소란이 일어났던 게 뒤늦게 머릿속에 떠올랐다.

제레미의 입매에 삐딱한 미소가 걸렸다. 그는 주머니에 손을 찔러 넣고 껄렁하게 서서 록사나에게 말했다.

"이야, 누구는 좋겠어? 자기 대신 목숨 구걸해 주는 어미에, 값싼 눈물 한 번이면 기꺼이 불구덩이까지 뛰어 들어가는 충실한 애완견도 있어서."

가슴을 날카롭게 후벼 든 이죽거림에 록사나의 얼굴에서 핏기가 가셨다.

"무릎이야 몇 번 꿇는다고 닳는 것도 아니고, 애완견이 한 마리 죽긴 했지만 대신 목숨 버려 줄 개새끼들은 아직도 많으니까. 넌 월례 평가 때마다 걱정 없겠다?"

하지만 그녀는 살갗이 파이도록 아프게 주먹을 꽉 쥐어 마음속의 동요를 감추었다. 그러고 나서 아무런 타격도 입지 않은 것처럼 느슨히 입매를 당겨 오히려 웃어 보였다.

"내가 부러워서 배가 아프다는 소리를 뭐 그렇게 장황하게 돌려서 해? 없어 보이게."

"뭐?"

그러자 그게 무슨 개소리냐는 듯이 제레미와 샬럿의 얼굴이 구겨졌다.

이번에는 록사나가 그런 그들을 확연히 비웃었다.

"하긴, 부럽기도 하겠지. 너희는 백 번을 죽었다 살아나도 절대 못가질 테니까. 그렇게 주저 없이 스스로를 희생할 수 있을 정도로 너희를 아껴 줄 사람 같은 건. 불쌍하게도."

특히 제레미에게는 대신 목숨을 구걸해 주기는커녕 오히려 그를 두려워하며 도망치다 추락사한 어머니만 있었다.

"뭐라는 거야? 누가 누굴 부러워해!"

"시발, 저게 아침에 약을 잘못 처먹었나……. 죽고 싶냐, 너?"

그래서인지 샬럿보다 제레미 쪽에 더 강렬한 반응이 있었다. 그에게서 흘러나오는 기운이 한결 음산하고 난폭해졌다.

"어머, 무서워라. 농담이었는데 뭘 그렇게 화를 내?"

하지만 록사나는 겁도 없는지, 아름다운 얼굴에 천진한 표정을 드리우며 고개를 갸웃할 뿐이었다.

"그렇게 예민하게 반응하면 꼭 내 말이 사실인 것 같잖아. 혹시 내가 정곡을 짚은 거야? 그렇다면 미안하게 됐어."

그러나 두 사람을 향하고 있는 그녀의 눈빛만큼은 더없이 차갑고 날카롭게 벼려져 있었다.

"어쨌든 안됐네. 그래 봤자 내 어머니가 네 어머니가 될 수는 없으니까."

"야, 좋은 말로 할 때 닥쳐."

"죽은 네 어머니 무덤에나 가서 부탁해 봐. 다음에 네가 폐기 처분당할 위험에 처하게 되면, 그때 아버지 꿈에라도 한번 나와서 울며 무릎 꿇고 대신 빌어 달라고. 물론 널 그렇게 끔찍하게 여겼던 네 어머니가 죽은 이후라고 소원을 들어줄지는 잘 모르겠긴 한데."

"이게 진짜……!"

"그래도 원한다면 내 애완견 정도는 한 마리씩 빌려줄게. 물론 내 충실한 종들이 너희 같은 걸 위해서 대신 불구덩이 속에 뛰어들어 주지는 않겠지만, 밤에 외로워서 혼자 자기 무서우면 엄마 대신 끌어안고 자든지."

입꼬리를 비틀며 말을 끝맺은 록사나가 먼저 돌아섰다.

"야, 너 거기 안 서? 야……!"

"제, 제레미 오빠! 참아! 지금 쟤 건드리면 또 처벌의 방에 들어갈 거라고!"

"시발, 저건 쥐뿔 잘난 것도 없으면서 뭐 저렇게 재수 털리게 굴어?"

록사나의 등 뒤로 복도에 있던 장식품들이 깨지고 부서지는 소리가 들렸다. 광분한 제레미를 무시하고 걷는 록사나의 얼굴에도 어느새 웃음기가 씻은 듯이 가셔 있었다.

제레미는 모르겠지만, 아까 그가 한 말은 록사나의 역린을 건드리다 못해 아주 제대로 쑤시고 들어왔다. 그래서 록사나도 똑같이 갚아 준 것뿐이었다. 그녀는 가슴에 얹힌 제레미의 말을 지워 내려 애쓰며 방으로 향하는 걸음을 빨리했다.

"시간이 빨리 가는 건지, 느리게 가는 건지 잘 모르겠어."

그날 밤에도 록사나는 반응 없는 장난감을 앞에 두고 혼자 떠들었다. 그녀가 없는 사이에 뭘 했는지, 장난감의 손가락 끄트머리는 살갗이 나 빗겨져 붉은 핏방울이 맺혀 있었다.

"널 데려올 날을 기다릴 때는 하루가 1년 같았는데……. 며칠 있으면 또 월례 평가를 치러야 한다는 사실을 인지하고 나니까 한 달이 하루처럼 지나간 것 같기도 하고."

어스름한 밤에 잘 어울리는 고요한 목소리가 희미한 불빛이 어린 방 안에 얇게 깔렸다.

"이상하지? 월례 평가는 매달 겪는 일인데도 그때마다 새롭게 무서워. 나 말이야. 정말 잘하는 게 아무것도 없거든."

장난감의 다친 손가락에 붕대를 감아 주던 록사나가 살며시 고개를 들었다.

"너도 알잖아. 지난번에 월례 평가 날 마주쳤을 때 말이야."

그러나 이번에도 돌아오는 대답은 없었다. 불빛에 음영 진 소년의 얼굴은 끝을 알 수 없는 심해처럼 잠잠하기만 했다. 록사나는 막 치료를 마친 그의 손을 약간 힘줘서 붙잡으며 설핏 미소 지었다.

"하긴, 기억 못 해도 상관없어."

침대에서 일어난 록사나가 응급 처치에 사용했던 물건들을 치운 뒤 다시 돌아왔다. 침대 옆에 있는 협탁의 서랍을 연 그녀가 꺼낸 것은 여러 종류의 약들이었다.

"샬럿과 제레미 말이 맞아. 내가 오늘까지 살아 있는 건 순전히 다른 사람들 덕분이야."

모양과 색이 다양한 알약으로 채워진 유리병들 위로 하얗고 예쁜 손가락이 느리게 배회했다.

"운이 좋다면 좋았던 거지. 하지만……."

"……."

"이런 말을 하면 내가 너무 나쁜 걸까?"

그러다 이내 그림자를 만들던 손가락의 움직임이 뚝 멈추었다.

"그런 거, 난 하나도 기쁘지 않아."

록사나는 어렴풋이 그녀의 죽은 오빠를 생각했다. 불과 5년 전의 일인데도 그와 함께 있던 시간이 아주 오래된 과거의 일인 것처럼 느껴졌다.

아실이 폐기 처분 당한 뒤 록사나는 겁에 질려 한동안 방에만 틀어박혀 지냈다. 질식할 듯한 두려움에 아무것도 할 수가 없었다. 어머니인 시에라가 억지로 그녀를 밖으로 데리고 나와 교육실에 밀어 넣지 않았다면 분명 화를 면하지 못했을 것이다.

열다섯 살 때 록사나가 아실처럼 그해의 마지막 월례 평가를 통과하지 못해 폐기 처분 당할 뻔했을 때도, 시에라가 란트에게 매달려 울며 호소해 간신히 그녀를 살렸다.

그리고 아까 만난 샬럿과 제레미의 대화에서 화제로 나왔던 두 달 전에는…….

잘그락.

록사나는 약병에서 알약을 한 움큼 꺼내 입안에 털어 넣었다. 그것으로도 모자라서 다른 병에서까지 알약을 쏟아 그것도 전부 삼켰다. 다시 서랍 안에 약병들을 넣고 돌아서자, 어느덧 소년의 황금빛 눈이 그녀를 조용히 응시하고 있는 게 시야에 들어왔다.

사실 응시하고 있다는 말에는 어폐가 있긴 했다. 역시 소년의 눈에는 빛이 꺼져 있었고, 그는 단지 달그락거리는 소리에 반응해 고개를 돌린 것뿐으로 보였기에. 하지만 록사나는 웃으며 그에게 설명해 주었다.

"오늘은 수면 향만으로 잠들지 못할 것 같아서."

"……."

"평소보다 좀 이르지만 오늘은 그만 자자."

잠시 후 방 안에 드리워져 있던 불빛이 더 작게 줄어들었다. 장난감을 옆에 눕히고 뒤척이던 록사나는 어느 순간부터 약 기운이 돌아 까무룩 잠들었다.

그로부터 세 시간 정도가 더 지난 밤. 몸을 웅크린 채 누워 있던 록사나의 이마에 식은땀이 배어나기 시작했다. 악몽이라도 꾸는 것처럼 작게 신음하며 경련하듯이 몸을 떨던 록사나가 이윽고 크게 숨을 들이마시면서 벌떡 일어났다.

"……헉! 허억……."

거친 숨소리가 어둠 속에 흩뿌려졌다. 얼마 후에는 그래도 어느 정도 진정이 된 듯 거친 호흡이 한결 차분해졌지만, 잠에서 깬 록사나는 곧바로 다시 자리에 눕지 않았다. 침대에 가만히 앉아 있던 그녀가 몸을 일으켜 향한 곳은 방의 한구석에 위치한 장식장이었다.

록사나는 바닥에 무릎을 꿇고 앉아 그 안의 맨 밑단, 그중에서도 가장 깊숙한 곳에 넣어 놨던 상자를 꺼냈다. 뚜껑을 연 록사나가 그 속에 있는 것을 한참 내려다보았다. 그러다 잠시 후, 마침내 미세하게 떨리는 손이 움직였다. 그녀는 상자에 든 것을 꺼내 품에 끌어안고 거기에 얼굴을 묻었다.

"에밀리……."

넝마처럼 찢어진 옷은 아그리체의 사용인들이 입는 것이었다. 애초에 잠들지 않았던 건지, 아니면 록사나 때문에 깨어난 건지, 어둠 속에 있는 소년의 고요한 눈이 달빛 아래에서 하얗게 웅크린 그 뒷모습을 조용히 담아냈다.

시간이 좀 더 흘러 록사나가 다시 침대로 올라왔다. 하지만 그녀는 원래 자리에 눕지 않고 옆에 있던 소년의 품을 파고들었다. 그 순간, 갑작스러운 접촉에 대한 반사 작용인지 록사나와 맞닿은 몸이 작게 움찔거리며 흔들렸다.

록사나는 그런 그를 더 꽉 끌어안았다.

"넌 아무 데도 가지 마."

자그마한 속삭임이 그녀의 입술에서 흘러나왔다. 언제 가냘픈 목소리로 죽은 이의 이름을 애달프게 속삭였냐는 듯이 흔들림 없이 또렷한 음성이 소년의 가슴팍 위로 흩어졌다.

"난 너한테 아무것도 바라지 않아. 그러니까……."

지금까지 중 가장 가까이에서 시선이 얽혔다. 어둠 속에서도 신비한 광채로 빛나고 있는 붉은 눈이 마주한 사람을 삼켜 버릴 것처럼 직시했다.

"그냥 이대로 계속 내 옆에 있어."

내가 죽을 때까지. 그렇게 소년의 심장 깊은 곳까지 아로새기듯이 속삭인 록사나가 고개를 기울여 화상으로 일그러진 그의 왼쪽 뺨에 입술을 맞댔다. 보드랍고 조심스러운 입맞춤이 달빛 속에 녹아들었다.

늘 그렇듯이 록사나의 장난감은 오늘도 그녀에게 아무런 약속을 해주지 않았다. 그래도 그를 품에 끌어안는 것까지 거부당하지는 않아서, 록사나는 소년의 가슴에 얼굴을 파묻고 맑은 체취를 한가득 들이마셨다. 왠지 지금은 그것만으로도 충분한 기분이 들었다.

이번 월례 평가 때도 1위는 데온이었다. 제레미는 이번 대마차에는 참석을 허락받지 못했다. 어릴 때부터 고정되어 있던 1위 외에 다른 순위에는 유동성이 있었으니 별수 없는 일이었다.

하지만 제레미는 그 사실이 꽤나 분한 모양이었다. 그는 월례 평가가 끝난 이후, 꼭 사냥을 앞둔 위험한 짐승처럼 흉포한 기운을 줄줄 흘리고 다녔다. 그래서 모두가 그런 제레미를 슬슬 피해 다녔다.

"록사나 아가씨, 월례 평가를 무사히 끝마치신 것을 축하드립니다!"

"고마워."

회랑을 지나가는 록사나에게 누군가 축하 인사를 건넸다. 매달 있는 월례 평가라 새삼스러울 것도 없는 데다 거기에서 좋은 성과를 얻은 것도 아니라 솔직히 축하받는 것도 우스웠지만 록사나에게는 심심찮게 벌어지는 일이었다. 다른 이복형제들이 이 모습을 본다면 또 록사나에게 애완견이 한 마리 생겼다고 폄하하며 비웃을 게 분명했다.

"이건 별것 아니지만, 선물입니다."

빨개진 얼굴로 다가온 남자가 록사나에게 준 것은 특이한 연청빛 꽃이었다.

"어머나……. 처음 보는 꽃이네. 신기한걸."

그러나 그녀의 일개미가 되기 위해 알아서 꼬여 드는 사람을 굳이 먼저 내칠 이유는 없어서, 록사나는 상냥한 태도로 꽃다발을 받아 들었다.

"못 보던 종류인데 혹시 밖에서 가져온 거니?"

"네, 네! 오늘 폰타인 도련님의 단기 공무에 동행하게 되어 아그리체 밖으로 잠깐 나가게 되었는데, 예쁜 꽃이 보여서……. 록사나 아가

씨 생각이 나 꺾어 왔습니다."

록사나가 꽃의 향기를 맡으려는 듯이 고개를 기울였다. 미려한 얼굴이 활짝 피어난 꽃과 한데 어우러져 무서울 정도로 완벽한 조화를 이루었다.

그녀를 앞에 둔 폰타인의 시종은 완전히 넋을 잃고 있었다. 주위를 지나가던 사용인들의 걸음도 본인들이 인지하지 못한 새 제자리에 우뚝 멈추거나 서서히 늦추어졌다.

"날 위해 일부러 가져와 줬다니, 고마워. 마음에 들어."

록사나는 사람을 홀리게 만드는 웃음을 흩뿌리며 꽃다발을 안고 방으로 돌아갔다.

"카시스, 여기 널 닮은 꽃이 있어."

조금 전까지와 달리 가식 없는 미소가 그녀의 장난감에게 향했다. 이 하잘것없는 꽃이 록사나의 마음에 든 이유였다.

"바깥에서 가져온 거라는데 혹시 너도 본 적이 있는 꽃일까?"

그녀는 햇볕 아래 앉아 있는 장난감에게 다가가 들고 있던 꽃다발을 그의 품에 안겨 주었다. 그중 한 송이는 머리에 꽂아 주기까지 했다. 그런 뒤 그녀는 꽃에서 흘러나오는 향기보다도 달콤하게 미소 지었다.

"역시 잘 어울린다."

설탕으로 빚어 만든 인형처럼 가뜩이나 아름다운 얼굴에 맑은 미소까지 번지자, 주위가 대번에 화사해지는 것 같은 느낌이 들었다. 록사나의 기분은 다른 때보다 좋아 보였다. 이번 월례 평가가 무사히 끝났기 때문인지도 몰랐다.

"넌 꽃을 좋아하니? 난 별로 그렇진 않아. 그런데 이상하게 다들 나한테 자꾸 쓰레기 같은 꽃 선물을 준단 말이야."

록사나는 조금 전 소년에게 했던 것처럼 꽃 한 송이를 자신의 귀에도 꽂았다.

"그래도 이건 널 닮은 꽃이라 마음에 들어."

새가 지저귀는 듯한 청아한 목소리가 햇빛 가득한 방 안에 울렸다.

"페델리안의 상징은 푸른빛이잖아."

바로 그 순간이었다. 태엽이 풀린 인형처럼 미동 없이 앉아 품 안의 꽃다발을 멍하니 내려다보고 있던 그녀의 장난감이 고개를 들고 시선을 맞대 온 것은. 여전히 눈빛은 혼탁했지만 그에게서 이렇게 곧바로 반응이 돌아온 건 처음이었다. 록사나도 그 사실을 깨닫고 숨소리를 죽인 채 마주 앉은 소년을 바라보았다.

"페델리안이라는 말에 반응한 건가?"

하지만 이후 몇 번인가 시험해 봤을 때는 조금 전과 같은 눈에 띄는 반응이 이어지지 않았다. 결국, 록사나는 우연이었나 보다고 생각하며 앵무새처럼 같은 단어를 읊조리는 것을 멈추었다.

이후 그녀는 앞에 있는 소년을 빤히 응시했다. 그러다가 손을 들어 소년과 처음 만났던 한 달 전보다 길어진 그의 머리카락을 옆으로 쓸어 넘겨주었다. 록사나를 향해 있는 황금빛 눈동자가 시야에 더 환히 드러났다.

"역시 네가 날 보는 건 기분이 나쁘지 않아."

아름다운 소녀의 얼굴에 가느다란 호선이 그려졌다. 저택에 있는 사람들은 몇 명의 극히 드문 예외를 제외하고 대부분 그녀를 흠모하거나 멸시하는 눈으로 보았다. 예외 중 하나인 아버지 란트의 눈빛은 꼭 물건을 감정하는 듯했고, 어머니인 시에라의 눈빛은 항상 가엽고 애처로운 것을 보는 듯했기 때문에…… 록사나는 그 모두가 달갑지 않았다.

똑똑.

"사나야."

그때, 누군가 방문을 두드렸다. 밖에서 들려온 목소리는 시에라의 것이었다. 록사나는 이대로 방에 없는 척하고 싶은 욕구에 잠깐 시달리다가, 이내 느릿하게 자리에서 일어났다. 그녀가 문을 열고 밖으로 나가자 흐린 표정을 짓고 있던 시에라의 얼굴이 살짝 밝게 갰다.

"어머니, 갑자기 어쩐 일이세요?"

"어제 월례 평가가 끝났잖니. 혹시 다친 곳은 없는지 걱정돼서 찾아왔어."

부드러운 손길이 록사나의 얼굴을 가볍게 쓸었다. 다정한 염려가 배어 있는 푸른 눈을 마주하는 순간 속이 울렁거렸다. 가슴 밑바닥에 잠잠하게 가라앉아 있던 불티가 하나둘씩 되살아나 불꽃을 튀기며 부유하는 것 같았다.

"괜찮아요, 어머니. 이번에는 부상을 입을 만한 실기 시험이 없었는걸요."

시에라와 이런 이야기를 나누고 싶지 않았다. 그래서 록사나는 웃으며 말을 돌렸다.

"그보다 이거, 오늘 제가 사용인에게 받은 선물인데요. 아그리체 밖에서 가져온 꽃이래요."

"그러니? 예쁜 꽃이구나."

"이건 어머니한테 드릴게요. 어머니도 외출하지 못하신 지 한참 되었잖아요. 방에 있는 화병에 꽂아 두세요."

그렇게 말한 록사나가 귀 위에 꽂고 있던 꽃을 빼내 시에라에게 건넸다. 모녀는 살뜰하게 서로의 안부를 확인하고 난 뒤 웃으며 헤어졌다.

하지만 문을 닫고 다시 방으로 들어온 록사나의 미소는 부자연스럽게 무너져 있었다. 록사나는 문밖으로 멀어지는 발소리에 귀를 기울이다가, 그녀가 준 꽃을 아직도 무릎 위에 올리고 있는 소년에게 다가갔다.

"……언제부터일까?"

앞으로 천천히 뻗어진 손이 소년의 머리에 있는 꽃을 가져가 짓뭉갰다.

"어머니에게 화를 내면 죄책감이 들고, 다정하게 대하고 나면 속이 답답해져."

짓이겨진 꽃잎이 꽉 쥐어진 그녀의 손아귀에서 떨어져 내렸다. 록사나는 그렇게 잠깐 서 있다가, 이내 다시 해사하게 웃는 얼굴로 소년의 품에서 꽃다발을 빼내 갔다.

"남은 꽃은 화병에 꽂아 두자. 오래 두고 볼 수 있게."

그로부터 며칠이 지나 대만찬이 예정된 날이 되었다.

"오셨어요, 아버지."

란트는 다른 때보다 일찍 귀가했다. 록사나는 란트가 두려웠지만 애써 웃는 얼굴로 그를 맞았다. 언젠가부터 그녀는 이런 식으로 귀가한 란트를 보러 나와 꼬박꼬박 인사하곤 했다. 그녀의 목숨 줄을 움켜쥔 이에게 잘 보이기 위해 나름대로 재롱을 떠는 것이나 마찬가지였다.

하지만 란트가 그 주눅 든 모습을 못 알아볼 리 없었다. 그는 마뜩

잖게 쯧 혀를 찬 뒤 대답조차 해 주지 않고 록사나를 스쳐 지나갔다. 란트와 함께 온 데온도 록사나를 힐끗 보고 무심히 지나쳤다. 그들은 대다수의 아그리체 남매들이 그렇듯이 데면데면한 사이였다.

록사나는 란트와 데온의 모습이 사라지자마자 얼른 자리를 벗어났다. 어두운 복도로 들어서자 겨우 숨통이 트였다.

"야, 록사나."

방에 도착해 막 문을 열었을 때, 뒤쪽에서 낮은 남자의 목소리가 들려왔다.

"어떻게, 이번에도 용케 폐기 처분 당하지 않고 살아 있네?"

장남인 폰타인이었다. 폰타인도 록사나와 마찬가지로 대만찬에 참석할 정도의 성과를 내지 못했다. 특히 그는 차남이면서도 그보다 훨씬 다재다능한 데온에게 어릴 때부터 극심한 열등감을 품고 있었다.

그래서인가.

"지금도 아버지한테 알랑거리는 것 같더니, 넌 그렇게 살고 싶냐?"

그는 화풀이할 만만한 상대를 찾아온 것 같았다.

'또 시작이군.'

록사나는 다가오는 폰타인을 싸늘한 눈으로 쳐다보다가 얼굴에 고운 미소를 그렸다.

"폰타인 오빠……. 오랜만이네. 요즘 공무 때문에 바쁜 것 같더니."

"나야 할 일 없는 너나 다른 애새끼들하고 다르게 바쁘지."

어차피 몇 마디 등신 같은 소리를 들어 주고 나면 만족해서 떠날 테니, 자리를 피하기 위해 괜히 피곤하게 입씨름할 필요 없었다.

"역시 장남이라 아버지께서 다른 형제들보다 유독 폰타인 오빠를 신뢰하는……."

"그 말은 내가 장남이지 않았으면 아버지한테 이만한 신뢰도 얻지 못했을 거란 의미냐?"

"……그게 아니라 오빠는 존재 자체만으로도 이미 아버지께 남다른 의미를 지닌 존재라는 소리였어."

문을 등지고 선 록사나가 문고리를 당겨 살짝 열려 있던 문을 닫았다. 그런데 그 소리를 들었는지, 폰타인의 시선이 움직였다.

"참, 그러고 보니 그 페델리안의 장난감, 지금 네 수중에 있다며? 나도 좀 보자."

"아, 잠깐……!"

록사나가 막으려 했지만 폰타인은 막무가내였다. 결국, 활짝 열린 문 안으로 폰타인이 들어섰다.

"폰타인 오빠, 그러지 말고 나가서 얘기……."

"야, 저 새끼 완전 반송장 다 됐네? 넌 왜 저런 걸 옆에 끼고 있냐?"

방 한구석에 있는 소년을 본 폰타인이 하, 비웃음 섞인 소리를 내뱉었다. 록사나가 소년에게 다가가려는 폰타인을 필사적으로 막아섰다.

"안 돼, 건드리지 마."

"저리 비켜, 가까이에서 좀 보게."

폰타인이 그런 록사나를 밀치고 걸음을 옮겼다. 하지만 록사나는 평소와 달리 끈질기게 또 그를 가로막았다.

"거슬리게 왜 이래? 저리 안 비켜?"

"……져."

"뭐?"

어느새 록사나는 웃음기 가신 얼굴로 폰타인을 서늘하게 노려보고 있었다.

"꺼지라고."

세게 짓씹은 그녀의 입술에서 가열된 음성이 토해져 나왔다.

"당장 내 방에서 나가!"

"허?"

"그 더러운 손으로 아무것도 건드리지 말고 지금 당장 내 방에서 꺼지란 말이야!"

거의 발작하는 듯한 외침이었다. 잠깐 얼이 빠져 있던 폰타인이 얼굴을 종잇장처럼 구겼다.

"너 돌았어? 어디서 바락바락 소리를 질러!"

억센 손아귀가 록사나의 머리채를 아프게 틀어잡았다.

"그래도 요즘 아버지가 전보다 좀 예뻐해 주신다고 지금 내 앞에서 건방을 떠는 거냐? 어?"

록사나는 여전히 폰타인을 맹렬히 쏘아보고 있었다. 가까이에서 그 독기 어린 얼굴을 내려다본 폰타인이 멈칫했다.

제기랄. 예쁘긴 진짜 오지게 예뻤다.

란트가 그녀의 무능함을 못마땅하게 여기면서도 죽이지 않고 살려 둔 게 충분히 이해될 정도였다.

"지금 저따위 다 망가진 장난감 하나 때문에 나한테 소리를 질러? 네가 보는 앞에서 저놈 척추를 뽑아 줘야 정신 차릴래?"

순간 록사나가 움찔했다. 잠시 후, 살기를 품고 있던 붉은 눈이 스르륵 아래로 깔렸다. 길고 풍성한 속눈썹이 짙은 그림자를 드리우며 순식간에 가련한 느낌을 자아냈다.

"미안해…… 내가 건방진 소리를 했어."

젖은 이슬이 풀잎 위를 굴러가는 듯한 연약한 음성이 꽃물이 든 것처럼 탐스러운 붉은 입술에서 흘러나왔다.

"빙에 미른 시김이 들이오 게 처음이라 놀라서……."

사납게 날 서 있던 얼굴이 당장에라도 고운 눈물을 떨어뜨릴 것 같은 처연한 낯으로 단숨에 변모했다.

"이제 안 그럴게. 내가 잘못했어, 폰타인 오빠……."

숨 막힐 듯 아름다운 얼굴이 큰 눈동자에 물기까지 머금고 폰타인을 애처롭게 올려다보았다.

"그러니까 이렇게 무섭게 굴지 마……."

그 순간 폰타인은 벌에 쏘인 것처럼 몸을 흠칫 떨었다. 성났던 마음이 록사나의 처량한 얼굴을 마주하자마자 단숨에 사르륵 녹아 버렸다. 어떤 목석도 홀려 버릴 듯한 이 애잔한 아름다움이라니. 이것도 참 재주는 재주였다.

"흥……. 그래도 주제 파악은 잘하는군."

아름다운 누이동생이 이처럼 잔뜩 겁먹어 애원하는 모습에 폰타인은 언제 화가 났냐는 듯이 금방 마음이 흡족해졌다.

"오늘은 봐주지만 다음엔 조심해."

폰타인은 오늘은 이쯤에서 넘어가 주기로 하고 록사나의 머리를 놔주었다. 어떻게 된 게, 이 비현실적으로 예쁜 이복 누이는 손에 스치는 머리카락의 감촉조차 부드럽고 달콤했다.

록사나는 거들먹거리며 방을 나서는 폰타인의 뒷모습을 다시 살기 띤 눈으로 응시했다. 마침내 방문이 닫힌 뒤, 소리 없이 걸어간 록사나가 문을 단단히 걸어 잠갔다. 그리고 나서야 마음에 안정이 찾아왔다.

붉은 장미 같은 록사나의 입술에서 달콤한 향기 대신 악랄한 독기를 풍기는 음성이 흘러나왔다.

"멍청하고 역겨운 병신 새끼……. 그래 봤자 데온 앞에서는 찍소리도 못 하는 주제에."

폰타인이 들어왔다 나간 방이 그새 더럽게 오염된 것 같았다. 록사나는 창문을 열어 환기라도 시킬 요량으로 뒤돌아섰다.

"미안, 많이 놀랐지?"

하지만 그 전에 그녀의 장난감을 달래 주는 것이 먼저였다. 록사나는 한달음에 달려가 소년을 끌어안고 얼렀다.

"괜찮아. 저런 추잡한 놈한테는 신경 쓸 것 없어. 원래 겁 많은 개가 크게 짖는다고 하잖아. 어차피 열등감에 찌들어서 허세를 부리는 것 말고는 아무것도 못 하는 입만 산 놈이야."

"……."

"그러니까 겁내지 마……."

망가진 장난감은 조금 전 방 안에서 무슨 일이 벌어졌는지도 인식하지 못하는 것처럼 문 쪽에 둔 초점 없는 눈만 느릿하게 깜빡이고 있었다. 그런데도 록사나는 자신보다 큰 소년을 끌어안고 쓰다듬으며 달래기를 멈추지 않았다.

하지만 그렇게 끊임없이 괜찮다고 속삭이는 그녀의 몸이야말로 잘게 떨리고 있었다.

록사나 아그리체는 묘한 사람이었다. 아침에 방을 나설 때의 그녀는 이슬을 머금고 활짝 피어난 장미처럼 누구보다 생기 있게 아름다운 모습을 하고 있었다. 하지만 늦은 밤에는 만개했던 꽃잎을 전부 떨어뜨리고 빈 줄기만 남은 것 같은 모습으로 침대에 누워 몸을 한껏 웅크린 채 잠들었다. 어떤 때는 꼭 어린애라도 된 듯이, 방에 데려다 놓은 장난감을 끌어안고 자기도 했다.

"그거 알아? 이 아름다움은 내 것이 아니야. 누리는 사람은 따로 있는데, 어떻게 이걸 내 거라고 할 수 있겠어?"

그런 날이면, 록사나는 종종 누구에게 향하는지 모를 간헐적인 속삭임을 토해 냈다.

"사실 요즘 가끔 그런 생각을 해. 어릴 때부터 다른 데 재능이 없다는 소리를 들었어도 뭐든 좀 더 끈질기게 붙들고 있었다면 어땠을까?"

누구에게도 토로한 적 없는 비밀스러운 말을 듣는 대상이 공기, 혹은 무생물이나 마찬가지인 사람이어도 상관없는 모양이었다.

"무섭고 힘들다고 피하기만 하지 말고 좀 더 독하게 이를 악물었으면 지금보다는 사람같이 살 수 있지 않았을까?"

아니, 어쩌면 그렇기 때문에 오히려 속에 든 말을 꺼내기 쉬웠는지도 모른다.

"물론 이런 생각, 우스꽝스러운 자기 위안일 뿐이지만."

그저 누구에게라도 아무 이야기나 하고 싶었고, 그러지 않으면 견딜 수 없을 것 같은 밤이 분명 있었으니까. 그런 마음을 홀로 삭이고 잠든 밤이면 어김없이 지독한 악몽을 꾸었다. 어떨 때는 지난번처럼 식은땀을 흘리며 깨어나 거친 숨을 몰아쉬다가 목멘 음성으로 죽은 사람의 이름을 읊조릴 때도 있었다.

"에밀리가 보고 싶어……."

록사나가 남몰래 간직하고 있는 찢어진 검은 옷은 아그리체에 딱 하나 남은 에밀리의 유품이었다.

"에밀리는 말이야. 내 유일한 권속이었는데, 5년 전 가을에 처음 만났어."

록사나는 유독 잠이 오지 않는 밤이면 기억의 조각을 알알이 엮어 무상한 밤의 어둠 속에 풀어냈다.

"이건 비밀인데, 사실 어릴 때는 아그리체를 벗어나고 싶어서 밖으로 통하는 길을 몰래 찾아다녔거든. 실제로 발견한 비밀 통로도 있긴 했지. 너무 위험해서 결국은 시도도 못 해 보고 포기했지만."

헛된 발버둥이었다며 그녀는 자조적으로 웃었다.

"하지만 그러다가 에밀리를 발견했으니까 그렇게 쓸모없는 짓은 아니었다고 할 수 있을 거야."

그때 에밀리는 몸이 묶인 채 사나운 짐승들에게 둘러싸여 있었다. 나중에 알았지만, 저택의 귀중품들을 훔친 범인으로 몰려 누명을 썼다고 했다.

아그리체는 오랫동안 물 한 모금 주지 않고 잠도 재우지 않아 기력이 쇠한 사람을 맨몸으로 덜렁 짐승들 앞에 던져 놓았다. 그러고 나서 자력으로 빠져나오거나 열흘간 죽지 않고 버티면 살려 주겠노라고 했다. 그나마 증거가 나오지 않았기에 즉결 처분당하지 않은 것이었으나 사실상 죽으라는 것이나 마찬가지였다. 그래서인지 주위에는 그녀를 감시하는 사람도 없었다.

록사나가 아그리체 저택의 후미진 곳을 돌아다니다가 에밀리를 발견한 건 그로부터 사흘째 되는 날이었다. 굶주린 짐승들이 사납게 짖으면서 몸을 튕길 때마다 목줄을 고정시킨 지지대가 덜컹거리며 흔들렸다. 그것은 이미 바닥에서 반쯤 빠져나와 앞으로 하루도 더 버티지 못할 것 같았다.

그 사이에 덩그러니 놓인 여자는 퀭한 얼굴을 한 채 간신히 눈만 뜨고 있는 상태였다. 몇 번 도망치려고 시도한 모양이긴 했으나 구속구에 쓸린 손목과 발목에서 배어 나온 피가 짐승들을 더 자극하는 것 같았다.

록사나는 겁에 질려 도망가려 했다. 하지만 결국 걸음을 멈추고 오랫동안 갈팡질팡하다가 주먹을 꽉 쥔 채 여자가 묶여 있는 곳으로 달려갔다. 구속구를 해제하는 것은 아실이 거의 유일하게 잘하는 일이었고, 그에게 직접 배운 록사나도 마찬가지였다.

갑작스러운 난입에 흥분한 짐승들이 바로 등 뒤에서 더 사납게 날뛰었다. 여자는 놀라 굳어 있다가 록사나에게 그냥 가라고 소리쳤다. 하지만 록사나는 무서워서 얼굴이 엉망이 되도록 펑펑 울면서도 도망가지 않고 그녀를 도와주었다.

결국, 마지막에는 힘이 빠져서 여자에게 안겨 자리를 벗어나야 하긴 했지만. 누군가에게 록사나가 그렇게 쓸모 있는 사람이 된 건 그때가 처음이었다.

"그래서 에밀리가 나중에 누명을 벗고 스스로 원해서 날 찾아와 줬을 때는 너무 기뻤어."

그리고 두 달 전, 에밀리는 록사나의 개인 교육관을 죽이고 사형당했다. 다들 록사나가 그녀를 이용했다고 생각했다. 란트가 직접 붙여준 개인 교육관이 마음에 들지 않아서, 혹은 월례 평가에서 안 좋은 성적을 받을 것이 겁나서……. 하지만 아니었다. 에밀리는 고작 그런 것과 맞바꿀 수 있는 사람이 아니었다. 고작 그런 일로 잃기에는 록사나에게 너무 소중했던 사람이었다.

오늘도 록사나는 장난감을 마주하고 누워 공허하게 혼잣말을 읊조리다가 설핏 웃었다.

"그래도 너를 만나고 나서부터 악몽에 시달리는 날이 줄었어."

그녀의 손이 눈을 감고 있는 소년의 얼굴을 쓸었다. 그러자 내려앉아 있던 눈꺼풀이 위로 느릿하게 들어 올려졌다. 록사나는 밤하늘의 샛별처럼 빛나는 눈을 마주 보며 입술을 뗐다.

"대신에 종종 이상한 꿈을 꾸는데⋯⋯. 지금 이 아그리체에서의 일들이 어딘가에서 책으로 적혀 이야기로 전해지고, 난 그걸 읽고 있는 거야."

얼마 전부터 그녀를 찾아오기 시작한 특이한 꿈이었다.

"그 꿈에서의 나는 진짜 평범한 사람이더라. 좀 신기했어."

그곳에서 록사나는 록사나 아그리체가 아니었다. 원래 꿈이란 것이 으레 허무맹랑하게 마련이지만, 이 꿈은 특히 그랬다. 그녀가 모르는 또 다른 세상. 기이할 정도로 자유로운 세계. 어쩌면 그런 것을 동경하는 록사나의 무의식이 빚어낸 꿈일지도 몰랐다.

"재미있는 꿈이구나."

어제, 그녀의 이야기를 들은 이복 언니 그리젤다는 흥미로운 듯이 웃었다.

"어쩌면 하나의 세계는 누군가가 만든 하나의 이야기일지도 모른다고, 예전에 아그리체 서고에 있는 어떤 고서에서 본 기억이 언뜻 나는데."

그리젤다의 그 말은 록사나의 머릿속에 꽤 인상 깊게 남았다.

"그런 책이 서고에 있었다고?"

"그래."

폐 깊은 곳에서부터 무거운 기침을 몇 번 토해 낸 그리젤다가 소매로 입가를 훔쳐낸 뒤 말을 이었다.

"어떤 고대 학자의 주장이었지. 어느 날 우연히 세계의 균열이라는 것을 발견한 남자가 그 틈을 통해 다른 세상을 엿보았다는 이야기였어. 그냥 심심풀이로 읽고 넘긴 건데 네 이야기를 들으니 갑자기 생각나네."

록사나는 그 이야기를 좀 더 듣고 싶었지만 그리젤다의 기침이 점점 더 심해져서 그냥 말았다.

"됐으니까 이제 그만 말해. 모른 척해 줄 테니까 사용인이 작업실에 오기 전에 차라리 기절한 척이라도 하지 그래?"

"콜록……. 그럴까?"

록사나의 말에 그리젤다가 짓궂은 장난을 치는 아이처럼 웃으며 책상 위에 엎드렸다. 그런 그녀의 입가와 소매는 피로 흥건하게 젖어 있었다.

그리젤다는 어릴 때부터 주술적 자질 하나만큼은 뛰어났다. 아그리체에는 노예처럼 부려 먹고 있는 주술사들이 적지 않았는데도 그 안에서 홀로 두각을 드러낼 정도였다. 당연히 란트도 거기에 관심을 보였고, 하여 그리젤다의 능력은 그쪽에만 집중적으로 특화되어 있었다. 그 탓인지 그녀는 어릴 때부터 매일 작업실에만 틀어박혀 있어 주술 외적인 분야에서는 록사나와 비슷할 정도의 최하위 성적을 기록하곤 했다.

오늘도 그리젤다가 란트의 명으로 해야 할 일은 상당히 많은 것 같았다. 록사나는 그리젤다의 기절한 시늉이 좀 더 그럴듯해 보이도록 책상 위에 널린 주술 용품들 몇 개를 바닥에 자연스럽게 떨어뜨려 배치했다.

"하지만 만약에……."

그리젤다는 하얗게 뜬 얼굴로 색색 숨을 몰아쉬며 그런 록사나를 보았다.

"록사나 네 꿈이나 그 책에 나온 내용처럼 정말 이게 누군가가 만들어 낸 이야기라면……. 그 사람이 우리 얘기 좀 다시 써 줬으면 좋겠네."

스스로 생각하기에도 우스운 소리 같은지, 핏물 밴 입술에서 피식 옅은 웃음이 새어 나왔다. 록사나는 무표정한 얼굴로 그리젤다의 피 묻은 입가를 닦아 주었다.

"당신이 그런 소리를 할 줄은 몰랐어. 솔직히 비웃을 줄 알았거든."
"그래도 너보다는 내가 더 오래 살 줄 알았는데 인제 보니 왠지 그게 아닐 것 같아서 충격받았나 봐."

끅끅 강난스럽게 우는 그리젤다의 몸은 지난 두어 달간 못 본 새 뼈만 남아서 앙상했다.

얼마 전부터 란트가 그리젤다를 데리고 새로운 일을 하기 시작했다는 소식을 록사나도 어렴풋이 주워들었다. 베르티움의 인형술과 관련된 실험이라던데……. 록사나는 관계자가 아니라 자세한 내용을 몰랐지만, 그것이 그리젤다의 몸에 굉장한 무리를 주는 일이라는 것만은 알 수 있을 것 같았다.

그리젤다는 록사나가 닦아 준 보람도 없이 다시 피 섞인 기침을 토해 냈다.

"뭐……. 상상하는 건 자유니까. 지금하고는 다르게 살고 싶다는 생각 정도는 다들 많이 하잖아?"

다시 뻗어진 손을 그리젤다가 고개를 저어 거절했다. 예전에는 그러지 않았는데 몸이 병들어 마음도 덩달아 약해진 것인지, 그녀는 힘없는 목소리로 계속 중얼거렸다.

"나도 좀 더 자유롭게 살 걸 그랬어. 아버지가 너무 무리한 일을 시키면 요령껏 엄살도 부리고. 시험도 딱 폐기 처분 당하지 않을 정도로만 보고……. 대신에 좀 더 재미있는 일들을 하면서……."

크게 친하지는 않았지만, 그래도 그리젤다는 이 아그리체에서 록사나가 애써 웃음을 지어낼 필요가 없는 몇 안 되는 사람 중 하나였다.

그래서 제 코가 석 자인 상황에서도 그리젤다가 조금은 마음 쓰였다. 이렇게 핑계를 대고 그녀를 찾아온 것도 사실은 그래서였다.

"그때는 너하고 노는 것도 재미있겠네."
"누구 마음대로? 그건 그때 당신 하는 거 봐서 좀 생각해 봐야겠는데."
"뭐야, 매정하기는."

혼자 투덜거리던 그리젤다는 잠시 후 정말로 의식을 잃고 쓰러졌다. 그래서 록사나는 의원과 사용인을 불러 그녀를 간병하게 시킨 뒤 방을 나서야 했다.

지난 일을 상기하는 록사나의 눈동자에 희끄무레한 음영이 씌워졌다. 잠시 후, 그녀는 옆에 있는 소년의 가슴에 얼굴을 더 깊게 묻고 억지로 잠을 청했다.

다음 날 저녁, 록사나는 그리젤다의 말을 듣고 관심이 생겨 평소 잘 가지 않던 아그리체의 서고에 들렀다. 하지만 역시 제목도 모르는 책을 쉽게 찾을 수는 없었다. 소득 없이 다시 밖으로 나왔을 때는 생각보다 시간이 꽤 많이 지나 있었다. 촛대의 불이 은은하게 밝혀진 복도가 아까보다 어두웠다.

또각, 또각.

조용한 공간에 록사나의 발소리만 작게 울렸다. 평소에 잘 오지 않던 길이라 그런지 무겁게 내려앉은 침묵이 괜스레 더 으스스하게 느꺼졌다. 층계참에서 다른 사람의 발소리가 들려오기 시작했을 때는 더욱 그랬다.

"록사나 아가씨?"

하지만 곧 시야에 나타난 것은 일전에 록사나에게 꽃을 주었던 폰타인의 시종이었다. 약간 굳어 있던 록사나의 어깨가 풀어졌다.

"아니, 이 늦은 시간에 왜 혼자 밖에 나와 계십니까?"

"잠깐 볼일이 있어서. 이제 방으로 돌아가는 중이야."

"그러셨군요. 전 하루 일과를 끝마치고 다른 쪽 일을 조금 도와주다 숙소로 가던 참이었습니다."

안 물어봤는데. 그렇게 생각했지만 속마음을 굳이 겉으로 내보이지는 않았다. 반면 시종은 록사나를 만난 것이 퍽 반가운 모양이었다. 수줍게 뺨을 붉힌 남자가 록사나에게 말했다.

"괜찮으시다면 제가 방까지 모셔다 드릴⋯⋯."

쾅!

시종의 얼굴이 갑자기 벽에 처박힌 건 바로 그 순간이었다. 록사나의 눈앞에 피가 튀면서 으득, 뼈 부러지는 소리가 들렸다.

"이 새끼, 어쩐지 요즘 정신을 다른 데 빼놓고 다닌다 싶더니만."

음산하게 가라앉은 굵은 목소리가 뒷덜미를 서늘히 스쳤다.

"야, 록사나. 너 그새 내 시종까지 홀렸냐?"

층계참에서 소리 없이 나타난 폰타인이 억센 손으로 시종의 머리를 틀어잡고 몇 번 더 벽에 처박았다.

쾅쾅! 놀라서 얼어붙은 록사나가 복도를 울리는 큰 소리에 숨을 들이켜며 뒤로 물러났다.

"이 시간에 둘이 몰래 만나기로 약속이라도 한 거야, 뭐야? 같이 시시덕거리고 재미 좋던데."

마침내 시종이 바르르 몸을 떨다가 축 늘어졌다. 폰타인이 그대로 몸을 돌리자 그의 손에 잡힌 지푸라기 같은 몸이 지이익 끌려왔다.

"왜, 나한테 그런 것처럼 이놈 앞에서도 아양 떨면서 질질 짜기라도 했나 보지? 어?"

폰타인이 한 마디씩 입 밖으로 짓씹어 내뱉을 때마다 진한 술 냄새가 진동했다. 이미 만취한 듯, 록사나에게 틀어박힌 핏발 선 눈에서는 이성을 찾아볼 수 없었다.

"감히 내 허락도 없이 건방지게……."

본능적인 위기감이 머릿속에서 경종을 울렸다. 폰타인이 늘어진 시종의 몸을 옆으로 거칠게 던져 버린 순간, 록사나는 황급히 몸을 돌려 뛰었다.

"내 말 안 끝났는데 어디 가……! 이리 안 와?"

뒤에서 그녀를 쫓아오는 소리가 들렸다. 그나마 술에 취해 비틀거리느라 속도가 줄어든 듯했지만, 귓전을 할퀴는 남자의 고성이 당장에라도 머리채를 휘어잡을 것 같았다.

록사나는 혼비백산해 도망쳤다. 그러다 복도의 모퉁이를 도는 곳에서 쿵, 누군가와 부딪쳤다.

"도……!"

폰타인을 막아설 수 있는 사람이 저택에 거의 없다는 걸 알면서도 무심코 도움을 요청하기 위해 앞에 있는 사람을 붙잡으며 급히 입을 열었다. 하지만 다음 순간 지척에서 마주친 싸늘한 붉은 눈동자에 저절로 말이 삼켜졌다. 한기를 흘리면서 그 자리에 서 있는 사람은 다름 아닌 데온이었다.

록사나는 저도 모르게 주춤 뒷걸음질 쳤다. 다른 사람은 몰라도 이 남자에게만큼은 도움을 받기 싫었다. 하지만 어차피 그는 록사나가 아무리 매달려 애원한다 해도 도와주지 않을 것이다. 예상대로, 데온은 한겨울의 눈발보다도 차디찬 눈으로 그녀를 내려다보았다. 그러면서 굳게 다물려 있던 입술을 떼 매정한 한 마디를 내뱉었다.

"비켜."

록사나는 그를 지나쳐서 다시 뛰었다. 어쩌면 임시로 가까운 다른 방에 숨는 것이 더 나았을지도 모른다. 하지만 그때는 그런 생각이 들지 않았다. 당장 그녀의 방으로 돌아가 문을 걸어 잠그지 않으면, 뒤에서 뻗어져 온 억센 손이 당장 뒷목을 움켜쥘 것 같은 불안감과 공포심이 밀려들었다.

그러나 마침내 방에 도착해 막 문을 닫으려고 했을 때, 우악스러운 힘이 틈을 비집고 들어왔다.

"어딜 쥐새끼같이! 너도 나를 무시해? 네까짓 게……!"

"악!"

록사나는 활짝 열어젖혀진 문에 밀쳐져 바닥을 나뒹굴었다.

"아버지나 데온 그 새끼나, 죄다 날 우습게 여기고! 그런데 이제는 감히 너까지 날 만만하게 봐? 가진 거라고는 반반한 낯짝밖에 없는 주제에 감히!"

술 냄새를 풍기며 다가온 폰타인이 록사나의 멱살을 거칠게 잡아챘다. 상체가 반쯤 들리며 뜯겨 나간 단추가 바닥에 떨어져 튕겨 나갔다.

"그 얼굴을 불에 지져 주기라도 해야 네가 정신을 차리지!"

폰타인에게 밀쳐진 몸이 벽에 쿵 부딪혔다. 록사나의 입에서 흐느끼는 듯한 신음이 뱉어져 나왔다. 그러자 술에 취해 제정신이 아닌 듯한 폰타인이 비열하게 웃었다.

"그래. 아그리체의 의술이 아무리 뛰어나다 해도, 형체도 알아볼 수 없게 문드러진 네 얼굴도 과연 감쪽같이 고칠 수 있을까? 이참에 한 번 시험해 보는 것도 나쁘지 않을 것 같은데?"

그동안 이런 식의 협박을 받은 적은 가끔 있었다. 하지만 그때마다 으름장을 놓는 선에서 그쳤을 뿐, 폰타인은 진짜 그녀에게 손을 대지는 못했다. 그 정도의 대범함이라도 있었다면 진작 열등감의 근원인 데온의 뒤통수를 칠 시도라도 했으리라. 그러니 란트가 답지 않은 인내를 갖고 값이 오르기를 기다리고 있는 상품 중 하나인 록사나를 섣불리 건드릴 용기가 있을 리 만무했다.

하지만 지금 폰타인이 술김에 일을 저지를 가능성마저 전혀 없을지, 그것조차 자신할 수는 없었다. 벽에 걸린 촛대가 지금 폰타인이 손을 뻗으면 쉽게 닿을 수 있을 정도로 아주 가까이에 있었다.

"자……."

록사나는 파르르 몸을 떨면서 꽉 깨물고 있던 입술을 달싹였다.

"잘못했어요……."

폰타인을 향한 눈동자에 금세 이슬 같은 눈물방울이 맺혔다. 실제로 그녀가 잘못한 일은 하나도 없었지만 일부러 더 흐느끼는 목소리를 내며 자비를 구했다.

"제가 잘못했어요, 흐윽……. 용서해 주세요, 오빠……."

하지만 그러면서도 록사나는 손을 옆으로 더듬어, 조금 전 폰타인에게 밀쳐지면서 부딪쳐 떨어진 협탁 위의 물건들 중에 쓸 만한 것을 찾았다.

역시 저열한 폰타인은 록사나가 눈물을 글썽이며 빌자 만족스러운 눈치였다. 그러다 문득 벌게진 눈이 조금 전 그의 손길에 단추가 뜯겨 드러난 록사나의 허연 살갗에 꽂혀 들었다.

"그래……? 잘못했다고?"

그것을 예민하게 알아차린 록사나의 눈동자에 경멸과 역겨움이 스쳤다.

"잘못한 걸 안다면 벌을 받아야지."

그녀의 처음 생각대로 폰타인은 정말 록사나를 직접 건드릴 마음까지는 없었다. 그러나 수치는 줄 수 있었다. 더불어 눈요기도 좀 하고.

폰타인이 손을 움직이는 것과 동시에 록사나의 손가락 끝에 단단한 무언가가 걸렸다.

하지만 그녀가 그것을 잡고 휘두르기 전에, 폰타인의 뒤로 짙은 그림자가 덮쳐들었다.

"으아악!"

바로 다음 순간, 남자의 굵은 비명이 밤의 정적을 찢었다. 록사나는 어느새 다가온 그녀의 장난감이 폰타인의 목덜미를 맹수처럼 물어뜯는 광경을 멍하니 바라보았다. 폰타인이 고통에 몸부림치며 팔을 휘둘렀지만 소년은 그의 등에 악착같이 매달린 채 떨어지지 않았다. 소년의 몸에 연결된 사슬이 거칠게 절그럭거리는 소리를 냈다.

하지만 언제까지나 버티는 건 불가능했기에, 결국은 폰타인의 팔꿈치에 명치를 세게 맞은 소년이 튕겨 나갔다. 육체의 자유를 찾은 폰타인이 크게 휘청였다. 살점이 뜯겨 나간 곳에서 피가 줄줄 흘러나와 바닥을 적셨다.

"이…… 이 개새끼가!"

얼굴을 시뻘겋게 물들인 폰타인이 록사나의 장난감을 당장에라도 찢어 죽여 버릴 것처럼 살기를 폭발시켰다. 그러나 그가 소년에게 다가가는 것보다, 록사나의 손에 들린 화병이 휘둘러지는 게 먼저였다.

챙그랑!

거의 다 시든 하늘색 꽃이 바닥에 나풀거리며 떨어졌다. 의식을 잃은 폰타인의 몸도 그 위로 허물어졌다. 록사나는 깨진 화병 조각들 사이에 서서 거친 숨을 몰아쉬었다. 조금 전까지만 해도 소란스럽던 방 안에 갑작스러운 정적이 내려앉았다.

덜 닫힌 문밖에서 누군가가 다가오는 발소리가 작게 들렸다. 록사나는 퍼뜩 정신을 차리고 폰타인에게 몸을 숙였다. 피를 대충 입가에 묻힌 그녀가 기절한 폰타인을 힘겹게 질질 끌고 밖으로 나갔다. 마침 소란을 듣고 온 사용인 몇 명이 방문 앞에 거의 다다라 있었다.

"내가 그랬어. 데려가."

그들은 피투성이인 두 사람을 보고 기겁했다. 록사나는 폰타인을 복도에 버려둔 채 문을 쾅 닫고 다시 안으로 들어갔다. 그녀의 장난감은 난장판이 된 방 한구석으로 몸을 옮긴 뒤였다.

록사나는 그에게 천천히 다가갔다. 밟힌 유리 조각에서 빠드득 소리가 날 때마다 소년에게서 흘러나오는 기운이 매서워졌다. 무엇이 그를 이토록 자극한 건지, 늘 초점 없는 눈을 하고 있던 소년이 지금은 날것 그대로인 눈을 한 채로 다가오는 사람을 형형하게 주시하고 있었다.

록사나는 그에게 시선을 맞춰 몸을 낮췄다. 록사나의 시야에 비친 소년의 얼굴과 몸은 폰타인의 피로 범벅된 상태였다. 그래서 더 사납고 위험해 보였다. 하지만 피가 묻어 더러운 건 록사나도 마찬가지였다.

물론 그래도 소년이 어떤 식으로 사람의 살점을 물어뜯었는지 직접 목격한 바까지 있으니, 사실은 두려워하며 피해야 마땅한 일이었다.

그러나 록사나는 그녀 자신이 소년에게 해를 입을 것은 하나도 우려되지 않는 것처럼 겁 없이 잎으로 손을 내밀었다.

순간 소년이 위협하는 짐승처럼 목 안에서 으르릉거리는 소리를 냈다.

"괜찮아."

"……."

"닦아 주려는 거야."

조용한 음성이 그를 안심시키려는 듯이 자그마하게 속삭였다. 조심스러운 손길이 아주 천천히 소년에게 다가들었다. 다행히 소년은 그녀를 공격하지 않았다. 록사나의 손이 마침내 그에게 닿았다. 그녀는 피로 물든 소년의 입가를 살살 문질렀다.

당연한 일이었지만, 그 정도로 피는 닦이지 않았다. 소년은 그런 록사나를 빤히 쳐다보고 있었다. 여느 때처럼 막에 가려진 듯이 혼탁하지만 그래도 다른 때보다는 초점이 명료한, 고요에 잠긴 눈으로.

록사나는 그 눈동자를 가까이에서 응시하다가 다소 충동적으로 고개를 움직였다. 피에 젖은 두 입술이 아주 천천히 맞닿았다. 록사나 스스로조차 무의식중에 한 행동이었다.

첫 입맞춤에서는 짙은 피비린내가 풍겼다. 잠시 후 소년에게서 떼어진 록사나의 입술이 작게 달싹였다.

"……역시 폰타인 피라 그런지 별로 좋은 맛은 아니네."

희미한 속삭임이 달빛 번진 방 안에 느릿하게 고였다.

"그래도……."

"……."

"생각보다 나쁘지는 않아. 이상해. 너한테 묻은 거라 그런가……."

잦아드는 음성 뒤에 록사나는 소년에게 한 번 더 입을 맞췄다. 이토록 가깝게 접근했는데도 소년은 폰타인에게 했던 것처럼 그녀를 물어뜯지 않았다. 그것이 제대로 된 허락이 아니란 사실을 알면서도, 이번에도 그저 거부당하지는 않았다는 것 하나만으로 스스로의 행동을 비겁하게 합리화했다.

"있잖아, 카시스……."

그리고 나서는 또 인제 와서 겁쟁이의 비겁한 속죄를 하는 것이다.

"너라면 지금 나를 죽여도 좋아."

그 후 무슨 일이든 일어나기를 기대했지만, 그녀의 세계는 여전히 멈춰 있었다. 다시 끝없는 심해 밑으로 스스로를 가둔 소년의 무감한 얼굴을 보면서 록사나는 우는 것처럼 웃었다.

"……네가 이곳에 오자마자 내가 널 발견했으면 좋았을 텐데."

그리고 너를 바로 손에 넣고 지킬 수 있을 정도로 내가 강했더라면. 그러나 결국은 이 모든 것이 헛되고 무의미한 가정일 뿐이었다.

햇빛이 하얗게 반짝이는 날이면 어김없이 그날의 기억이 떠오른다. 푸릇한 신록의 빛으로 물들어 있던 미로 정원. 그 속에서 눈 부신 해를 등지고 눈앞에 나타난 소년. 찬란한 황금빛 눈동자가 록사나를 발견한 뒤 빙벽처럼 얼어붙는 게 보였다.

그때 록사나는 함정에 빠져 다른 이복형제들과 마주치기 수치스러울 정도로 만신창이인 몰골을 하고 있었다. 온몸에 난 찢긴 상처를 파고들며 옷 속까지 기어 다니는 독충과 독사들의 미끄러운 감촉이 진저리칠 정도로 섬뜩하고 끔찍했다. 그것들을 떨쳐 내려 안간힘을

써도 부질없는 노력일 뿐, 벌어진 상처를 긁은 손톱 끝에 핏자국만 늘
이 꼈다.

분명 살면서 이보다 끔찍한 일을 겪었던 적도 있었을 텐데, 이상하
게 그때는 정말 미쳐 버릴 것 같았다. 한 달 전, 유언처럼 들었던 에
밀리의 마지막 말이 두 귀에 시끄럽게 메아리쳤다. 비명을 지를 힘도
사라져서 눈물만 흘리면서 숨을 헐떡였다.

시선이 마주친 것은 찰나였다. 소년은 하얀 잔상만을 남긴 채 금방
록사나의 눈앞에서 사라졌다. 워낙 순식간의 일이라, 어쩌면 환영을
본 것이 아닌가 싶었다. 이윽고 함정 속에 우글거리는 끔찍한 것들이
그녀의 몸을 뒤덮다 못해 시야마저 서서히 검게 가렸다.

그러나 잠시 후, 눈이 멀 것처럼 강렬한 빛이 록사나를 늪 같은 어
둠 속에서 끄집어냈다. 낯선 온기에 감싸인 팔이 위로 잡아당겨지면
서 시야가 눈부신 하얀색으로 물들었다. 아까보다 가까워진 황금빛
눈동자 안에서 거칠게 소용돌이치고 있는 그 스스로를 향한 분노와
자멸감, 그리고 약간의 체념…….

그날의 기억을 이후로 몇 번이나 다시 되새겨 떠올려 봐도, 거기에
매료되지 않는 것은 불가능했다.

록사나의 방에서 있었던 사건 이후 폰타인은 조용했다. 의외라면
의외라 할 수도 있는 일이었다. 그는 자신이 저택 안에서 갑자기 부상
을 입은 원인이 뭔지, 누구에게도 말하지 않은 것 같았다.

하기야, 아무리 만취한 상태였다고는 하나 다른 누구도 아닌 다 망

가진 장난감에게 기습당해 다쳤다는 건 이만저만한 치욕이 아니긴 했다. 어쩌면 술에 진탕 취한 상태라 당시의 기억을 잃어, 사용인들이 전해 준대로 록사나가 저지른 짓이라 알고 있는지도 몰랐다.

어느 쪽이든 폰타인으로서는 수치스럽기야 할 터였다.

"야, 네가 폰타인 어깨에 땜빵 만들었다며? 생각보다 제법인데?"

전혀 뜻한 바는 아니었지만 이복형제들은 록사나를 다시 봤다는 듯이 반응했다. 사용인들 사이에서는 그 일이 암암리에 뒷소문으로 퍼진 듯했는데, 몇몇 형제들이 그걸 들은 모양이었다. 그들은 꼭 쥐도 궁지에 물리면 고양이를 물 수 있다는 사실을 새삼스럽게 깨달았다는 듯한 눈으로 록사나를 보았다. 정작 록사나로서는 우습지도 않은 일이었다.

그녀가 바깥의 상황을 살피고 방으로 돌아왔을 때, 소년은 침대 옆쪽의 창가에 앉아 투명한 유리창 너머를 응시하고 있었다. 록사나는 문가에 서서 그런 그를 잠깐 가만히 바라보았다. 그러다 곧 소년에게 다가가 그의 앞에 몸을 낮추고 앉았다.

"햇볕이 따뜻하지?"

햇빛을 받아 더 새하얗게 보이는 치맛자락이 바닥에 목련 꽃잎처럼 펼쳐졌다. 하찮은 장난감의 앞에서 보이는 태도라기에는 서슴없었고, 주인답지 않은 처신이었다. 하지만 록사나는 아무렇지 않게 바닥에 앉아 의자에 기대 있는 소년의 손을 확인했다.

오늘도 그의 손끝에는 피가 배어나 있었다. 이제는 록사나도 이게 무슨 흔적인지 알았다. 소년은 그녀가 보는 앞에서도 종종 손목과 발목을 결박하고 있는 것을 뜯어내려는 듯이 강박적으로 손을 움직이곤 했으니까. 그래서 록사나는 그녀와 함께 있는 자리에서는 늘 소년의 구속구를 풀어 주었다.

"오늘도 밖에서 네 얘기를 하는 사람은 없었어. 아까 교육실에 가다가 손타인하고 인뜻 미주쳤는데 벌레를 씹은 것 같은 혐상궂은 얼굴을 하고 그쪽에서 먼저 날 피하더라고."

폰타인과의 일이 있었을 때 록사나도 알게 되었지만, 완전히 잘린 줄 알았던 소년의 팔다리 힘줄은 완벽하게 손상된 게 아닌 모양이었다. 그럼에도 록사나는 오늘도 주저 없이 그의 몸을 자유롭게 해 주었고, 소년은 여느 때처럼 몸이 묶이지 않은 상태에서도 자리에서 움직이지 않고 그녀를 조용히 내려다보기만 했다.

"뒤늦게 사용인들 입단속을 시켰다는 걸 보면 그날 있었던 일이 아버지 귀에 들어갈까 봐 걱정하는 것 같기도 했어."

여전히 무디긴 했지만 그래도 전보다는 록사나의 말이나 행동에 소년이 반응을 보이는 순간도 늘어났다. 꼭 이번 일로 소년을 겹겹이 가두고 있던 두꺼운 벽 중 하나가 깨져 금이 간 것 같았다.

"어쨌든, 그 인간 성격이면 이 이상 너하고 나를 더 건드리지는 않을 것 같아서 조금 마음이 놓여."

눈 부신 햇살이 내리쪼이는 창가에 앉아 시선을 마주하고 있는 소년 소녀의 모습은 언뜻 성스럽게 느껴질 정도로 티 한 점 없이 맑고 아름다워 보였다.

"그냥 이대로 다들 널 잊었으면 좋겠다……."

록사나는 그렇게 작게 읊조리며 소년의 다리에 얼굴을 기댔다. 긴 금빛 머리칼이 달콤한 벌꿀처럼 흘러내렸다. 살짝 손끝만 맞닿아 있던 두 사람의 손이 조금 더 밀착되면서, 다리 위에 올려진 소년의 손등에 록사나의 이마가 내려앉았다.

약간 발갛게 상기된 그녀의 얼굴에서는 열이 펄펄 끓고 있었다. 그것을 느꼈는지 소년의 손이 움찔했다. 월례 평가가 끝난 후부터 긴장이 풀려서 그런지, 몸 상태가 좋지 않은 것을 록사나도 느끼고 있었다. 특히 폰타인과의 일까지 있었던 직후부터 상태가 더 악화되었다.

"네 손, 오늘은 시원하네. 다른 때는 따뜻했는데."

록사나는 소년의 손에 얼굴을 반쯤 묻은 채로 고개를 돌려 그를 올려다보았다. 열이 오른 상태라 그런지 다른 때보다 혼잣말하는 목소리가 느리고 나른했다. 뒤이어 소년을 향하고 있던 루비 보석 같은 눈이 살짝 휘어지며 달짝지근한 미소를 그려 냈다.

"시원해서 기분 좋아……."

순간 머리카락에 살짝 가려진 소년의 눈매가 미세하게 좁혀졌다. 그의 다리 위에 얼굴을 기댄 소녀를 내려다보고 있던 뿌연 눈동자 안에서도 그동안 보이지 않던 광채가 깜빡였다. 록사나에게 잡히지 않은 손가락 끝이 힘을 받아 작게 움직였다. 꼭 이대로 뿌리칠지 말지, 혹은 잡을지 말지……. 아주 조금 갈등하기라도 하는 것처럼.

하지만 다른 때보다 몸의 감각이 둔해져 있던 록사나는 알아차리지 못했다. 잠시 후 핏물 맺힌 손가락에서 다시 힘이 풀어졌다. 아무도 모르게 그 자리에 부유하고 있던 기묘한 공기도 흔적 없이 사라졌다.

그날부터 록사나는 신열에 시달리며 앓았다. 자주 의식이 깜빡깜빡하고 물먹은 솜처럼 몸이 갈수록 무거워졌다. 하지만 밖에서는 그런 티를 내지 않았다. 그러나 하루 중 일정이 빈 시간에는, 낮에도 곧잘 방 안 아무 곳에나 널브러져 잠을 자는 건지 쓰러진 건지 알 수 없는 상태로 눈을 감고 있었다.

그러다 간간이 묵직한 눈꺼풀을 들어 올릴 때면 소년이 앞에 있었다. 시야가 가물거려서 그가 어떤 얼굴로 그녀를 내려다보고 있는지 알 수 없을 때도 있었다. 가끔은 눈앞의 형체가 진짜인지, 아니면 잠결에 헛것을 보는 건지 헷갈리기도 했다.

한번은 눈을 떴을 때 훌쩍 가까워진 소년의 손이 록사나의 목을 움켜쥐고 있었다. 무슨 생각을 하는지 모를 적막한 금색 눈과 혼몽하게 젖은 붉은 눈이 허공에서 얽혔다. 커다란 상처투성이 손안에서 얕은 맥이 뛰었다.

록사나는 앞에 있는 소년을 보고 희게 웃었다. 그러고는 여전히 무방비한 모습으로 다시 눈을 감았다. 지금 자신에게 벌어진 일이 무엇인지 의미를 모르는 것처럼. 혹은 이대로 무슨 짓을 해도 괜찮다고 허락하는 것처럼.

록사나의 목을 옥죄는 손길에 아직 갈피를 잡지 못한 듯한 주저함이 아주 짧게 어렸다가 이내 지그시 힘이 들어갔다. 밀착한 얇은 살갗에서 전해지는 맥박도 한결 선명해졌다.

반대로, 소녀의 가느다란 목 정도는 쉽게 부러뜨려 버릴 수 있을 정도로 크고 단단한 손아귀에서 배어 나오는 갈등 실린 파동도 점점 강해졌다. 그러다 잠시 후, 꼭 새벽빛에 악몽이 밀려나듯이 록사나의 목줄기를 틀어쥐고 있던 손길이 떠났다.

이 또한 꿈인지 아닌지, 록사나는 분간할 수 없었다. 그 후에 이어진 암전은 다소 길었다.

그러다 다시 눈을 떴을 때는 밤이었다. 록사나는 평소처럼 그녀를 괴롭히는 지독한 악몽에서 가까스로 빠져나와 울고 있었다. 열 때문에 눈두덩이까지 뜨거워진 탓인지, 눈물이 쉴 새 없이 흘러나와 얼굴을 적셨다.

언젠가부터 아린 눈가를 느릿하게 쓸고 있는 손길이 꿈결 같았다.

닿을 듯 말 듯, 조금은 서툴고 건조한 느낌으로 조심스럽게 움직이고 있는 손길이 꼭 마음속의 상흔까지 어루만져 주는 듯했다.

아까 록사나의 목을 졸랐던 손이 지금 그녀의 눈물을 닦아 주고 있다고는 생각할 수 없었다. 그 정도 염치는 있었으니까. 대신 이 비슷한 온기를 가진 다른 손을 록사나는 알고 있었다.

"미안해, 에밀리……."

빗물이 번진 것 같은 날숨 사이로 울음에 잠긴 목소리가 흘러나왔다.

"네가 나를 찾아왔을 때…… 그냥 받아들이지 말 걸 그랬어."

살면서 뼈저리게 후회되는 일은 셀 수 없이 많았지만, 특히 가장 최근의 상실은 못 견디게 아팠다.

"그냥 너 같은 거 필요 없다고 다시 돌려보낼걸."

계속 지난날을 곱씹으며 수없이 생각하고 또 생각했다. 하지만……. 사실은 수십, 수백 번 다시 그때로 돌아가도 그러지는 못했을 것이다. 이 아그리체에서 어머니를 제외하고 유일하게 록사나를 필요로 해 주고, 또 유일하게 아무 이해관계 없이 그녀의 옆을 선택해 준 사람을 거부할 수 있을 리가 없었다.

"그럼 하다못해 기억하지 못하는 척이라도 할걸……."

곁에 둘 수밖에 없었다면, 최소한 그렇게 반가워하며 마음을 나누지는 말 걸 그랬다. 같이 지내는 동안에도 그런 식으로 제 안의 약한 모습을 전부 다 보이면서 그녀에게 의지하지 말고, 적당히 거리를 두면서…….

"언제든 내 곁을 떠날 수 있게……. 적어도 네가 날 위해서 죽을 일은 없게, 그랬어야만 했는데……."

그날도, 그녀의 앞에서 그런 식으로 눈물을 보여서는 안 되었다. 란

트가 새로운 교육관으로 보낸 그 추잡한 인간이 그녀의 목숨 줄을 잡
고 무슨 더러운 짓을 하든, 혼자 사예내고 참았어야만 했다.

"죄송합니다, 아가씨. 좀 더 오래 옆에 있어 드리고 싶었는데."

악몽 속에서 교육관의 피를 뒤집어쓴 에밀리가 넋을 잃은 록사나의
뺨을 부드럽게 쓰다듬으며 웃음 지었다. 귓가에 나지막하게 속삭여지
는 목소리가 심장을 아프게 찔렀다.

*"하지만 이제는 제가 없어도 괜찮을 거예요……. 아직 스스로 모르고 있
을 뿐, 사실 당신은 강한 사람이니까요."*

그러니 그녀가 없어도 혼자서 충분히 이겨 낼 수 있을 거라고, 그런
슬픈 말을 남긴 채 에밀리는 록사나 앞에서 영원히 사라졌다. 그 빈
자리에 감당하기 어려운 고독이 밀려들었다. 거기에서 벗어나려 휘저
은 손끝에 다른 온기가 잡혔다.

카시스 페델리안. 어쩌면 이렇게 망가지는 데 그녀 역시 본의 아니
게 조금쯤은 일조했을지도 모르는 소년.

"너는, 가면 안 돼……."

그러니 이번에는 그녀가 지켜 줄 거라고 생각했다. 하지만 아니…….
아니야. 사실은 그런 이타적인 이유가 아니었다.

더 이상 혼자가 되긴 싫어.

그건 너무 외로워.

이대로는 죽을 것 같아.

그러니 떠나지 마.

아무 데도 가지 말고 날 위해 이대로 내 옆에서 살아 줘. 제발.

실제로 하고 싶은 말은 이토록이나 이기적이었다. 손에 잡힌 옷자락을 마지막 동아줄이라도 되는 것처럼 꽉 붙잡았다. 그제야 마음속에 안심이 찾아왔다.

록사나의 눈물을 서툴게 닦아 주던 온기가 옷자락을 붙든 그녀의 손 위로 내려앉았다. 억지로 떼어 내려는 것처럼 록사나의 손등을 감싼 손에 힘이 들어갔다.

하지만 정작 그 이상의 행동은 이어지지 않은 채, 덧없는 시간만이 지나갔다. 틈 없이 맞물린 따스한 온기가 가슴 위에 멍울졌다. 하늘의 별처럼 어지럽게 뒤엉킨 감정들이 부딪쳐 엉망으로 깨져 나가던 기나긴 밤이었다.

록사나는 다음 날 오후까지 열병에 시달렸다. 그래도 그 정도 시간이 지난 후에는 밤새 앓았던 것이 꿈인 것처럼 정신이 또렷해졌다. 다시 눈을 떴을 때 이번에도 가장 먼저 그녀의 시야에 비친 것은 소년이었다.

그는 록사나에게 옷을 잡힌 채 옆에서 잠든 것처럼 눈을 감고 있었다. 열에 들떠 의식을 잃기 전에 깜빡 잊은 것인지, 소년의 몸에는 그를 결박하고 있는 사슬과 구속구가 하나도 없었다.

록사나는 잠든 소년을 한참 바라보았다. 간밤의 일을 더듬어 보았지만 어디까지가 꿈이고 어디까지가 현실인지 역시 경계가 불명확했다.

똑똑.

"록사나 아가씨, 일어나셨습니까?"

문밖에서 들려오는 사용인의 목소리가 그녀를 불렀다. 록사나는 손에 쥐고 있던 구겨진 옷자락을 놓았다. 침대에서 일어나기 전에 조금 머뭉거리긴 했지만, 결국 그녀는 소년을 묶어 두지 않고 자리를 떠났다.

이후로 록사나는 방을 나갈 때에도 소년을 자유롭게 놔두었다. 그래도 그는 그녀가 돌아올 때마다 늘 같은 자리에 있었다. 그 사실은 록사나에게 꽤나 중독성 있는 안도감과 기쁨을 느끼게 했다.

"그럼 다녀올게."

오늘도 그녀는 소년에게 구속구를 채우지 않고 그의 뺨에 가볍게 입 맞춰 인사했다. 그 후 고개를 들자 어쩐지 머리카락이 살짝 당기는 느낌이 들었다. 록사나의 시선이 밑으로 떨어졌다. 소년의 손가락 사이에 그녀의 금빛 머리칼 끄트머리가 조금 얽히듯이 잡혀 있는 것이 보였다.

"나가지 말라고?"

얼마 전부터 록사나의 앞에서 조금씩 먼저 보이기 시작한 소년의 반응에 반가운 마음이 들어 물었다. 다른 사람으로서는 알지 못할 무수한 이야기를 담아내고 있는 것 같은 깊은 눈동자가 앞에 있는 그녀를 가만히 주시했다.

그러다 곧 그의 손가락에서 스르륵 힘이 풀어졌다. 혹시 얼마 전의 일 때문에 밖에 나가는 그녀를 걱정해 준 걸까? 아니면 그녀와 좀 더 같이 있고 싶어서? 어느 쪽이든 저 좋을 대로 생각한 것이었지만 아무렴 어떠랴.

"괜찮아. 금방 다녀올게."

록사나는 웃으면서 소년을 한 번 꼭 끌어안은 뒤 방을 나섰다. 그래도 그날은 다른 때보다 즐거운 마음으로 하루를 보낼 수 있었다. 그리고 저녁 무렵 일과를 마치고 다시 돌아왔을 때, 록사나를 비웃기라도 하듯이 방은 텅 비어 있었다.

심장이 바닥 끝까지 곤두박질쳤다. 이게 어떻게 된 거지? 왜 방에 아무도 없는 거야? 무섭도록 적막한 방 안의 공기에 질식할 것 같은 기분이 들었다.

록사나는 하얗게 질린 얼굴로 방을 뛰쳐나왔다. 밖으로 나오자마자 가장 먼저 마주친 사용인을 붙잡고 그녀의 방에 있던 장난감을 못 봤느냐며 매섭게 다그쳤다. 그들은 처음 보는 록사나의 모습에 당황한 얼굴로 고개를 저었다.

"폰타인은, 폰타인은 어디 있어?"

방 안에는 다른 사람이 침입한 흔적이 없었다. 하지만 가장 먼저 의심되는 건 역시 폰타인이었다. 사용인들은 그의 행방 역시 모르는 눈치였다.

록사나는 급히 그들을 지나쳐 폰타인의 방으로 향했다. 지금까지 단 한 번도 제 발로 찾아간 적 없는 곳이었고, 만약 그곳에 정말 폰타인이 있다면 록사나도 어떤 꼴을 당할지 몰랐지만 지금 중요한 것은 그런 게 아니었다.

그러나 록사나가 불시에 들이닥친 곳 역시 텅 비어 있었다. 보글보글 올라와 쌓인 초조함과 불안감이 목 바로 밑을 간질였다. 다시 복도로 달려 나온 록사나가 기이함을 감지한 것은 그리 오래 지나지 않아서였다.

선물 상자가 너무 고왕했다. 복도에서 쉽게 마주칠 수 있던 사용인들도 어째서인지 지금은 하나도 보이지 않았다. 그러다 문득 창밖에서 번지는 기묘한 소란이 예민하게 곤두선 오감에 걸려들었다. 꼭 보이지 않는 무언가가 등을 떠밀기라도 하듯이 록사나는 소리가 나는 방향으로 움직였다.

사람들이 몰려 있는 본관 건물 앞은 시끄러웠다. 드물게도 저택의 사용인들뿐 아니라, 이복형제들까지 모두 나와 그곳에 모여 있는 듯했다.

쿵, 쿵.

소란의 중심지에 가까워질수록 이상하게 심장이 점점 빠르게 뛰었다. 앞쪽에서부터 느껴지는 묘한 공기의 흐름 때문인지, 구역질이 날 것처럼 속이 울렁거렸다.

기분 나쁜 소음. 그리고 희미하게 코끝을 자극하는…… 거북한 피 비린내.

꼭 과호흡이 온 것처럼 숨을 깊게 들이마시기 힘들었다. 당장 뛰어가서 모두를 밀치고 이 거대한 불안감의 원인을 확인하고 싶은 마음과 이대로 눈과 귀를 막고 뒤돌아 도망치고 싶은 마음이 치열하게 부딪쳤다.

그러는 동안에도 그녀의 발은 꼭 저 앞에 있는 게 무엇인지 본능적으로 알아차리기라도 한 것처럼 주춤거리면서도 조금씩 앞으로 나아가고 있었다. 하여 마침내 사람들을 헤쳐 눈앞에 드러난 광경을 직접 확인했을 때…….

록사나는 망연히 얼어붙어 도망조차 치지 못했다.

"드디어 죽었네……. 사람 질리게 할 정도로 독하게 끈질기더니만."

누군가가 작게 중얼거린 목소리가 산만한 웅성거림 사이로 빠져나와 심장을 후벼 팠다.

록사나가 찾던 사람이 거기에 있었다. 결코, 그녀가 알던 온전한 모습이 아닌 채로.

"그런데 저놈 몸뚱이는 지금 어디 있어?"

"몰라, 밑에 놈들이 알아서 처분하고 있겠지."

"너 전에 기념으로 뼈나 장기 하나 수집하고 싶어 하지 않았냐?"

"시발, 처음 봤을 때나 그랬지……. 왠지 저 새끼 눈 볼 때마다 묘하게 찝찝해서 어느 순간부터는 그냥 건드리기 싫더라고."

"아, 사실 나도."

이복형제들의 대화 소리가 귓가에 어지럽게 메아리쳤다. 커다란 바위가 머리를 세게 후려친 것 같은 충격에 비틀거렸다. 핏기가 빠져나간 손발이 덜덜 떨렸다. 꼭 거친 태풍이 그녀를 통째로 집어삼킨 것 같았다. 지금 그녀가 딛고 서 있는 곳이 땅인지 허공인지 분간할 수가 없었다.

아니야…….

"그런데 저 목은 계속 저기에 전시해 둘 거래?"

아니야, 이런 게 현실일 리 없어.

"아버지가 직접 명령하셨으니까, 뭐."

분명 아침에 방을 나서기 전까지만 해도 그는 하얀 햇빛으로 물든 창가에 평온히 앉아 그녀를 바라보고 있었다.

그런데 왜……. 왜 지금은 저런 곳에서 그녀를 내려다보고 있나.

"그보다, 지금 저거 책임자가 누구였지?"

"록사나 아니었어?"

분명 시야에 깊은 노을이 스미고 있는데도, 눈앞이 깜깜했다. 빛 한 점 없는 암흑 속에 홀로 버려진 양 사방이 지독히도 어두웠다. 입 밖으로 비명인지 절규인지 모를 것이 터져 나오려고 했다. 숨만 내쉬어도 둑이 터질 것 같아서 입술 한 번 벙긋거릴 수가 없었다.

"록사나 아가씨. 수장님께서 찾으십……."

사용인이 뒤에서 그녀를 불렀을 때, 머리가 핑글 돌면서 세상이 뒤집혔다. 딛고 선 바닥이 우르르 무너지고 푸르던 하늘이 붉게 흘러내렸다.

아…….

왜 항상 끝은 이렇게 갑작스럽게 찾아오는지.

사실은 알고 있었다. 그는 록사나가 가질 수 있는 사람이 아니었다. 이대로 치욕적인 삶을 이어 갈 바에는 차라리 죽음을 선택할 사람이라는 것을 록사나의 영혼이 가장 먼저 알아보았다.

수없이 강제로 굴복당하고 의지를 꺾여 스스로를 잃은 순간에조차 그는 오롯이 그 자체로만 존재했다. 그래서 제정신이 아닌 상태에서도 빛을 찾아 제 발로 걸어 나갔나? 어쩌면 아그리체의 일부인 그녀의 품에서 허울뿐인 안식이나마 취하는 것조차 용납할 수 없었던 건지도 몰랐다.

함께 있던 시간을 귀히 여겼던 것은 록사나뿐, 어쩌면 그는 그녀와 같은 공기를 마시는 것조차 역겨웠는지도 모르는 일이었다. 하면 그날 밤 그녀의 목을 조르던 손만이 진짜였는지도 모르겠다. 그녀의 눈물을 닦아 주던 손길이야말로 허망한 환영이었을 뿐…….

그런 생각이 엄습할 때면 새까만 어둠이 독충 떼처럼 득달같이 달려들어 록사나의 심장 가장 깊은 곳까지 모조리 갉아 먹었다. 절망인지 슬픔인지 고통인지, 혹은 비참함인지 모를 감정에 집어삼켜져 울었다.

무저갱같이 끝없는 암흑 속으로 하루하루 더 깊이 굴러떨어졌다. 그러다 마침내 심연 가장 밑바닥에 도달했을 때, 그녀를 고치처럼 감싸고 있던 형체 없는 마지막 보호막이 완전히 부서졌다.

록사나는 장난감 관리를 소홀히 한 죄로 처벌의 방에 갇혔다.

짧은 기간 동안 그녀에게 소속되었던 소년이 자의로 방을 나간 것인지는 불확실했다. 본인이 죽어 버렸으니 답을 구하는 것도 영영 불가능한 일이 되었다.

마찬가지로, 처음에 록사나가 의심했던 폰타인이 이번 일과 관계있는지 아닌지도 알 수 없었다. 다만 그는 자신을 수치스럽게 했던 소년이 사라져 속이 시원한지, 앓던 이가 빠진 것 같은 얼굴을 하고 아그리체 저택을 돌아다녔다.

록사나는 오랫동안 두문불출했다. 그러던 어느 날, 페넬리안 출신 장난감의 머리가 전시된 곳에 혼자 우뚝 서 있는 그녀의 모습이 다른 이복형제들의 눈에 발견되었다.

"어, 저거 록사나잖아?"

"처벌의 방에서 이제 나왔나 보네."

록사나는 전보다 여윈 몸을 꼿꼿이 세운 채 눈앞에 있는 것에 시선을 고정시키고 있었다.

"이이. 기기서 뭐 하ㅏ?"

다른 이복형제들은 그녀를 그냥 지나쳐 갔지만 제레미는 굳이 나서서 시비를 걸었다.

"처벌의 방에서 이제 막 나온 주제에 쪽팔린 것도 모르고. 지난번처럼 또 볼썽사납게 기절이라도 하려고? 하여간에 아그리체의 수치⋯⋯."

자신을 향한 목소리에 록사나의 눈이 스륵, 소리 없이 미끄러졌다. 그 시선을 마주한 제레미가 저도 모르게 흠칫해 말을 멈추었다. 이해할 수 없게도 한순간 뒷덜미가 쭈뼛 곤두섰다. 처벌의 방에 갇힌 동안 무슨 일이 있었던 건지, 록사나에게서 형언하기 어려운 이질감이 느껴졌다.

혈색 없는 얼굴이 전보다 수척해진 것이나, 그 창백한 얼굴에 무서울 정도로 아무런 표정이 떠올라 있지 않은 것만을 의미하는 건 아니었다. 꼭 두꺼운 번데기 속에서 이제 막 탈피한 정체불명의 무언가가 인두겁을 뒤집어쓰고 그 자리에 서 있는 것처럼⋯⋯. 난생처음 보는 괴이한 존재를 목전에 둔 것 같은 기이한 경계심이 제레미의 걸음을 본능적으로 멈춰 세웠다.

그때, 말없이 그를 응시하던 록사나가 먼저 몸을 돌려 자리를 떠났다. 그제야 제레미의 몸에서도 긴장이 풀어졌다.

"뭐야⋯⋯. 저게 뭘 잘못 먹었나?"

제레미는 멀어지는 그녀의 뒷모습을 찌푸린 눈으로 바라보았다.

그 후의 록사나는 꼭 사람이 바뀌기라도 한 것처럼 달라졌다.

"당장 저것들의 쓸모없는 눈을 파내고 손과 귀를 잘라서 마물 사육장에 먹이로 던져 넣어."

원래 그녀의 밑에 배속되어 있던 사용인들에게도 전에 없던 잔인한 형벌이 내려졌다.

"방에 있던 장난감이 제멋대로 기어 나가 아버지의 심기를 거스르며 설치는 동안 너희는 뭘 했지?"

"사, 살려 주세요, 아가씨! 다시는 이런 일이 없을 테니 제발 자비를……!"

"백번 사죄해 봤자 이미 쏟아진 물을 네까짓 것들이 다시 주워 담을 수는 없지. 감히 용서를 구하는 저 세 치 혀도 잘라라."

그녀의 안에 존재하던 인정과 자비, 그리고 동정심은 이제 완전히 불태워져 재로도 남지 않은 것 같았다. 누군가는 이번에 록사나가 란트에게 크게 혼나고 난 뒤 더 이상은 기회가 주어지지 않을 것을 깨닫고 정신을 차렸다고 했다.

"록사나, 이 시간에 네가 웬일이냐?"

"사용인이 아버지 집무실로 가는 게 보여서 제가 대신 왔어요."

무엇보다도 달라진 것은 그녀가 란트에게 입안의 혀처럼 굴기 시작했다는 점이었다.

"요 며칠간 계속 귀가 시간이 늦어지시네요. 많이 피곤하시죠?"

란트의 집무실에 직접 차를 들고 간 록사나가 다가가 부드러운 손길로 그의 어깨와 팔을 주물렀다. 란트가 그런 그녀를 힐끗 쳐다보며 입매를 비틀었다.

"의외로군. 또 한동안 답답하게 빌빌거리면서 구석에만 처박혀 있을 줄 알았더니."

만약 그랬더라면 이번에야말로 정말 폐기 처분시켜 버릴 작정이었다는 말은 굳이 하지 않았다.

피로에 젖은 심신을 달래 주는 듯한 청아한 목소리가 조용한 방 안에 나긋하게 울렸다.

"죄송해요, 아버지. 제가 그동안 철이 없어 너무 어리석게 굴었어요."

"흠."

"아버지의 그늘 아래에서 지금까지 부족함 없이 살아온 탓에 저도 모르게 어리광을 부리고 있었나 봐요."

그녀에게서는 더 이상 이전과 같은 두려움이 보이지 않았다.

"하루라도 빨리 아그리체에 쓸모 있는 사람이 되어 아버지께 받은 은혜에 조금이라도 보답하는 게 자식으로서 해야 할 마땅한 도리일 텐데."

정말 이제는 란트에게 공포를 느끼지 않는 것이든, 아니면 그저 속내를 잘 숨기게 된 것이든 간에 흡족하게 여길 만한 변화였다.

"아버지가 저를 어여삐 봐 주셔서 몇 번이나 베풀어 주신 기회에 늘 감사하고 있어요. 이제는 정말 실망시켜 드리지 않을 테니 부디 조금만 더 지켜봐 주세요."

전과 달리 겁에 질려 더듬거리거나 위축된 느낌 없이 부드럽고 차분하게 이어지는 말이 듣기에 나쁘지 않았다.

"제법 기특한 소리를 하는군. 그래, 죽은 네 오빠인 아를보다는 그래도 네가 나아야 여태껏 살려 둔 보람이 있지."

란트는 죽은 제 자식의 이름조차 제대로 기억하지 못했다. 록사나는 그런 부분을 굳이 지적하지 않고, 그저 너무나도 황송하다는 듯이 고개 숙인 채 온순한 낯으로 웃어 보였다.

아그리체 사람들이 모두 볼 수 있는 곳에 전시했던 소년의 목은 부패가 시작될 때쯤 란트의 명으로 거두어졌다. 그래도 록사나의 걸음은 이따금 그 빈자리에서 멈추어지곤 했다.

그해 아그리체를 뜨겁게 달구었던 페델리안 소속의 장난감은 사람들의 관심사에서 빠르게 밀려났다. 모두 알게 모르게 소년의 존재 자체를 껄끄럽게 여기고 있었기 때문에 의식적으로 그와 관련한 이야기를 입 밖에 꺼내지 않았다.

계절이 몇 번이나 바뀌고 한 해가 지나갔다. 또 그만큼의 시간이 더 흘러 록사나는 열여덟 살이 되었다. 성년이 된 그녀는 누구나 한번 보면 정신이 아찔해질 정도로 중독성 강한 만개한 독화 같은 아름다움을 지니고 있었다.

"아버지. 전 어려운 건 잘 모르지만, 요즘 아버지가 고민하시는 일에 제가 도움이 될 수 있지 않을까요?"

"네가 말이냐?"

"이제 저도 성인이니 아그리체를 위해 일할 때가 되었지요. 아버지의 은혜에 제가 보답할 수 있는 기회를 주세요."

그때부터 그녀는 위의 이복형제들이 그랬듯이 가문의 공무에 직접 참여하게 되었다. 그녀는 놀라울 정도로 누구보다 아그리체 사람다운 방식으로 일을 처리했다. 즉, 맡은 일에 수단 방법을 가리지 않았다.

그 비열한 수완이 발휘되는 대상은 비단 외부인뿐만이 아니었다. 다른 이복형제들을 함정에 빠뜨리고 발목을 잡아 혼자만 공로를 독차지하는 경우도 비일비재했다. 그러나 그 수법이 실로 교묘한 데다 그녀가 맡은 일이 성공률은 늘 높았기 때문에 란트의 총애가 눈덩이처럼 불어나는 데에는 긴 시간이 걸리지 않았다.

"잘했다, 록사나! 요즘은 네가 다른 놈들 열 명을 합친 것보다 낫다."

그럴 때면 록사나는 늘 곱게 웃으며 말했다.

"아버지께서 한결같이 믿고 맡겨 주신 덕분인걸요."

그렇게 몇 번 더 란트가 맡긴 큰 임무를 성공시키고 나자, 록사나는 어느새 란트가 한 손에 꼽을 만큼 아끼는 자식이 되어 있었다.

얼마 후 란트의 생일날, 그는 전에 없이 성대한 연회를 열었다. 술에 진탕 취한 란트가 록사나를 향해 만족스럽게 웃으면서 물었다.

"오늘은 내 기분이 아주 흡족하구나. 네게도 선물을 하나 줄 테니 원하는 것이 있다면 무엇이든 말해 보아라."

사람의 혼을 빼놓을 듯한 출중한 미모와 비상한 머리로 그가 원하는 것들을 몇 번이나 손에 안겨 준 딸이니 마음이 너그러워질 만도 했다.

"카시스 페델리안, 그의 목을 제게 주세요."

그러나 짙게 미소 지으며 꺼낸 록사나의 말은 란트조차도 미처 예상하지 못했던 것이었다.

"제가 바라는 것은 오직 그것뿐입니다, 아버지."

연회장 안에 모여 있던 다른 이복형제들과 사용인들 속에서 웅성거리는 소리가 조금씩 퍼져 나갔다. 카시스 페델리안이라면, 그동안 모두가 잊고 있던 페델리안 출신의 소년이었다. 그런데 2년쯤 전에 죽어들개 밥이 되었는지, 마물 밥이 되었는지 알 수 없는 놈의 목을 왜 이제 와서 찾지?

"카시스 페델리안의 목을 달라?"

란트도 어느새 술이 깬 것 같은 얼굴을 하고 앞에 있는 록사나를 지그시 바라보고 있었다.

"네, 아버지."

그 눈빛이 심중을 꿰뚫듯이 날카로웠으나 록사나의 얼굴에서는 미려한 미소가 거두어지지 않았다.

"그때도 그 비천한 짐승의 선명한 황금색 눈만큼은 마음에 들었거든요. 마침 제 수집품 방의 자리가 비었으니 예쁜 유리병에 담아 장식해 두고 싶어요."

수군거리는 소리가 잦아들지 않던 와중에, 록사나를 응시하던 란트가 마침내 시원한 웃음을 터트렸다.

"하하하하! 네 눈치가 제법인 건 알고 있었지만 기대 이상이었군. 내가 그놈의 시신을 처분하지 않은 걸 언제부터 알고 있었지?"

"외람된 말씀이지만, 아버지께서 그자의 목을 인제 그만 거두라 처음 명하셨을 때부터 혼자 짐작하고 있었답니다."

"내 속을 그리 잘 읽는 걸 보니 생각보다 네가 나를 많이 닮은 모양이다. 좋다. 네가 원하는 것을 선물로 주마."

그는 흔쾌히 시종을 불러 무어라 지시를 내렸다. 잠시 후 검은 상자를 손에 든 시종이 록사나에게 다가왔다. 록사나는 두 손으로 그것을 받아 들었다.

"감사합니다, 아버지. 세상에 둘도 없을 진귀한 선물이에요."

고개 숙여 인사하는 그녀에게 란트가 흡족하게 웃으며 손을 휘저었다.

록사나는 란트에게 친히 수여받은 선물을 품에 안고 붉은 융단 위를 사뿐히 걸어갔다. 내딛는 걸음마다 장신구들이 부딪쳐 내는 맑은 소리가 연회장 안에 울렸다. 겹겹이 늘어뜨린 황금빛 옷자락이 불빛에 빈끽이며 그림자처럼 바닥을 쓸었다.

어느 때보다 아름답게 치장한 채 고운 꽃처럼 웃고 있는 록사나의 모습은 연회장을 나와 복도를 걷는 동안에도 지나가는 사람들의 시선을 사로잡았다. 연회에 참석하지 않고 방에서 혼자 게으름을 부리다가 슬슬 배가 고파져 밖으로 나온 제레미만이 그런 록사나를 보고 얼굴을 구겼다.

"퉤. 재수 없게."

나이가 든 록사나는 데온과는 다른 의미로 시비조차 걸기 싫은 인간이 되어 있었다. 결국, 바닥에 침을 뱉은 제레미가 먼저 다른 방향으로 몸을 돌려 록사나를 피해 갔다.

잠시 후 방에 도착한 록사나는 문을 닫고 들어와 느릿한 걸음으로 카펫을 밟고 걸었다. 그렇게 방 중앙을 가로지르던 몸이 어느 순간부터 조금씩 비틀거렸다. 그러다 이내 록사나는 다리에 힘이 풀린 듯이 방 한복판에 풀썩 주저앉았다.

그녀의 손에는 아직 란트가 준 검은 상자가 들려 있었다. 미처 인지하지 못한 사이 상자를 쥔 손에 저도 모르게 힘을 주고 있었는지, 손가락의 뼈마디가 도드라진 게 눈에 들어왔다.

록사나는 검은 상자를 한참 내려다보았다. 그러다 마침내 그 뚜껑을 천천히 열어 안에 있는 것을 확인했을 때. 걷잡을 수 없는 전율이 넘쳐흘러 그녀의 몸을 떨리게 했다.

"카시스……."

2년 만에 보는 소년의 얼굴이 망막에 비쳤다. 아까 란트의 앞에 있을 때와는 비교도 할 수 없이 감미로운 미소가 록사나의 아름다운 얼굴에 피어났다.

하지만 그 표정은 서서히 울 것처럼 찡그린 기묘한 표정으로 변했다. 그녀는 떨리는 손을 움직여 부패되지 않도록 주술이 걸린 소년의 잘린 머리를 조심스럽게 꺼내 들었다.

"보여? 이제야 겨우 우리 방으로 돌아왔어."

이 순간을 얼마나 기다렸던가. 설령 소년이 죽어서까지 그를 놓아 주지 않는 그녀를 지긋지긋하게 여긴다 해도 상관없었다.

"네가 살아서 나와 함께 있을 수 없다면 죽은 후라도 괜찮아."

삶을 가질 수 없다면 죽음이라도 가질 테다. 혼이 떠난 시체라도 품에 끌어안고 거짓된 허상 위에 쌓은 달콤한 꿈을 꿀 테니.

"날 미워해도 돼. 밤마다 찾아와 내 목을 졸라도 좋아."

록사나는 소년의 머리를 세상에서 가장 진귀한 보물처럼 품에 소중히 끌어안고 자장가를 부르듯이 속삭였다.

"그러니까 앞으로도 언제까지나 계속 내 옆에 있어 줘."

언제 고였는지 모를 눈물이 붉은 눈 밑으로 방울져 보석처럼 툭 떨어져 내렸다.

"이제는 날 떠나지 마."

이렇게 소년과 다시 만난 지금 이 순간, 그녀는 못 견디게 행복하고 또 못 견디게 절망스러워 죽을 것 같았다. 이렇게 끔찍할 정도로 기쁘고도 아픈 마음이 무엇인지 록사나는 알지 못했다. 심장이 천 갈래 만 갈래로 찢겨 누더기가 되어도 이보다는 괴롭지 않을 것 같았다.

오늘도 록사나의 야속한 사람은 그녀의 말에 아무런 대답도 해 주지 않았다. 그래서 또다시 그녀 혼자 영원을 맹세했다. 그것만이 록사나가 할 수 있는 유일한 일이었기에.

이미 몇 번이나 겪어 본 일이지만 누군가가 죽는다 해서 세상이 무너지는 일은 없었다. 한숨도 잠들지 못하고 눈물로 지새운 밤이 지나가도, 다음 날 아침에는 어김없이 그날의 태양이 떠올랐다.

시간은 더욱 무상하게 흘러 록사나의 나이는 열아홉 살이 되었다. 란트는 록사나가 성년이 되었을 때부터 5가문이 모이는 위그드라실에 데려갔다.

페델리안의 소녀를 그녀가 처음 만난 것은 유독 매서운 눈보라가 몰아치던 한겨울이었다.

록사나는 방에서 나와 혼자 복도를 걷고 있었다. 저녁 만찬이 한창일 때였으나 그녀는 연회장에 내려가지 않고 방에 머물러 있던 참이었다. 그러다 얼굴이라도 한 번 비칠 겸 잠깐 밖으로 나온 길에 앞쪽에서 요란한 소리가 들려왔다.

"무슨 일인지 알아 와."

같이 있던 사용인을 보낸 뒤 록사나는 복도에 나 있는 발코니 쪽으로 혼자 이동했다. 오후부터는 잠잠해지나 싶더니, 그새 또 하얀 눈발이 흩날리고 있었다. 록사나가 있는 발코니로 갑자기 누군가가 뛰어든 것은 그러던 어느 순간이었다.

"아!"

가까이에서 시선이 마주친 순간, 록사나의 시야에 비친 사람이 눈을 크게 뜨며 숨을 들이켰다.

눈처럼 새하얘 보이는 은발. 낯설지 않은 반짝이는 광채를 품고 있는 황금색 눈동자.

한순간 시간이 멈춘 것 같았다. 록사나는 지금 마주한 여자가 누구인지 거의 본능적으로 알아차렸다.

"넌 저쪽으로 가 봐!"

그리 멀지 않은 복도에서 누군가를 뒤쫓는 듯한 소리가 울렸다. 여자의 얼굴에 낭패감과 초조함이 서렸다.

혹시 발코니 밑으로 뛰어내려 도망갈 생각이었던 걸까? 하지만 조금 전 확인했을 때, 바로 밑에도 추격자로 보이는 사람이 있었다.

앞에 있는 사람이 움직이기 전에 록사나가 먼저 앞으로 걸어갔다. 그러자 마주한 이가 몸을 흠칫 떨었다. 록사나의 입술에서 쉬잇, 하고 여린 짐승을 달래는 듯한 부드러운 음성이 흘러나왔다. 두꺼운 망토 자락이 허공에서 소리 없이 흔들렸다. 뒤이어 란트가 록사나의 눈앞에 나타났다.

"록사나?"

"아버지."

일그러진 얼굴로 주위를 두리번거리는 그를 향해 록사나가 물었다.

"복도가 시끄럽던데 무슨 일인가요?"

"내 방에 쥐새끼가 들어왔었다."

"네?"

"혹시 이쪽으로 누가 도망쳐 오지 않았더냐?"

록사나는 깜짝 놀란 듯이 눈을 동그랗게 뜨고 란트의 뒤쪽을 응시했다.

"조금 전에 저쪽으로 누군가 달려가는 소리를 들었는데 혹시……."

다른 수하를 보낸 방향이 아니었는지, 란트가 욕지거리를 내뱉으며 록사나가 가리킨 곳으로 당장 뛰어갔다.

금방 돌아온 사용인도 물리고 록사나는 발소리가 좀 더 잦아들 때까지 기다렸다.

"이제 나와도 돼."

이윽고 그녀의 팔이 옆으로 살짝 들어 올려졌다. 하얀 털 망토는 꽤나 사치를 부려 제작된 탓에 앞쪽의 금단추를 여미면 온몸이 전부 감싸이고도 남을 정도로 품이 컸다. 게다가 길이도 발뒤꿈치를 덮고 그 뒤쪽까지 끌릴 정도로 길었다. 그래서 바닥에 주저앉아 몸을 웅크리고 있는 여자 하나 정도는 충분히 가릴 수 있었다.

록사나와 비슷한 또래인 은발 여자는 당황과 혼란이 뒤섞인 얼굴로 엉거주춤 자리에서 일어나 황급히 거리를 벌렸다. 록사나는 그녀의 얼굴을 물끄러미 바라보았다.

실비아 페델리안.

굳이 이름을 묻지 않아도, 그녀가 카시스의 하나뿐인 여동생이란 사실을 알 수 있었다.

"당신 뭐야?"

실비아는 록사나의 행동이 몹시도 예상 밖이었던 듯, 경계심 섞인 목소리로 물었다.

"당신도 아그리체 아니야? 그런데 왜 지금 나를 숨겨 준……."

"네 눈, 참 예쁘구나."

그런 그녀를 보다가 록사나는 무심코 소리 내 말했다. 그에 당황한 듯이 실비아 페델리안이 입을 다물었다. 록사나가 칭찬한 그녀의 눈이 속눈썹을 팔랑이며 빠르게 깜빡였다.

혹시 놀림받았다고 생각해 화가 난 걸까? 혈색 없던 실비아의 뺨이 서서히 빨갛게 달아올랐다. 하기야, 상황에 맞지 않는 소리이긴 했으니. 하지만 록사나는 또 그런 실비아의 얼굴을 보다가 불쑥 말하고 말았다.

"카시스 페델리안은 네가 이러는 걸 원하지 않을 거야."

그 순간 황금빛 눈동자 안에 고여 있던 빛이 폭발하듯이 번쩍였다.

"지금 그 말……!"

실비아는 반사적으로 언성을 높였다가 조금 전에 사라진 란트를 의식했는지 다시 소리를 낮추었다. 그러고 나서 록사나에게 급히 다가와 그녀의 팔을 붙잡고 물었다.

"당신 혹시 뭔가 알고 있는 거야? 우리 오빠를 본 적……."

"몰라."

무심하게 느껴질 정도로 짤막하고 단조로운 음성이 붉은 입술에서 내뱉어졌다.

실비아 페델리안이 몇 년 전 사라진 오빠를 찾아 직접 움직이기 시작했다는 사실을 록사나도 알고 있었다. 다른 가문들과 앞서 접촉한 일이 있다는 것도 란트 몰래 움직인 그녀의 수하에게 전해 들었다. 위그드라실에 온 실비아가 지금 이렇게 란트에게 쫓기고 있는 것도 분명히 그와 연관이 있으리라.

"하지만 네가 잘못되면 슬퍼할 사람들이 있다는 건 알지."

이어진 록사나의 말에 실비아가 침묵했다.

"그러니 위험한 일은 여기까지만 해."

스스로의 이런 언행이 기만이나 다름없다는 사실을 록사나도 모르지 않았다. 그러나 이것은 실비아 페델리안을 위해 그녀가 진심을 담아 해 줄 수 있는 유일한 충고였다. 록사나를 말없이 응시하는 실비아

의 눈은 그녀가 아는 다른 사람과 너무도 닮아 있어서, 조금 속을 시
리게 했다.

잠시 후, 실비아 페델리안이 가라앉은 시선을 록사나에게서 떼고
눈발이 흩날리는 발코니 밑으로 망설임 없이 뛰어내렸다. 그 모습이
꼭 날개를 펼친 자유로운 새 같았다.

"페델리안 계집이 요즘 죽은 오빠의 일로 겁 없이 여기저기 들쑤시
고 다니는 것 같더군."

록사나의 충고가 무색하게도 실비아의 이후 행적은 란트의 귀에까
지 들어갔다.

"하는 꼴이 영 거슬려. 제까짓 게 그래 봤자 뭘 할 수 있다고 저리
꼴같잖게 설쳐 대는지."

그런 건방진 작태마저 제 아비를 쏙 빼닮았다며 란트가 얼굴을 구
겼다. 그는 자리에 모여 있는 자식들에게 말했다.

"온실 속에서만 살아와 세상 무서운 줄 모르는 하룻강아지 같은 계
집에게 인생의 쓴맛을 직접 보여 주는 것도 괜찮을 터. 너희들 중 누
가 나를 가장 즐겁게 만들어 줄 수 있을지 궁금하구나."

그때부터 실비아 페델리안은 아그리체 이복형제들의 표적이 되었다.

"록사나! 왜 자꾸 방해하는 거야!"

"나누어 먹는 건 취향이 아니라서 말이지."

록사나는 비열한 방법으로 다른 이복형제들을 번번이 방해했다.

"모처럼 발견한 먹음직스러운 사냥감을 내가 다른 사람에게 빼앗길

까 봐?"

서로 공로를 다투는 경쟁자였기 때문에 협동해 목표물을 쟁취해 낼 생각은 대부분 떠올리지 못했다. 간혹 영리하게 손을 잡은 이복형제들은 여지없이 록사나가 뒤에서 간교하게 이간질해 떨어뜨려 놓았다.

실비아 페넬리안은 계속 아슬아슬하게 그들의 손아귀를 빠져나갔다. 그녀는 운도 좋아서 정말 위험한 상황에서는 오르카 휘페리온이나 류자크 가스토르, 혹은 노엘 베르티움이 보낸 심복이 시기적절하게 나타나 그녀를 구해 내기도 했다.

차라리 실비아 페넬리안을 죽이는 임무라면 간단할 텐데, 란트는 거기까지 페넬리안을 자극할 마음은 없는 듯 사살 명령까지는 내리지 않았다. 게다가 일단 아그리체의 이복형제들은 밖에서 되도록 정체를 숨기고 움직여야 했기 때문에 더욱 행동에 제약이 생겼다. 실비아에게 다른 가문의 사람들까지 엮이기 시작하면서부터는 더욱 주춤할 수밖에 없었다.

쾅!

얼마 후 란트가 집무실에서 보고를 듣고 책상을 거칠게 내리쳤다.

"이 머저리 같은 것들! 겨우 그런 생쥐 같은 계집 하나 마음대로 요리하지 못해서 나한테 이따위 보고를 듣게 해?"

역시 그동안 실비아는 아그리체를 제외한 다른 세 가문 모두와 접촉한 것 같았다. 록사나의 생각에도 이제 막 성인이 되어 처음 페넬리안 밖으로 나온 여자아이치고는 무서운 행동력이었다.

그 때문에 란트는 기분이 매우 언짢은 듯했다. 아무리 대등한 5가문이라고 하나, 다른 세 가문이 페넬리안과 결탁해 아그리체에 압력을 가하게 되면 앞으로의 움직임에 방해가 될지도 모르는 일이었다.

물론 실비아 페델리안의 말 한마디에 쉽게 좌지우지될 가문들이 아니긴 했찌민, 그들 사이에 눈에 띄는 교류가 있는 건 사실이었다. 더군다나 란트로서는 가뜩이나 꼴 보기 싫은 리셀 페델리안의 딸이 이토록 자꾸만 눈에 거슬리게 구니 더욱 열이 받을 만도 했다.

"록사나."

"네, 아버지."

"그 페델리안 계집이 변변찮은 미색으로 수작을 부려 다른 가문의 놈들을 홀리고 다니는 것 같더군."

란트는 가진 것이라고는 반반한 외모밖에 없는 실비아가 베르티움의 젊은 수장과 차후 가스토르, 휘페리온을 이끌 각 가문의 젊은 후계자들을 꼬여내 그들을 손에 쥐고 제 입맛대로 굴리려는 것으로 생각하는 모양이었다. 뭐 눈에는 뭐만 보인다더니. 과연 딸에게 비슷한 짓을 시키려 계획 중이던 사람이 할 법한 생각이었다.

"네가 가서 전부 떼어 놔라. 먼지 한 톨 안 남게 개박살을 내도 모자란 페델리안 따위에게는 먹다 버린 부스러기 하나 넘겨주는 것도 아까우니까."

록사나는 이번에도 란트의 말에 온순하게 미소 지으며 고개를 숙였다.

"재미있을 것 같은 임무네요. 제게 맡겨 주세요, 아버지."

백의 마수사 오르카 휘페리온은 과시하는 걸 좋아하는 허영심 많은 인간이었다.

"그래서 제가 그곳에서 희귀하기로 소문난 독나비 알을 발견했다는 게 아닙니까. 푸른 이파리 사이에 요정의 보석처럼 숨겨져 있던 영롱한 검은 알이 어찌나 아름답던지."

"어머나, 정말 멋지네요."

가문 간의 교류를 위해 록사나가 대표로 휘페리온에 방문했을 때, 그는 혼자 신이 나서 이런 식으로 자신의 무용담을 지껄여 댔다.

그동안 오르카는 한 가문의 후계자면서도 스스로의 방랑벽을 주체 못 해 위그드라실의 모임에 참석한 적이 한 번도 없었다. 그래서 그가 록사나를 본 것은 이번이 처음이었다. 시선을 마주한 순간 멍청하게 넋을 빼던 얼굴이 얼마나 얼간이 같던지. 그런 주제에 뒤늦게 거드름 피우며 궁금하지도 않은 제 업적을 떠벌려 젠체하는 꼴이 웃기지도 않았다.

"장장 5년 만의 쾌거라 할 수 있지요. 모두 제 행운의 여신님 덕분입니다."

"행운의 여신님이요?"

"예. 꾀꼬리처럼 지저귀는 사랑스러운 은빛 새랍니다. 독나비를 찾은 날 처음 만났지요."

생글생글 웃고 있는 오르카의 눈에 한순간 음습한 이채가 스쳐 지나갔다. 그는 록사나가 아무것도 모른다 생각해 경계심 없이 말을 흘렸겠지만, 행운의 여신이라는 은빛 새가 무엇을 의미하는지 짐작 가는 바가 있었다.

그녀는 지금 이 휘페리온 어딘가에 실비아가 있다는 사실을 이미 알고 들어온 것이었다. 게다가 조금 전의 이야기 속에 등장한 마물 서식지는 아그리체와 가까웠으니, 두 사람이 마주친 이유 역시 쉽게 추측할 수 있었다.

"흥미로운 이야기네요. 그 유명한 배의 마수사님이 이렇게 멋있고 재미난 분인 줄 알았으면 진작 아버지를 졸라 휘페리온에 와 보는 거였는데."

록사나가 달콤한 목소리로 속삭이며 조금 치켜세워 주자 오르카는 흡족함을 숨기지 못했다.

그런 식으로 록사나는 휘페리온에 며칠간 머물며 실비아가 있는 곳을 찾아냈다.

실비아는 서쪽 후원에 있는 온실에 감금당해 있었다. 마물에게 감시당하는 모습을 보니, 란트의 말처럼 자의로 휘페리온에 머물고 있는 것 같지는 않았다.

오르카는 제힘을 맹신하는 머저리답게 주위에 감시인을 따로 세워 두지 않았다. 그래서 록사나는 미리 챙겨 온 마물용 수면 향을 온실 안에 던져 넣은 뒤 안으로 들어갔다.

"록사나 아그리체?"

록사나를 본 실비아가 놀라 눈을 휘둥그렇게 떴다.

"어떻게 당신이 여기에……."

"결국 내 말을 흘려들었구나. 위험한 일은 그만두라고 그때 분명 경고했었는데."

록사나는 그녀에게 다가가 구속구에 손을 댔다. 몇 초 만에 잠금장치가 벌어지고 실비아의 손발이 자유로워졌다.

실비아는 지난번에 록사나가 그녀를 란트에게서 숨겨 줬을 때처럼 이 상황이 못내 당황스러운 듯했다. 입술을 몇 번 벙긋거리던 실비아가 구속구를 옆으로 집어 던지는 록사나에게 가라앉은 목소리로 물었다.

"……설마 날 도와주러 온 거야?"

"재미없는 헛소리 집어치워. 네가 내 일에 방해돼서 치워 버리려는 것뿐이니까."

록사나는 실비아를 일으켜 세우며 싸늘하게 말했다.

"네가 원해서 여기 처박혀 있던 게 아니라면 당장 내 눈앞에서 사라져. 자꾸만 거슬리게 얼쩡거리지 말고."

수하를 시켜 다른 곳에서 소란을 부리게 해 그쪽으로 이목을 집중시키기는 했지만 마물에게 생긴 이변을 알아차리지 못할 오르카가 아니었다. 그러니 그가 올 때까지 시간이 별로 없었다.

실비아를 급하게 끌고 사람들을 피해 외진 곳으로 간 록사나가 미리 숨겨놓은 아그리체 사용인들의 옷을 일부러 거칠게 내던졌다.

"곧 내가 보낸 사람이 여기 올 거야. 아그리체 사용인들이 몇 명 밖으로 나갈 일이 있어서 금방 정문이 열릴 테니 따라가서 같이 움직여. 이후로는 네가 알아서 하고."

실비아가 무어라 더 말하려는 듯이 입을 벌렸지만, 록사나는 그녀를 두고 주저 없이 몸을 돌렸다.

오르카는 실비아가 사라진 것을 알고 곧바로 마물들을 풀어 그녀를 추격했다. 하지만 일이 뜻대로 풀리지 않은 모양이었다. 하기야 그동안 록사나가 지켜본 실비아는 몸이 꽤 빨랐으니.

자신의 영역 안에서 눈 뜨고 실비아를 놓친 오르카는 기분이 몹시 불쾌해진 듯 록사나 앞에서까지 상당히 난폭한 기운을 흘리고 다녔다. 록사나는 이후로 며칠간 눈치 없는 척, 그동안 파악한 오르카 휘페리온이라는 사람이 싫어할 만한 짓만 골라 했다.

록사나가 원하는 대로 오르카는 그리 오래 지나지 않아 그녀에게 질린 눈치였다. 결국, 란트가 바라던 성과를 언지 못하고 휘페리온을 떠나게 된 록사나의 얼굴에는 여전히 속을 알 수 없는 아름다운 미소가 그려져 있었다.

"오랜만에 네 여동생을 가까이에서 봤어."

아그리체에 돌아온 록사나는 가장 먼저 그녀의 방에 있는 소년에게 정다운 인사를 건넸다.

"역시 남매는 남매인가 봐. 그 애 눈도 꼭 너처럼 예쁘게 반짝거리더라. 난 그걸 너한테서만 볼 수 있을 줄 알았는데."

유리 상자에 든 머리는 수집품 방이 아닌 침실에 놓여 있었다. 록사나는 그것을 침대 위에 놓고 바닥에 앉아 상자 속의 소년에게 말을 걸었다.

"그런데 역시 그 반짝임이 내 눈에만 보이는 건 아닌가 봐."

란트는 현재 외출해 저택을 비운 상태라 휘페리온에서의 일을 당장 보고할 필요가 없었다. 뭐, 실비아의 일은 적당히 생략하고 이야기하면 될 테니 란트의 귀가가 늦든 빠르든 상관없는 일이긴 했다.

"네 동생이라 그런지 신경이 쓰여서 모른 척할 수가 없었어. 그래도 조금은 내가 도움이 되었을 테니 기뻐해 줄래?"

늘 마음속으로 소망하고 있기 때문인지, 록사나의 속삭임을 들은 소년의 입가에 한순간 부드러운 미소가 떠오른 것처럼 느껴졌다. 록사나의 얼굴에도 봄바람 같은 웃음이 어렸다.

소년과의 다정한 해후를 끝마친 뒤 씻고 온 록사나는 방 한구석에 놓인 상자를 가져와 열었다.

그 안에는 손때 묻은 책 여러 권과 주술용품을 비롯한 몇몇 물건이 들어 있었다. 그리젤다의 유품이었다. 거기에는 전에 록사나가 지나가듯이 이야기한 적 있던 기이한 꿈과 비슷한 일례가 적힌 서적들도 있었다.

록사나는 지금도 가끔 이상한 꿈을 꾸었다. 신기한 세계가 나오는 기묘한 꿈. 가끔 꿈에서 깨어날 때면 그녀 자신이 누구인지 혼몽할 때도 있었다. 어쩌면 밤마다 수면제와 각종 진정제를 너무 많이 복용하고 자는 탓인지도 몰랐다.

그리젤다가 남긴 책 속에도 록사나가 느끼는 것과 비슷한 내용이 있었다. 나비가 되는 꿈을 꾼 한 남자의 이야기였다. 그러나 그 자신이 나비가 되는 꿈을 꾼 건지, 아니면 나비가 그라는 인간이 되는 꿈을 꾸고 있는 건지 알 수가 없었노라는 구절이 인상적이었다.

록사나도 꼭 거기에 나오는 나비가 된 듯했다. 차라리 정말 그녀의 꿈에서처럼 이 현실이 하잘것없는 종이 위 활자들의 나열일 뿐이라면 얼마나 좋을까? 그런 생각을 하며 록사나는 유리 상자를 품에 꼭 끌어안았다.

그리젤다가 남긴 책들에는 다른 재미있는 이야기들도 있었다. 사실 이 세상은 하나로 이루어진 것이 아니라 여러 개로 분열되어 있는데, 그것은 거울처럼 서로를 비추고 있어 각 세계마다 똑같은 인간이 존재한다는 내용이었다. 그러니 록사나의 꿈에 나온 여자가 그 세계의 록사나 아그리체라는 가설도 재미있는 것 같았다. 록사나는 그것 말고도 그리젤다가 남긴 주술서들을 무료하게 훑어보다가 유리 상자를 끌어안고 잠이 들었다.

그날 밤 꿈에서 본 책에는 실비아 페델리안이 주인공인 이야기가 적혀 있었다. 그것 역시 단순한 록사나의 상상인지, 아니면 말로 설명하기 어려운 이 세계의 어떤 기이한 현상인지는 알 수 없었다.

실비아 페델리안은 사건 사고를 몰고 다니는 재주가 있는 것 같았다. 란트가 바라는 것이 실비아 페델리안의 불행이라면, 굳이 나서서 손 댈 필요가 없지 않을까 싶을 정도였다.

란트의 경계를 샀던 노엘 베르티움, 오르카 휘페리온, 류자크 가스토르 세 명 모두가 실제로 그녀에게 비틀린 흥미를 느끼는 모양이었다. 실비아 페델리안은 록사나가 보기에도 충분히 매력적인 사람이었으니 이상한 일은 아니었다.

그런데 다들 그동안 숨기고 있던 성격적 결함이 한 부분씩은 있었던 건지, 관심 있는 여자를 보는 눈빛들이 기묘했다. 록사나도 란트의 명으로 그들과 접촉하는 동안 호감 어린 시선을 정면에서 직접 마주한 적이 있기에 알 수 있었다.

그들을 유혹하려고 마음먹으면 못 할 것 없는데도 방향을 전환해 일부러 관심 밖에 나는 것을 선택한 이유도 그래서였다. 그들과 정도 이상으로 엮이는 건 위험하고 꺼림칙한 일이라고 록사나의 본능이 경고했다.

"저, 저기. 루나, 꼭 보여 주고 싶은 인형이 있는데 나랑 같이 베르티움에 가지 않을래?"

"어머나. 베르티움의 인형에는 저도 흥미가 있었는데 이렇게 먼저 권해 주시다니 역시 베르티움의 수장님은 섬세하시네요."

위그드라실에서 처음 만난 이후 그녀의 외모에 반해 껄떡거리기 시작한 노엘 베르티움을 보며 록사나는 곱게 웃었다.

"아그리체의 사람들도 인형 놀이를 즐겨 한답니다. 특히 어머니 중한 분이 그쪽 방면으로 조예가 깊어 저도 어릴 때부터 인형들을 가지고 노는 걸 좋아했지요. 그래서 베르티움의 인형술에도 관심이 있었는데, 수장님이 제게 보여 주고 싶으시다는 인형도 저희 아그리체의 인형들과 비슷할까요?"

"아, 내가 보여 주고 싶은 인형이 뭐냐면……."

"그 전에 아그리체에서는 어떤 방식으로 인형을 만들어서 가지고 노는지부터 알려 드리고 싶네요. 지금까지는 이런 이야기를 나눌 만한 사람이 외부에 없었거든요. 일단 마음에 드는 노예를 깨끗이 씻긴 뒤에 미리 소독해 둔 칼로 힘줄을 자르는 거예요. 그다음 관절을 모두 꺾어서……."

록사나가 종달새처럼 맑게 지저귀는 목소리로 아그리체식 인형 놀이에 대해 상세하게 알려 주자 노엘은 엄청난 충격을 받은 얼굴로 어버버 말을 잇지 못했다.

"그 과정에서 무릎과 팔꿈치 뼈를 조각내 몇 개 빼내는 것도 인형의 유연성에 도움이 되더군요. 요즘 아그리체에서의 유행은 기호에 맞게 안구를 적출해 보석을 끼워 넣든가, 결대로 찢은 근육 위에 피어스를 박아 주는 거예요. 여기서 중요한 건 꼭 산 채로 작업하는 거랍니다. 그래야 내구성 좋은 인형이 만들어지거든요. 한번 이쪽에 재미가 들리면 다른 평범한 인형 놀이는 시시해서 못 하겠더라고요."

"그, 그, 그런 무서운……."

"메트리움의 수장님이 세세 보너 구고 싶으시다는 인형도 기데디네요. 아, 혹시 제게 선물해 주려고 말을 꺼내신 걸까요? 그럼 무척 기쁜 마음으로 가지고 놀 수 있을 것 같은데요……. 그 인형에게는 꼭 당신의 예쁜 눈을 닮은 페리도트를 온몸에 박아 주고 싶군요."

사근사근하게 웃으며 그런 식으로 역겨운 이야기를 좀 길게 들려주었더니 비위가 약한 노엘은 이후 록사나를 볼 때마다 귀신을 본 것 같은 얼굴로 도망쳐 다녔다.

"록사나! 도대체 노엘 베르티움에게 무슨 소리를 지껄였기에 지난번까지만 해도 너만 보면 정신을 못 차리던 놈이 지금은 저렇게 사색이 돼서 슬슬 피해 다니는 거냐!"

"저도 모르겠어요, 아버지. 단지 베르티움 수장이 인형 놀이를 좋아한다고 해서 공통된 화제로 이야기를 좀 나눈 것뿐인데……. 노엘 베르티움은 수줍음을 타는 성격인 듯했으니, 어쩌면 단순히 쑥스러워 저렇게 피해 다니는 건지도 모르지요."

란트는 붉으락푸르락했지만 록사나는 천연덕스럽게 아무 문제도 없는 양 그를 달랬다. 그나마 세 남자에게서 실비아를 떼어 내 방해하는 일만큼은 항상 잘 해냈기 때문에 란트도 기대한 만큼의 성과를 내지 못하는 록사나를 크게 혼내지 않았다.

'그래도 류자크 가스토르 정도는 정상인의 범주에 든다고 생각했는데.'

록사나는 눈앞의 남자를 보며 그런 생각도 이제 철회해야겠다고 새롭게 판단했다.

"오랜만에 뵙네요, 류자크 님."

"네, 오랜만입니다. 아그리체 양."

지난 반년간 무슨 일이 있었는지 오랜만에 위그드라실에서 만난 류자크는 분위기가 굉장히 많이 달라져 있었다. 꼭 최초로 어떤 선을 넘어 다시는 돌아올 수 없는 어둠 이면에 발을 담그기라도 한 것처럼……. 그건 분명 록사나에게 낯설지 않은 느낌이었다.

"그러고 보니 얼마 전 부친께서 작고하셨다지요. 조의를 표합니다."

물끄러미 시선을 보내던 록사나가 말하자 가라앉아 있던 류자크의 눈에 선득한 이채가 스쳐 지나갔다.

"……감사합니다. 하지만 제가 들을 인사는 아닌 것 같군요."

그는 뜻 모를 말을 남긴 채 록사나를 지나쳐 갔다. 그러고 난 다음 날, 록사나는 류자크와 제레미가 싸우는 모습을 보게 되었다. 대화 내용은 놀랍고도 흥미로웠다.

"제레미 아그리체! 또 한 번 그녀를 위험에 빠트린다면 용서하지 않겠어. 그때는 정말 네놈 목을 내 손으로 잘라내고야 말 테니까."

"내가 원한 게 아니야! 나도 실비아를 지키려고 노력하고 있다고! 이건 전부 빌어먹을 아버지가 저지른……."

"넌 도대체 언제까지 그렇게 남 탓만 하며 살 생각이냐!"

두 사람은 조금 전까지 맨몸으로 엎치락뒤치락하며 주먹 다툼이라도 한 것 같았다. 밖에는 비가 내리는 중이라 그들이 있는 복도도 어두컴컴했다. 그래서 몸을 숨기고 있는 록사나의 모습도 눈에 띄지 않았다. 류자크가 바닥에 깔아뭉갠 제레미의 멱살을 거칠게 움켜쥐며 소리쳤다.

"설렁 내가 ㅇㅇㅇ모의 의지를 관철시킬 마음이 있고, 그러는 데 방해되는 존재가 있다면 부친이라도 없애 버리면 그만이야! 내가 그런 것처럼……!"

우르릉, 쾅!

천둥소리와 함께 창밖이 번쩍였다. 숨어서 그들의 대화를 엿듣고 있던 록사나의 머릿속에도 섬광이 터져 나갔다.

"그래, 난 너 같은 겁쟁이와 달라……. 제레미 아그리체, 넌 실비아를 마음에 담을 자격이 없어."

꼭 혼잣말하듯이 그렇게 읊조린 류자크가 비틀거리며 먼저 자리를 떠났다. 그 후 한동안 씨근덕거리는 거친 숨소리를 내쉬던 제레미도 벽을 걷어찬 뒤 사라졌다. 하지만 록사나는 상황이 정리된 후에도 한동안 움직이지 못했다.

쏟아지는 빗소리가 귓가에 폭렬하는 우레처럼 퍼졌다. 꼭 계시라도 받은 것처럼 눈앞이 밝았다.

처음으로 깨달았다. 그동안 짙은 안개에 새까맣게 가려져 있었을 뿐, 사실은 오래전부터 그녀의 앞에 다른 선택지도 놓여 있었다는 것을.

다른 사람도 아닌 제레미가 실비아에게 반한 것은 정말 놀라운 일이었다. 도대체 언제부터, 어떤 계기로 그런 마음을 품기 시작한 건지 록사나로서도 알 도리가 없었다. 그리고 설마 제레미가 어울리지도 않는 연심 때문에 이렇게 천치같이 굴 줄은 더더군다나 예상하지 못했다.

'실비아 페델리안을 여기까지 데려오다니, 미쳤군.'

록사나는 제레미가 다른 사람들의 시선을 피해 몰래 납치해 온 여자의 존재를 가장 먼저 알아차렸다. 제레미는 앙큼하게도 실비아를 여분의 장난감 방에 숨겨놓고 천연덕스럽게 시치미를 뗐다.

그러나 록사나가 봤을 때 실비아는 제레미에게 납치당한 것이 아니라, 납치당해 준 것이었다. 즉, 실종된 오빠의 진실을 찾아 스스로의 의지로 아그리체에 들어온 것이란 의미였다.

페델리안에서 전부터 카시스의 일로 아그리체를 의심해 온 것은 너무나 명백했다. 그래서 실비아도 그동안 제 가족들의 만류를 뿌리치고 아그리체 주변을 맴돌았던 게 아니던가.

그런데 철옹성 같던 아그리체의 성벽이 이렇게 허무하게 뚫리다니. 혹시 실비아가 이것을 노리고 일부러 제레미를 꼬드긴 것은 아닐지 의심마저 들 지경이었다. 그 정도로 제레미가 한 짓은 뇌가 없다고 생각될 만큼 멍청하기 짝이 없었다. 그나마 란트가 없을 때라 망정이지, 만약 운 나쁘게 들켰다면 실비아 페델리안이 어떤 꼴을 당했을지 쉽게 상상할 수 있었다.

록사나는 한동안 제레미를 주시했다. 그래도 처음에는 단순 소유욕인 줄 알았는데 실비아를 데려다 놓고 안절부절못하는 꼴을 보니 진심이긴 한 것 같았다.

록사나의 머릿속에도 여러 가지 생각이 오고 갔다.

'아니…… 오히려 이 상황을 이용할 수는 없을까?'

아무도 모르게 제레미를 지켜보는 그녀의 얼굴에는 늪지대의 진흙처럼 어둡고 질척한 무언가가 소리 없이 도사리고 있었다.

요즘 록사나는 방에서 그리젤다의 주술서를 보는 날이 많아졌다.

란트가 공부시킨 내용 중의 하나인지, 아니면 단순히 그리젤다의 취미였던 것인지, 서기에는 현재 사용되지 않는 어디 금기된 주술들이 기록된 서적도 있었다.

"너, 실비아 페델리안을 언제까지 여기 둘 생각이야?"

"네가 그걸 어떻게……!"

"걱정 마. 아버지를 포함해서 다른 사람에게 얘기할 마음은 없으니까. 네가 가져온 사냥감이니 그걸 어떻게 하든 나하고는 상관없어."

"지금 나더러 그 말을 믿으라고?"

"애초에 내가 아버지께 받은 일을 쉽게 완수하려면 실비아 페델리안이 밖에서 돌아다니지 않는 게 나으니까."

처음에는 의심하고 경계하는 듯하던 제레미도 록사나의 마지막 말에는 수긍했는지 살기를 약간 잠재웠다. 증거 인멸을 할 셈으로 록사나를 공격하려던 손도 주춤했다. 물론 그렇다 해서 완전히 그녀를 믿는 것도 아닌 듯했지만, 그건 당연한 일이었다.

"너, 혹시라도 틈새를 노려서 실비아 건드리면 가만 안 둬!"

제레미는 꼭 제 짝을 지키려는 짐승 새끼처럼 록사나를 향해 으르렁거렸다. 록사나는 그런 제레미를 보다가 피식 웃었다.

"너도 참 딱하구나. 그렇게 그 애가 마음에 들면 차라리 그냥 솔직하게 알려 주지 그래?"

"뭐? 알려 주라니, 뭘?"

"가엾잖아. 이미 세상에 없는 오빠를 찾아서 지금까지도 저렇게 정처 없이 떠돌아다니고 있는데."

"허, 설마 지금 카시스 페델리안 얘기야? 무슨 개소리를……. 너 돌았어?"

"설마 그 애가 진심으로 오빠가 살아 있을 거라고 생각해서 아직도 미련을 못 버린 거겠어?"

달콤한 독을 바른 혓바닥에서 흘러나온 말이 실비아의 마음을 얻지 못해 초조해져 있던 제레미의 심장을 움켜쥐었다.

"처음에는 그랬을지 몰라도, 이제는 그냥 습관 같은 거지. 넌 몇 년이나 그렇게 오빠를 간절히 찾아다니는 게 이해가 돼? 정말 한결같은 마음으로 그러는 게 가능할 것 같아?"

"그건…… 아니지만."

역시 아그리체 사람인 제레미는 실비아의 심리를 이해하지 못했다.

"그래, 단지 포기할 용기가 없어서 스스로는 그만두지 못하는 거야. 사실은 실비아 페델리안도 지금쯤 이 끝없는 술래잡기에서 해방되기를 바라고 있을걸. 다만 아직까지는 멈출 계기가 없어서 그러지 못하고 있던 것뿐이지."

제레미는 애정을 갈구하는 어린애였다. 그런 그가 조금은 한심하기도 하고 또 조금은 불쌍하기도 했다.

"내가 맞혀 볼까? 실비아가 널 따라 여기에 올 때 생각보다 저항이 약하지 않았어?"

"맞아……. 그랬어."

"널 어느 정도 마음에 둔 게 아니면 설마 그렇게 얌전히 따라왔을까."

그래도 록사나는 그런 부분까지 얼마든지 이용할 수 있었다.

"그러니 겁쟁이처럼 두려워할 게 뭐가 있어? 더군다나 그 애는 지금 지쳐 있고, 그런 상황이라면 몇 년간이나 그토록 애타게 갈구해 왔던 진실을 손에 쥐여 준 사람에게 저절로 마음이 기울 수밖에 없을 것 같은데."

사랑이란 감정은 참으로 부조리해서 거기에 매혹된 인간의 이성을 쉽게도 마비시켰다. 제레미는 끼의 흘긴 깃처럼 투기나를 띠고 있었다. 실비아 페델리안을 갖고 싶어 안달이 나 있는 만큼 그녀의 말에 마음이 크게 흔들린 눈치였다. 그가 듣고 싶어 할 이야기만 골라서 해 주었으니 당연하다면 당연했다.

그러나 어리석었다. 록사나가 한 말의 일부는 진실일지 몰라도, 만약 실비아가 카시스 페델리안의 죽음에 대한 전말을 알게 된다면 같은 아그리체인 제레미 역시 결코 용서할 리 없었으니.

록사나는 성녀처럼 웃으면서 덧붙였다.

"너도 알다시피 그 애는 착하니까. 그러니 분명 널 이해하고 용서해 줄 거야."

실비아 페델리안이 절규했다. 그녀는 아그리체의 모두를 저주하며 복수할 것을 맹세했다.

그날 밤에도 록사나는 방에서 빠져나와 달빛조차 비추지 않는 어둠 속의 아그리체를 홀로 거닐었다. 늘어뜨린 손을 타고 흘러내린 피가 성벽 내곽 주변에 무질서하게 자란 풀잎 위로 떨어져 바닥까지 스며들었다.

그녀의 눈과 귀, 그리고 손길이 미치는 영역은 한정되어 있었다. 그렇다면 필요한 것들을 그녀가 있는 곳으로 모이게 하는 수밖에 없지 않은가. 하얀 초승달 같은 미소가 밤의 그림자 속에 희미하게 녹아들었다.

"또 이상한 짓을 하고 있군."

그때 암흑 속에서 나지막한 음성이 날아왔다. 록사나는 그녀를 보는 시선을 이미 알고 있던 것처럼 조금도 놀라지 않고 소리가 난 곳으로 조용히 눈동자를 움직였다.

"뭘 위해서 밤마다 이런 행동을 하는 거지?"

데온의 눈길이 소매가 걷어 올려진 록사나의 팔로 떨어져 내렸다. 아무렇게나 그어진 자상에서 아직도 흐르고 있는 붉은 피가 달빛에 반짝였다.

"무슨 상관이야?"

록사나는 주위에 퍼져 나가는 피 냄새만큼이나 은은한 웃음을 머금은 채로 데온을 보았다.

"네가 언제부터 나한테 관심이 있었다고."

예전에는 란트만큼이나 데온이 무섭던 시절도 있었지만, 지금은 아니었다. 그녀가 살면서 정말 두려워해야 했던 건 그런 것 따위가 아니었다.

"나뿐만이 아니라, 넌 이 세상의 무엇에도 흥미가 없지."

록사나는 데온이 요즘 밤마다 그녀를 지켜보고 있었다는 사실을 알고 있었다. 하지만 그가 목격한 것을 란트에게 말할지도 모른다는 걱정은 들지 않았다.

"나를 내버려 둬. 그럼 네가 지금껏 단 한 번도 본 적 없는 재미있는 걸 구경하게 될 거야."

결국은 데온 아그리체도 록사나의 눈으로 속을 꿰뚫어 볼 수 있게 된 인간일 뿐이었다. 그런 인간은 더 이상 록사나에게 공포를 주지 못했다. 그녀는 적요한 눈으로 자신을 응시하는 남자를 두고 먼저 돌아섰다.

“미안, 화내지 마. 네 동생을 괴롭히고 싶어서 그런 건 아니니까.”

다음 날, 록사나는 노을 지는 창가에 앉아 무릎 위에 올려 둔 유리 상자 속의 소년에게 사과했다. 그녀의 얼굴에는 어제까지만 해도 없던 상처 자국이 나 있었다.

제레미가 록사나의 수집품 방에 쳐들어와 난장판을 만들 때 생긴 것이었다.

어떻게든 실비아를 달래려다가 실패했는지, 제레미는 록사나를 거의 죽일 것처럼 굴었다. 때마침 란트가 귀가할 때라 그녀에게 그 이상 손대지는 못했지만 대신 그는 록사나의 수집품 방에 있던 황금색 눈을 강탈해 갔다.

록사나는 제레미에게 그것을 빼앗기지 않으려 저항하는 척했다. 하지만 사실 그 눈은 카시스의 것이 아니라 가짜였으니 훔쳐 가든 망가뜨리든 상관없었다. 록사나가 목숨처럼 아끼는 진짜는 지금도 이렇게 그녀의 품에 안겨 있었으니까.

“그냥 나도 조금만 도움을 받으려는 거야. 처음부터 이럴 의도였던 건 아니지만 그래도 괜찮잖아. 어차피 그 애가 바라는 것도 다르지 않을 텐데.”

록사나는 진한 노을빛이 스민 창밖에 시선을 두며 유리 상자 위로 고개를 기댔다. ‘그리고 너도…….’ 하고 덧붙이는 음성이 창밖에서 새어 들어온 저녁 공기에 섞였다.

“난 지금까지 살면서 아무것도 이 손으로 지키지 못했어.”

그래서 이번에는 반대로 생각해 봤다.

"하지만 망가뜨리는 건 할 수 있을 것 같아."

기묘한 광채를 드리운 채 섬요하게 빛나고 있는 붉은 눈동자가 심연 너머의 달콤한 미래를 몰래 엿본 듯이 감미로운 온기를 머금었다. 땅 밑으로 떨어져 고이는 낙조가 오늘따라 유난히도 아름다웠다.

"이 멍청한 년!"

짜악! 란트의 두꺼운 손에 뺨을 얻어맞은 록사나가 바닥에 나동그라졌다.

"같이 보낸 사람이 몇인데 죄다 죽고 덜렁 너 혼자 살아 돌아와?!"

요즘 특별한 일이 없는데도 이상하게 느낌이 별로 좋지 못했다. 그래서 란트는 이유 없는 찜찜함을 해소할 겸 그냥 한번 사람을 추려 아그리체 주변을 정찰하게 할 계획이었다.

그런데 록사나가 자신에게 일을 맡겨 달라고 자신만만하게 먼저 앞으로 나섰다. 그래서 믿고 밖으로 내보냈더니 결과가 이다지도 처참했다.

더군다나 다른 이유도 아니고, 돌아오는 중에 경계의 서식지로 길을 잘못 들어 마물에게 당해 죽어 버렸다니. 어이가 없고 기가 막혀서 뒷골이 당길 지경이었다. 같이 보낸 수하들이 목숨 바쳐 시간을 버는 동안 혼자 도망쳐 가까스로 살아 돌아왔다는 록사나의 몰골 역시 멀쩡하지 못했다.

"죄, 죄송해요, 아버지."

록사나는 오랜만에 자신을 향한 란트의 불같은 분노에 겁을 먹었는지, 사시나무 떨듯이 불쌍할 정도로 몸을 덜덜 떨며 수정 같은 눈물을 구슬피 뚝뚝 흘려 댔다.

"제가 잘못했어요. 그렇게 화내지 마세요. 잘못했어요……."

처연하게 흐느끼는 아름다운 낯을 보자 별수 없이 분노가 한풀 꺾였다. 원래대로라면 당장 처벌의 방에 처넣어도 모자랐으나 일단은 저 겉가죽이 상하기 전에 치료부터 시켜야 할 듯했다.

"거기, 너! 당장 의원을 불러와! 록사나, 넌 꼴도 보기 싫으니 내 명령이 있기 전까지 방에서 한 발짝도 나오지 마라!"

란트는 록사나에게 분풀이 삼아 한바탕 욕을 쏟아 낸 뒤 흉포한 기운을 흩뿌리며 자리를 떠났다.

그렇게 란트가 물러간 뒤, 록사나의 눈에서 아롱지던 눈물이 거짓말처럼 멎었다. 가련한 아름다움을 드리우고 있던 얼굴에서도 순식간에 표정이 사라졌다. 파도가 물러난 뒤에 버석거리는 모래알만 남은 것처럼 놀라울 정도로 급격한 변화였다.

복도의 한쪽에 서 있던 데온이 그런 록사나를 보고 두 눈에 이채를 띠었다.

록사나는 란트가 있던 자리에 피 섞인 침을 뱉었다. 얼음 조각같이 차게 식은 눈동자에 작아진 란트의 뒷모습이 비쳐들었다.

오늘 그의 눈을 피해 밖에서 미리 해 본 실험은 성공이었다. 함께 아그리체를 나선 일행 중 록사나를 제외한 누구 한 사람도 살아서 이곳에 돌아오지 못했다.

란트는 그리젤다가 가지고 있던 금지된 주술서의 존재를 모르는 것이 분명했다. 만약 알았다면 욕심 많고 추악한 그가 지금까지 단 한 번도 거기에 나온 내용을 시도해 보지 않았을 리가 없으니까. 더군다나 주술에 재능이 없는 록사나조차 그에 상응하는 대가를 바치는 조건으로 이렇게 사용할 수 있던 것을. 그렇다면 이건 분명 그리젤다가 그녀에게 마지막으로 남겨준 선물일 터였다.

"록사나 아가씨, 손가락이……!"

록사나는 그녀를 부축하러 왔다가 경악하는 사람들을 뿌리치고 자리에서 혼자 일어나 비틀거리며 걸어갔다. 장기가 불에 지져지는 것 같은 느낌이 들면서 식도를 타고 피가 역류했다.

이제 준비는 거의 끝났다. 남은 일은 실비아 페델리안과 록사나가 불러들인 사람들이 아그리체에 도착하는 날을 인내하며 기다리는 것뿐이었다.

우우우웅!

깊은 밤, 아그리체에 시끄러운 침입자 경보가 울렸다.

"록사나 아가씨! 어서 밖으로 나오십시오!"

란트의 명으로 방에 갇혀 있던 록사나를 감시인이 다급히 내보내 주었다.

"아버지는?"

"침입자들을 상대하고 계십니다!"

그는 록사나에게 서둘러 뒷문으로 빠져나가 피할 것을 권했지만 그녀의 발길은 다른 곳으로 향했다. 성벽을 뚫은 침입자들이 벌써 건물 근처까지 다다랐는지, 아우성치는 요란한 소음들이 그리 멀지 않은 곳에서 떠밀려 왔다.

그런데 다음 순간, 록시니를 따라오던 감시인이 외마디 비명을 내지르며 쓰러졌다.

"록사나 아그리체."

인기척을 느끼고 고개를 돌리자, 익숙한 얼굴이 시야에 비쳤다. 감금된 방에서 생각보다 일찍 탈출한 실비아 페넬리안이 그곳에 있었다. 그녀의 옆을 지키고 선 페넬리안의 호위들이 록사나를 경계했다. 그러나 실비아는 록사나에게 오히려 한 발짝 더 가까이 다가왔다.

"당신, 모른다고 했잖아."

록사나의 얼굴을 투영한 황금색 눈에서 일순간 불씨가 타올랐다.

"우리 오빠, 본 적 없다고 했잖아."

실비아의 피 묻은 손에는 그녀의 눈과 비슷한 황금색 안구가 담긴 유리병이 들려 있었다. 제레미가 록사나에게서 빼앗아 실비아에게 준 것이었다.

"처음 봤을 때 나한테 한 말도, 그게 그런 의미였어?"

위그드라실에서의 첫 만남을 떠올리는지, 실비아의 얼굴이 참담하게 일그러졌다.

"네 눈, 참 예쁘구나."

그녀의 오빠를 떠올리게 했던 아름다운 금빛 눈에 록사나를 향한 배신감과 실망스러움, 그리고 짙은 원망의 감정이 일렁였다.

"그래도 당신은 좋은 사람일지도 모른다고 생각했는데……."

실비아는 강렬한 증오심과 절망감에 사로잡힌 지금 이 순간에조차 록사나를 바로 베지 않았다. 그녀의 손이 그 안에 쥐어진 것을 바스라뜨릴 것처럼 세게 움켜쥐었다.

그러다 마침내 핏방울이 맺힐 정도로 입술을 꽉 깨문 실비아가 눈을 질끈 감았다. 뒤이어 낮게 가라앉아 갈라지기까지 한 목소리가 작게 벌어진 그녀의 입술에서 흘러나왔다.

"가. 지난번의 빚이 있으니 최소한 내 손으로 죽이지는 않겠어."

다시 눈을 뜬 그녀는 전에 없이 냉랭한 얼굴을 한 채 록사나를 지나쳐 가려 했다.

"실비아 페델리안."

바로 그때, 록사나의 고요한 음성이 실비아의 발목을 붙잡았다.

"진짜 카시스 페델리안은 여기 있어."

또 자신을 우롱한다고 생각했는지, 실비아의 부릅뜬 눈이 록사나에게 사납게 날아와 꽂혔다. 록사나는 실비아와 옆에 있는 페델리안 사람들이 다른 반응을 보이기 전에 품에 안고 있던 검은 상자를 그녀에게 넘기려 했다.

"너한테 줄게. 그러려고 찾아왔어."

하지만 옆에서 경계하고 있던 페델리안의 호위가 그런 록사나의 손을 반사적으로 거칠게 쳐 냈다.

그 순간 록사나가 고통에 찬 신음을 흘리며 몸을 바르르 떨었다. 실비아는 시선 끝에 스친 록사나의 붕대 감긴 손이 깜짝 놀랄 정도로 피에 심하게 절어 있어서 저도 모르게 흠칫했다.

록사나는 그런 와중에도 들고 있는 상자를 손에서 놓치지 않았다. 가진 무력이라고는 하나도 없어 보이는, 그 완전한 약자 같은 모습에 실비아 옆에 있던 사람들조차 멈칫했다.

록사나는 다시 떨리는 손을 움직여 실비아에게 상자를 내밀었다. 그런 그녀를 잠깐 말없이 쳐다보던 실비아가 마침내 주변 사람들의 만류를 제치고 그것을 직접 건네받았다.

상자는 생각보다 묵직했다. 조금 전 들은 록사나의 말을 상기한 실비아의 표정이 굳어졌다. 들고 있는 상자의 뚜껑을 열어 볼 듯 말 듯, 그녀의 손이 작게 움직였다.

"너한테 돌려줄게. 대신 부탁이 하나 있어."

그리고 이어진 건조한 목소리를 귀에 담은 순간. 록사나를 다시 마주한 실비아의 얼굴이 완전히 딱딱하게 얼어붙었다.

록사나는 다시 그녀의 방으로 향했다. 실비아를 만나 목적을 이루었으니 이제 마지막 일을 끝마칠 때였다. 조금 더 걸어가 복도의 모퉁이를 돌았을 때 제레미와 마주쳤다.

"록사나, 너……."

그는 피가 철철 쏟아지는 복부를 움켜쥔 채 꾸역꾸역 앞으로 한 발짝씩 나아가고 있었다. 집념은 대단했지만 상태를 보아 하니 오래 버티지는 못할 것 같았다.

"실비아…… 어디 있는지 봤……."

록사나는 그런 제레미를 그냥 지나쳐 갔다.

"침입자다!"

조금 전까지와 다른 소음이 고막을 할퀴었다. 어딘가에서 불이 난 듯 창밖이 붉었다. 록사나는 잠시 걸음을 멈추고 그 광경을 황홀한 눈으로 바라보았다. 사람들의 혼란 섞인 비명을 들으니, 지금 아그리체에 들이닥친 침입자들은 페넬리안이 아니라 다른 세 가문의 병사들인 듯했다.

록사나가 그들을 이곳에 불러들였다. 세 남자들이 비정상적으로 집착하는 실비아를 이용해서. 그녀가 제레미에게 납치당해 온갖 고초를 당하면서 아그리체에 갇혀 있다는 말을 고의로 흘리자 예상대로 그들은 일단 합심해 공동의 적을 무찌르기로 한 것 같았다.

그동안 저 세 사람 사이에서는 실비아를 사이에 둔 암묵적인 합의가 이루어진 듯했으나, 제레미는 거기에 속해 있지 않았으니까. 그들의 입장에서는 뒤늦게 끼어들어 분탕을 치는 미꾸라지 한 마리가 눈에 거슬리기도 할 터였다.

그렇다 한들 참으로 이기적인 것들이 아닌가. 저들이 실비아에게 하는 짓은 폭력이 아닌 애정이라 하더니, 제레미만 이렇게 죄인 취급하는 것을 보면 말이다.

뭐, 이제는 아무래도 상관없는 일이었지만.

록사나는 방에 도착해 문을 단단히 걸어 잠갔다. 침대를 당기자 그 밑에 피로 그려져 있는 복잡한 주술진이 모습을 드러냈다. 굳어서 검게 마른 핏자국 위에 지금 막 살을 갈라서 흘린 선명한 붉은 핏방울이 떨어져 내렸다.

파앗!

그 순간 바닥에 그려진 주술진에서 피처럼 붉은빛이 불길하게 일렁이기 시작했다.

실비아와 페넬리안의 군사들은 지금쯤 카시스와 시에라를 데리고 아그리체를 빠져나가고 있을 것이다. 록사나가 카시스의 머리를 넘겨

주며 부탁한 일이 그것이었기 때문에.

그런 결정을 내리끼끼지 내면의 욕망과 이성이 수없이 길등하고 씨름했다. 아무리 소년의 가족이라고는 하나 록사나는 여전히 그를 누구에게도 양보하고 싶지 않았다.

하지만 만약 그녀가 오늘 계획한 일을 실패하게 되면 그는 자신을 보호해 줄 사람이 아무도 없는 이 아그리체에 혼자 남게 된다. 그건 록사나가 죽는 것보다 더 싫은 일이었다. 그녀가 사용인을 시켜 미리 수면제로 재워 둔 어머니 시에라를 실비아에게 부탁한 이유도 마찬가지였다.

록사나는 칼을 들어 금지된 술법을 완성하기 위한 조건을 하나씩 충족해 나갔다.

오늘 록사나가 발동시키려는 주술은 두 개였고, 이는 아그리체 밖에서 시험 삼아 해 봤던 것보다 훨씬 거대했다. 그만큼 끔찍하게 아프고 고통스러웠지만 멈출 수 없었다.

화아앗!

그러던 어느 순간 창밖이 환해졌다. 마침내 그녀가 아그리체의 성벽 안쪽에 수일에 걸쳐 피로 그린 주술진이 발동되었다.

오늘 록사나는 그 안에 있는 사람들을 전부 제물로 삼을 것이다. 그녀가 궁극적으로 바라는 최종적인 염원을 위하여.

이 아그리체의 땅에 원한을 품은 악귀들이 피 냄새를 맡고 모여드는 것이 느껴졌다. 사령술의 일종이었다.

물론 제대로 된 사령술은 혼을 육신에 고정시키는 것까지 완수해야 했지만, 거기까지는 필요 없었다.

만약 중간에 무언가가 잘못돼 오늘 록사나가 실패한다 해도…….

그때는 지금 아그리체 밖으로 몸을 피해 있는 페델리안의 군사들이 다시 돌아와 복수를 완성할 테니.

하지만 결과적으로 록사나는 성공했다. 셀 수도 없이 많은 목숨이 그녀가 불러낸 원혼들에게 먹혀 순식간에 덧없이 바스러졌다.

록사나는 방에서 한 발짝도 나가지 않았지만, 밖에서 일어나는 모든 일들이 꼭 그녀의 바로 눈앞에서 벌어진 것처럼 생생하게 느껴졌다. 아그리체 안에 아직 살아 있던 그녀의 혈육들도, 그리고 이곳을 짓밟으러 들어온 세 가문의 침입자들도 모두 미지의 힘에 의해 온몸이 찢겨 죽었다.

악귀들은 이변을 느껴 아그리체 밖으로 빠져나가려 하는 사람들까지 놓치지 않고 한 명도 빠짐없이 몰살시켰다.

록사나가 계획한 일을 위해서는 아주 많은 제물들이 필요했다. 넘치는 피와 비명, 그리고 인간들의 온갖 부정적인 감정들이 거미줄처럼 엮여 피보라 치는 밤하늘에 아낌없이 수놓아졌다.

마침내 조건을 충족시킨 두 번째 주술진이 록사나의 시야를 눈부신 붉은빛으로 물들였다.

감당하기 어려운 희열에 몸이 떨렸다. 한계를 맞은 그녀의 육체가 붕괴하기 시작했다.

하지만 상관없었다. 지금 이 자리에서 영혼까지 가루가 된다 해도. 그녀 자신의 살과 피, 그리고 최후의 숨결 하나조차도 기쁘게 바칠 테니.

록사나는 마지막 피를 토해 내며 웃었다. 아무도 모를 것이다. 아그리체의 사악한 마녀가 지금 무슨 짓을 하려 하는지.

오래전부터 사무쳐 열망해 온 것은 단 한 가지였다.

바꾸고 싶다.

과거도, 현재도, 미래도.

그 순간, 그 언젠가 무의식의 세계에서 보았던 환상인지 꿈인지 알수 없는 광경들이 눈앞에서 잘게 조각나 유수처럼 흐르다가 눈 부신 빛으로 폭발했다.

생의 마지막 순간 록사나는 그녀가 밤마다 꾸었던 꿈이 무엇을 의미하는지 비로소 깨달았다. 그러나 그마저도 곧 새하얗게 분해되어 빛 속으로 가라앉았다.

─째깍…….

아주 조금, 세계의 균형을 이루고 있던 축이 움직였다. 세계의 관점에서는 실로 미약한 나비의 날갯짓에 불과하나 결국 최후에는 거대한 폭풍으로 휘몰아칠, 그런 변화의 조짐이었다.

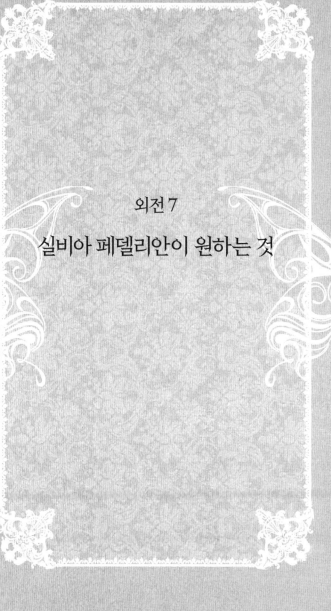

외전 7

실비아 페델리안이 원하는 것

실비아는 오랜만에 굉장히 흥분한 상태였다. 계단을 뛰어 내려가는 그녀의 뺨은 발그스름하게 달아올라 있었다. 무엇보다도 한낮에 뜬 샛별처럼 반짝이는 눈을 보면, 누구나 실비아가 지금 몹시도 가슴 설레하며 무언가를 기다리고 있다는 사실을 알 수 있을 터였다.

"록사나 언니!"

그 이유는 잠시 후 눈앞에 멈춰 선 마차에서 누군가가 내려서는 순간 확실해졌다. 눈이 번쩍 뜨일 정도의 미인이 달려오는 실비아를 보고 눈을 접어 봄철의 햇살처럼 미소 지었다.

"오랜만이구나, 실비아."

실비아는 반갑게 록사나를 꽉 끌어안았다. 거의 석 달 만에 만난 록사나는 전보다 더 멋지고 아름다워진 것 같았다.

"오랜만이에요! 그동안 잘 지냈어요?"

"네가 생각해 준 덕분에. 너도 잘 지냈니?"

"네, 록사나 언니가 보고 싶었던 것만 빼면요."

록사나도 웃으며 그런 실비아를 마주 안아 주었다.

"페델리안 양, 일단 저도 옆에 있습니다만."

"아, 네. 안녕하세요."

록사나보다 먼저 마차에서 내려 그녀를 에스코트했던 제레미가 옆에서 뗴룩을 긁었다. 그는 갑자기 뒤에서의 틈 사이를 빼앗아 간 실비아 때문에 심기가 불편해진 상태였다. 그러나 실비아는 록사나를 대할 때와는 비교도 안 될 정도로 제레미에게 대강 응수한 뒤 다시 생글생글 웃으며 시선을 돌렸다.

"먼 길 오느라 고단하죠? 얼른 안으로 들어가요. 우리도 조금 전에 막 도착했어요. 오빠는 잠깐 이시도르한테 볼일이 있어서 자리를 비운 참이라 제가 제일 먼저 소식을 듣고 나와 봤는데…… 아! 저기 오빠다!"

호랑이도 제 말 하면 온다더니. 실비아가 록사나를 이끌며 밝게 말을 이어 가던 중에 마침 카시스가 나타났다. 실비아 때문에 가뜩이나 떨떠름하게 찡그려져 있던 제레미의 얼굴이 훨씬 더 선명하게 구겨진 것은 너무도 당연한 일이었다.

"록사나, 어서 와."

"카시스."

다가온 카시스가 미소 지으며 록사나를 가볍게 안았다. 그 후 고개를 숙여 이마와 뺨에 입을 맞추자 록사나가 간지럽다는 듯이 웃었다. 실비아만큼은 아니지만 카시스와 록사나가 이렇게 만나는 것도 오랜만이었다.

"보고 싶었어."

"나도."

그래서인지 서로 마주 보고 인사를 나누는 두 사람의 모습에서 흘러넘칠 듯한 애정이 느껴졌다. 실비아는 그런 그들을 흐뭇하게 지켜보았지만, 제레미는 빈정이 상한 듯이 삐딱하게 입매를 비틀었다.

"참 나, 모르는 사람이 보면 여기가 위그드라실이 아니라 페델리안인 줄 알겠습니다, 아주. 인사차 들른 거라면 페델리안 양 혼자만으로도 충분한데 뭐 하러 굳이 수고롭게 둘씩이나 마중을 나와서는……."

"맞다, 제레미 수장님! 저쪽 건물 옆에 못 보던 산책로가 생겼던데 저랑 같이 구경 가요!"

제레미가 일부러 들으란 듯이 비꼬았으나 시도는 불발로 돌아갔다. 말이 끝나기도 전에 불쑥 다가온 실비아가 멋대로 그의 팔을 잡아당겼기 때문이다.

"뭐요? 뭔 산책로? 난 관심 없으니까 혼자 가든가 말든가……."

"아, 왜 이렇게 눈치가 없어요?"

"뭐?"

제레미가 버티자, 실비아가 답답하다는 듯이 록사나와 카시스에게는 들리지 않는 작은 목소리로 속닥거렸다.

"언니랑 오빠가 저렇게 오랜만에 만나서 같이 있으면 우리 동생들이 알아서 자리를 비켜 줘야 할 것 아니에요."

그 말을 듣고 제레미는 어이가 없어졌다.

"오빠! 우린 저쪽에 가서 둘이 얘기할 테니까 신경 쓰지 마!"

그러나 실비아는 기어이 멋대로 결정해 카시스와 록사나에게 아예 소리쳐 알린 뒤, 황당하게 서 있던 제레미를 더 세게 끌고 앞장서 걸어갔다.

"아니, 잠깐 이것 좀 놔 봐. 지금 이게 뭐 하자는 건지 모르겠네."

"으응? 지금 나한테 말 놓은 거예요?"

실비아가 새초롬하게 제레미를 돌아보았다. 카시스 페델리안보다 훨씬 유순한 빛을 띤 동그란 눈동자가 제레미를 마주했다. 귀찮게 따지려고 그러나 싶어서 제레미는 말을 돌리려고 입을 열었다.

"이니, 방금 긴 그냥 흔깃말……."

"뭐, 하긴 상관없나. 어차피 동갑인데 이참에 우리 그냥 말 깔까?"

"뭐어?"

"솔직히 너 볼 때마다 수장님이라고 부르면서 존댓말하기 좀 징그러웠어."

그런데 이어진 반응은 생각과 많이 달랐다. 실비아는 꼭 기다렸다는 듯이 1초도 낭비하지 않고 바로 말을 놔 버렸다. 제레미는 겹겹이 축적된 황당함에 약간 말문이 막힌 채로 앞에 있는 실비아를 쳐다보았다. 그동안 록사나와 카시스 때문에 서로의 가문을 몇 번인가 오가며 만난 적이 있었지만 이렇게 어안이 벙벙한 느낌이 드는 건 또 처음이었다.

"왜, 싫어?"

시선을 느낀 실비아가 고개를 슬쩍 기울였다.

"나이도 같고, 어쩌면 생각보다 마음이 잘 맞아서 친구가 될 수 있을지도 모르는데 계속 이렇게 지내는 건 왠지 좀 아깝지 않아?"

그렇게 말하며 실비아가 비 갠 후의 파란 하늘처럼 투명하게 웃었다.

"허, 친구?"

누군가 제레미에게 친구가 되자며 이런 식으로 다가오는 것은 태어나서 처음 있는 일이었다. 가족조차 필요 없는 것이라 배우고 자란 아그리체 사람에게 친구라니, 웃기지도 않은 소리였다.

"솔직히 처음에 봤을 때는 네가 좀 얄미웠던 것도 사실이긴 한데, 그래도 몇 번 보다 보니까 의외로 말도 잘 통하는 것 같고……. 무엇보다도 너랑 나는 공통점이 있잖아? 바로 록사나 언니를 엄청나게 좋아한다는 거지."

제레미는 그의 성격대로 같잖은 헛소리 따위 집어치우라며 실비아를 비웃어 주려고 했다. 그런데 이상하게도 목구멍이 붙은 것처럼 아무 말도 입 밖으로 내뱉어지지가 않았다.

"그러니 우리가 친구가 되는 것도 그렇게 어려운 일은 아닐 거야."

팔을 계속 붙잡고 가기 좀 불편한지 실비아가 이번에는 제레미의 손을 움켜쥐고 끌었다. 그러면서 눈까지 접어 더 활짝 웃어 보이는 얼굴이 그가 아는 사람 중에 가장 해맑았다.

"그러니까 위그드라실에 있는 열흘 동안 우리 싸우지 말고 친하게 지내자, 제레미."

실비아 페델리안의 입에서 나오는 말 한마디 한마디가 생경하기 짝이 없었다. 그런데 고작 그의 가슴팍까지밖에 오지 않는 이 작달막한 여자애를 눈앞에서 치워 버리지 못하고 끌려가는 자신도 참 이상했다.

제레미는 스스로도 인식하지 못한 아주 요상한 표정을 지은 채로, 꼭 무언가에 강제로 등을 떠밀리기라도 한 것처럼 실비아의 뒤를 엉거주춤 따라갔다. 그 뒷모습을 록사나와 카시스가 오묘하게 웃는 얼굴로 지켜보고 있었다.

"하아, 예전이 좋았지……."

그날 저녁, 실비아는 지나간 과거를 반추하며 아련한 눈빛으로 창밖을 보았다. 청춘을 곱씹는 노인네 같은 발언에 쟌느가 또 시작이냐는 듯이 혀를 차면서 고개를 절레절레 저었다.

실비아가 지금 떠올리는 좋은 시절이란 바로 카시스가 록사나를 처음 페델리안에 데려와 함께 지냈던 시간이었다. 물론 이후로도 록사나가 페델리안에 방문한 일은 있었지만 그때처럼 오래 머문 적은 없었다. 각자의 가문에서 각자의 역할을 하고 있었으니 당연하다면 당연했다.

"실비아, 준비가 끝났으면 그만 나가자. 연회가 시작되겠구나."

"네, 다 됐어요."

실비아는 쟌느의 재촉에 떠밀려 마지막으로 거울을 확인한 뒤 자리에서 일어났다. 곧 저녁 만찬이 시작될 시간이었다.

수장과 후계자들을 제외하고 이렇게 다섯 가문의 사람들이 모두 위그드라실에 모인 건 베르티움의 인형 사건이 있었던 이후로 거의 1년 반 만이었다. 작년의 사건들 이후 5가문 사이에는 전에 없던 새로운 규율들이 몇 개 생겼다. 거기에 따른 세부 협약도 조만간 추가될 예정이라고 들었다.

위그드라실에 큰 폭풍을 불러들였던 노엘은 수장직에서 물러나 베르티움에 유폐된 상태였다. 그러나 위그드라실을 떠나기 전부터 그는 삶의 의지를 잃은 것처럼 보였으니, 다른 한편으로는 스스로 칩거를 선택했다고 해도 될 터였다. 직계를 통해서만 이어지던 베르티움의 인형술도 금제당해 더 이상 명맥을 잇지 못하게 되었다. 이후 노엘의 뒤를 이어 베르티움의 수장직을 물려받은 것은 후원의 별채에 살던 친척 중 한 명이었다.

어쨌든, 위그드라실에 이렇게 많은 사람이 모인 건 작년 친목회 이후 처음이라 그런가? 연회장으로 향하는 동안 오랜만에 문득 닉스가 생각났다.

"……."

실비아의 시선이 먼발치에 있는 화원의 입구 쪽으로 움직였다. 마지막으로 닉스의 이야기를 들은 지도 어느새 오랜 시간이 지났다. 작년에 카시스에게 대략의 소식은 전해 들었지만 실비아는 아직도 닉스가 세상 어딘가에 있을 것만 같았다. 어쩌면 그의 마지막을 직접 보지 못해서인지도 몰랐다.

"여길 벗어날 때까지만 가만히 있어. 그럼 다치게는 하지 않을 테니까……."

더군다나 이렇게 오랜만에 위그드라실에 오게 되니, 기억 속에 새겨진 닉스의 모습이 한결 더 선명하게 떠오르면서 기분이 약간 이상해졌다.

'혹시 기회가 되면 그때 너무 세게 때려서 미안하다고 말하고 싶었는데…….'

작년에 록사나와 함께 닉스를 찾으러 떠났던 카시스가 돌아와 실비아에게 전해 주었다. 닉스가 그때의 일을 그녀에게 사과하고 싶어 했다고. 그래서 그 대신 미안하다는 말을 전해 달라는 것이 닉스의 마지막 부탁이었다고.

그 순간 느꼈던 낯선 기분을, 아마 실비아는 누구에게도 정확히 설명할 수 없을 것이다. 그리고 왠지 그때부터 그녀는 아주 약간, 예전보다는 어른이 된 것 같았다.

"실비아, 어서 와라."

"또 무슨 생각을 혼자 그렇게 하니?"

"아무것도 아니에요."

앞에서 들리는 부름에 화원을 향하던 시선이 떼어졌다. 실비아는 어느새 거리가 벌어진 부모님의 뒤를 쫓아 종종걸음으로 걸어갔다. 조금 전 떠올랐던 사람을 마음속에 다시 깊이 담아 둔 채였다.

"안녕하십니까, 페델리안 양."

"안녕하세요. 왠지 여기서 한 번은 마주칠 것 같았어요."

다음 날 오전, 실비아는 류자크와 만났다. 장소는 이번에도 역시 위그드라실의 도서실이었다. 어제 연회장에서 만나 먼저 인사를 나누긴 했지만 따로 이곳에서 만나자고 약속한 적은 없었다. 하지만 작년에 그랬듯이 자연스럽게 발길이 이곳에 닿았다.

"오늘은 책을 읽고 계시군요."

류자크의 말에 실비아가 어깨를 으쓱이며 웃었다.

"네, 재미있을 것 같은 게 있어서요."

"어려운 책인 것 같은데, 대단하십니다."

"별로 그렇지도 않아요. 사실 절반만 이해하면서 보고 있거든요."

실비아가 장난스럽게 꺼낸 말에 류자크도 피식 웃음을 흘렸다. 오랜만에 만나 어쩌면 어색할지도 모른다고 생각했는데 의외일 정도로 전혀 그렇지 않았다.

"오늘도 조용한 곳을 찾아 여기 오신 건가요?"

그러다 작년에 그와 나누었던 대화가 생각나 실비아가 물었다. 그에 류자크가 멈칫했다. 어째서인지 그가 실비아를 물끄러미 쳐다보다가 답했다.

"이번에는 아닙니다."

실비아가 알겠다는 듯이 웃었다.

"아, 그럼 저랑 같은 목적으로 오셨군요."

"……네?"

"작년에 여기 꽤 자주 왔었는데, 그런 것치고는 이곳에 있는 책을 제대로 본 적이 없는 것 같아서요. 그래서인지 페델리안에 있는 동안 계속 생각이 나더라고요."

위그드라실의 서고는 상당히 방대했다. 그러나 작년 친목회 때만 해도 실비아는 책에 큰 관심이 없어, 류자크처럼 도서실을 조용한 휴식 공간으로 삼았을 뿐이었다. 그런 만큼 지난 1년간 새로 생긴 그녀의 취미가 독서라는 점은 스스로 생각하기에도 뜻밖이라 할 만했다.

사실 실비아는 작년부터 페델리안에서 여러 가지를 배우고 공부하고 있었다. 어릴 때부터 카시스가 밟아 왔던 배움의 순서와 같으니 후계자 수업과 비슷한 과정이라 해도 무방할 것이다.

물론 그렇다 해서 갑자기 실비아에게 지금껏 없던 후계자 자리에 대한 관심이나 욕심이 생긴 건 절대 아니었다. 단지 이것은 작년부터 시야가 좀 더 트이게 된 실비아가 다양한 분야에 흥미를 가지기 시작했기 때문으로, 리셸과 쟌느는 그런 딸에게 지원을 아끼지 않았다. 카시스도 그녀에게 좋은 선생님이 되어 주었다. 실비아가 전처럼 금방 질리지 않고 오랫동안 공부에 재미를 느끼게 된 건 그런 가족들의 영향이 컸다.

"아…… 그런 의미였습니까."

그런데 실비아의 말을 들은 류자크가 헛웃음을 흘리며 중얼거렸다. 조금 전부터 굳어 있던 그의 몸에서도 힘이 풀어졌다. 왜인지 그는 약간 실망한 것 같은 느낌이었다. 실비아가 의문을 느끼기 전에 류자크가 다시 말했다.

"그러고 보니 저도 이곳의 책장을 제대로 살펴본 적이 없는 것 같군요. 이참에 천천히 둘러보는 것도 괜찮을 것 같습니다."

그런 뒤 그는 읽을 만한 책을 골라 볼 생각인지 자리에 앉기 전에 먼저 책장으로 향했다. 실비아도 고개를 갸웃하다가 다시 책으로 시선을 내렸다.

"실비아, 내일 회의 때는 너도 참석하거라."

"네? 제가요?"

그날 오후, 가족들이 다 함께 모인 시간에 리셸이 깜짝 놀랄 소리를 꺼냈다. 위그드라실의 회의에는 각 가문의 수장과 후계자만 참석하는 것이 관례라면 관례였다. 그런데 그런 자리에 왜 아무것도 아닌 그녀를 데려가려고 하는 걸까? 실비아는 당황해서 눈을 깜빡였다.

"휘페리온도 회의 때마다 정식 후계자가 아닌 식솔을 동반해 참석하니 문제 될 건 없겠지요."

그런 그녀의 마음을 아는 것처럼 카시스가 태연하게 차를 마시며 말했다. 그의 모습에서 갑작스러운 아버지의 말에 동요한 기색이라고는 조금도 느껴지지 않았다. 리셸도 카시스의 말에 무덤덤하게 고개를 끄덕였다.

"그렇지. 실비아, 네가 얼마 전에 위그드라실에서 어떤 식으로 회의가 진행되는지 궁금하다고 말한 적이 있지 않니. 어차피 내일 회의는 간단한 내용이라 그리 오래 진행되지도 않을 테니 부담 가질 필요 없다."

"그래. 한번 가서 분위기를 살펴보는 것도 공부가 될 것 같은데 생각해 보렴."

리셸에 이어 쟌느도 가볍게 한마디 거들었다. 그들의 태도가 모두 태연해서 실비아도 '생각보다 대수롭지 않은 일인가?' 하는 생각이 들었다. 하기야, 카시스의 말처럼 휘페리온에서는 정식 후계자가 아닌 판도라가 수장인 히아킨과 함께 회의에 참석하고 있었다. 그러니 페델리안에서도 실비아 한 사람쯤 더해진다고 해서 문제 될 건 없을 듯했다.

"네, 그럼 저도 내일 회의 시간에 같이 갈래요."

결정을 내린 실비아가 방긋 웃었다. 내일 그녀도 회의에 참석한다고 생각하니 이상하게 가슴이 두근거렸다.

요즘 카시스를 비롯한 여러 선생님들에게 수업을 받고 있는 건 맞았지만, 이런 큰 회의에서 오가는 내용도 그녀가 이해할 수 있을까? 가문 내의 회의와는 얼마나 다를까?

호기심 어린 금빛 눈동자가 반짝거렸다. 왠지 조금이나마 어른으로 인정받은 것 같은 기분이 들어서 마음이 설렜다.

사실 실비아가 1년 동안 자각 없이 페델리안에서 듣고 있는 것은 후계자 수업이 맞았다. 그렇다 해서 갑작스럽게 시작된 공부는 아니었고, 원래 그녀도 어릴 때부터 카시스와 동일한 과정의 교육을 받긴 했었다. 다만 이전까지는 실비아가 워낙 그런 쪽으로 흥미를 느끼지 못했기에 진도가 더디다가 이제야 급격히 속도가 나기 시작한 것뿐이었다. 리셸과 쟌느는 스스로 한 걸음씩 즐겁게 앞으로 걸어 나가고 있는 실비아를 옆에서 조용히 지켜보고 있었다. 카시스도 마찬가지였다.

예전부터 카시스는 페델리안의 후계자로 암묵적인 인정을 받고 있었다. 비록 사실 그런 것은 그에게 큰 의미가 없었다. 실비아는 단 한 번도 페델리안의 후계자가 아닌 카시스를 상상해 본 적 없는 듯했지만, 가족들의 눈에는 그녀가 가지고 있는 가능성도 뚜렷하게 보였다. 그런 만큼 카시스로서는 실비아가 알게 된다면 깜짝 놀랄 미래를 그려 보고 있기도 했다. 물론 실비아가 원하지 않는다면 강요하는 건 안 될 일이었다.

그들은 둘 다 페델리안을 사랑했고, 그만큼 서로를 아끼고 존중했다. 그러니 남매가 어떤 형태로든 함께 페델리안의 뜻을 이어 갈 것은 변함없으리라 생각했다.

"어, 저기 록사나 언니다!"

함께 회랑을 걷던 중에 실비아가 멀리 있는 록사나를 발견하고 외쳤다. 카시스는 그때 이미 록사나에게 시선을 두고 있었다. 록사나는 판도라 휘페리온과 둘이 무슨 이야기를 나누는 중이었다. 분위기는 나쁘지 않아 보였다.

일전에 오르카 휘페리온의 해독제를 두고 아그리체와 휘페리온 사이에 거래가 있었다. 그러나 아직까지도 오르카는 자리를 털고 일어나지 못했다. 해독제의 효과가 목숨만 겨우 연명시킬 정도였기 때문이다. 그래도 휘페리온에서는 그 정도만으로 만족하는 듯했다.

히아킨 휘페리온은 오르카를 후계자 자리에서 파한 뒤 병상에 누워 있는 그를 한 번도 들여다보지 않았다. 하지만 판도라는 달랐다. 그녀는 생각보다 정이 많아 사촌인 오르카를 그대로 죽게 할 수 없던 모양이다.

아직 공식적으로 발표만 하지 않았을 뿐이지, 판도라가 히아킨이 점찍은 새로운 후계자라는 것은 누구나 짐작하는 사실이었다. 하여 아그리체에 먼저 거래를 요청한 것도 판도라였다. 히아킨도 그 사실을 알았지만 묵인했다. 그런 것을 보면 그 역시 보기만큼 냉정하기만 한 성격은 아닌 것 같았다. 슬하에 자식이 없어 조카들을 거두어 기르다시피 했다고 하니, 완전히 정을 떼기도 쉽지 않을 만하긴 했다.

그때 록사나가 멀리서 카시스와 실비아를 발견하고 웃으며 눈인사를 했다. 카시스의 얼굴에도 미소가 떠올랐다. 실비아는 록사나에게 가까이 다가가 말을 걸지 못하는 것을 아쉬워했다. 그런 그녀를 데리고 카시스가 앞장서 걸음을 옮겼다.

"실비아, 넌 지금 제일 원하는 게 뭐야?"

"응? 내가 제일 원하는 거?"

그러다 문득 던져진 물음에 실비아가 그를 올려다보았다.

"가장 이루고 싶은 일이라든가, 아니면 혹시 목표 같은 게 있는지 궁금해서."

조금 전 가족들과 이야기했던 회의 참석 건도 있고, 혹시 앞으로의 미래에 대한 동생의 의향을 알 수 있을까 싶어 물었다. 그렇다 해도 갑작스럽다고 느낄 수 있는 질문이었으나, 실비아는 성실하게도 오빠가 물은 것을 곰곰이 생각하기 시작했다.

"으음, 글쎄. 이루고 싶은 일이라……. 아! 하나 있다."

그러다 무언가가 떠올랐는지, 그녀의 얼굴이 밝아졌다. 하지만 이어서 실비아가 환하게 웃으며 꺼낸 말을 듣고 카시스는 한순간 말문이 막히고 말았다.

"아니, 애초에 그건 네가 이루고 말고 할 게 아니잖아."

"하지만 지금 내가 제일 원하는 게 그건걸? 그렇다고 해서 당장 이루어졌으면 좋겠다는 건 당연히 아니니까 부담 갖지 마."

실비아가 히히 장난스럽게 웃더니 앞서 뛰어갔다. 카시스도 결국 작게 헛웃음을 내뱉은 뒤 그런 여동생의 뒤를 따라 걸었다.

"생각보다 제레미하고 실비아가 잘 어울려 지내는 것 같더라."

그날 밤 카시스와 록사나는 방에서 빠져나와 함께 화원을 거닐었다. 손을 잡고 걷는 동안 향기로운 꽃 냄새가 노란 불빛 사이로 흘러들었다.

"아닌 척해도 제레미가 은근히 실비아 얘기를 많이 해."

"실비아도 전부터 동갑인 친구를 갖고 싶어 했는데, 그래서인지 요즘 신난 것 같더군."

위그드라실에 와서 참새처럼 짹짹거리며 곧잘 어울려 다니는 동생들을 생각하자 입술을 비집고 얇은 웃음이 새어 나왔다. 그러다 록사나가 무언가를 떠올리고 말했다.

"동갑은 아니지만, 류자크 가스토르와도 친구가 된 것 같던데?"

"그쪽은 친구라기보다는……."

록사나와 같은 것을 생각했는지, 카시스의 표정이 미묘해졌다. 그도 실비아를 보는 류자크의 감정이 무엇에 가까운지 언뜻 눈치챈 모양이었다.

하지만 록사나가 봤을 때, 앞으로의 일을 알 수 없는 건 류자크만이 아니었다. 제레미의 마음 또한 어떻게 발전할지 모르는 일이었으니까. 지금이야 처음 사귄 친구를 향한 풋풋한 감정이라 할 수 있지만, 소설에서도 그렇게 시작해 연정으로 이어진 바가 있으니.

물론 그렇다 한들 현실의 제레미는 소설과 달랐다. 그러니 어쩌면 이 이상 감정의 변화가 없을 수도 있는 일이었다. 또 설령 실비아를 좋아하게 된다고 해도, 소설에서처럼 그렇게 제 감정을 강요하며 막무가내로 굴지는 않을 것이라고 생각했다. 그런 신뢰 정도는 록사나의 마음에 이미 굳건하게 뿌리를 내리고 있었다.

어찌 되었거나 지금은 아무 일도 일어나지 않은 상태였으니 미리 고민할 이유는 없었다.

"진짜 이쪽이야?"

"그렇다니까."

그때 록사나와 카시스의 귀에 익숙한 목소리들이 들려왔다. 두 사람은 잠깐 시선을 마주했다.

"그냥 내일 오면 되지, 그걸 굳이 이 야밤에 찾겠다고 이 시간에 여길 와? 위험한 줄도 모르고."

"어머니한테 생일 선물로 받은 브로치란 말이야. 그리고 지금 우리 뒤에 호위도 둘이나 있는데 뭐가 위험해? 잔소리 그만하고 빨리 주변 좀 잘 살펴봐 봐."

분명 제레미와 실비아의 목소리였다. 록사나와 카시스는 동시에 기척을 죽였다. 그래서인지 제레미와 그들의 뒤에 있는 페델리안의 호위들은 화원에 있는 두 사람을 알아차리지 못한 것 같았다.

둘이 나누는 대화를 들어 보니, 실비아가 낮에 여기서 잃어버린 물건을 찾으러 온 모양이었다. 잠이 안 와서 할 일 없이 돌아다니던 제레미가 우연히 그런 그녀를 발견해 따라온 것이었고 말이다.

"어? 찾았다. 이거 아니야?"

"앗, 맞아!"

잠시 후 찾던 물건을 발견했는지 실비아의 목소리가 약간 밝아졌다.

"꼬미워! 니 띤짜 빔눈 밝네. 띡눈에 삘디 칮있이."

"흥, 뭐 이까짓 거 가지고."

제레미는 별것도 아닌 것 가지고 호들갑을 떤다는 듯이 콧방귀를 뀌었지만 록사나는 그의 목소리에서 묻어나는 의기양양함을 읽어 낼 수 있었다.

바스락.

그러던 중에 또 다른 곳에서 누군가 잔디를 밟고 다가오는 소리가 들렸다.

"어머, 휘페리온 양 아니세요?"

"페델리안 양?"

이번에는 판도라인 모양이었다.

"이 시간에 여긴 어쩐 일이세요?"

"아…….. 전 그냥 잠깐 누구를 좀 만나느라."

약간 난처한 듯이 꺼낸 판도라의 대답을 듣고 제레미가 이죽거렸다.

"아아, 애인이랑 밀회라도 가지셨나 보네."

"그런 거 아니거든요! 저도 잘 모르는 사람인데 할 말이 있다고 불러서 잠깐……."

판도라가 발끈해서 부정했다. 그런데 왠지 그녀의 목소리에서 희미하게 드러난 감정이나 그 어투가 좀 미묘했다. 연인과 밀회를 가진 건 아니지만 최소한 누군가 그녀를 불러내 고백이라도 한 것 같은 느낌이었다.

"그러는 두 분은 왜 같이 계시나요?"

"제가 낮에 여기서 뭘 잃어버렸는데 그걸 찾느라 도움을 좀 받았어요."

"아, 그렇군요."

세 사람은 이렇게 만난 김에 같이 화원을 나서기로 한 것 같았다. 제레미는 그것이 못마땅한 듯이 작게 구시렁거렸다. 그런 그에게 판도라가 조심스럽게 물었다.

"저, 그런데……. 혹시 형님분은 이번에 같이 오지 않으셨나요?"

"형님? 데온? 그 자식은 아그리체에 있는데 왜 물으시는지?"

"아, 아니요. 그냥 안 보여서 물어봤어요."

"별 시답잖게."

제레미는 판도라의 질문에서 별다른 느낌을 받지 못한 것 같았다. 하지만 록사나는 달랐다. 그녀의 눈이 약간 크게 떠졌다. 판도라가 데온의 안부를 묻다니, 의외였다. 지난 몇 달간 휘페리온과 거래하며 두 사람이 만난 적이 서너 번 있긴 했지만…….

하긴, 원래 류자크에게 관심이 있었던 판도라의 취향을 생각하면 그리 놀랄 일은 아닐지도 몰랐다. 작게 이어지던 세 사람의 목소리와 발소리가 어느 정도 멀어졌을 때 카시스와 록사나도 멈췄던 몸을 움직였다.

"아무래도 밤의 화원은 조용히 만나기에 좋은 장소가 아닌 것 같군."

"장소보다는 시간의 문제 아닐까?"

카시스가 나직하게 읊조린 말에 록사나가 피식 웃으면서 대꾸했다. 이 시간에는 사람이 거의 없을 줄 알고 왔는데, 아직 일렀던 모양이다. 지금도 순차적으로 화원 안에 들어서는 인기척이 몇 개 잡혔다. 아무래도 이곳은 제레미의 말대로 밀회하는 연인들이 잘 찾는 위그드라실 나름대로의 명소인 것 같았다. 그만큼 밤에 보는 운치나 분위기가 좋긴 했다.

"그래도 벌써 들어가긴 좀 아쉬운데."

"그럼 이쪽으로."

록사나의 말에 카시스가 그녀의 손을 잡고 이끌었다. 두 사람은 꼭 술래잡기를 하는 기분으로 다른 사람들을 피해 움직였다. 그러면서 록사나는 카시스의 얼굴을 힐끔 올려다보았다. 사실은 아까 낮에 나비를 통해 실비아가 카시스에게 한 말을 들었다. 꼭 이루고 싶은 일이 있느냐는 질문에 실비아는 참 해맑게도 외쳤다.

"록사나 언니를 닮은 예쁜 조카가 보고 싶어!"

그 말을 듣고 록사나는 기분이 묘해졌다.

실비아의 조카.

즉, 록사나와 카시스의 아이.

솔직히 말해, 록사나는 아직 그런 것을 생각해 본 적이 없었다. 일단은 가정을 이루기에 둘 다 완전히 정착한 상태가 아니었고, 부모라는 이름을 그들이 물려받기에는 아직 이른 나이였으니까.

그래도 카시스라면 훗날 분명 좋은 아버지가 될 것이라는 확신이 있었다. 하지만 록사나 자신이 좋은 어머니가 될 자신이 있느냐고 하면……. 글쎄. 물론 카시스와 그녀를 닮은 아이라면 얼마든지 아낌없이 사랑할 수 있을 테지만. 그래도 아이에게 좋은 부모가 된다는 건, 분명 사랑하는 마음만으로 충분한 일이 아닐 테니까.

게다가, 그런 고민을 하기에 앞서 무엇보다도 중요한 문제가 하나 더 남아 있었다. 록사나의 몸은 특히 독나비의 숙주가 되면서 굉장히 많은 독에 절여졌다. 그동안 카시스에게 꾸준히 관리받아 현재 생명에 지장이 될 정도는 아닌 듯했지만 그렇다 해서 아이를 가질 수 있는 몸인지는 알 수 없었다. 또, 만약 아이가 생긴다 해도 아무 이상 없이 태어날 수 있을지도. 아마 그건 카시스도 장담할 수 없지 않을까.

그러니 설령 카시스와 록사나 둘 모두가 정말 간절히 원한다 해도, 혹시 괜찮을지 모르니까 한번 시험 삼아…….

그런 식으로 결정해도 되는 문제가 아니었다.

"또 고민하는 얼굴을 하고 있군."

그 순간 귀에 닿은 목소리가 록사나를 상념에서 건져 올렸다. 어느새 두 사람은 초록색 덩굴과 하얀 꽃이 뒤섞여 보석처럼 매달려 있는 화원 한구석에 서 있었다. 따뜻한 손이 록사나의 얼굴을 감쌌다. 달빛을 머금은 해수면처럼 은은하게 반짝이는 눈이 그녀를 마주했다.

"아까 낮에 실비아가 한 말 때문인가."

이럴 때마다 혹시 카시스가 진짜 그녀의 속마음을 들여다볼 수 있는 게 아닌지 궁금해졌다.

자신의 말이 정답임을 알았는지, 록사나를 내려다보는 얼굴에 엷은 미소가 배어났다. 그는 록사나가 그 문제에 아직 부정적인 입장이라는 사실도 꿰뚫어 본 듯했다. 그래도 카시스는 예전에 '무엇이든 네가 원하는 대로 하라'고 말해 주었을 때처럼 흔들림 없는 눈으로 그녀와 시선을 맞대며 나지막하게 속삭였다.

"괜찮아. 중요한 건 지금 우리가 여기 같이 있다는 거잖아."

그의 말은 항상 록사나에게 마법 같았다. 마음속에 검은 안개가 스미려 할 때마다 언제나 밝은 등불이 되어 그녀를 다시 찬란하게 비추어 주었으니까. 그러니 어떻게 이 사람을 사랑하지 않을 수 있을까.

카시스를 마주한 록사나의 얼굴에도 서서히 부드러운 미소가 그려졌다.

"그게. 당신 말이 맞아."

매분 매초, 그냥 지금 있는 이 자리에서 최선을 다해 행복해지면 된다. 분명 그런 하루하루가 쌓여 그들을 눈부신 미래로 이끄는 것일 테니.

그날, 그윽한 꽃향기가 선율처럼 흐르는 밤의 화원에서 사랑하는 사람과 나눈 입맞춤은 어느 때보다 달콤했다.

지금 맞잡은 손으로 그들이 함께 이루어 낸 기적 같은 시간이기에.

달빛이 유독 아름다운 밤이었다.

〈외전 완결〉